무진기행

세계문학전집 149

무진기행

김승옥

민음사

소설이란 추체험의 기록,
있을 수 있는 인간관계에 대한 도식,
구제받지 못한 상태에 대한 연민,
모순에 대한 예민한 반응,
혼란한 삶의 모습 그 자체.
나는 판단하지도 분노하지도 않겠다.
그것은 하느님이 하실 일.
내가 할 수 있는 것은 이 의미 없는 삶에
의미의 조명을 비춰 보는 일일 뿐.

1980년
작가의 말

차례

무진기행

무진으로 가는 버스

버스가 산모퉁이를 돌아갈 때 나는 '무진 Mujin 10km'라는 이정비를 보았다. 그것은 옛날과 똑같은 모습으로 길가의 잡초 속에서 튀어나와 있었다. 내 뒷좌석에 앉아 있는 사람들 사이에서 다시 시작된 대화를 나는 들었다. "앞으로 10킬로 남았군요." "예, 한 30분 후에 도착할 겁니다." 그들은 농사 관계의 시찰원들인 듯했다. 아니 그렇지 않은지도 모른다. 그러나 하여튼 그들은 색 무늬 있는 반소매 셔츠를 입고 있었고 데드롱 직(織)의 바지를 입었고 지나쳐 오는 마을과 들과 산에서 아마 농사 관계의 전문가들이 아니면 할 수 없는 관찰을 했고 그것을 전문적인 용어로 얘기하고 있었다. 광주에서 기차를 내려서 버스를 갈아탄 이래, 나는 그들이 시골 사람들답지 않게 낮은 목소리로 점잔을 빼면서 얘기하는 것을 반

수면 상태 속에서 듣고 있었다. 버스 안의 좌석들은 많이 비어 있었다. 그 시찰원들의 대화에 의하면 농번기이기 때문에 사람들이 여행을 할 틈이 없어서라는 것이었다. "무진엔 명산물이…… 뭐 별로 없지요?" 그들은 대화를 계속하고 있었다. "별게 없지요. 그러면서도 그렇게 많은 사람들이 살고 있다는 건 좀 이상스럽거든요." "바다가 가까이 있으니 항구로 발전할 수도 있었을 텐데요?" "가 보시면 아시겠지만 그럴 조건이 되어 있는 것도 아닙니다. 수심이 얕은 데다가 그런 얕은 바다를 몇 백 리나 밖으로 나가야만 비로소 수평선이 보이는 진짜 바다다운 바다가 나오는 곳이니까요." "그럼 역시 농촌이군요." "그렇지만 이렇다 할 평야가 있는 것도 아닙니다." "그럼 그 오륙만이 되는 인구가 어떻게들 살아가나요?" "그러니까 그럭저럭이란 말이 있는 게 아닙니까?" 그들은 점잖게 소리 내어 웃었다. "원, 아무리 그렇지만 한 고장에 명산물 하나쯤은 있어야지." 웃음 끝에 한 사람이 말하고 있었다.

무진에 명산물이 없는 게 아니다. 나는 그것이 무엇인지 알고 있다. 그것은 안개다. 아침에 잠자리에서 일어나서 밖으로 나오면, 밤사이에 진주해 온 적군들처럼 안개가 무진을 뼁 둘러싸고 있는 것이었다. 무진을 둘러싸고 있던 산들도 안개에 의하여 보이지 않는 먼 곳으로 유배당해 버리고 없었다. 안개는 마치 이승에 한이 있어서 매일 밤 찾아오는 여귀가 뿜어내 놓은 입김과 같았다. 해가 떠오르고, 바람이 바다 쪽에서 방향을 바꾸어 불어오기 전에는 사람들의 힘으로써는 그것을 헤쳐 버릴 수가 없었다. 손으로 잡을 수 없으면서도 그것은 뚜렷이 존재했고 사람들을 둘러쌌고 먼 곳에 있는 것으로부터 사람들을 떼어 놓았다. 안개, 무진의 안개, 무진의 아침에 사람들이 만나는 안개, 사람들로 하여금 해를 바람을 간절히 부르게 하는 무진의 안개, 그것이 무진의 명산물이 아닐 수 있을까!

버스의 덜커덩거림이 좀 덜해졌다. 버스의 덜커덩거림이 더하고 덜하는 것을 나는 턱으로 느끼고 있었다. 나는 몸에서 힘을 빼고 있었으므로 버스가 자갈이 깔린 시골길을 달려오고 있는 동안 내 턱은 버스가 껑충거리는 데 따라서 함께 덜그럭거리고 있었다. 턱이 덜그럭거릴 정도로 몸에서 힘을 빼고 버스를 타고 있으면, 긴장해서 버스를 타고 있을 때보다 피로가 더욱 심해진다는 것을 알고 있었지만 그러나 열려진 차창으로 들어와서 나의 밖으로 드러난 살갗을 사정없이 간지럽히고 불어 가는 6월의 바람이 나를 반수면 상태로 끌어넣었기 때문에 나는 힘을 주고 있을 수가 없었다. 바람은 무수히 작은 입자로 되어 있고 그 입자들은 할 수 있는 한, 욕심껏 수면제를 품고 있는 것처럼 내게는 생각되었다. 그 바람 속에는, 신선한 햇볕과 아직 사람들의 땀에 밴 살갗을 스쳐 보지 않았다는 천진스러운 저온, 그리고 지금 버스가 달리고 있는 길을 에워싸며 버스를 향하여 달려오고 있는 산줄기의 저편에 바다가 있다는 것을 알리는 소금기, 그런 것들이 이상스레 한데 어울리면서 녹아 있었다. 햇볕의 신선한 밝음과 살갗에 탄력을 주는 정도의 공기의 저온 그리고 해풍에 섞여 있는 정도의 소금기, 이 세 가지만 합성해서 수면제를 만들어 낼 수 있다면 그것은 이 지상에 있는 모든 약방의 진열장 안에 있는 어떠한 약보다도 가장 상쾌한 약이 될 것이고 그리고 나는 이 세계에서 가장 돈 잘 버는 제약 회사의 전무님이 될 것이다. 왜냐하면 사람들은 누구나 조용히 잠들고 싶어 하고 조용히 잠든다는 것은 상쾌한 일이기 때문이다.

그런 생각을 하자 나는 쓴웃음이 나왔다. 동시에 무진이 가까웠다는 것이 더욱 실감되었다. 무진에 오기만 하면 내가 하는 생각이란 항상 그렇게 엉뚱한 공상들이었고 뒤죽박죽이었던 것이다. 다른 어느 곳에서도 하지 않았던 엉뚱한 생각을, 나는 무진에서는 아무런 부끄럼 없이, 거침없이 해내곤 했던 것이다. 아니 무진에서는 내가 무엇을 생각하고 어쩌고 하는 게 아니라 어떤 생각들이 나의 밖에서 제멋대로 이루어진 뒤 나의 머릿속으로 밀고 들어오는 듯했었다.

"당신 안색이 아주 나빠져서 큰일 났어요. 어머님의 산소를 다녀온다는 핑계를 대고 무진에 며칠 동안 계시다가 오세요. 주주총회에서의 일은 아버지하고 저하고 다 꾸며 놓을게요. 당신은 오랜만에 신선한 공기를 쐬고 그리고 돌아와 보면 대회생 제약 회사의 전무님이 되어 있을 게 아니에요?"라고, 며칠 전날 밤, 아내가 나의 파자마 깃을 손가락으로 만지작거리며 나에게 진심에서 나온 권유를 했을 때도, 가기 싫은 심부름을 억지로 갈 때 아이들이 불평을 하듯이 내가 몇 마디 입안엣소리로 투덜댄 것도, 무진에서는 항상 자신을 상실하지 않을 수 없었던 과거의 경험에 의한 조건반사였었다.

내가 좀 나이가 든 뒤로 무진에 간 것은 몇 차례 되지 않았지만 그 몇 차례 되지 않은 무진행이 그러나 그때마다 내게는 서울에서의 실패로부터 도망해야 할 때거나 하여튼 무언가 새출발이 필요할 때였었다. 새출발이 필요할 때 무진으로 간다는 그것은 우연이 결코 아니었고 그렇다고 무진에 가면 내게 새로운 용기라든가 새로운 계획이 술술·나오기 때문도 아니였었다. 오히려 무진에서의 나는 항상 처박혀 있는 상태였었다. 더러운 옷차림과 누우런 얼굴로 나는 항상 골방 안에서 뒹굴었다. 내가 깨어 있을 때는, 수없이 많은 시간의 대열이 멍하니 서 있는 나를 비웃으며 흘러가고 있었고, 내가 잠들어 있을 때는, 긴긴 악몽들이 거꾸러져 있는 나에게 혹독한 채찍질을 하였다. 나의 무진에 대한 연상의 대부분은, 나를 돌봐주고 있는 노인들에 대하여 신경질을 부리던 것과 골방 안에서의 공상과 불면을 쫓아 보려고 행했던 수음과 곧잘 편도선을 붓게 하던 독한 담배꽁초와 우편배달부를 기다리던 초조함 따위거나 그것들에 관련된 어떤 행위들이었었다. 물론 그것들만 연상되었던 것은 아니다. 서울의 어느 거리에서고, 나의 청각이 문득 외부로 향하면 무자비하게 쏟아져 들어오는 소음에 비틀거릴 때거나, 밤늦게 신당동 집 앞의 포장된 골목을 자동차로 올라갈 때, 나는 물이 가득한 강물이 흐르고 잔디로 덮인 방죽이 시오리 밖의 바닷가까지 뻗어 나가 있고 작은 숲이 있고 다리가 많고 골목이 많고 흙담이 많고 높은 포플러가 에워싼 운동장을 가진 학교들이 있고 바닷가에서 주워 온 까만 자갈이 깔린 뜰을 가진 사무소들이 있고 대로 만든 와상(臥床)이 밤거리에 나앉아 있는 시골을 생각했고 그것은 무진이었다. 문득 한적이 그리울 때도 나는 무진을 생각했었다. 그러나 그럴 때의 무진은 내가 관념 속에서 그리고 있는 어느 아늑한 장소일 뿐이지 거기엔 사람들이 살고 있지 않았다. 무진이라고 하면 그것에의 연상은 아무래도 어둡던 나의 청년이었다.

그렇다고 무진에의 연상이 꼬리처럼 항상 나를 따라다녔다는 것은 아니다. 차라리, 나의 어둡던 세월이 일단 지나가 버린 지금은 나는 거의 항상 무진을 잊고 있었던 편이다. 어제저녁 서울역에서 기차를 탈 때에도, 물론 전송 나온 아내와 회사 직원 몇 사람에게 일러둘 말이 너무 많아서 거기에 정신이 쏠려 있던 탓도 있었겠지만, 하여튼 나는 무진에 대한 그 어두운 기억들이 그다지 실감 나게 되살아오지는 않았다. 그런데 오늘 이른 아침, 광주에서 기차를 내려서 역구내를 빠져나올 때 내가 본 한 미친 여자가 그 어두운 기억들을 홱 잡아 끌어당겨서 내 앞에 던져 주었다. 그 미친 여자는 나일론의 치마 저고리를 맵시 있게 입고 있었고 팔에는 시절에 맞추어 고른 듯한 핸드백도 걸치고 있었다. 얼굴도 예쁜 편이고 화장이 화려했다. 그 여자가 미친 사람이라는 것을 알 수 있는 것은 쉼 없이 굴리고 있는 눈동자와 그 여자를 에워싸고 서서 선하품을 하며 그 여자를 놀려 대고 있는 구두닦이 아이들 때문이었다. "공부를 많이 해서 돌아 버렸대." "아냐, 남자한테서 차여서야." "저 여자 미국 말도 참 잘한다. 물어볼까?" 아이들은 그런 얘기를 높은 목소리로 하고 있었다. 좀 나이가 든 여드름쟁이 구두닦이 하나는 그 여자의 젖가슴을 손가락으로 집적거렸고 그럴 때마다 그 여자는 여전히 무표정한 얼굴로 비명만 지르고 있었다. 그 여자의 비명이, 옛날 내가 무진의 골방 속에서 쓴 일기의 한 구절을 문득 생각나게 한 것이었다.

그때는 어머니가 살아 계실 때였다. 6·25 사변으로 대학의 강의가 중단되었기 때문에 서울을 떠나는 마지막 기차를 놓친 나는 서울에서 무진까지의 천여 리 길을 발가락이 몇 번이고 불어 터지도록 걸어서 내려왔고, 어머니에 의해서 골방에 처박혀졌고 의용군의 징발도 그 후의 국군의 징병도 모두 기피해 버리고 있었었다. 내가 졸업한 무진의 중학교의 상급반 학생들이 무명지에 붕대를 감고 "이 몸이 죽어서 나라가 산다면……."을 부르며 읍 광장에 서 있는 트럭들로 행진해 가서 그 트럭들에 올라타고 일선으로 떠날 때도 나는 골방 속에 쭈그리고 앉아서 그들의 행진이 집 앞을 지나가는 소리를 듣고만 있었다. 전선이 북쪽으로 올라가고 대학이 강의를 시작했다는 소식이 들려왔을 때도 나는 무진의 골방 속에 숨어 있었다. 모두가 나의 홀어머님 때문이었다. 모두가 전쟁터로 몰려갈 때 나는 내 어머니에게 몰려서 골방 속에 숨어서 수음을 하고 있었다. 이웃집 젊은이의 전사 통지가 오면 어머니는 내가 무사한 것을 기뻐했고, 이따금 일선의 친구에게서 군사우편이 오기라도 하면 나 몰래 그것을 찢어 버리곤 하였었다. 내가 골방보다는 전선을 택하고 싶어 해 가는 것을 알고 있었기 때문이다. 그 무렵에 쓴 나의 일기장들은, 그 후에 태워 버려서 지금은 없지만, 모두가 스스로를 모멸하고 오욕을 웃으며 견디는 내용들이었다. "어머니, 혹시 제가 지금 미친다면 대강 다음과 같은 원인들 때문일 테니 그 점에 유의하셔서 저를 치료해 보십시오……." 이러한 일기를 쓰던 때를, 이른 아침 역구내에서 본 미친 여자가 내 앞으로 끌어당겨 주었던 것이다. 무진이 가까웠다는 것을 나는 그 미친 여자를 통하여 느꼈고 그리고 방금 지나친, 먼지를 둘러쓰고 잡초 속에서 튀어나와 있는 이정비를 통하여 실감했다.

"이번에 자네가 전무가 되는 건 틀림없는 거구, 그러니 자네 한 일주일 동안 시골에 내려가서 긴장을 풀고 푹 쉬었다가 오게. 전무님이 되면 책임이 더 무거워질 테니 말야." 아내와 장인 영감은 자신들은 알지 못하는 사이에 퍽 영리한 권유를 내게 한 셈이었다. 내가 긴장을 풀어 버릴 수 있는, 아니 풀어 버릴 수밖에 없는 곳을 무진으로 정해 준 것은 대단히 영리한 것이었다.

버스는 무진 읍내로 들어서고 있었다. 기와지붕들도 양철지붕들도 초가지붕들도 6월 하순의 강렬한 햇볕을 받고 모두 은빛으로 번쩍이고 있었다. 철공소에서 들리는 쇠망치 두드리는 소리가 잠깐 버스로 달려들었다가 물러났다. 어디선지 분뇨(糞尿) 냄새가 새어 들어왔고 병원 앞을 지날 때는 크레졸 냄새가 났고, 어느 상점의 스피커에서는 느려 빠진 유행가가 흘러나왔다. 거리는 텅 비어 있었고 사람들은 처마 밑의 그늘에 쭈그리고 앉아 있었다. 어린아이들은 빨가벗고 기우뚱거리며 그늘 속을 걸어다니고 있었다. 읍의 포장된 광장도 거의 텅 비어 있었다. 햇볕만이 눈부시게 그 광장 위에서 끓고 있었고 그 눈부신 햇볕 속에서, 정적 속에서 개 두 마리가 혀를 빼물고 교미를 하고 있었다.

밤에 만난 사람들

저녁 식사를 하기 조금 전에 나는 낮잠에서 깨어나서 신문 지국들이 몰려 있는 거리로 갔다. 이모님 댁에서는 신문을 구독하고 있지 않았다. 그렇지만 신문은, 도회인이 누구나 그렇듯이 이제 내 생활의 일부로서 내 하루의 시작과 끝을 맡아보고 있었던 것이다. 내가 찾아간 신문 지국에 나는 이모님 댁의 주소와 약도를 그려 주고 나왔다. 밖으로 나올 때 나는 내 등 뒤에서 지국 안에 있던 사람들이 그들끼리 무어라고 수군거리는 소리를 들었다. 아마 나를 알고 있는 사람들이었던 모양이다. "…… 그래애? 거만하게 생겼는데……." "…… 출세했다지?……." "…… 옛날…… 폐병……." 그런 속삭임 속에서, 나는 밖으로 나오면서 은근히 한마디를 기다리고 있었다. 그러나 결국 "안녕히 가십시오."는 나오지 않고 말았다. 그것이 서울과의 차이점이었다. 그들은 이제 점점 수군거림의 소용돌이 속으로 끌려들어 가고 있으리라. 자기 자신조차 잊어버리면서, 나중에 그 소용돌이 밖으로 내던져졌을 때 자기들이 느낄 공허감도 모른다는 듯이 그들은 수군거리고 수군거리고 또 수군거리고 있으리라. 바다가 있는 쪽에서 바람이 불어오고 있었다. 몇 시간 전에 버스에서 내릴 때보다 거리는 많이 번잡해졌다. 학생들이 학교에서 돌아오고 있었다. 그들은 책가방이 주체스러운 모양인지 그것을 뱅뱅 돌리기도 하며 어깨 너머로 넘겨 들기도 하며 두 손으로 껴안기도 하며 혀끝에 침으로써 방울을 만들어서 그것을 입바람으로 훅 불어 날리곤 했다. 학교 선생들과 사무소의 직원들도 달그락거리는 빈 도시락을 들고 축 늘어져서 지나가고 있었다. 그러자 나는 이 모든 것이 장난처럼 생각되었다. 학교에 다닌다는 것, 학생들을 가르친다는 것, 사무소에 출근했다가 퇴근한다는 이 모든 것이 실없는 장난이라는 생각이 든 것이다. 사람들이 거기에 매달려서 낑낑댄다는 것이 우습게 생각되었다.

이모 댁으로 돌아와서 저녁을 먹고 있을 때, 나는 방문을 받았다. '박'이라고 하는 무진중학교의 내 몇 해 후배였다. 한때 독서광이었던 나를 그 후배는 무척 존경하는 눈치였다. 그는 학생 시대에 이른바 문학 소년이었던 것이다. 미국의 작가인 피츠제럴드를 좋아한다고 하는 그 후배는 그러나 피츠제럴드의 팬답지 않게 아주 얌전하고 매사에 엄숙하였고 그리고 가난하였다. "신문 지국에 있는 제 친구에게서 내려오셨다는 얘길 들었습니다. 웬일이십니까?" 그는 정말 반가워해 주었다. "무진엔 왜 내가 못 올 덴가?" 그렇게 대답하며 나는 내 말투가 마음에 거슬렸다. "너무 오랫동안 오시지 않았으니까 그러는 거죠. 제가 군대에서 막 제대했을 때 오시고 이번이 처음이시니까 벌써……." "벌써 한 4년 되는군." 4년 전 나는, 내가 경리의 일을 보고 있던 제약 회사가 좀 더 큰 다른 회사와 합병되는 바람에 일자리를 잃고 무진으로 내려왔던 것이다. 아니 단지 일자리를 잃었다는 이유만으로 서울을 떠났던 것은 아니다. 동거하고 있던 희만 그대로 내 곁에 있어 주었던들 실의의 무진행은 없었으리라. "결혼하셨다더군요?" 박이 물었다. "흐응, 자넨?" "전 아직, 참 좋은 데로 장가드셨다고들 하디군요." "그래? 자넨 왜 여태 결혼하지 않고 있나? 자네 금년에 어떻게 되지?" "스물아홉입니다." "스물아홉이라. 아홉수가 원래 사납다고 하더만. 금년엔 어떻게 해 보지 그래?" "글쎄요." 박은 소년처럼 머리를 긁었다. 4년 전이니까 그해의 내 나이가 스물아홉이었고 희가 내 곁에서 달아나 버릴 무렵에 지금 아내의 전남편이 죽었던 것이다. "무슨 나쁜 일이 있었던 건 아니겠죠?" 옛날의 내 무진행의 내용을 다소 알고 있는 박은 그렇게 물었다. "응, 아마 승진이 될 모양인데 며칠 휴가를 얻었지." "잘 되셨군요. 해방 후의 무진중학 출신 중에서 형님이 제일 출세하셨다고들 하고 있어요." "내가?" 나는 웃었다. "예, 형님하고 형님 동기 중에서 조 형하고요." "조라니 나하고 친하게 지내던 애 말인가?" "예, 그 형이 재작년엔가 고등고시에 패스해서 지금 여기 세무서장으로 있거든요." "아, 그래?" "모르셨어요?" "서로 소식이 별로 없었지. 그 애가 옛날엔 여기 세무서에서 직원으로 있었지, 아마?" "예." "그거 잘됐군. 오늘 저녁엔 그 친구에게나 가 볼까?" 친구 조는 키가 작았고 살결이 검은 편이었다. 그래서 키가 크고 살결이 창백한 나에게 열등감을 느낀다는 얘기를 내게 곧잘 했다. "옛날에 손금이 나쁘다고 판단 받은 소년이 있었다. 그 소년은 자기의 손톱으로 손바닥에 좋은 손금을 파 가며 열심히 일했다. 드디어 그 소년은 성공해서 잘살았다." 조는 이런 얘기에 가장 감격하는 친구

였다. "참 자넨 요즘 뭘 하고 있나?" 내가 박에게 물었다. 박은
얼굴을 붉히고 잠시 동안 머뭇거리다가 모교에서 교편을 잡
고 있다고, 그것이 무슨 잘못이라도 되는 것처럼 우물거리며
대답했다. "좋지 않아? 책 읽을 여유가 있으니까 얼마나 좋은
가. 난 잡지 한 권 읽을 여유가 없네. 무얼 가르치고 있나?" 후
배는 내 말에 용기를 얻었는지 아까보다는 조금 밝은 목소리
로 대답했다. "국어를 가르치고 있습니다." "잘했어. 학교 측에
서 보면 자네 같은 선생을 구하기도 힘들거야." "그렇지도 않아
요. 사범대학 출신들 때문에 교원 자격 고시 합격증 가지고 견
디기가 힘들어요." "그게 또 그런가?" 박은 아무 말 없이 쓸쓸
한 미소만 지어 보였다.

저녁 식사 후, 우리는 술 한 잔씩을 마시고 나서 세무서장
이 된 조의 집을 향하여 갔다. 거리는 어두컴컴했다. 다리를
건널 때 나는 냇가의 나무들이 어슴푸레하게 물속에 비쳐 있
는 것을 보았다. 옛날 언젠가, 역시 이 다리를 밤중에 건너면
서 나는 저 시커멓게 웅크리고 있는 나무들을 저주했었다. 금
방 소리를 지르며 달려들 듯한 모습으로 나무들은 서 있었던
것이다. 세상에 나무가 없다면 얼마나 좋을까 하고 생각하기
도 했었다. "모든 게 여전하군." 내가 말했다. "그럴까요?" 후배
가 웅얼거리듯이 말했다.

조의 응접실에는 손님들이 네 사람 있었다. 나의 손을 아
프도록 쥐고 흔들고 있는 조의 얼굴이 옛날보다 윤택해지
고 살결도 많이 하얘진 것을 나는 보고 있었다. "어서 자리
로 앉아라. 이거 원 누추해서…… . 빨리 마누랄 얻어야겠는

데……." 그러나 방은 결코 누추하지 않았다. "아니 아직 결혼 안 했나?" 내가 물었다. "법률 책 좀 붙들고 앉아 있었더니 그렇게 돼 버렸어. 어서 앉아." 나는 먼저 온 손님들에게 소개되었다. 세 사람은 남자로서 세무서 직원들이었고 한 사람은 여자로서 나와 함께 온 박과 무언가 얘기를 주고받고 있었다. "어어, 밀담들은 그만 하시고, 하 선생, 인사해요. 내 중학 동창인 윤희중이라는 친굽니다. 서울에 있는 큰 제약 회사의 간사님이시고 이쪽은 우리 모교에 와 계시는 음악 선생님이시고. 하인숙 씨라고, 작년에 서울에서 음악대학을 나오신 분이지." "아, 그러세요. 같은 학교에 계시는군요." 나는 박과 그 여선생을 번갈아 가리키며 여선생에게 말했다. "네." 여선생은 방긋 웃으며 대답했고 내 후배는 고개를 숙여 버렸다. "고향이 무진이신가요?" "아녜요. 발령이 이곳으로 났기 땜에 저 혼자 와 있는 거예요." 그 여자는 개성 있는 얼굴을 가지고 있었다. 윤곽은 갸름했고 눈이 컸고 얼굴은 노리끼리했다. 전체로 보아서 병약한 느낌을 주고 있었지만 그러나 좀 높은 콧날과 두꺼운 입술이 병약하다는 인상을 버리도록 요구하고 있었다. 그리고 카랑카랑한 목소리가 코와 입이 주는 인상을 더욱 강하게 하고 있었다. "전공이 무엇이었던가요?" "성악 공부 좀 했어요." "그렇지만 하 선생님은 피아노도 아주 잘 치십니다." 박이 곁에서 조심스런 목소리로 끼어들었다. 조도 거들었다. "노래를 아주 잘하시지. 소프라노가 굉장하시거든." "아, 소프라노를 맡으시는가요?" 내가 물었다. "네, 졸업 연주회 땐 「나비 부인」 중에서 「어떤 갠 날」을 불렀어요." 그 여자는 졸업 연주회를 그리워하고 있는 듯한 음성으로 말했다.

방바닥에는 비단의 방석이 놓여 있고 그 위에는 화투짝이 흩어져 있었다. 무진이다. 곧 입술을 태울 듯이 타들어 가는 담배꽁초를 입에 물고 눈으로 들어오는 그 담배 연기 때문에 눈물을 찔끔거리며 눈을 가늘게 뜨고, 이미 정오가 가까운 시각에야 잠자리에서 일어나서 그날의 허황한 운수를 점쳐 보던 그 화투짝이었다. 또는, 자신을 팽개치듯이 끼어들던 언젠가의 노름판; 그 노름판에서 나의 뜨거워져 가는 머리와 떨리는 손가락만을 제외하곤 내 몸을 전연 느끼지 못하게 만들던 그 화투짝이었다. "화투가 있군, 화투가." 나는 한 장을 집어서 딱 소리가 나게 내려치고 다시 그것을 집어서 내려치고 또 집어서 내려치고 하며 중얼거렸다. "우리 돈내기 한판 하실까요?" 세무서 직원 중의 하나가 내게 말했다. 나는 싫었다. "다음 기회에 하지요." 세무서 직원들은 싱글싱글 웃었다. 조가 안으로 들어갔다가 나왔다. 잠시 후에 술상이 나왔다.

"여기엔 얼마쯤 있게 되나?" "일주일가량." "청첩장 한 장 없이 결혼해 버리는 법이 어디 있어? 하기야 청첩장을 보냈더라도 그땐 내가 세무서에서 주판알 튕기고 있을 때니까 별수도 없었겠지만 말이다." "난 그랬지만 청첩장 보내야 한다." "염려 말아. 금년 안으로는 받아 볼 수 있게 될거다." 우리는 별로 거품이 일지 않는 맥주를 마셨다. "제약 회사라면 그게 약 만드는 데 아닙니까?" "그렇죠." "평생 병 걸릴 염려는 없겠습니다 그려." 굉장히 우스운 익살을 부렸다는 듯이 직원들은 방바닥을 치며 오랫동안 웃었다. "참 박 군, 학생들한테서 인기가 대단하더구먼. …… 기껏 5분쯤 걸어오면 될 거리에 살면서 나한테 왜 통 놀러 오지 않았나?" "늘 생각은 하고 있었습니다만……." "저기 앉아 계시는 하 선생님한테서 자네 얘긴 늘 듣고 있었지. …… 자, 하 선생 맥주는 술도 아니니까 한잔 들어 봐요. 평소엔 그렇지도 않던데 오늘 저녁엔 왜 이렇게 얌전을 피우실까?" "네 네, 거기 놓으세요. 제가 마시겠어요." "맥주는 좀 마셔 봤지요?" "대학 다닐 때 친구들과 어울려서 방문을 안으로 잠가 놓고 소주도 마셔 본 걸요." "이거 술꾼인 줄은 몰랐는데." "마시고 싶어서 마신 게 아니라 시험 삼아서 맛 좀 본 거예요." "그래서 맛이 어떻습디까?" "모르겠어요. 술잔을 입에서 떼자마자 쿨쿨 자 버렸으니까요." 사람들이 웃었다. 박만이 억지로 웃는 듯한 웃음이었다. "내가 항상 생각하는 바지만, 하 선생님의 좋은 점은 바로 저기에 있거든. 될 수 있으면 얘기를 재미있게 하려고 한다는 점, 바로 그거야." "일부러 재미있게 하려고 하는 게 아녜요. 대학 다닐 때의 말버릇이에요." "아하, 그러고 보면 하 선생의 나쁜 점은 바로 저기 있어. '내가 대학 다닐 때'라는 말을 빼놓곤 얘기가 안 됩니까? 나처럼 대학엔 문전에도 가 보지 못한 사람은 서러워서 살겠어요?" "죄송합니다." "그럼 내게 사과하는 뜻에서 노래 한 곡 들려주시겠어요?" "그거 좋습니다." "좋지요." "한번 들어 봅시다." 사람들이 박수를 쳤다. 여선생은 머뭇거렸다. "서울 손님도 오고 했으니까…… 그 지난번에 부르던 거 참 좋습디다." 조는 재촉했다. "그럼 부릅니다." 여선생은 거의 무표정한 얼굴로 입을 조금만 달싹거리며 노래를 부르기 시작했다. 세무서 직원들이 손가락으로 술상을 두드리기 시작했다. 여선생은 「목포의 눈물」을 부르고 있었다. 「어떤 갠 날」과 「목포의 눈물」 사이에는 얼마큼의 유사성이 있을까? 무엇이 저 아리아들로써 길들여진 성대에서 유행가를 나오게 하고 있을까? 그 여자가 부르는 「목포의 눈물」에는 작부들이 부르는 그것에서 들을 수 있는 것과 같은 꺾임이 없었고, 대체로 유행가를 살려 주는 목소리의 갈라짐이 없었고 흔히 유행가가 내용으로 하는 청승맞음이 없었다. 그 여자의 「목포의 눈물」은 이미 유행가가 아니었다. 그렇다고 「나비 부인」 중의 아리아는 더욱 아니었다. 그것은 이전에는 없었던 어떤 새로운 양식의 노래였다. 그 양식은 유행가가 내용으로 하는 청승맞음과는 다른, 좀 더 무자비한 청승맞음을 표현하고 있었고 「어떤 갠 날」의 그 절규보다도 훨씬 높은 옥타브의 절규를 포함하고 있었고, 그 양식에는 머리를 풀어헤친 광녀의 냉소가 스며 있었고 무엇보다도 시체가 썩어 가는 듯한 무진의 그 냄새가 스며 있었다.

그 여자의 노래가 끝나자 나는 의식적으로 바보 같은 웃음을 띠고 박수를 쳤고 그리고 육감으로써랄까, 나는 후배인 박이 이 자리에서 떠나고 싶어 하는 것을 알았다. 나의 시선이 박에게로 갔을 때, 나의 시선을 받은 박은 기다렸다는 듯이 자리에서 일어났다. 누군지가 그에게 앉아 있기를 권했으나 박은 해사한 웃음을 띠며 거절했다. "먼저 실례합니다. 형님은 내일 또 뵙지요." 조는 대문까지 따라 나왔고 나는 한길까지 박을 바래다주러 나갔다. 밤이 깊지 않았는데도 거리는 적막했다. 어디선지 개 짖는 소리가 들려왔고 쥐 몇 마리가 한 길 위에서 무엇을 먹고 있다가 우리의 그림자에 놀라 흩어져 버렸다. "형님, 보세요. 안개가 내리는군요." 과연 한길의 저 끝이, 불빛이 드문드문 박혀 있는 먼 주택지의 검은 풍경들이 점점 풀어져 가고 있었다. "자네, 하 선생을 좋아하고 있는 모양이군." 내가 물었다. 박은 다시 그 해사한 웃음을 떠었다. "그 여선생과 조 군과 무슨 관계가 있는 모양이지?" "모르겠습니다. 아마 조 형이 결혼 대상자 중의 하나로 생각하고 있는 거 같아요." "자네가 그 여선생을 좋아한다면 좀 더 적극적으로 나가야 해. 잘해 봐." "뭐 별로⋯⋯." 박은 소년처럼 말을 더듬거렸다. "그 속물들 틈에 앉아서 유행가를 부르고 있는 게 좀 딱해 보였을 뿐이지요. 그래서 나와 버린 거죠." 박은 분노를 누르고 있는 듯이 나직나직 말했다. "클래식을 부를 장소가 있고 유행가를 부를 장소가 따로 있다는 것뿐이겠지. 뭐 딱할 거까지야 있나?" 나는 거짓말로써 그를 위로했다. 박은 가고 나는 다시 '속물'들 틈에 끼었다. 무진에서는 누구나 그렇게 생각하는 것이다. 타인은 모두 속물들이라고. 나 역시 그렇게 생각하는 것이다. 타인이 하는 모든 행위는 무위(無爲)와 똑같은 무게밖에 가지고 있지 않은 장난이라고.

밤이 퍽 깊어서 우리는 자리에서 일어났다. 조는 내가 자기 집에서 자고 가기를 권했다. 그러나 다음 날 아침에 잠자리에서 일어나서 그 집을 나올 때까지의 부자유스러움을 생각하고 나는 기어코 밖으로 나섰다. 직원들도 도중에서 흩어져 가고 결국엔 나와 여자만이 남았다. 우리는 다리를 건너고 있었다. 검은 풍경 속에서 냇물은 하얀 모습으로 뻗어 있었고 그 하얀 모습의 끝은 안개 속으로 사라지고 있었다. "밤엔 정말 멋있는 고장이에요." 여자가 말했다. "그래요? 다행입니다." 내가 말했다. "왜 다행이라고 말씀하시는 줄 짐작하겠어요." 여자가 말했다. "어느 정도까지 짐작하셨어요?" 내가 물었다. "사실은 멋이 없는 고장이니까요. 제 대답이 맞았어요?" "거의." 우리는 다리를 다 건넜다. 거기서 우리는 헤어져야 했다. 그 여자는 냇물을 따라서 뻗어 나간 길로 가야 했고 나는 곧장 난 길로 가야 했다. "아, 글루 가세요? 그럼……." 내가 말했다. "조금만 바래다주세요. 이 길은 너무 조용해서 무서워요." 여자가 조금 떨리는 목소리로 말했다. 나는 다시 여자와 나란히 서서 걸었다. 나는 갑자기 이 여자와 친해진 것 같았다. 다리가 끝나는 바로 거기에서부터, 그 여자가 정말 무서워서 떠는 듯한 목소리로 내게 바래다주기를 청했던 바로 그때부터 나는 그 여자가 내 생애 속에 끼어든 것을 느꼈다. 내 모든 친구들처럼, 이제는 모른다고 할 수 없는, 때로는 내가 그들을 훼손하기도 했지만 그러나 더욱 많이 그들이 나를 훼손시켰던 내 모든 친구들처럼. "처음에 뵈었을 때, 뭐랄까요, 서울 냄새가 난다고 할까요, 퍽 오래전부터 알던 사람처럼 느껴졌어요. 참 이상하죠?" 갑자기 여자가 말했다. "유행가." 내가 말했다. "네?" "아니 유행가는 왜 부르십니까? 성악 공부한 사람들은 될 수 있는대로 유행가를 멀리하지 않았던가요?" "그 사람들은 항상 유행가만 부르라고 하거든요." 대답하고 나서 여자는 부끄러운 듯이 나지막하게 소리 내어 웃었다. "유행가를 부르지 않으려면 거기에 가지 않는 게 좋다고 얘기하면 내정간섭이 될까요?" "정말 앞으론 가지 않을 작정이에요. 정말 보잘것없는 사람들이에요." "그럼 왜 여태까진 거기에 놀러 다녔습니까?" "심심해서요." 여자는 힘없이 말했다. 심심하다, 그래 그게가장 정확한 표현이다. "아까 박 군은 하 선생님께서 유행가를부르고 계시는 게 보기에 딱하다고 하면서 나가 버렸지요." 나는 어둠 속에서 여자의 얼굴을 살폈다. "박 선생님은 정말 꽁생원이에요." 여자는 유쾌한 듯이 높은 소리로 웃었다. "선량한 사람이죠." 내가 말했다. "네, 너무 선량해요." "박 군이 하선생님을 사랑하고 있다는 생각을 해 본 적은 없었던가요?" "아이, '하 선생님 하 선생님' 하지 마세요. 오빠라고 해도 제큰오빠뻘이나 되실 텐데요." "그럼 무어라고 부릅니까?" "그냥제 이름을 불러 주세요. 인숙이라고요." "인숙이 인숙이." 나는낮은 목소리로 중얼거려 보았다. "그게 좋군요." 나는 말했다."인숙인 왜 내 질문을 피하지요?" "무슨 질문을 하셨던가요?"여자는 웃으면서 말했다. 우리는 논 곁을 지나가고 있었다. 언젠가 여름밤, 멀고 가까운 논에서 들려오는 개구리들의 울음소리를, 마치 수많은 비단조개 껍데기를 한꺼번에 맞부빌 때나는 듯한 소리를 듣고 있을 때 나는 그 개구리 울음소리들이 나의 감각 속에서 반짝이고 있는, 수없이 많은 별들로 바뀌어져 있는 것을 느끼곤 했었다. 청각의 이미지가 시각의 이미지로 바뀌어지는 이상한 현상이 나의 감각 속에서 일어나곤했었던 것이다. 개구리 울음소리가 반짝이는 별들이라고 느낀나의 감각은 왜 그렇게 뒤죽박죽이었을까. 그렇지만 밤하늘에

무진기행

27

서 쏟아질 듯이 반짝이고 있는 별들을 보고 개구리의 울음소리가 귀에 들려오는 듯했었던 것은 아니다. 별들을 보고 있으면 나는 나와 어느 별과 그리고 그 별과 또 다른 별들 사이의 안타까운 거리가, 과학 책에서 배운 바로써가 아니라, 마치 나의 눈이 점점 정확해져 가고 있는 듯이, 나의 시력에 뚜렷하게 보여 오는 것이다. 나는 그 도달할 길 없는 거리를 보는 데 홀려서 멍하니 서 있다가 그 순간 속에서 그대로 가슴이 터져버리는 것 같았었다. 왜 그렇게 못 견디어했을까. 별이 무수히 반짝이는 밤하늘을 보고 있던 옛날 나는 왜 그렇게 분해서 못 견디어했을까. "무얼 생각하고 계세요?" 여자가 물어왔다. "개구리 울음소리." 대답하며 나는 밤하늘을 올려다봤다. 내리고 있는 안개에 가려서 별들이 흐릿하게 떠보였다. "어머, 개구리 울음소리. 정말예요. 제겐 여태까지 개구리 울음소리가 들리지 않았어요. 무진의 개구리는 밤 12시 이후에만 우는 줄로 알고 있었는데요." "12시 이후에요?" "네, 밤 12시가 넘으면, 제가 방을 얻어 있는 주인 댁의 라디오 소리도 꺼지고 들리는 거라곤 개구리 울음소리뿐이거든요." "밤 12시가 넘도록 잠을 자지 않고 무얼 하시죠?" "그냥 가끔 그렇게 잠이 오지 않아요." 그냥 그렇게 잠이 오지 않는다. 아마 그건 사실이리라. "사모님 예쁘게 생기셨어요?" 여자가 갑자기 물었다. "제 아내 말씀인가요?" "네." "예쁘죠." 나는 웃으면서 대답했다. "행복하시죠? 돈이 많고 예쁜 부인이 있고 귀여운 아이들이 있고 그러면……." "아이들은 아직 없으니까 쬐끔 덜 행복하겠군요." "어머, 결혼을 언제 하셨는데 아직 아이들이 없어요?" "이제 3년 좀 넘었습니다." "특별한 용무도 없이 여행하시면서 왜 혼자 다니세요?" 이 여자는 왜 이런 질문을 할까? 나는 조용히 웃어 버렸다. 여자는 아까보다 좀 더 명랑한 목소리로 말했다. "앞으로 오빠라고 부를 테니까 절 서울로 데려가 주시겠어요?" "서울에 가고 싶으신가요?" "네." "무진이 싫은가요?" "미칠 것 같아요. 금방 미칠 것 같아요. 서울엔 제 대학 동창들도 많고…… 아이, 서울로 가고 싶어 죽겠어요." 여자는 잠깐 내 팔을 잡았다가 얼른 놓았다. 나는 갑자기 흥분되었다. 나는 이마를 찡그렸다. 찡그리고 찡그리고 또 찡그렸다. 그러자 흥분이 가셨다. "그렇지만 이젠 어딜 가도 대학 시절과는 다를 걸요. 인숙은 여자니까 아마 가정으로나 숨어 버리기 전에는 어느 곳에 가든지 미칠 것 같을 걸요." "그런 생각도 해 봤어요. 그렇지만 지금 같아선 가정을 갖는다고 해도 미칠 것 같은 생각이 들어요. 정말 맘에 드는 남자가 있다고 해도 여기서는 살기가 싫어요. 전 그 남자에게 여기서 도망하자고 조를 거예요." "그렇지만 내 경험으로서는 서울에서의 생활이 반드시 좋지도 않더군요. 책임, 책임뿐입니다." "그렇지만 여긴 책임도 무책임도 없는 곳인걸요. 하여튼 서울에 가고 싶어요. 절 데려가 주시겠어요?" "생각해 봅시다." "꼭이에요 네?" 나는 그저 웃기만 했다. 우리는 그 여자의 집 앞에까지 왔다. "선생님, 내일은 무얼 하실 계획이세요?" 여자가 물었다. "글쎄요. 아침엔 어머님 산소를 다녀와야 하겠고, 그러고 나면 할 일이 없군요. 바닷가에나 가 볼까 하는데요. 거긴 한때 내가 방을 얻어 있던 집이 있으니까 인사도 할겸." "선생님, 내일 거긴 오후에 가세요." "왜요?" "저도 같이 가고 싶어요. 내일은 토요일이니까 오전 수업뿐이에요." "그럽시다." 우리는 내일 만날 시간과 장소를 약속하고 헤어졌다. 나는 이상한 우울에 빠져서 터벅터벅 밤길을 걸어 이모 댁으로 돌아왔다.

내가 이불 속으로 들어갔을 때 통금 사이렌이 불었다. 그것은 갑작스럽게 요란한 소리였다. 그 소리는 길었다. 모든 사물들이 모든 사고(思考)가 그 사이렌에 흡수되어 갔다. 마침내 이 세상에선 아무것도 없어져 버렸다. 사이렌만이 세상에 남아 있었다. 그 소리도 마침내 느껴지지 않을 만큼 오랫동안 계속할 것 같았다. 그때 소리가 갑자기 힘을 잃으면서 꺾였고 길게 신음하며 사라져 갔다. 내 사고만이 다시 살아났다. 나는 얼마 전까지 그 여자와 주고받던 얘기들을 다시 생각해 보려 했다. 많은 것을 얘기한 것 같은데 그러나 귓속에는 우리의 대화가 몇 개 남아 있지 않았다. 좀 더 시간이 지난 후, 그 대화들이 내 귓속에서 내 머릿속으로 자리를 옮길 때는 그리고 머릿속에서 심장 속으로 옮겨 갈 때는 또 몇 개가 더 없어져 버릴 것인가. 아니 결국엔 모두 없어져 버릴지도 모른다. 천천히 생각해 보자. 그 여자는 서울에 가고 싶다고 했다. 그 말을 그 여자는 안타까운 음성으로 얘기했다. 나는 문득 그 여자를 껴안고 싶은 충동에 사로잡혔다. 그리고…… 아니, 내 심장에 남을 수 있는 것은 그것뿐이었다. 그러나 그것도 일단 무진을 떠나기만 하면 내 심장 위에서 지워져 버리리라. 나는 잠이 오지 않았다. 낮잠 때문이기도 하였다. 나는 어둠 속에서 담배를 피웠다. 나는 우울한 유령들처럼 나를 내려다보고 있는 벽에 걸린 하얀 옷들을 흘겨보고 있었다. 나는 담뱃재를 머리맡의 적당한 곳에 털었다. 내일 아침 걸레로 닦아 내면 될 어느 곳에. '12시 이후에 우는' 개구리 울음소리가 희미하게 들려오고 있었다. 어디선가 1시를 알리는 시계 소리가 나직이 들려왔다. 어디선가 2시를 알리는 시계 소리가 들려왔다. 어디선가 3시를 알리는 시계 소리가 들려왔다. 어디선가 4시를 알리는 시계 소리가 들려왔다. 잠시 후에 통금 해제의 사이렌이 불었다. 시계와 사이렌 중 어느 것 하나가 정확하지 못했다. 사이렌은 갑작스럽고 요란한 소리였다. 그 소리는 길었다. 모든 사물이 모든 사고가 그 사이렌에 흡수되어 갔다. 마침내 이 세상에선 아무것도 없어져 버렸다. 사이렌만이 세상에 남아 있었다. 그 소리도 마침내 느껴지지 않을 만큼 오랫동안 계속할 것 같았다. 그때 소리가 갑자기 힘을 잃으면서 꺾였고 길게 신음하며 사라져 갔다. 어디선가 부부들은 교합하리라. 아니다. 부부가 아니라 창부와 그 여자의 손님이리라. 나는 왜 그런 엉뚱한 생각을 하고 있는지 알 수 없었다. 잠시 후에 나는 슬며시 잠이 들었다.

바다로 뻗은 긴 방죽

그날 아침엔 이슬비가 내리고 있었다. 식전에 나는 우산을 받쳐 들고 읍 근처의 산에 있는 어머니의 산소로 갔다. 나는 바지를 무릎 위까지 걷어 올리고 비를 맞으며 묘를 향하여 엎드려 절했다. 비가 나를 굉장한 효자로 만들어 주었다. 나는 한 손으로 묘 위의 긴 풀을 뜯었다. 풀을 뜯으면서 나는, 나를 전무님으로 만들기 위하여 전무 선출에 관계된 사람들을 찾아다니며 그 호걸웃음을 웃고 있을 장인 영감을 상상했다. 그러자 나는 묘 속으로 들어가고 싶었다.

돌아가는 길은, 좀 멀긴 하지만 잔디가 곱게 깔린 방죽 길을 걷기로 했다. 이슬비가 바람에 뿌옇게 날리고 있었다. 비를 따라서 풍경이 흔들렸다. 나는 우산을 접어 버렸다. 방죽 위를 걸어가다가 나는, 방죽의 경사 밑, 물가의 풀밭에, 읍에서 먼 촌으로부터 등교하기 위하여 온 학생들이 모여서 웅성거리고 있는 것을 보았다. 나이 많은 사람들이 몇 사람 끼어 있었고 비옷을 입은 순경 한 사람이 방죽의 비탈 위에 쭈그리고 앉아서 담배를 피우며 먼 곳을 바라보고 있었고 노파 한 사람이 혀를 차며 웅성거리고 있는 학생들의 틈을 빠져나와서 갔다. 나는 방죽의 비탈을 내려갔다. 순경 곁을 지나면서 나는 물었다. "무슨 일입니까?" "자살 시쳅니다." 순경은 흥미 없는 말투로 말했다. "누군데요?" "읍내에 있는 술집 여잡니다. 초여름이 되면 반드시 몇 명씩 죽지요." "네에." "저 계집애는 아주 독살스러운 년이어서 안 죽을 줄 알았더니, 저것도 별수 없는 사람이었던 모양입니다." "네에." 나는 물가로 내려가서 학생들 틈에 끼었다. 시체의 얼굴은 냇물을 향하고 있었으므로 내게는 보이지 않았다. 머리는 파마였고 팔과 다리가 하얗고 굵었다. 붉은색의 얇은 스웨터를 입고 있었고 하얀 스커트를 입고 있었다. 지난밤의 새벽은 추웠던 모양이다. 아니면 그 옷이 그

32

여자의 맘에 든 옷이었던가 보다. 푸른 꽃무늬 있는 하얀 고무신을 머리에 베고 있었다. 무엇인가를 싼 하얀 손수건이 그 여자의 축 늘어진 손에서 좀 떨어진 곳에 굴러 있었다. 하얀 손수건은 비를 맞고 있었고 바람이 불어도 조금도 나부끼지 않았다. 시체의 얼굴을 보기 위해서 많은 학생들이 냇물 속에 발을 담그고 이쪽을 향하여 서 있었다. 그들의 푸른색 유니폼이 물에 거꾸로 비쳐 있었다. 푸른색의 깃발들이 시체를 옹위하고 있었다. 나는 그 여자를 향하여 이상스레 정욕이 끓어오름을 느꼈다. 나는 급히 그 자리를 떠났다. "무슨 약을 먹었는지 모르지만 지금이라도 어쩌면……." 순경에게 내가 말했다. "저런 여자들이 먹는 건 청산가립니다. 수면제 몇 알 먹고 떠들썩한 연극 같은 건 안 하지요. 그것만은 고마운 일이지만." 나는 무진으로 오는 버스 칸에서 수면제를 만들어 팔겠다는 공상을 한 것이 생각났다. 햇볕의 신선한 밝음과 살갗에 탄력을 주는 정도의 공기의 저온 그리고 해풍에 섞여 있는 정도의 소금기, 이 세 가지를 합성하여 수면제를 만들 수 있다면……. 그러나 사실 그 수면제는 이미 만들어져 있었던 게 아닐까. 나는 문득, 내가 간밤에 잠을 이루지 못하고 뒤척거리고 있었던 게 이 여자의 임종을 지켜 주기 위해서가 아니었을까 하는 생각이 들었다. 통금 해제의 사이렌이 불고 이 여자는 약을 먹고 그제야 나는 슬며시 잠이 들었던 것만 같다. 갑자기 나는 이 여자가 나의 일부처럼 느껴졌다. 아프긴 하지만 아끼지 않으면 안 될 내 몸의 일부처럼 느껴졌다. 나는 접어 든 우산에 묻은 물을 획획 뿌리면서 집으로 돌아왔다. 집에는 세무서장인 조가 보낸 쪽지가 기다리고 있었다. "할 일 없으면 세무서로 좀 들러 주게." 아침밥을 먹고 나는 세무서로 갔다. 이슬비는 그쳤으나 하늘은 흐렸다. 나는 조의 의도를 알 것 같았다. 서장실에 앉아 있는 자기의 모습을 보여 주고 싶은 거다. 아니 내가 비꼬아서 생각하고 있는지 모른다. 나는 고쳐 생각하기로 했다. 그는 세무서장으로 만족하고 있을까? 아마 만족하고 있을 게다. 그는 무진에 어울리는 사람이다. 아니, 나는 다시 고쳐 생각하기로 했다. 어떤 사람을 잘 안다는 것─잘 아는 체한다는 것이 그 어떤 사람의 입장에서 보면 무척 불행한 일이다. 우리가 비난할 수 있고 적어도 평가하려고 드는 것은 우리가 알고 있는 사람에 한하는 것이기 때문이다.

조는 러닝셔츠 바람으로, 바지는 무릎 위까지 걷어붙이고 부채를 부치고 있었다. 나는 그가 초라해 보였고 그러나 그가 흰 커버를 씌운 회전의자 위에 앉아 있는 것을 자랑스러워하는 듯한 몸짓을 해 보일 때는 그가 가엾게 생각되었다. "바쁘지 않나?" 내가 물었다. "나야 뭐 하는 일이 있어야지. 높은 자리라는 건 책임진다는 말만 중얼거리고 있으면 되는 모양이지." 그러나 그는 결코 한가하지 않았다. 여러 사람들이 드나들면서 서류에 조의 도장을 받아 갔고 더 많은 서류들이 그의 미결함(未決函)에 쌓여졌다. "월말에다가 토요일이 되어서 좀 바쁘다." 그는 말했다. 그러나 그의 얼굴은 그 바쁜 것을 자랑스럽게 여기고 있었다. 바쁘다. 자랑스러워할 틈도 없이 바쁘다. 그것은 서울에서의 나였다. 그만큼 여기는 생활한다는 것에 서투를 수 있다고나 할까? 바쁘다는 것도 서투르게 바빴다. 그리고 그때 나는, 사람이 자기가 하는 일에 서투르다는 것은, 그것이 무슨 일이든지 설령 도둑질이라고 할지라도 서투르다는 것은 보기에 딱하고 보는 사람을 신경질 나게 한다고 생각하였다. 미끈하게 일을 처리해 버린다는 건 우선 우리를 안심시켜 준다. "참, 엊저녁, 하 선생이란 여자는 네 색싯감이냐?" 내가 물었다. "색싯감?" 그는 높은 소리로 웃었다. "내 색싯감이 그 정도로밖에 안 보이냐?" 그가 말했다. "그 정도가 뭐 어때서?"

"야, 이 약아빠진 놈아, 넌 백 좋고 돈 많은 과부를 물어 놓고 기껏 내가 어디서 굴러 온 줄도 모르는 말라빠진 음악 선생이나 차지하고 있으면 맘이 시원하겠다는 거냐?" 말하고 나서 그는 유쾌해 죽겠다는 듯이 웃어 대었다. "너만큼만 사는 정도라면 여자가 거지라도 괜찮지 않아?" 내가 말했다. "그래도 그게 아닙니다. 내 편에 나를 끌어 줄 사람이 없으면 처가 편에서라도 누가 있어야 하는 거야." 그가 대답했다. 그의 말투로는 우리는 공모자였다. "야, 세상 우습더라. 내가 고시에 패스하자마자 중매쟁이가 막 들어오는데……. 그런데 그게 모두 형편없는 것들이거든. 도대체 여자들이 성기 하나를 밑천으로 해서 시집가 보겠다는 고 배짱들이 괘씸하단 말야." "그럼 그 여선생도 그런 여자 중의 하나인가?" "아주 대표적인 여자지, 어떻게나 쫓아 다니는지 귀찮아 죽겠다." "퍽 똑똑한 여자일 것 같던데." "똑똑하기야 하지, 그렇지만 뒷조사를 해 보았더니 집안이 너무 허술해. 그 여자가 여기서 죽는다고 해도 고향에서 그 여자를 데리러 올 사람 하나 변변한 게 없거든." 나는 그 여자를 어서 만나 보고 싶었다. 나는 그 여자가 지금 어디서 죽어 가고 있는 것처럼 생각되었다. 어서 가서 만나 보고 싶었다. "속도 모르는 박 군은 그 여자를 좋아한데." 그가 말하면서 빙긋 웃었다. "박 군이?" 나는 놀란 체했다. "그 여자에게 편지를 보내어 호소를 하는데 그 여자가 모두 내게 보여 주거든, 박 군은 내게 연애편지를 쓰는 셈이지." 나는 그 여자를 만나 보고 싶은 생각이 싹 가셨다. 그러나 잠시 후엔 그 여자를 어서 만나 보고 싶다는 생각이 되살아났다. "지난봄엔 그 여잘 데리고 절엘 한번 갔었지. 어떻게 해 보려고 했는데 요 영리한 게 결혼하기 전까지는 절대로 안 된다는 거야." "그래서?" "무안만 당하고 말았지." 나는 그 여자에게 감사했다.

시간이 됐을 때 나는 그 여자와 만나기로 한, 읍내에서 좀 떨어진, 바다로 뻗어 나가고 있는 방죽으로 갔다. 노란 파라솔 하나가 멀리 보였다. 그것이 그 여자였다. 우리는 구름이 낀 하늘 밑을 나란히 걸어갔다. "저 오늘 박 선생님께 선생님에 관해서 여러 가지 물어봤어요." "그래요?" "무얼 제일 중요하게 물어보았을 거 같아요?" 나는 전연 짐작할 수가 없었다. 그 여자는 잠시 동안 키득키득 웃었다. 그리고 말했다. "선생님의 혈액형을 물어봤어요." "내 혈액형을요?" "전 혈액형에 대해서 이상한 믿음을 가지고 있어요. 사람들이 꼭 자기의 혈액형이 나타내 주는—그, 생물 책에 씌어 있지 않아요?—꼭 그 성격대로이기만 했으면 좋겠어요. 그럼 세상엔 손가락으로 꼽을 정도의 성격밖에 없을 게 아니에요?" "그게 어디 믿음입니까? 희망이지." "전 제가 바라는 것은 그대로 믿어 버리는 성격이에요." "그건 무슨 혈액형입니까?" "바보라는 이름의 혈액형이에요." 우리는 후텁지근한 공기 속에서 괴롭게 웃었다. 나는 그 여자의 프로필을 훔쳐보았다. 그 여자는 이제 웃음을 그치고 입을 꾹 다물고 그 커다란 눈으로 앞을 똑바로 응시하고 있었고 코끝에 땀이 맺혀 있었다. 그 여자는 어린아이처럼 나를 따라오고 있었다. 나는 나의 한 손으로 그 여자의 한 손을 잡았다. 그 여자는 놀란 듯했다. 나는 얼른 손을 놓았다. 잠시 후에 나는 다시 손을 잡았다. 그 여자는 이번엔 놀라지 않았다. 우리가 잡고 있는 손바닥과 손바닥의 틈으로 희미한 바람이 새어 나가고 있었다. "무작정 서울에만 가면 어떻게 할 작정이오?" 내가 물었다. "이렇게 좋은 오빠가 있는데 어떻게 해 주겠지요." 여자는 나를 쳐다보며 방긋 웃었다. "신랑감이야 수두룩하긴 하지만……. 서울보다는 고향에 가 있는 게 낫지 않을까요?" "고향보다는 여기가 나아요." "그럼 여기 그대로 있는 게……." "아이, 선생님. 절 데리고 가시잖을 작정이시군요." 여자는 울상을 지으며 내 손을 뿌리쳤다. 사실 나는 나 자신을 알 수 없었다. 사실 나는 감상이나 연민으로써 세상을 향하고 서는 나이도 지난 것이다. 사실 나는, 몇 시간 전에 조가 얘기했듯이 '백이 좋고 돈 많은 과부'를 만난 것을 반드시 바랐던 것은 아니지만 결과적으로는 잘되었다고 생각하고 있는 사람인 것이다. 나는 내게서 달아나 버렸던 여자에 대한 것과는 다른 사랑을 지금의 내 아내에 대하여 갖고 있었다. 그러면서도 나는 구름이 끼어 있는 하늘 밑의 바다로 뻗은 방죽 위를 걸어가면서, 다시 내 곁에 선 여자의 손을 잡았다. 나는 지금 우리가 찾아가고 있는 집에 대하여 여자에게 설명해 주었다. 어느 해, 나는 그 집에서 방 한 칸을 얻어 들고 더러워진 나의 폐를 씻어 내고 있었다. 어머니도 세상을 떠나간 뒤였다. 이 바닷가에서 보낸 1년, 그때 내가 쓴 모든 편지들 속에서 사람들은 '쓸쓸하다'라는 단어를 쉽게 발견할 수 있었다. 그 단어는 다소 천박하고 이제는 사람의 가슴에 호소해 오는 능력도 거의 상실해 버린 사어 같은 것이지만 그러나 그 무렵의 내게는 그 말밖에 써야 할 말이 없는 것처럼 생각되었었다. 아침의 백사장을 거니는 산보에서 느끼는 시간의 지루함과 낮잠에서 깨어나서 식은땀이 줄줄 흐르는 이마를 손바닥으로 닦으며 느끼는 허전함과 깊은 밤에 악몽으로부터 깨어나서 쿵쿵 소리를 내며 급하게 뛰고 있는 심장을 한 손으로 누르며 밤바다의 그 애처로운 울음소리에 귀를 기울이고 있을 때의 그 안타까움, 그런 것들이 굴 껍데기처럼 다닥다닥 붙어서 떨어질 줄 모르는 나의 생활을 나는 '쓸쓸하다'라는, 지금 생각하면 허깨비 같은 단어 하나로 대신시켰던 것이다. 바다는 상상도 되지 않는 먼지 낀 도시에서, 바쁜 일과 중에, 무표정한 우편배달부가 던져 주고 간 나의 편지 속에서 '쓸쓸하다'라는 말을 보았을 때 그 편지를 받은 사람이 과연 무엇을 느끼거나 상상할 수 있었을까? 그 바닷가에서 그 편지를 내가 띄우고 도시에서 내가 그 편지를 받았다고 가정할 경우에도 내가 그 바닷가에서 그 단어에 걸어 보던 모든 것에 만족할 만큼 도시의 내가 바닷가의 나의 심경에 공명할 수 있었을 것인가? 아니 그것이 필요하기나 했었을까? 그러나 정확하게 말하자면, 그 무렵 편지를 쓰기 위해서 책상 앞으로 다가가고 있던 나도, 지금에 와서 내가 하고 있는 바와 같은 가정과 질문을 어렴풋이나마 하고 있었고 그 대답을 '아니다'로 생각하고 있었던 듯하다. 그러면서도 그는 그 속에 '쓸쓸하다'라는 단어가 씌어진 편지를 썼고 때로는 바다가 암청색으로 서투르게 그려진 엽서를 사방으로 띄웠다. "세상에서 제일 먼저 편지를 쓴 사람은 어떤 사람이었을까요?" 내가 말했다. "아이, 편지, 정말 편지를 받는 것처럼 기쁜 일은 없어요. 정말 누구였을까요? 아마 선생님처럼 외로운 사람이었겠죠?" 여자의 손이 내 손안에서 꼼지락거렸다. 나는 그 손이 그렇게 말하고 있는 듯한 느낌이 들었다. "그리고 인숙이처럼." 내가 말했다. "네." 우리는 서로 고개를 마주 보며 웃음 지었다.

우리는 우리가 찾아가는 집에 도착했다. 세월이 그 집과 그 집 사람들만은 피해서 지나갔던 모양이다. 주인들은 나를 옛날의 나로 대해 주었고 그러자 나는 옛날의 내가 되었다. 나는 가지고 온 선물을 내놓았고 그 집 주인 부부는 내가 들어 있던 방을 우리에게 제공해 주었다. 나는 그 방에서 여자의 조바심을, 마치 칼을 들고 달려드는 사람으로부터, 누군지가 자기의 손에서 칼을 빼앗아 주지 않으면 상대편을 찌르고 말 듯한 절망을 느끼는 사람으로부터 칼을 빼앗듯이 그 여자의 조바심을 빼앗아 주었다. 그 여자는 처녀는 아니었다. 우리는 다시 방문을 열고 물결이 다소 거센 바다를 내어다 보며 오랫동안 말없이 누워 있었다. "서울에 가고 싶어요. 단지 그거뿐예요." 한참 후에 여자가 말했다. 나는 손가락으로 여자의 볼 위에 의미 없는 도화를 그리고 있었다. "세상엔 착한 사람이 있을까?" 나는 방으로 불어오는 해풍 때문에 불이 꺼져 버린 담배에 다시 불을 붙이며 말했다. "절 나무라시는 거죠? 착하게 보아 주려는 마음이 없으면 아무도 착하지 않을 거예요?" 나는 우리가 불교도라고 생각했다. "선생님은 착한 분이세요?" "인숙이가 믿어 주는 한." 나는 다시 한 번 우리가 불교도라고 생각했다. 여자는 누운 채 내게 조금 더 다가왔다. "바닷가로 나가요, 네? 노래 불러 드릴게요." 여자가 말했다. 그러나 우리는 일어나지 않았다. "바닷가로 나가요, 네? 방은 너무 더워요." 우리는 일어나서 밖으로 나왔다. 우리는 백사장을 걸어서 인가가 보이지 않는 바닷가의 바위 위에 앉았다. 파도가 거품을 숨겨 가지고 와서 우리가 앉아 있는 바위 밑에 그것을 뿜어 놓았다. "선생님." 여자가 나를 불렀다. 나는 여자 쪽으로 고개를 돌렸다. "자기 자신이 싫어지는 것을 경험하신 적이 있으세요?" 여자가 꾸민 명랑한 목소리로 물었다. 나는 기억을 헤쳐 보았다. 나는 고개를 끄덕이며 말했다. "언젠가 나와 함께 자던 친구가 다음 날 아침에 내가 코를 골면서 자더라는 것을 알려 주었을 때였지. 그땐 정말이지 살맛이 나지 않았어." 나는 여자를 웃기기 위해서 그렇게 말했다. 그러나 여자는 웃지 않고 조용히 고개만 끄덕거렸다. 한참 후에 여자가 말했다. "선생님, 저 서울에 가고 싶지 않아요." 나는 여자의 손을 달라고 하여 잡았다. 나는 그 손을 힘을 주어 쥐면서 말했다. "우리 서로 거짓말은 하지 말기로 해." "거짓말이 아니에요." 여자는 빙긋 웃으면서 말했다. 「어떤 갠 날」 불러 드릴게요." "그렇지만 오늘은 흐린걸." 나는 「어떤 갠 날」의 그 이별을 생각하며 말했다. 흐린 날엔 사람들은 헤어지지 말기로 하자. 손을 내밀고 그 손을 잡는 사람이 있으면 그 사람을 가까이 가까이 좀 더 가까이 끌어당겨 주기로 하자. 나는 그 여자에게 '사랑한다'고 말하고 싶었다. 그러나 '사랑한다'라는 그 국어의 어색함이 그렇게 말하고 싶은 나의 충동을 쫓아 버렸다.

우리가 바닷가에서 읍내로 돌아온 것은 저녁의 어둠이 밀려든 뒤였다. 읍내에 들어오기 조금 전에 우리는 방죽 위에서 키스했다. "전 선생님께서 여기 계시는 일주일 동안만 멋있는 연애를 할 계획이니까 그렇게 알고 계세요." 헤어지면서 여자가 말했다. "그렇지만 내 힘이 더 세니까 별수 없이 내게 끌려서 서울까지 가게 될걸." 내가 말했다.

집으로 돌아와서 나는 후배인 박이 낮에 다녀간 것을 알았다. 그는 내가 "무진에 계시는 동안 심심하지 않을까 하여 읽으시라"고 책 세 권을 두고 갔다. 그가 저녁에 다시 오겠다고 하더라는 얘기를 이모가 내게 했다. 나는 피로를 평계로 아무도 만나기 싫다는 뜻을 이모에게 알려 두었다. 이모는 내가 바닷가에서 아직 돌아오지 않았다고 대답하겠다고 말했다. 나는 아무것도 생각하고 싶지 않았다. 아무것도. 나는 이모에게 소주를 사 오게 하여 취해서 잠이 들 때까지 마셨다. 새벽녘에 잠깐 잠이 깨었다. 나는 이유를 집어낼 수 없이 가슴이 두

근거렸는데 그것은 불안이었다. "인숙이." 하고 나는 중얼거려 보았다. 그리고 곧 다시 잠이 들어 버렸다.

당신은 무진을 떠나고 있습니다.

나는 이모가 나를 흔들어 깨워서 눈을 떴다. 늦은 아침이었다. 이모는 전보 한 통을 내게 건네주었다. 엎드려 누운 채 나는 전보를 펴 보았다. "27일회의참석필요, 급상경바람 영" '27일'은 모레였고 '영'은 아내였다. 나는 아프도록 쑤시는 이마를 베개에 대었다. 나는 숨을 거칠게 쉬고 있었다. 나는 내 호흡을 진정시키려고 했다. 아내의 전보가 무진에 와서 내가 한 모든 행동과 사고를 내게 점점 명료하게 드러내 보여 주었다. 모든 것이 선입관 때문이었다. 결국 아내의 전보는 그렇게 얘기하고 있었다. 나는 아니라고 고개를 저었다. 모든 것이, 흔히 여행자에게 주어지는 그 자유 때문이라고 아내의 전보는 말하고 있었다. 나는 아니라고 고개를 저었다. 모든 것이 세월에 의하여 내 마음속에서 잊혀질 수 있다고 전보는 말하고 있었다. 그러나 상처가 남는다고, 나는 고개를 저었다. 오랫동안 우리는 다투었다. 그래서 전보와 나는 타협안을 만들었다. 한 번만, 마지막으로 한 번만 이 무진을, 안개를, 외롭게 미쳐 가는 것을, 유행가를, 술집 여자의 자살을, 배반을, 무책임을 긍정하기로 하자. 마지막으로 한 번만이다. 꼭 한 번만. 그리고 나는 내게 주어진 한정된 책임 속에서만 살기로 약속한다. 전보여,

새끼손가락을 내밀었다. 나는 거기에 내 새끼손가락을 걸어서 약속한다. 우리는 약속했다.

그러나 나는 돌아서서 전보의 눈을 피하여 편지를 썼다. "갑자기 떠나게 되었습니다. 찾아가서 말로써 오늘 제가 먼저 가는 것을 알리고 싶었습니다만 대화란 항상 의외의 방향으로 나가 버리기를 좋아하기 때문에 이렇게 글로써 알리는 바입니다. 간단히 쓰겠습니다. 사랑하고 있습니다. 왜냐하면 당신은 제 자신이기 때문에 적어도 제가 어렴풋이나마 사랑하고 있는 옛날의 저의 모습이기 때문입니다. 저는 옛날의 저를 오늘의 저로 끌어다 놓기 위하여 갖은 노력을 다하였듯이 당신을 햇볕 속으로 끌어 놓기 위하여 있는 힘을 다할 작정입니다. 저를 믿어 주십시오. 그리고 서울에서 준비가 되는 대로 소식 드리면 당신은 무진을 떠나서 제게 와 주십시오. 우리는 아마 행복할 수 있을 것입니다." 쓰고 나서 나는 그 편지를 읽어 봤다. 또 한 번 읽어 봤다. 그리고 찢어 버렸다.

덜컹거리며 달리는 버스 속에 앉아서 나는, 어디 쯤에선가, 길가에 세워진 하얀 팻말을 보았다. 거기에는 선명한 검은 글씨로 '당신은 무진읍을 떠나고 있습니다. 안녕히 가십시오'라고 씌어 있었다. 나는 심한 부끄러움을 느꼈다.

(1964)

서울 1964년 겨울

1964년 겨울을 서울에서 지냈던 사람이면 누구나 알 수 있겠지만, 밤이 되면 거리에 나타나는 선술집—오뎅과 군참새와 세 가지 종류의 술 등을 팔고 있고, 얼어붙은 거리를 휩쓸며 부는 차가운 바람이 펄럭거리게 하는 포장을 들치고 안으로 들어서게 되어 있고, 그 안에 들어서면 카바이드 불의 길쭉한 불꽃이 바람에 흔들리고 있는, 염색한 군용 잠바를 입고 있는 중년 사내가 술을 따르고 안주를 구워 주고 있는 그러한 선술집에서, 그날 밤, 우리 세 사람은 우연히 만났다. 우리 세 사람이란 나와 도수 높은 안경을 쓴 '안'이라는 대학원 학생과 정체는 알 수 없지만 요컨대 가난뱅이라는 것만은 분명하여 그의 정체를 꼭 알고 싶다는 생각은 조금도 나지 않는 서른대여섯 살짜리 사내를 말한다.

먼저 말을 주고받게 된 것은 나와 대학원생이었는데, 뭐 그렇고 그런 자기소개가 끝났을 때는 나는 그가 안씨라는 성을 가진 스물다섯 살짜리 대한민국 청년, 대학 구경을 해 보지 못한 나로서는 상상이 되지 않는 전공을 가진 대학원생, 부잣집 장남이라는 걸 알았고, 그는 내가 스물다섯 살짜리 시골 출신, 고등학교를 나오고 육군사관학교를 지원했다가 실패하고 나서 군대에 갔다가 임질에 한 번 걸려 본 적이 있고 지금은 구청 병사계에서 일하고 있다는 것을 아마 알았을 것이다.

자기소개들은 끝났지만 그러고 나서는 서로 할 얘기가 없었다. 잠시 동안은 조용히 술만 마셨는데 나는 새카맣게 구워진 군참새를 집을 때 할 말이 생겼기 때문에 마음속으로 군참새에게 감사하고 나서 얘기를 시작했다.

"안 형, 파리를 사랑하십니까?"

"아니요, 아직까진……." 그가 말했다. "김 형은 파리를 사랑하세요?"

"예."라고 나는 대답했다. "날 수 있으니까요. 아닙니다. 날 수 있는 것으로서 동시에 내 손에 붙잡힐 수 있는 것이니까요. 날 수 있는 것으로서 손안에 잡아 본 적이 있으세요?"

"가만 계셔 보세요." 그는 안경 속에서 나를 멀거니 바라보며 잠시 동안 표정을 꼼지락거리고 있었다. 그리고 말했다. "없어요, 나도 파리밖에는……."

낮엔 이상스럽게도 날씨가 따뜻했기 때문에 길은 얼음이 녹아서 흙물로 가득했었는데 밤이 되면서부터 다시 기온이 내려가고 흙물은 우리의 발밑에서 다시 얼어붙기 시작했다.

소가죽으로 지어진 내 검정 구두는 얼고 있는 땅바닥에서 올라오고 있는 찬 기운을 충분히 막아 내지 못하고 있었다. 사실 이런 술집이란, 집으로 돌아가는 길에 잠깐 한잔하고 싶은 생각이 든 사람이나 들어올 데지, 마시면서 곁에 선 사람과 무슨 얘기를 주고받을 만한 데는 되지 못하는 곳이다. 그런 생각이 문득 들었지만 그 안경잡이가 때마침 나에게 기특한 질문을 했기 때문에 나는 '이놈 그럴듯하다'고 생각되어 추위 때문에 저려 드는 내 발바닥에게 조금만 참으라고 부탁했다.

"김 형, 꿈틀거리는 것을 사랑하십니까?" 하고 그가 내게 물었던 것이다.

"사랑하구 말구요." 나는 갑자기 의기양양해서 대답했다. 추억이란 그것이 슬픈 것이든지 기쁜 것이든지 그것을 생각하는 사람을 의기양양하게 한다. 슬픈 추억일 때는 고즈넉이 의기양양해지고 기쁜 추억일 때는 소란스럽게 의기양양해진다.

"사관학교 시험에서 미역국을 먹고 나서도 얼마 동안, 나는 나처럼 대학 입학시험에 실패한 친구 하나와 미아리에서 하숙하고 있었습니다. 서울엔 그때가 처음이었죠. 장교가 된다는 꿈이 깨어져서 나는 퍽 실의에 빠져 있었습니다. 그때 영영 실의해 버린 느낌입니다. 아시겠지만 꿈이 크면 클수록 실패가 주는 절망감도 대단한 힘을 발휘하더군요. 그 무렵 재미를 붙인 게 아침의 만원된 버스 칸이었습니다. 함께 있는 친구와 나는 하숙집의 아침 밥상을 밀어 놓기가 바쁘게 미아리고개 위에 있는 버스 정류장으로 달려갑니다. 개처럼 숨을 헐떡거리면서 말입니다. 시골에서 처음으로 서울에 올라온 청년들의 눈에 가장 부럽고 신기하게 비추이는 게 무언지 아십니까? 부러운 건, 뭐니 뭐니 해도, 밤이 되면 빌딩들의 창에 켜지는 불빛, 아니 그 불빛 속에서 이리저리 움직이고 있는 사람들이고 신기한 건 버스 칸 속에서 1센티미터도 안 되는 간격을 두고 자기 곁에 예쁜 아가씨가 서 있다는 사실입니다. 때로는 아가씨들과 팔목의 살을 대고 있기도 하고 허벅다리를 비비고 서 있을 수도 있어서 그것 때문에 나는 하루 종일을 시내버스를 이것저것 갈아타면서 보낸 적도 있습니다. 물론 그날 밤엔 너무 피로해서 토했습니다만……."

"잠깐, 무슨 얘기를 하시자는 겁니까?"

"꿈틀거리는 것을 사랑한다는 얘기를 하려던 참이었습니다. 들어 보세요. 그 친구와 나는 출근 시간의 만원 버스 속을 쓰리꾼들처럼 안으로 비집고 들어갑니다. 그리고 자리를 잡고 앉아 있는 젊은 여자 앞에 섭니다. 나는 한 손으로 손잡이를 잡고 나서, 달려오느라고 좀 멍해진 머리를 올리고 있는 손에 기댑니다. 그리고 내 앞에 앉아 있는 여자의 아랫배 쪽으로 천천히 시선을 보냅니다. 그러면 처음엔 얼른 눈에 뜨이지 않지만 시간이 조금 가고 내 시선이 투명해지면서부터는 나는 그 여자의 아랫배가 조용히 오르내리는 것을 볼 수 있습니다……."

"오르내린다는 건…… 호흡 때문에 그러는 것이겠죠?"

"물론입니다. 시체의 아랫배는 꿈쩍도 하지 않으니까요. 하여튼…… 나는 그 아침의 만원 버스 칸 속에서 보는 젊은 여자 아랫배의 조용한 움직임을 보고 있으면 왜 그렇게 마음이

편안해지고 맑아지는지 모르겠습니다. 나는 그 움직임을 지독하게 사랑합니다."

"퍽 음탕한 얘기군요."라고 안은 기묘한 음성으로 말했다. 나는 화가 났다. 그 얘기는, 내가 만일 라디오의 박사 게임 같은 데에 나가게 돼서 "세상에서 가장 신선한 것은?"이라는 질문을 받게 되었을 때, 남들은 상추니 5월의 새벽이니 천사의 이마니 하고 대답하겠지만 나는 그 움직임을 가장 신선한 것이라고 대답하려니 하고 일부러 기억해 두었던 것이었다.

"아니, 음탕한 얘기가 아닙니다." 나는 강경한 태도로 말했다.

"그 얘기는 정말입니까?"

"음탕하지 않다는 것과 정말이라는 것 사이엔 어떤 관계가 있죠?"

"모르겠습니다. 관계 같은 것은 난 모릅니다. 요컨대……."

"그렇지만 그 동작은 '오르내린다'는 것이지 꿈틀거린다는 것은 아니군요. 김 형은 아직 꿈틀거리는 것을 사랑하지 않으시구먼."

우리는 다시 침묵 속으로 떨어져서 술잔만 만지작거리고 있었다. 개새끼, 그게 꿈틀거리는 게 아니라고 해도 괜찮다, 하고 나는 생각하고 있었다. 그런데 잠시 후에 그가 말했다.

"난 방금 생각해 봤는데 김 형의 그 오르내림도 역시 꿈틀거림의 일종이라는 결론을 얻었습니다."

"그렇죠?" 나는 즐거워졌다. "그것은 틀림없이 꿈틀거림입니다. 난 여자의 아랫배를 가장 사랑합니다. 안 형은 어떤 꿈틀

48

거림을 사랑합니까?"

"어떤 꿈틀거림이 아닙니다. 그냥 꿈틀거리는 거죠. 그냥 말입니다. 예를 들면…… 데모도……."

"데모가? 데모를? 그러니까 데모……."

"서울은 모든 욕망의 집결지입니다. 아시겠습니까?"

"모르겠습니다."라고 나는 할 수 있는 한 깨끗한 음성을 지어서 대답했다.

그때 우리의 대화는 또 끊어졌다. 이번엔 침묵이 오래 계속되었다. 나는 술잔을 입으로 가져갔다. 내가 잔을 비우고 났을 때 그도 잔을 입에 대고 눈을 감고 마시고 있는 게 보였다. 나는 이젠 자리를 떠나야 할 때가 되었다고 다소 서글픈 기분으로 생각했다. 결국 그렇고 그렇다. 또 한 번 확인된 것에 지나지 않다고 생각하면서 "자, 그럼 다음에 또……."라고 말할까 "재미있었습니다."라고 말할까, 궁리하고 있는데 술잔을 비운 안이 갑자기 한 손으로 내 한쪽 손을 살그머니 잡으면서 말했다.

"우리가 거짓말을 하고 있었다고 생각하지 않으십니까?"

"아니요." 나는 좀 귀찮은 생각이 들었다. "안 형은 거짓말을 했는지 모르지만 내가 한 얘기는 정말이었습니다."

"난 우리가 거짓말을 하고 있었던 것 같은 느낌이 듭니다." 그는 붉어진 눈두덩을 안경 속에서 두어 번 끔벅거리고 나서 말했다. "난 우리 또래의 친구를 새로 알게 되면 꼭 꿈틀거림에 대한 얘기를 하고 싶어집니다. 그래서 얘기를 합니다. 그렇지만 얘기는 5분도 안 돼서 끝나 버립니다."

나는 그가 무슨 얘기를 하고 있는지 알 듯 하기도 했고 모를 것 같기도 했다.

"우리 다른 얘기 합시다." 하고 그가 다시 말했다.

나는 심각한 얘기를 좋아하는 이 친구를 골려 주기 위해서 그리고 한편으로는 자기의 음성을 자기가 들을 수 있는 취한 사람의 특권을 맛보고 싶어서 얘기를 시작했다.

"평화시장 앞에 줄지어 선 가로등들 중에서 동쪽으로부터 여덟 번째 등은 불이 켜 있지 않습니다……." 나는 그가 좀 어리둥절해하는 것을 보자 더욱 신이 나서 얘기를 계속했다.

"……그리고 화신백화점 6층의 창들 중에서는 그중 세 개에서만 불빛이 나오고 있었습니다……."

그러자 이번엔 내가 어리둥절해질 사태가 벌어졌다. 안의 얼굴에 놀라운 기쁨이 빛나기 시작했기 때문이다.

그가 빠른 말씨로 얘기하기 시작했다.

"서대문 버스 정거장에는 사람이 서른두 명 있는데 그중 여자가 열일곱 명이었고, 어린애는 다섯명 젊은이는 스물한 명 노인이 여섯 명입니다."

"그건 언제 일이지요?"

"오늘 저녁 7시 15분 현재입니다."

"아." 하고 나는 잠깐 절망적인 기분이었다가 그 반작용인 듯 굉장히 기분이 좋아져서 털어놓기 시작했다.

"단성사 옆 골목의 첫 번째 쓰레기통에는 초콜릿 포장지가 두 장 있습니다."

"그건 언제?"

"지난 14일 저녁 9시 현재입니다."

"적십자병원 정문 앞에 있는 호두나무의 가지 하나는 부러져 있습니다."

"을지로 3가에 있는 간판 없는 한 술집에는 미자라는 이름을 가진 색시가 다섯 명 있는데 그 집에 들어온 순서대로 큰 미자, 둘째 미자, 셋째 미자, 넷째 미자, 막내 미자라고들 합니다."

"그렇지만 그건 다른 사람들도 알고 있겠군요. 그 술집에 들어가 본 사람은 꼭 김 형 하나뿐이 아닐 테니까요."

"아 참, 그렇군요. 난 미처 그걸 생각하지 못했는데. 난 그 중에서 큰 미자와 하루저녁 같이 잤는데 그 여자는 다음 날 아침, 일수(日收)로 물건을 파는 여자가 왔을 때 내게 팬티 하나를 사 주었습니다. 그런데 그 여자가 저금통으로 사용하고 있는 한 되들이 빈 술병에는 돈이 110원 들어 있었습니다."

"그건 얘기가 됩니다. 그 사실은 완전히 김 형의 소유입니다."

우리의 말투는 점점 서로를 존중해 가고 있었다. "나는……." 하고 우리는 동시에 말을 시작하기도 했다. 그럴 때는 번갈아서 서로 양보했다.

"나는……." 이번에는 그가 말할 차례였다. "서대문 근처에서 서울역 쪽으로 가는 전차의 트롤리가 내 시야 속에서 꼭 다섯 번 파란 불꽃을 튀기는 것을 보았습니다. 그건 오늘 밤 7시 25분에 거길 지나가는 전차였습니다."

"안 형은 오늘 저녁엔 서대문 근처에서 살고 있었군요."

"예, 서대문 근처에서 살고 있었군요."

"난 종로 2가 쪽입니다. 영보빌딩 안에 있는 변소 문의 손잡이 조금 밑에는 약 2센티미터 가량의 손톱자국이 있습니다."

"하하하하." 하고 그는 소리 내어 웃었다.

"그건 김 형이 만들어 놓은 자국이겠지요?"

나는 무안했지만 고개를 끄덕이지 않을 수 없었다. 그건 사실이었다.

"어떻게 아세요?" 하고 나는 그에게 물었다.

"나도 그런 경험이 있으니까요." 그가 대답했다. "그렇지만 별로 기분 좋은 기억이 못 되더군요. 역시 우리는 그냥 바라보고 발견하고 비밀히 간직해 두는 편이 좋겠어요. 그런 짓을 하고 나서는 뒷맛이 좋지 않더군요."

"난 그런 짓을 많이 했습니다만 오히려 기분이 좋았……."
좋았다고 말하려고 했는데, 갑자기 내가 했던 모든 것에 대한 혐오감이 치밀어서 나는 말을 그치고 그의 의견에 동의하는 고갯짓을 해 버렸다.

그러자 그때 나는 이상스럽다는 생각이 들었다. 내가 약 30분 전에 들은 말이 틀림없다면 지금 내 옆에서 안경을 번쩍이고 앉아 있는 친구는 틀림없는 부잣집 아들이고, 높은 공부를 한 청년이다. 그런데 왜 그가 이래야만 되는가?

"안 형이 부잣집 아들이라는 것은 사실이겠지요? 그리구 대학원생이라는 것도……." 내가 물었다.

"부동산만 해도 대략 3000만 원쯤 되면 부자가 아닐까요? 물론 내 아버지의 재산이지만 말입니다. 그리고 대학원생이란 건 여기 학생증이 있으니까……."

그러면서 그는 호주머니를 뒤적거려서 지갑을 꺼냈다.

"학생증까진 필요 없습니다. 실은 좀 의심스러운 게 있어서요. 안 형 같은 사람이 추운 밤에 싸구려 선술집에 앉아서 나 같은 친구나 간직할 만한 일에 대해서 얘기하고 있다는 것이 이상스럽다는 생각이 방금 들었습니다."

"그건…… 그건……."

"그건……. 그렇지만 먼저 물어보고 싶은 게 있는데요. 김 형이 추운 밤에 밤거리를 쏘다니는 이유는 무엇입니까?"

"습관은 아닙니다. 나 같은 가난뱅이는 호주머니에 돈이 좀 생겨야 밤거리에 나올 수 있으니까요."

"글쎄, 밤거리에 나오는 이유는 뭡니까?"

"하숙방에 들어앉아서 벽이나 쳐다보고 있는 것보다는 나으니까요."

"밤거리에 나오면 뭔가 좀 풍부해지는 느낌이 들지 않습니까?"

"뭐가요?"

"그 뭔가. 그러니까 생(生)이라고 해도 좋겠지요. 난 김 형이 왜 그런 질문을 하는지 그 이유를 조금은 알 것 같습니다. 내 대답은 이렇습니다. 밤이 됩니다. 난 집에서 거리로 나옵니다. 난 모든 것에서 해방된 것을 느낍니다. 아니, 실제로는 그렇지 않을는지 모르지만 그렇게 느낀다는 말입니다. 김 형은 그렇게 안 느낍니까?"

"글쎄요."

"나는 사물의 틈에 끼어서가 아니라 사물을 멀리 두고 바라보게 됩니다. 안 그렇습니까?"

"글쎄요. 좀……."

"아니, 어렵다고 말하지 마세요. 이를테면 낮엔 그저 스쳐 지나가던 모든 것이 밤이 되면 내 시선 앞에서 자기들의 벌거 벗은 몸을 송두리째 드러내 놓고 쩔쩔맨단 말입니다. 그런데 그게 의미가 없는 일일까요? 그런, 사물을 바라보며 즐거워한 다는 일이 말입니다."

"의미요? 그게 무슨 의미가 있습니까? 난 무슨 의미가 있기 때문에 종로 2가에 있는 빌딩들의 벽돌 수를 헤아리는 일을 하는 게 아닙니다. 그냥……."

"그렇죠? 무의미한 겁니다. 아니 사실은 의미가 있는지도 모르지만 난 아직 그걸 모릅니다. 김 형도 아직 모르는 모양인 데 우리 한번 함께 그거나 찾아볼까요. 일부러 만들어 붙이지 는 말고요."

"좀 어리둥절하군요. 그게 안 형의 대답입니까? 난 좀 어리 둥절한데요. 갑자기 의미라는 말이 나오니까."

"아, 참, 미안합니다. 내 대답은 아마 이렇게 될 것 같군요. 그냥 뭔가 뿌듯해지는 느낌이 들기 때문에 밤거리로 나온다 고." 그는 이번엔 목소리를 낮추어서 말했다. "김 형과 나는 서 로 다른 길을 걸어서 같은 지점에 온 것 같습니다. 만일 이 지 점이 잘못된 지점이라고 해도 우리 탓은 아닐 거예요." 그는 이번엔 쾌활한 음성으로 말했다. "자, 여기서 이럴 게 아니라 어디 따뜻한 데 가서 정식으로 한 잔씩 하고 헤어집시다. 난 한 바퀴 돌고 여관으로 갑니다. 가끔 이렇게 밤거리를 쏘다니

54

는 밤엔 난 꼭 여관에서 자고 갑니다. 여관엘 찾아든다는 프로가 내게는 최고죠."

우리는 각기 계산하기 위해서 호주머니에 손을 넣었다. 그때 한 사내가 우리에게 말을 걸어왔다. 우리 곁에서 술잔을 받아 놓고 연탄불에 손을 쬐고 있던 사내였는데, 술을 마시기 위해서 거기에 들어온 것이 아니라 불을 쬐고 싶어서 잠깐 들렀다는 꼴을 하고 있었다. 제법 깨끗한 코트를 입고 있었고 머리엔 기름도 얌전하게 발라서 카바이드등의 불꽃이 너풀댈 때마다 머리 위의 하이라이트가 이리저리 움직이고 있었다. 그러나 어디선지는 분명하지는 않았지만 가난뱅이 냄새가 나는 서른대여섯 살짜리 사내였다. 아마 빈약하게 생긴 턱 때문이었을까, 아니면 유난히 새빨간 눈시울 때문이었을까. 그 사내가 나나 안 중의 어느 누구에게라고 할 것 없이 그냥 우리 쪽을 향하여 말을 걸어온 것이다.

"미안하지만 제가 함께 가도 괜찮을까요? 제게 돈은 얼마 있습니다만……."이라고 그 사내는 힘없는 음성으로 말했다.

그 힘없는 음성으로 봐서는 꼭 끼어 달라는 건 아니라는 것 같았지만 한편으로는 우리와 함께 가고 싶은 생각이 간절하다는 것 같기도 했다. 나와 안은 잠깐 얼굴을 마주 보고 나서

"아저씨 술값만 있다면……."이라고 내가 말했다.

"함께 가시죠."라고 안도 내 말을 이었다.

"고맙습니다." 하고 그 사내는 여전히 힘없는 음성으로 말하면서 우리를 따라왔다.

서울 1964년 겨울

안은 일이 좀 이상하게 되었다는 얼굴을 하고 있었고, 나 역시 유쾌한 예감이 들지는 않았다. 술좌석에서 알게 된 사람 끼리는 의외로 재미있게 놀게 되는 것을 몇 번의 경험으로 알고 있었지만 대개의 경우, 이렇게 힘없는 목소리로 끼어드는 양반은 없었다. 즐거움이 넘치고 넘친다는 얼굴로 요란스럽게 끼어들어야만 일이 되는 것이었다. 우리는 갑자기 목적지를 잊은 사람들처럼 사방을 두리번거리면서 느릿느릿 걸어갔다. 전봇대에 붙은 약 광고판 속에서는 이쁜 여자가 '춥지만 할 수 있느냐'는 듯한 쓸쓸한 미소를 띠고 우리를 내려다보고 있었고, 어떤 빌딩의 옥상에서는 소주 광고의 네온사인이 열심히 명멸하고 있었고, 소주 광고 곁에서는 약 광고의 네온사인이 하마터면 잊어버릴 뻔했다는 듯이 황급히 꺼졌다간 다시 켜져서 오랫동안 빛나고 있었고, 이젠 완전히 얼어붙은 길 위에는 거지가 돌덩이처럼 여기저기 엎드려 있었고, 그 돌덩이 앞을 사람들은 힘껏 웅크리고 빠르게 지나가고 있었다. 종이 한 장이 바람에 휙 날리어 거리의 저쪽에서 이쪽으로 날아오고 있었다. 그 종잇조각은 내 발밑에 떨어졌다. 나는 그 종잇조각을 집어들었는데 그것은 '미희(美姬) 서비스, 특별염가'라는 것을 강조한 어느 비어홀의 광고지였다.

"지금 몇 시쯤 되었습니까?" 하고 힘없는 아저씨가 안에게 물었다.

"9시 10분 전입니다."라고 잠시 후에 안이 대답했다.

"저녁들은 하셨습니까? 난 아직 저녁을 안 했는데, 제가 살 테니까 같이 가시겠어요?" 힘없는 아저씨가 이번엔 나와 안을 번갈아 보며 말했다.

"먹었습니다." 하고 나와 안은 동시에 대답했다.

"혼자서 하시죠."라고 내가 말했다.

"감사합니다. 그럼……."

우리는 근처의 중국요리집으로 들어갔다. 방으로 들어가서 앉았을 때 아저씨는 또 한 번 간곡하게 우리가 뭘 좀 들 것을 권했다. 우리는 또 한 번 사양했다. 그는 또 권했다.

"아주 비싼 걸 시켜도 괜찮겠습니까?"라고 나는 그의 권유를 철회시키기 위해서 말했다.

"네, 사양 마시고." 그가 처음으로 힘 있는 목소리로 말했다. "돈을 써 버리기로 결심했으니까요."

나는 그 사내에게 어떤 꿍꿍이속이 있는 것만 같은 느낌이 들어서 좀 불안했지만, 통닭과 술을 시켜 달라고 했다. 그는 자기가 주문한 것 외에 내가 말한 것도 사환에게 청했다. 안은 어처구니없는 얼굴로 나를 보았다. 나는 그때 마침 옆방에서 들려오고 있는 여자의 불그레한 신음 소리를 듣고만 있었다.

"이 형도 뭘 좀 드시죠."라고 아저씨가 안에게 말했다.

"아니 전……." 안은 술이 다 깬다는 듯이 펄쩍 뛰고 사양했다.

우리는 조용히 옆방의 다급해져 가는 신음 소리에 귀를 기울이고 있었다. 전차의 끽끽거리는 소리와 홍수 난 강물 소리 같은 자동차들의 달리는 소리도 희미하게 들려오고 있었고, 가까운 곳에서는 이따금 초인종 울리는 소리도 들렸다. 우리의 방은 어색한 침묵에 싸여 있었다.

"말씀드리고 싶은 게 있는데요." 마음씨 좋은 아저씨가 말하기 시작했다. "들어 주셨으면 고맙겠습니다…… 오늘 낮에 제 아내가 죽었습니다. 세브란스병원에 입원하고 있었는데……." 그는 이젠 슬프지도 않다는 얼굴로 우리를 빤히 쳐다보며 말하고 있었다. "네에에." "그거 안되셨군요."라고 안과 나는 각각 조의를 표했다. "아내와 나는 참 재미있게 살았습니다. 아내가 어린애를 낳지 못하기 때문에 시간은 몽땅 우리 두 사람의 것이었습니다. 돈은 넉넉하진 못했습니다만 그래도 돈이 생기면 우리는 어디든지 같이 다니면서 재미있게 지냈습니다. 딸기 철엔 수원에도 가고, 포도 철엔 안양에도 가고, 여름이면 대천에도 가고, 가을엔 경주에도 가 보고, 밤엔 함께 영화 구경, 쇼 구경하러 열심히 극장에 쫓아다니기도 했습니다……."

"무슨 병환이셨던가요?" 하고 안이 조심스럽게 물었다.

"급성 뇌막염이라고 의사가 그랬습니다. 아내는 옛날에 급성 맹장염 수술을 받은 적도 있고, 급성 폐렴을 앓은 적도 있다고 했습니다만 모두 괜찮았었는데 이번의 급성엔 결국 죽고 말았습니다…… 죽고 말았습니다."

사내는 고개를 떨구고 한참 동안 무언지 입을 우물거리고 있었다. 안이 손가락으로 내 무릎을 찌르며 우리는 꺼지는 게 어떻겠느냐는 눈짓을 보냈다. 나 역시 동감이었지만 그때 사내가 다시 고개를 들고 말을 계속했기 때문에 우리는 눌러앉아 있을 수밖에 없었다.

"아내와는 재작년에 결혼했습니다. 우연히 알게 됐습니다. 친정이 대구 근처에 있다는 얘기만 했지 한 번도 친정과는 내왕이 없었습니다. 난 처갓집이 어딘지도 모릅니다. 그래서 할 수 없었어요." 그는 다시 고개를 떨구고 입을 우물거렸다.

"뭘 할 수 없었다는 말입니까?" 내가 물었다.

그는 내 말을 못 들은 것 같았다. 그러나 한참 후에 다시 고개를 들고 마치 애원하는 듯한 눈빛으로 말을 이었다.

"아내의 시체를 병원에 팔았습니다. 할 수 없었습니다. 난 서적 월부판매 외판원에 지나지 않습니다. 할 수 없었습니다. 돈 4000원을 주더군요. 난 두 분을 만나기 얼마 전까지도 세브란스병원 울타리 곁에 서 있었습니다. 아내가 누워 있을 시체실이 있는 건물을 알아보려고 했습니다만 어딘지 알 수 없었습니다. 그냥 울타리 곁에 앉아서 병원의 큰 굴뚝에서 나오는 희끄무레한 연기만 바라보고 있었습니다. 아내는 어떻게 될까요? 학생들이 해부 실습하느라고 톱으로 머리를 가르고 칼로 배를 찢고 한다는데 정말 그러겠지요?"

우리는 입을 다물고 있을 수밖에 없었다. 사환이 단무지와 파가 담긴 접시를 갖다 놓고 나갔다.

"기분 나쁜 얘길 해서 미안합니다. 다만 누구에게라도 얘기하지 않고서는 견딜 수 없었습니다. 한 가지만 의논해 보고 싶은데, 이 돈을 어떻게 하면 좋을까요? 저는 오늘 저녁에 다 써 버리고 싶은데요."

"쓰십시오." 안이 얼른 대답했다.

"이 돈이 다 없어질 때까지 함께 있어 주시겠어요?" 사내가 말했다. 우리는 얼른 대답하지 못했다. "함께 있어 주십시오."
사내가 말했다. 우리는 승낙했다.

"멋있게 한번 써 봅시다."라고 사내는 우리와 만난 후 처음
으로 웃으면서 그러나 여전히 힘없는 음성으로 말했다.

중국집에서 거리로 나왔을 때는 우리는 모두 취해 있었고,
돈은 1000원이 없어졌고 사내는 한쪽 눈으로 울고 다른 쪽
눈으로는 웃고 있었고, 안은 도망갈 궁리를 하기에도 지쳐 버
렸다고 내게 말하고 있었고, 나는 "악센트 찍는 문제를 모두
틀려 버렸단 말야, 악센트 말야."라고 중얼거리고 있었고, 거
리는 영화에서 본 식민지의 거리처럼 춥고 한산했고, 그러나
여전히 소주 광고는 부지런히, 약 광고는 게으름을 피우며 반
짝이고 있었고, 전봇대의 아가씨는 '글쎄 그래요'라고 웃고 있
었다.

"이제 어디로 갈까?" 하고 아저씨가 말했다.

"어디로 갈까?" 안이 말하고

"어디로 갈까?"라고 나도 그들의 말을 흉내 냈다.

아무 데도 갈 데가 없었다. 방금 우리가 나온 중국집 곁에
양품점의 쇼윈도가 있었다. 사내가 그쪽을 가리키며 우리를
끌어당겼다. 우리는 양품점 안으로 들어갔다.

"넥타이를 골라 가져. 내 아내가 사 주는 거야." 사내가 호
통을 쳤다.

우리는 알록달록한 넥타이를 하나씩 들었고, 돈은 600원이
없어져 버렸다. 우리는 양품점에서 나왔다.

"어디로 갈까?"라고 사내가 말했다.

갈 데는 계속해서 없었다. 양품점의 앞에는 귤 장수가 있었다.

"아내는 귤을 좋아했다."고 외치며 사내는 귤을 벌여 놓은 수레 앞으로 돌진했다. 300원이 없어졌다. 우리는 이빨로 귤 껍질을 벗기면서 그 부근에서 서성거렸다.

"택시!" 사내가 고함쳤다.

택시가 우리 앞에 멎었다. 우리가 차에 오르자마자 사내는 "세브란스로!"라고 말했다.

"안 됩니다. 소용없습니다." 안이 재빠르게 외쳤다.

"안 될까?" 사내가 중얼거렸다. "그럼 어디로?" 아무도 대답하지 않았다.

"어디로 가시는 겁니까?"라고 운전수가 짜증난 음성으로 말했다.

"갈 데가 없으면 빨리 내리쇼."

우리는 차에서 내렸다. 결국 우리는 중국집에서 스무 발자국도 더 벗어나지 못하고 있었다.

거리의 저쪽 끝에서 요란한 사이렌 소리가 나타나서 점점 가깝게 달려들었다. 소방차 두 대가 우리 앞을 빠르고 시끄럽게 지나쳐 갔다.

"택시!" 사내가 고함쳤다.

택시가 우리 앞에 멎었다. 우리가 차에 오르자마자 사내는 "저 소방차 뒤를 따라 갑시다."라고 말했다.

나는 귤껍질을 세 개째 벗기고 있었다.

"지금 불구경하러 가고 있는 겁니까?"라고 안이 아저씨에게 말했다. "안 됩니다. 시간이 없습니다. 벌써 10시 반인데요. 좀 더 재미있게 지내야죠. 돈은 이제 얼마 남았습니까?"

아저씨를 호주머니를 뒤져서 돈을 모두 털어 냈다. 그리고 그것을 안에게 건네줬다. 안과 나는 헤아려 봤다. 1900원 하고 동전이 몇 개, 10원짜리가 몇 장이 있었다.

"됐습니다." 안은 돈을 다시 돌려주면서 말했다. "세상엔 다행히 여자의 특징만 중점적으로 내보이는 여자들이 있습니다."

"내 아내 얘깁니까?"라고 사내가 슬픈 음성으로 물었다. "내 아내의 특징은 너무 잘 웃는다는 것이었습니다."

"아닙니다. 종삼으로 가자는 얘기였습니다." 안이 말했다.

사내는 안을 경멸하는 듯한 웃음을 띠며 고개를 돌려 버렸다. 그러는 사이에 우리는 화재가 난 곳에 도착했다. 30원이 없어졌다. 화재가 난 곳은 아래층인 페인트 상점이었는데 지금은 미용 학원인 2층에서 불길이 창으로부터 뿜어 나오고 있었다. 경찰들의 호각 소리, 소방차들의 사이렌 소리, 불길 속에서 나는 탁탁 소리, 물줄기가 건물의 벽에 부딪쳐서 나는 소리, 그러나 사람들의 소리는 아무것도 나지 않았다. 사람들은 불빛에 비쳐 무안당한 사람처럼 붉은 얼굴로, 정물처럼 서 있었다.

우리는 발밑에 굴러 있는 페인트 든 통을 하나씩 궁둥이 밑에 깔고 웅크리고 앉아서 불구경을 했다. 나는 불이 좀 더 오래 타기를 바랐다. 미용 학원이라는 간판에 불이 붙고 있었다. '원' 자에 불이 붙기 시작했다.

"김 형, 우린 우리 얘기나 합시다." 하고 안이 말했다. "화재 같은 건 아무것도 아닙니다. 내일 아침 신문에서 볼 것을 오늘 밤에 미리 봤다는 차이밖에 없습니다. 저 화재는 김 형의 것도 아니고 내 것도 아니고 이 아저씨 것도 아닙니다. 우리 모두의 것이 돼 버립니다. 그러나 화재는 항상 계속해서 나고 있는 건 아닙니다. 그러기 때문에 난 화재엔 흥미가 없습니다. 김 형은 어떻게 생각하십니까?"

"동감입니다." 나는 아무렇게나 대답하며 이젠 '학' 자에 불이 붙고 있는 것을 보았다.

"아니 난 방금 말을 잘못했습니다. 화재는 우리 모두의 것이 아니라 화재는 오로지 화재 자신의 것입니다. 화재에 대해서 우리는 아무것도 아닙니다. 그러기 때문에 난 화재에 흥미가 없습니다. 김 형은 어떻게 생각하십니까?"

"동감입니다."

물줄기 하나가 불타고 있는 '학'으로 달려들고 있었다. 물이 닿은 곳에서는 회색 연기가 피어올랐다. 힘없는 아저씨가 갑자기 힘차게 깡통으로부터 일어섰다.

"내 아냅니다." 하고 사내는 환한 불길 속을 손가락질하며 눈을 크게 뜨고 소리쳤다. "내 아내가 머리를 막 흔들고 있습니다. 골치가 깨질 듯이 아프다고 머리를 막 흔들고 있습니다. 여보……."

"골치가 깨질 듯이 아픈 게 뇌막염의 증세입니다. 그렇지만 저건 바람에 휘날리는 불길입니다. 앉으세요. 불 속에 아주머님이 계실 리가 있습니까?"라고 안이 아저씨를 끌어 앉히며 말했다. 그러고 나서 안은 나에게 나지막하게 속삭였다. "이 양반, 우릴 웃기는데요."

나는 꺼졌다고 생각하고 있던 '학'에 다시 불이 붙고 있는 것을 보았다. 물줄기가 다시 그곳으로 뻗어 가고 있었다. 그러나 물줄기는 겨냥을 잘 잡지 못하고 이리저리 흔들리고 있었다. 불은 날쌔게 '용'을 핥고 있었다. 나는 '미'까지 어서 불 붙기를 바라고 있었고 그리고 그 간판에 불이 붙는 과정을 그 많은 불구경꾼들 중에서 나 혼자만 알고 있기를 바랐다. 그러나 그때 문득 나는 불이 생명을 가진 것처럼 생각되어서, 내가 조금 전에 바라고 있던 것을 취소해 버렸다.

무언가 하얀 것이 우리가 웅크리고 앉아 있는 곳에서 불타고 있는 건물 쪽으로 날아가는 것이 보였다. 그 비둘기는 불 속으로 떨어졌다.

"무엇이 불 속으로 들어갔지요?" 내가 안을 돌아다보며 물었다.

"예, 뭐가 날아갔습니다." 안은 나에게 대답하고 나서 이번엔 아저씨를 돌아다보며 "보셨어요?" 하고 그에게 물었다.

아저씨는 잠자코 앉아 있었다. 그때 순경 한 사람이 우리 쪽으로 달려왔다.

"당신이다."라고 순경은 아저씨를 한 손으로 붙잡으면서 말했다.

"방금 무얼 불 속에 던졌소?"

"아무것도 안 던졌습니다."

"뭐라구요?" 순경은 때릴 듯한 시늉을 하며 아저씨에게 소리쳤다. "내가 던지는 걸 봤단 말요. 무얼 불 속에 던졌소?"

"돈입니다."

"돈?"

"돈과 돌을 손수건에 싸서 던졌습니다."

"정말이오?" 순경은 우리에게 물었다.

"예, 돈이었습니다. 이 아저씨는 불난 곳에 돈을 던지면 장사가 잘된다는 이상한 믿음을 가졌답니다. 말하자면 좀 돌았다고 할 수 있는 사람이지만 나쁜 것은 결코 하지 않는 장사꾼입니다." 안이 대답했다.

"돈은 얼마였소?"

"1원짜리 동전 한 개였습니다." 안이 다시 대답했다.

순경이 가고 났을 때 안이 사내에게 물었다.

"정말 돈을 던졌습니까?"

"예."

"모두?"

"예."

우리는 꽤 오랫동안 불꽃이 튀는 탁탁 소리에 귀를 기울이고 있었다. 한참 후에 안이 사내에게 말했다.

"결국 그 돈은 다 쓴 셈이군요…… 자, 이젠 그럼 약속이 끝났으니 우린 가겠습니다."

"안녕히 계십시오."라고 나도 아저씨에게 작별 인사를 했다.

안과 나는 돌아서서 걷기 시작했다. 사내가 우리를 쫓아와서 안과 나의 팔을 한쪽씩 붙잡았다.

"나 혼자 있기가 무섭습니다." 그는 벌벌 떨며 말했다.

"곧 통행금지 시간이 됩니다. 난 여관으로 가서 잘 작정입니다." 안이 말했다.

"난 집으로 갈 겁니다." 내가 말했다.

"함께 갈 수 없겠습니까? 오늘 밤만 같이 지내 주십시오. 부탁합니다. 잠깐만 저를 따라와 주십시오." 사내는 말하고 나서 나를 붙잡고 있는 자기의 팔을 부채질하듯이 흔들었다. 아마 안의 팔에 대해서도 그렇게 했으리라.

"어디로 가자는 겁니까?" 나는 아저씨에게 물었다.

"여관비를 구하러 잠깐 이 근처에 들렀다가 모두 함께 여관으로 갔으면 하는데요."

"여관에요?" 나는 내 호주머니 속에 든 돈을 손가락으로 계산해 보며 말했다.

"여관비라면 내가 모두 내겠으니 그럼 함께 가시지요." 안이 나와 사내에게 말했다.

"아닙니다. 폐를 끼쳐 드리고 싶지 않습니다. 잠깐만 절 따라와 주십시오."

"돈을 빌리러 가는 겁니까?"

"아닙니다. 받아야 할 돈이 있습니다."

"이 근처에요?"

"예, 여기가 남영동이라면."

"아마 틀림없는 남영동인 것 같군요." 내가 말했다.

사내가 앞장을 서고 안과 내가 그 뒤를 쫓아서 우리는 화재로부터 멀어져 갔다.

"빚 받으러 가기에는 시간이 너무 늦었습니다." 안이 사내에게 말했다.

"그렇지만 저는 받아야 합니다."

우리는 어느 어두운 골목으로 들어섰다. 골목의 모퉁이를 몇 개인가 돌고 난 뒤에 사내는 대문 앞에 전등이 켜져 있는 집 앞에서 멈췄다. 나와 안은 사내로부터 열 발자국쯤 떨어진 곳에서 멈췄다. 사내가 벨을 눌렀다. 잠시 후에 대문이 열리고, 사내가 대문 안에 선 사람과 말하는 소리가 들렸다.

"주인 아저씨를 뵙고 싶은데요."

"주무시는데요."

"그럼 주인 아주머니는……."

"주무시는데요."

"꼭 뵈어야겠는데요."

"기다려 보세요."

대문이 다시 닫혔다. 안이 달려가서 사내의 팔을 잡아끌었다.

"그냥 가시죠?"

"괜찮습니다. 받아야 할 돈이니까요."

안이 다시 먼저 서 있던 곳으로 걸어왔다. 대문이 열렸다.

"밤늦게 죄송합니다." 사내가 대문을 향해서 고개를 숙이며 말했다.

"누구시죠?" 대문은 잠에 취한 여자의 음성을 냈다.

"죄송합니다, 이렇게 너무 늦게 찾아와서. 실은……."

"누구시죠? 술 취하신 것 같은데……"

"월부 책값 받으러 온 사람입니다."

하고 사내는 갑자기 비명 같은 높은 소리로 외쳤다. "월부 책값 받으러 온 사람입니다." 이번엔 사내는 문기둥에 두 손을 짚고 앞으로 뻗은 자기 팔 위에 얼굴을 파묻으며 울음을 터뜨렸다. "월부 책값 받으러 온 사람입니다. 월부 책값……" 사내는 계속해서 흐느꼈다.

"내일 낮에 오세요." 대문이 탁 닫혔다.

사내는 계속해서 울고 있었다. 사내는 가끔 "여보."라고 중얼거리며 오랫동안 울고 있었다. 우리는 여전히 열 발자국쯤 떨어진 곳에서 그가 울음을 그치기를 기다리고 있었다. 한참 후에 그가 우리 앞으로 비틀비틀 걸어왔다.

우리는 여전히 고개를 숙이고 어두운 골목길을 걸어서 거리로 나왔다. 적막한 거리에는 찬 바람이 세차게 불고 있었다.

"몹시 춥군요."라고 사내는 우리를 염려한다는 음성으로 말했다.

"추운데요. 빨리 여관으로 갑시다." 안이 말했다.

"방을 한 사람씩 따로 잡을까요?" 여관에 들어갔을 때 안이 우리에게 말했다. "그게 좋겠지요?"

"모두 한 방에 드는 게 좋겠지요."라고 나는 아저씨를 생각해서 말했다.

아저씨는 그저 우리 처분만 바란다는 듯한 태도로 또는 자기가 서 있는 곳이 어딘지도 모른다는 태도로 멍하니 서 있었다. 여관에 들어서자 우리는 모든 프로가 끝나 버린 극장에서 나오는 때처럼 어찌할 바를 모르고 거북스럽기만 했다. 여관에 비한다면 거리가 우리에게는 더 좁았던 셈이었다. 벽으로 나누어진 방들, 그것이 우리가 들어가야 할 곳이었다.

"모두 같은 방에 들기로 하는 것이 어떻겠어요?" 내가 다시 말했다.

"난 지금 피곤합니다." 안이 말했다. "방은 각각 하나씩 차지하고 자기로 하지요."

"혼자 있기가 싫습니다."라고 아저씨가 중얼거렸다.

"혼자 주무시는 게 편하실 거예요." 안이 말했다.

우리는 복도에서 헤어져서 사환이 지적해 준, 나란히 붙은 방 세 개에 각각 한 사람씩 들어갔다.

"화투라도 사다가 놉시다." 헤어지기 전에 내가 말했지만 "난 아주 피곤합니다. 하시고 싶으면 두 분이나 하세요."라고 안은 말하고 나서 자기의 방으로 들어가 버렸다.

"나도 피곤해 죽겠습니다. 안녕히 주무세요."라고 나는 아저씨에게 말하고 나서 내 방으로 들어갔다. 숙박계엔 거짓 이름, 거짓 주소, 거짓 나이, 거짓 직업을 쓰고 나서 사환이 가져다 놓은 자리끼를 마시고 나는 이불을 뒤집어썼다. 나는 꿈도 안꾸고 잘 잤다.

다음 날 아침 일찍이 안이 나를 깨웠다.

"그 양반, 역시 죽어 버렸습니다." 안이 내 귀에 입을 대고 그렇게 속삭였다.

"예?" 나는 잠이 깨끗이 깨어 버렸다.

"방금 그 방에 들어가 보았는데 역시 죽어 버렸습니다."

"역시······." 나는 말했다. "사람들이 알고 있습니까?"

"아직까진 아무도 모르는 것 같습니다. 우린 빨리 도망해 버리는 게 시끄럽지 않을 것 같습니다."

"자살이지요?"

"물론 그것이겠죠."

나는 급하게 옷을 주워 입었다. 개미 한 마리가 방바닥을 내 발이 있는 쪽으로 기어 오고 있었다. 그 개미가 내 발을 붙잡으려고 하는 것 같은 느낌이 들어서 나는 얼른 자리를 옮겨 디디었다.

밖의 이른 아침에는 싸락눈이 내리고 있었다. 우리는 할 수 있는 한 빠른 걸음으로 여관에서 떨어져 갔다.

"난 그 사람이 죽으리라는 걸 알고 있었습니다." 안이 말했다.

"난 짐작도 못했습니다."라고 나는 사실대로 얘기했다.

"난 짐작하고 있었습니다." 그는 코트의 깃을 세우며 말했다. "그렇지만 어떻게 합니까?"

"그렇지요. 할 수 없지요. 난 짐작도 못했는데……." 내가 말했다.

"짐작했다고 하면 어떻게 하겠어요?" 그가 내게 물었다.

"씨팔것, 어떻게 합니까? 그 양반 우리더러 어떡하라는 건지……."

"그러게 말입니다. 혼자 놓아두면 죽지 않을 줄 알았습니다. 그게 내가 생각해 본 최선의 그리고 유일한 방법이었습니다."

"난 그 양반이 죽으리라고는 짐작도 못했다니까요. 씨팔것, 약을 호주머니에 넣고 다녔던 모양이군요."

안은 눈을 맞고 있는 어느 앙상한 가로수 밑에서 멈췄다.

나도 그를 따라서 멈췄다. 그가 이상하다는 얼굴로 나에게 물었다.

"김 형, 우리는 분명히 스물다섯 살짜리죠?"

"난 분명히 그렇습니다."

"나두 그건 분명합니다." 그는 고개를 한 번 기웃했다.

"두려워집니다."

"뭐가요?" 내가 물었다.

"그 뭔가가, 그러니까……." 그가 한숨 같은 음성으로 말했다. "우리가 너무 늙어 버린 것 같지 않습니까?"

"우린 이제 겨우 스물다섯 살입니다." 나는 말했다.

"하여튼……." 하고 그가 내게 손을 내밀며 말했다.

"자, 여기서 헤어집시다. 재미 많이 보세요." 하고 나도 그의 손을 잡으며 말했다.

우리는 헤어졌다. 나는 마침 버스가 막 도착한 길 건너편의 버스 정류장으로 달려갔다. 버스에 올라서 창으로 내다보니 안은 앙상한 나뭇가지 사이로 내리는 눈을 맞으며 무언지 곰곰이 생각하고 서 있었다.

(1965)

생명연습

"저 학생 아나?"

나는 한 교수님이 눈짓으로 가리키는 곳을 돌아보았다.

"인사는 없지만 무슨 과 앤진 알고 있죠."

다방 문을 이제 막 열고 들어선 학생에게 여전히 시선을 주며 나는 대답했다. 감색 대학 교복을 입고 그는 어울리지 않게 등산모를 쓰고 있다. 나와 같은 대학 졸업반인데, 이름은 모르지만 그의 용모라면 대학 안에서도 알려져 있다.

"설마 나병 환자는 아니지?"

한 교수님은 몸을 탁자 저편에서 내 앞으로 꺾어 기울이며 무슨 못할 소리라도 해서 미안하다는 듯이 웃으셨다.

"아아뇨."

고개를 바로 돌리고 나도 웃으며 대답했다. 교수님께는 어린애다운 데가 있다. 오십이 넘은 분이 그렇다면 장점이다.

"내가 잘못 봤나? 어째 눈썹이 전연 없는 것 같아."

"밀어 버렸지요. 면도로 싹 밀어 버렸어요. 눈썹뿐만 아니라 머리털도 시원스럽게요."

"아니 왜?"

교수님은 바야흐로 눈이 휘둥그레진다. 그러다가 쑥스러운 질문이었다는 듯이 또 하얀 이를 바지런히 내보이시며 웃으시는 것이다.

"극기?"

스스로 대답해 버렸다는 듯이 교수님은 아까 자세로 돌아갔다. 뒤가 개운치 않으신 모양이었다. 그러다가 역시 그런 표정을 하고 있는 나를 보시더니 싱긋 웃음을 보내 주시는 것이었다. 나는 다시 마음이 환해지는 듯했다.

"요즘 학생들 간에 유행이랍니다. 우습죠?"

나의 이런 물음에 그러나 교수님은 고개를 가로젓고 계셨다. 미소는 여전히 띠셨으나,

"안 우스우세요?"

"자넨 우습나?"

"네, 우스운 걸요."

나는 우습다. 어머니와 누나와 그리고 형도 함께 살고 있었을 때이니까, 국민학교 6학년 때, 사변이 있던 그다음 해 이른 봄이었다. 전쟁 중이긴 했지만, 우리가 살고 있던 여수는 전선에서는 퍽 먼 국토 최남단의 항구여선지 인민군이 남겨 놓고 간 자취도 비교적 빨리 지워져 가고 있었다. 피난 갔던 사람들

도 거의 다 돌아와서, 폭격 맞은 집터에 판잣집을 세우고 될 수 있는 대로 동란 발발 전의 생업을 다시 계속하려고 애쓰고 있었다. 그러나 쉬운 일은 아니었다. 윗녘에서 사태져 내려온 피난민들로 거리는 떠들썩했고 게다가 먼 섬으로 피난시켜 놓은 일급 선박들은 얼른 돌아와 활동할 생각을 아직 못 내고 있었을 때였으니까. 사람들은 대부분 구호물자를 배급해 주는 교회엘 부지런히 다니고 있었다. 딱히 그것 때문만은 아니었지만, 나와 그리고 남녀공학인 야간 상업중학 3학년에 다니고 있던 누나는 부두가 바로 눈앞에 보이는 교회엘 다니고 있었다.

여수에서는 가장 큰 교회였다. 그 교회 마당에서 내려다보이는 광장 너머에 부두가 있고 부두 저편으로는 거문도로 가는 바다가 항상 차디차게 흔들리고 있는 것이었다. 나와 누나는 나란히 서서 금속처럼 차게 빛나는 해면을 바라보며 한참씩 서 있곤 했는데 그럴 때야 비로소 나는 어린 가슴에 찾아오는 평안을 느끼는 것이었다. 그러다가 보면 어느새 누나의 가느다란 손가락을 꼬옥 쥐고 있곤 했다. 교회 안의 발 시린 마룻바닥에 꿇어앉은 것보다는 교회 마당가에 서 있는 그것이 좋아서 나와 누나는 교회엘 다니고 있었다고 해도 좋았을 것이다. 그러나 교회에서 내주는 구호물자가 하나의 목적이었던 것을 굳이 숨기지도 않아야겠다.

그 이른 봄 어느 날 교회에서는 대부흥회가 있었다. 죄가 많아서 하느님께서 전쟁을 주신 이 나라에 부흥회는 얼마든지 있어도 좋다는 듯이 부흥회가 유행하던 그 무렵이긴 했지만 이번 부흥회에는 재미난 데가 있었다. 이번 부흥회를 주관하러 오신 전도사는 나이 스물인가 되던 어느 해에 손수 자신의 생식기를 잘라 버리신 분이라는 것이었다. 그 이유는 오직 하느님이 그렇게 하라고 시켜서라는 것이었다.

부흥회의 첫날 밤이었다. 독특한 선전 때문에선지 부흥회는 대성황이었다.

장소는 제빙 공장이 폭격을 맞아 빈터였는데 서너 걸음 저쪽은 파도가 밀려와서 찰싹이는 소리를 내고 물러가는 부두였다. 그 파도 소리를 들으며 고촉의 전등이 대낮처럼 어둠을 씻어 주고 있었다. 호흡이 급한 찬송가 소리와 수많은 사람이 발산하는 열이 이른 봄밤의 한기를 못 느끼게 해서 좋았다. 나와 누나는 손을 잡고 사람들 틈을 비집고 들어가서 강단의 바로 앞에 자리를 잡고 앉았다.

해가 지면서부터는 몸이 달 정도로 기다리던 부흥회였다. 누나는 망측한 전도사라고 욕을 실컷 퍼부어 놓고 나서는 나를 꺼안고 깔깔대며 웃어 대는 품이 나보다 더 기다려지는 모양이었다. 형도 이것만은 흥미 있는 일이라는 듯이 다락방에서 덜커덩 소리를 내며 몸을 뒤적이고 있었다. 어머니도 침울한 표정으로 굳어져 버린 얼굴에나마 진기한 것을 보았을 때 생기는 미소를 살짝 보여 주시던 것이 나와 누나는 여간 기쁜 것이 아니었다. 아아 어머니는 진기한 것을 보시면 웃으시는구나 하고 나는 생각했다.

문제의 전도사는 얼굴이 약간 창백하달 뿐 보통 사람과 다름이 없었다. 창백하다고는 해도 집에 있는 형에게 비하면 아주 건강체였으니 대단히 평범한 사람이라고밖에는 말할 수 없을 지경이었다. 키는 나지막하고 눈이 가늘어서 날카로웠다. 서른대여섯쯤 보이는 얼굴엔 주름도 별로 없는 듯했다. 하얀 와이셔츠를 입고 검정 넥타이를 가슴에 드리우고 있었다. 검정색 양복을 입었는데 윗도리는 찬송가 소리가 열광적으로 높아 갈 때 벗어 버렸다.

저 사람이, 도대체 저 사람이 손수 칼로 자기의 생식기를 잘라 내 버렸을까 하고 나뿐만 아니라 어른들도 못 믿겠다는 눈치였다. 차라리 그 전도사 곁에 서 있는 키가 유난히 크고 얼굴이 홀쭉하게 생긴 미국 사람이 그랬다면 나는 믿었을지도 몰랐다. 그편이 훨씬 그럴듯해 보였으니까. 그날 밤 나는 자꾸, 지금 생식기가 없는 사람은 저 미국 사람이다라는 착각에 여러 번 빠져들곤 했다. 그러다가 보니 그 전도사가 왜 그런 짓을 해 버렸는지조차 어느덧 까먹게 되어서 누나에게 다시 물어보고 나서야 깨닫곤 했다. 하느님을 위해서 아니 성령을 받고 그랬다는 것이 아닌가. 내게도 성령이 찾아오는 어느 순간이 있어 나 스스로의 목이라도 잘라 버려야 할 경우가 있을는지도 모를 일이라는 생각이 문득 들었다. 그러자 소름이 돋기 시작했다. 땀과 노래와 노래 박자에 맞추어 치는 손뼉 소리가 미친 듯이 날뛰다가 가끔 딱 그치고 갑자기 고요한 침묵의 시간이 생기곤 했는데 그런 때엔 나는 나지막이 들려오는 파도의 찰싹거리는 소리가 못 견디게 그리웠고 오늘 밤 여기에 온 것이 그리고 앞자리를 차지한 것이 어찌나 후회되던지 자꾸 혀만 깨물었다.

그 악몽과 같은 부흥회의 밤이 지나자 나는 살아나는 듯했다. 그날 밤처럼 땀을 흠씬 흘려 본 때가 그전엔 없었을 것이다. 그 후로도, 사랑하는 형제여라고 부르짖던 전도사의 쉰 목소리가 귓가에 되살아올 때면 나는 등에 땀이 주르륵 흘러내림을 느꼈던 것이다.

　흘깃 곁눈으로 보니 그 눈썹 없는 친구는 어느새 의자를 하나 차지하고 앉아 있었다. 알루미늄처럼 하얀 표정이었다.

　"옛날에 전도사가 한 분 계셨어요."

　나는 느닷없는 사설을 늘어놓으려 하고 있었다.

　"응?"

　한 교수님은 무슨 얘기냐는 듯이 고개만 빼어 내 편으로 내미셨다.

　"저어 수년 전에 전도사가 한 분 있었는데요……"

　나는 말소리를 낮추어 가지고.

　"자기 섹스를 잘라 버린 훌륭한 분이었답니다."

　"허허허."

　교수님은 어처구니없다는 듯이 웃으셨다.

　"왜? 그것도 극기?"

　"선생님 방금 분명히 웃으셨죠?"

　"원 자네두……"

　교수님은 내가 귀여운 모양이었다. 나도 한 교수님이 정답다.

　교수님은 다시 웃으시는 것이었지만 무슨 근심이 있는 사람이 마지못해 웃는 듯한 웃음이었다. 그러고 보니 오늘 교수님은 무언지 허둥지둥하고 계시는 빛이었다. 아까 교문에서 마침 만나서, 선생님 차 한 잔 제가 사겠습니다 했을 때도 무척 당황하신 표정이더니 금방 무슨 구원이라도 받은 듯이 나를 따라, 아니, 오히려 내 앞장을 서서 이 다방으로 들어온 것만 보아도 그랬다.

나는 엘리자베스조(朝)의 비극 작가들에 대한 연구 논문을 지난 여름방학 때부터 시작해서 최근에야 완성해 놓았기 때문에 그동안에 참고서를 몇 권 빌려 봤다는 이유에서뿐만 아니라 나를 아들처럼 사랑해 주시는 한 교수님께 논문을 과 주임교수께 제출하기 전에 우선 보이고 싶어서 이 다방으로 모신 것인데 교수님의 이런 쓸쓸한 얼굴 앞에는 원고지 뭉치를 내밀기가 아무래도 죄송스러워서 오늘은 포기하기로 해 버렸던 것이다.

"선생님 극기라는 말이 맘에 드시는 모양이죠?"

"들지…… 글쎄…… 안 그렇기도 하고……."

또 웃으신다. 저렇게 자꾸 웃으시는 분이 아니신데.

키가 크지 않은 사람에게서만 볼 수 있는 근엄하다고까지 할 정도의 침착성을 이 교수님도 가지고 계시는 것이었으나 그것이 촌스럽지 않고 도리어 세련을 수식하고 있는 것은 이분이 외국 바람을 쐬신 덕택이라고들 한다. 그런데 오늘은 어쩐지 그것이 모두 허물어져 가고 있는 듯한 느낌이었다. 어쩐지 야비하게 그래서 어쩐지 두렵게 보이는 것이었다. 그러자 교수님도 나의 그런 기분을 엿보신 모양이었다. 무어라고 화제를 바꾸고 싶으신 모양이어서 나는 얼른 생각나는 대로 뉴스를 꺼냈다.

"참, 사회학과 박 교수님 사모님께서 신병으로 돌아가셨다죠?"

"……."

그러자 교수님은 입이 얼어붙은 듯한 표정을 하시고 무서울 정도로 의심에 찬 시선을 내게 보여 주셨다.

"장례식이 내일이라던데요."

"응."

신음하듯 대답하시더니 방금 전의 표정을 재빨리 무너뜨리려고 교수님은

"교수 가족 동태에 대해서도 주의가 대단하군."

하고 웃으시며 비꼬아 주시는 것이었다. 나는 얼굴이 뜨거워져서 엉겁결에

"할 얘기가 없어서요."

라고 말해 버렸다. 영문은 알 수 없지만 죄라도 진 기분이었다. 교수님은 웃으시며 딴 얘기를 꺼내 주셨다.

"지금도 오 선생 만나나?"

"네, 가끔 만나죠."

오 선생이란 만화가로서 주로 Y라는 일간신문에 연재만화를 그리고 있는 분인데 대학 교내 신문 편집을 하고 있던 나는 신문 관계 일로 그분을 만나야 할 기회가 있었다. 한번 만나자 어쩐지 좋아져 버려서 쩔쩔매었다.

겨우 서른둘밖에 안 된 나이에 비하면 얼굴에는 수많은 그늘이 겹에 겹을 쌓고 있었다. 그는 언젠가 내가 좋아하는 한

교수님과 내가 좋아하는 오 선생을 서로 소개시켜 드렸더니 두 분 다 즐거운 모양으로 악수를 한참 동안이나 하고 서 계셨다. 그다음 번에 오 선생을 만났을 때, 그 교수님 아주 좋으신 분이더군 하며 말수 적은 성미에서도 한마디 잊지 않았다.

"그분 요즘 그리는 만화는 퍽 어려워졌더군."

"벌써 10여 년 만화만 그렸으니 소재가 고갈할 때도 되겠지요."

"아니야, 그런 의미에서가 아니라 단순한 유머를 벗어나고 있단 말이야."

"자기 세계를 갖고 있는 분이죠."

"맞았어. 바로 그거야. 자기 세계를, 그래, 그분도 자기 세계를 가지고 있지."

늦가을 햇살이 '윈도' 밖에서 하늘거리고 있었다. 레지가 다가와서 '윈도'를 배경으로 하고 꾸부리고 서서 빈 찻잔을 거두더니 살며시 비켜서듯 돌아갔다. 레지의 허리를 굽힌 '실루엣'이 아직도 남아서 아물거리는 듯했다.

'자기 세계'라면 그것을 가지고 있는 사람을 몇 명 나는 알고 있는 셈이다. '자기 세계'라면 분명히 남의 세계와는 다른 것으로서 마치 함락시킬 수 없는 성곽과도 같은 것이 아닌가 생각한다. 그 성곽에서, 대기는 연초록빛에 함뿍 물들어 아른대고 그 사이로 장미꽃이 만발한 정원이 있으리라고 나는 상상을 불러일으켜 보는 것이지만 웬일인지 내가 알고 있는 사람들 중에서 '자기 세계'를 가졌다고 하는 이들은 모두가 그 성곽에서도 특히 지하실을 차지하고 사는 모양이었다. 그 지하실에는 곰팡이와 거미줄이 쉴 새 없이 자라나고 있었는데 그것이 내게는 모두 그들이 가진 귀한 재산처럼 생각된다.

요즘은 '하더라'체를 쓰기 좋아하는 영수라는 내 친구만 해도 그렇다. "'마도로스' 수첩에는 이별도 많더라"라느니 "동대문 근처엔 영자도 많더라"라는 시시한 유행가 구절이나 틈틈이 흥얼대고 있는 듯하지만 실은 대단히 진지한 태도로 여자들을 하나하나 정복해 나가고 있었다. 잘생긴 얼굴은 아니지만 눈이나 입 가장자리에 매력이 있었다. 초급대학을 그나마 중퇴하고 지금은 군대엘 갈까 자살을 할까 망설이고 있는 그이긴 하지만 꾸준히 시도 써 모으고 가끔 옷도 새걸로 사 입고 하였다. 나하고는 여수에서 국민학교 다닐 때 제일 친한 사이로 지냈다.

우리 가족은 내가 국민학교도 졸업했으느라는 이유를 내세우긴 했지만 기실은 형의 죽음에 반 미쳐 버리신 어머니가 서둘러서, 환도가 있을 때 서울로 이사했는데 그 후로도 방학만 되면 나는 여수엘 내려가서 그와 바닷가를 헤매었던 것이다. 지금 동대문 근처에서 싸구려 하숙엘 들어 있다. 항구는 사람의 성격에 어떤 염색을 해 주는 것이 아닌가고 나는 그를 볼 때마다 생각하는데 그건 마치 어렸을 때 형을 보듯 하기 때문일 것이다. 그는 여자를 정복하는 데 무어랄까 천재가 있는 모양이었다. 그는 그러한 자기의 천재에 의지하여 한 세계를 형성하려고 애쓰고 있다고 할 것이다. 시를 쓰기 위해서라기보다는 차라리 시를 쓴다는 대의명분이 그의 정복 행위를 부축해 주고 있을 뿐이었다.

자줏빛 스웨터를 입고 학교로 나를 찾아와서는

"련민! 련민!"

하며 혀를 끌끌 차는 날이라면 으레 또 하나의 인생을 좌절시켜 주고 온 날인 것이다.

"련민! 련민! 아 련민뿐이여."

"강 선생께서 하시는 사업은 착착 성공 중이시라."

내가 이렇게 축하를 아뢰면

"그녀도 울고 나도 울었더라."

라고 담배를 꺼내며 대단히 만족하다는 듯이 대답을 하는 것이었다.

그러한 그도 단 한 번은 대실패를 한 적이 있다. 여자에게 최음제를 사용했더라는 것이다. 그런 일이 있기 전 어느 땐가 다음과 같은 수필까지 써서 내게 보여 준 적이 있는 그로서는 정말 일대 절망일 수밖에 없었을 것이다.

"요힘빈! 총각들은 최음제의 위력을 과도히 신앙한다. 그래서 그 약품이 총각들 간에서는 사랑의 매개 물질로 간주되어 있는 법도 있다. 피강간 뒤에 으레 있는 처녀의 눈물도 그들에게는 공식적인 식순의 일구에 불과하다. 참 못마땅한 일이다. 도덕자연하는 나의 이러한 언사가 도리어 못마땅하다고 할는지 모른다. 좋다. 우리들 총각들 간에도 도덕자연하는 것도 위악의 품목에 참석할 수 있으니 나의 위악적인 이런 언사가 나를 우리의 본부 '다방 지하실'의 야단스러운 청춘 속으로 못들이밀 바 못 되노라, 에헴. 이런 논리가 나의 머리 위에 비트의 월계관을 올려놓고 박수했다. 운운." 그 실패 이후로는

"살기가 더 싫어졌다."

라고 중얼거리고 있었다.

"련민! 련민!"

두음법칙 따위가 어감의 감손을 가져온다면 그건 정말 슬 픈 일이 아닐 수 없다고 하면서 그는 기어이 '연민'을 '련민'으 로 발음하며 쓸쓸해하였는데 그 '련민'의 음영도 최음제 사건 이후엔 퍽 많이 변해 있었다. 어쨌든 내가 보기에 그는 자기의 성(城)이 아니라면 최소한도 자기의 지하실은 지니고 사는 유 복한 사람임이 분명하다.

이건 여담이지만, 한 교수님의 딸도 무엇인가를 만들어 가 고 있는 듯해서 나는 나 자신을 돌아보고 적이 불안해진 적이 있다. 여고 2학년이라면 대부분이 센티멘털리스트라고는 해 도 그 애에게는 당해 낼 수 없는 생기조차 곁들여 있었던 것 이다.

"세상에서 가장 귀여운 게 뭘까?"

지난 5월 어느 일요일, 한 교수님 댁엘 놀러 갔을 때였다. 햇볕이 여간 좋은 게 아니어서 나와 그 애와 사모님은 등의자 를 마당가에 내놓고 앉아 한담을 하고 있다가 발끝으로 흙을 톡톡 차며 등의자를 뒤로 잦혔다 앞으로 숙였다 하고 있는 그 애가 하도 귀여워서 탄식하듯 내가 입 밖에 낸 말이었는데

"여신의 '멘스'?"

라고 그 애는 가볍게 퉁겨 버리는 것이었다.

"응?"

나는 얼떨떨해져 버려서 코 먹은 소리로 반문했더니

"아닐까?"

그 애는 숙인 얼굴에서 눈만을 살짝 치켜떠 보며 부정의문법으로 또 한 번 쥐어박았다.

"호오, 여신에게도 '멘스'가 다 있을까?"

시모님께서 마침 이렇게 대답을 하심으로써 그 얘긴 그 정도로 그쳐서 나는 화끈 단 얼굴을 감출 수가 있었지만 이건 못 당하겠는데 하고 생각했던 것이다.

"선생님께서는 자기 세계가 있으십니까?"

대답이 없더라도 무안하지 않으려고 나는 짐짓 앙케트를 흉내 낸 장난조로 교수님께 물었다. 교수님은 담배를 꺼내 입가에 무시며

"자네 보기엔 어때?"

하고 되물으셨다. 나는 성냥을 그어 대어 드리며, 교수님의 목소리를 본떠서

"글쎄요. 있는 것도 같고…… 없는 것도 같고……."

했다.

"허허허허."

교수님은 담배를 한 모금 천천히 빨고 나시더니

"있지."

라고 말씀하시고 빙긋 웃으셨다.

"있긴요?"

내가 억지를 쓰는 체했더니

"이래 봬도 나의 세계는 '옥스퍼드제(製)'인데……."

"글쎄요. 성벽이 워낙 높아서 보여야죠?"

"흐응."

확실히 이 교수님께는 어려운 구석이 있다. "외국에서 공부하고 오는 사람들은 다소간에 냉혈동물들이 되어 돌아오는 법이지."라고 말씀하시며 당신도 극도의 냉혈동물이었다고 말하시지만 젊었을 적엔 몰라도 지금 봐서는 그런 것 같지는 않았다.

외국이라면 대개 서구를 가리키는 것이니 아마 그네들의 합리주의와 개인주의가 몸에 배어 그럴 것이라고 변호를 해 주시면서 한편으로는 "아아 성숙한 처녀처럼 믿음직한 그대 지식인이여."라고 말해 놓고 웃으시고는 "그러나 나처럼 탈선할 가능성이 많지." 하고 자조를 하시곤 했다. 외국서 학위를 받고 온 교수들은 강의 노트를 얻어 오는 대신 모든 것을 거기에 지불해 버리고 온다는 것이었다. 감상을 길러야 하고 다시 인사를 배워야 하고 다시 웃음을 가져야 한다고 싱거운 조로 말하시고는 곧잘 나더러 "자네도 외국 갔다 오면 별수 없지." 하시다가는 이내 "참, 자네 같은 사람은 아예 외국에도 갈 수가 없어." 하며 놀려 주시는 것인데 그 이유를 나는 알 수가 없다.

하나의 세계가 형성되는 과정이 한마디로 얼마나 기막히다는 것을 나는 잘 알고 있다. 그 과정 속에는 번득이는 철편이 있고 눈 뜰 수 없는 현기증이 있고 끈덕진 살의가 있고 그리고 마음을 쥐어짜는 회오와 사랑도 있는 것이다. 이렇게 말하면 봄바람처럼 모호한 표현이 아니냐고 할 것이나 나로서는 그 이상 자세히는 모르겠다.

역시 여수에서 살 때다. 그즈음 형은 어머니를 죽이자고 끈끈한 음성으로 나와 누나를 꾀고 있었다.

피난지에서 돌아와 보니 그렇지 않아도 변변치 않던 집이 거의 완전히 허물어져 있었다. 폭격이나 당해서 그렇다면 이웃에 창피하지는 않겠다고 누나는 부끄러워하고 있었다. 집은 한길이 가까운 산비탈에 있었다. 어머니도 누나와 같은 생각에서였던지는 모르나 인부를 두 명 사서 한낮 걸려서 깨끗이 처치해 버리고 다음 날은 그 자리에 판잣집을 세우기 시작했다. 사흘 걸려서 된 집은 내 맘에 꼭 들었다. 온돌방 하나와 판자를 깐 방 하나 그리고 판자를 깐 방에는 다락방을 만들어 형이 썼다.

다락방 밑의 판자 방에 담요를 깔고 우리 식구가 거처했고 온돌방은 어머니처럼 생선이나 조개 따위의 해물을 새벽에 열리는 경매시장에서 양동이에 받아 가지고 첫 기차를 타고 순천이나 구례 방면의 장이 서는 고장을 찾아가서 팔고는 막차로 돌아와서 다음 날 새벽을 기다리는 것이 생활인 생선 장수 아주머니들의 하숙방으로 내주고 있었다. 우리 집 외에도 근처에 그런 하숙을 치고 밥을 먹는 집이 몇 더 있었는데 경매시장이 있는 부두와 기차역에 각각 다니기가 좋은 장소여서 집집마다 육칠 명씩 단골이 있었다. 우리 집에서는 누나가 부엌일을 맡고 부엌일뿐만 아니라 매일 매일 치러 받는 하숙 셈이라든지 잔살림살이는 모두 맡아 하고 있었다. 낮에는 빨래도 하고 김치도 담그고 하느라고 겨우 겨우 야간 상업중학엘 다녔는데 공부는 늘 일등이었다. 세책점에서 소설을 빌려다가 틈틈이 보는데 혼자 있는 시간이 많아서 그런지 상상력이 대단했다. 곧잘 작문을 지어 두었다가 나와 단둘이 있게 되는 시간이 생기면 조용한 음성으로 내게 읽어 주곤 했다. 그것이 누나의 나에 대한 최대의 애정 표시였다. 나도 학교가 파하면 집안일을 도와주었다. 특히 뒤꼍의 돼지를 길러 내는 게 큰 임무였다. 수놈으로서 중돼지를 넘어서고 있었다.

어머니는 마흔 살이라고는 해도 젊은 티가 남아 있었다. 아버지가 돌아가신 지 벌써 10년이 됐는데 그 뒤로 도맡아 하신 고생이 어머니의 살결을 거칠게 해 버린 것이어서 고생만 하지 않았더라면 스물이고 서른이고 마흔이고 그대로 남아 있을 단정한 용모였다. 그것 때문에 어머니의 장사는 덕을 보기도 하고 손을 보기도 했다. 예컨대 순천 같은 도시로 장사를 갔다 오는 날엔 빈 양동이를 들고 돌아오시지만 다른 읍 같은 곳에서는 장날에 가면 손님들이 슬슬 피해 버리고 악마 같은 얼굴을 한 아주머니들에게나 가서 물건을 산다는 것이었다. 어머니는 별로 말이 없는 분이었다. 기쁠 때엔 물론 웃으시지만 통 말은 안 했다. 보통 형에게 얻어맞을 때 그러는 것인데, 억울한 일을 당하시면 눈에 파랗게 불이 켜진다. 동녘이 훤할 때 바다를 향해서라기보다는 차라리 육지를 향해서 깜박이는 등댓불의 그 희미하나마 금방 눈에 띄는 빛과 같은 것이었다. 그러나 여전히 말은 없다.

형은 종일 다락방에만 박혀 있다가 오후 4시나 되면 인적이 드문 해변으로 나갔다가 두어 시간 후에 돌아와서 다시 다락방으로 올라간다. 밥은 마루방에서 나와 누나와 함께 셋이

서 먹는 것이지만 밥만 먹으면 그냥 다락방으로 올라갔다. 사다리를 삐걱거리며 올라가는 것을 보고 있노라면, 아아 형은 하늘로 가는구나라는 말이 저절로 입에서 나왔다. 다락방은 이 세상에 있지 않았다. 그건 하늘에 있었다.

그곳은 지옥이었고 형은 지옥을 지키는 마귀였다. 마귀는 그곳에서 끊임없이 무엇을 계획하고 계획은 전쟁이었고 전쟁은 승리처럼 보이나 실은 패배인 결과로서 끝났고 지쳐 피를 토해 냈고—마귀의 상대자는 물론 어머니였고 어머니는 눈에 불을 켠 채 이겼고 이겼으나 복종했다. 형은 그 다락방에서 벌레처럼 끊임없이 부스럭거리는 소리를 내고 있었다.

형은 스물두 살이었다. 사변 전에 폐가 아주 나빠져서 중학교를 도중에 그만두었다. 하다못해 유행가 가수라도 되겠다고 새벽과 저녁으로 바닷가를 헤매며 소리를 지르고 있더니 그런 지경을 당해 버린 것이었다. 나는 국민학교 2학년 때 학교 담임 선생님이 새벽에 일찍 일어나는 것은 건강에 좋다고 해서 그런 말을 들은 다음 날 형의 발자국을 밟고 해변으로 따라 나간 적이 있었다. 바닷물은 빠지고 있었고 바위들은 금방이라도 벌떡 일어서서 나를 둘러싸고 기분 나쁘게 웃어 댈 듯이 시커멓게 웅크리고 잠들어 있었다. 나는 오들오들 떨면서 움직이기가 귀찮아, 물기가 담뿍 밴 모래 위에 쭈그리고 앉았다. 그때 바다 저편에서 들려오듯이 아득한 형의 노래가 들려온 것이었다. 바다 속으로 비스듬히 가라앉아 가는 듯한 환상 속에서 나는 형의 폐병을 예감했을 것이었다. 아니다. 그 이상의 것을—형을, 동시에 어머니를, 알았을 것이었다.

"나갈까?"

하고 교수님은 내게 물으셨다.

"들어온 지 얼마 되지도 않았는데요. 저어 바쁘십니까?"

"아아니 뭐…… 술이라도 마시고 싶어지는군."

"네? 정말 드시겠어요? 저, 제가 좋은 데를 한 집 아는데요."

"흐응. 술이란 좋은 거지?"

교수님은 별로 마시고 싶지도 않으신데 괜히 한번 그래 보신 모양이다.

나는 짜증이 났다.

"나가실까요?"

하고 나는 벌떡 일어서면서 거의 강제적인 어조로 말했는데 교수님은 별로 불쾌히 여기지도 않고 조용히 자리에서 일어나셨다. 감색 바탕에 검정 사각 무늬가 배치되어 있는 교수님의 넥타이가 유난히 눈에 들어왔다.

찻값을 치르고 나오자 교수님은 벌써 밖에 나와서 잎이 지고 있는 플라타너스 곁에 서 계셨다. 저녁 햇살이 번져 가고 있는 가을 하늘을 쳐다보고 계셨는데 윤곽이 뚜렷한 얼굴에는 소녀 같은 애수가 깃들어 있었다. 보는 사람에게 못마땅하다는 생각을 조금도 일으키지 않게 진실한 표정이었다.

"정말 술이라도 드시죠?"

"그만두지."

"……."

교수님과 나는 걷고 있었다.

무슨 생각에서였던지 교수님은 문득

"옛날 얘기 하나 들어 보겠나?"

하고 말하시고 웃으셨다.

"네, 해 주세요."

나는 필요 이상으로 좋아하는 빛을 보여 드렸다.

"성순은 한마디로 총명한 여자였다. 자기의 운명을 만들어 낼 수 있는 것은 반드시 자기만이 아니라는 걸 적어도 알고 있었다. 설령 그것이 당시의 인습의 강요로 얻은 사고방식이라 할지라도 곁에서 보기에 아슬아슬하다거나 하는 느낌은 전연 가질 수 없도록 무어랄까 확신을 가지고 있는 듯했다. 사랑을 한다고 해도 리얼하다고나 표현해야 할 것으로 한 교수보다는 적극적으로 애타고 보다 적극적으로 울고 그러다가, 어느 날엔가는 자기 편에서 절교장을 보냈다가도 그다음 날 새벽 동이 훤해지기 바쁘게 부석부석한 눈으로 한 교수의 하숙으로 달려와 방긋 웃으며, 저 지독한 거짓말쟁이예요 하고 무릎을 꿇고 앉아 사죄를 하기도 하는 하여간 가슴이 타도록 한 교수를 사랑하는 것이었지만, 그러나 한편으로는 뱀과 같은 이기심을 발휘하여, 대학 졸업 후 런던 유학을 꾀하고 있는 한 교수에게 그 계획을 포기하라고 희생을 강력히 요구해 오기도 하는 것이었다. 동갑이었다. 도쿄 유학을 온 학우들간에 '국화, 단, 남성'이란 별명을 가진 한 교수에겐 정순과의 사랑이 무척 풀기 힘든 선택 문제로, 하나의 시련으로 하나의 굴레로 압박해 왔다. 졸업 날짜가 가까워 올수록 더욱 그랬다. 그때의 일기장을 펴 보면 이렇게 적혀 있다고 한다. 대학 졸업 후 정순과의 결혼이냐 젊은 혼을 영국의 안개 긴 대학가에서

기를 것이냐. 둘 다 보배로운 일이 아닌가. 둘 다 한꺼번에 만
족시킬 수 있다면 얼마나 기꺼운 일이냐. 그러나 정순은 나의
모든 학업이 끝날 때까지는 아마 기다릴 수 없으리라는 것이
었다. 과년(過年)한다고 도쿄 유학도 겨우 용인해 주고 있는 고
국의 부모들이 딸을 졸업 후에는 절대로 가만두지는 않을 것
이라는 것이다. 자기가 일본 여성이라면 서른 살이 문제가 아
니라 마흔 살이라도 기다릴 수 있겠지만 불행히도 자기의 부
모는 이해심 적은 조선 사람이라는 것이다. 그래도 내가 기다
리라고 하면 목숨을 걸고 기다리겠지만 늙다리가 되어서는 자
기 편에서 차마 결혼을 승낙 못할 것 같다는 것이다. 결혼을
해 놓고 서양 유학을 간다고 해도 그것은 내가 자신이 없다.
결국 둘 다 망치는 일이 될 것만 같아서다. 오직 하나 분명한
것은, 나는 정순을 지극히 사랑한다는 것뿐이다. 아아 신이여
보살피소서. 그러다가 마침내 결론을 얻었다. 졸업을 1년 앞둔
어느 봄날이었다. 도쿄의 하늘은 흩날리는 사쿠라 꽃잎으로
아슴해지고 사람의 심경들도 마냥 혼미해지기만 하는 봄날의
꽃바람이 부는 밤이었다. 정순의 육체를 범해 버리기로 한 것
이었다. 말똥말똥한 의식의 지휘 아래, 한 번, 두 번, 세 번, 네
번…… 수술대 위에 뉘어진 환자가 모르핀에 취할 때까지 수
를 세듯 한 번, 두 번, 세 번, 네 번, 다섯 번, 그러자 예상했던
대로 한 교수의 사랑은 식어질 수 있었다. 다음 해 사쿠라가
질 무렵엔, 마카오 경유 배표를 쥐고도 손가락 하나 떨지 않
고 서 있을 수 있었다. 벌써 30여 년 전 얘기다."

"흐흥, 그런데…… 그 여자가 어제저녁 죽었다네."

"네?"

"장사는 내일 치르구…… 오늘 저녁에 입관을 한다나?"

"네? 그럼 사회학과 박 교수님의……."

한 교수님은 쓸쓸히 웃으셨다. 가을 햇살이 내 에나멜 구두 콧등에서 오물거리고 있었다.

형이 나와 누나에게 어머니를 죽이자는 말을 처음 끄집어 냈을 때도 내 발가락 사이로 초가을 햇살이 희희덕거리며 빠져나가고 있었다. 굵은 모래가 펼쳐진 해변에서였다. 납득? 아마 그랬을 것이다. 기침을 해 가며 나직나직 말하는 형의 백지 빛 얼굴에서 나는 그를 미워할 아무런 건덕지도 찾아볼 수 없을 지경이었으니까. 왜냐하면 그런 말을 하는 형을 미워해야 한다면 어머니도 똑같이 미워해야 할 것이었는데 실상 나는 둘 다 미워하고 있지 않았다. 둘 다 사랑하고 있었다. 내가 설령 둘을 모두 미워하고 있었다고 하더라도 그것은 나의 그들에 대한 끝없는 사랑의 감정에서일 수밖에 없었다. 그러나 손쉽게, 사랑한다고 해서 내가 초가을 햇살이 눈부신 해변에서 들은, 지옥으로부터 나의 가슴에 육중하게 울려오는 저 끔찍한 음모를 납득할 수는 없었을 것이다. 차라리 수년 전 어느 새벽에 발자국을 밟고 따라가서 소라 껍데기 같은 나의 마음속에 잊지 않으리라 담아 두던 노랫소리의 빛깔로 하여 형의 이런 계획은 당연하다고 주억거릴 수 있었다고 하는 편이 나았다.

형을 따라 새벽에 해변엘 나간 적이 있던 그 무렵 어느 날 저녁때였다.

어머니는 마흔이 넘어 보이는 사내를 하나 데리고 집으로 왔다. 어머니가 생선 장수를 시작하기 전으로, 바느질로써 용돈을 벌었고 남아 있던 살림살이를 하나씩 하나씩 팔아서 살고 있었을 때였다. 사내는 갯바람에 그을려서 약간 야윈 듯한 얼굴에 눈이 쌍꺼풀져 있었다. 모든 것이 자신만만하다는 듯한 태도를 가진 그 사내는 그날 저녁에 어머니와 함께 밤을 지내고 다음 날 새벽 일찍이 돌아갔다. 그날 나와 누나는 공포에 차서 덜덜 떨며 한숨도 자지 못하고 말았다.

중학교에 다니던 형도 엎치락뒤치락하며 밤을 그대로 새우고 있는 눈치였다. 다음 날 형은 학교엘 가지 않았다. 그것이 아버지의 사망 후 어머니가 맞아들인 최초의 사내였다. 일본을 상대로 하는 밀수선의 선장이라고 하는 건 그 사내가 그날 밤 이후로도 몇 차례, 몇 차례라고는 하나 시일로 따지면 거의 1년 동안 우리 집에 드나들 때 자연히 알게 되었다. 왜 어머니가 사내를 집 안으로 끌어들였는지 그리고 우리에게 아무런 인사도 시키지 않았고 말도 못 건네게 하였는지 그때는 아무래도 이해할 수가 없었다. 풍족하진 못했지만 돈이 없다고 짜증을 부리거나 불만을 가진 사람은 집 안에 아무도 없었다. 그렇다고 사내를 우리들에게 아버지처럼 행세시키려 드는 눈치도 아주 없었다.

사내가 다녀간 다음 날에는 어머니는 형에게 무척 미안하다는 태도를 지어 보였다. 형으로 말하자면, 처음엔 어리둥절했던 모양이다. 무엇을 어떻게 하겠다는 결심은 전연 서려 있지 않은 분노를 자기의 침묵과 눈동자에 담고 있었으나 그뿐 아무런 짓도 하고 있지 않았다. 그러나 자기의 행동에 어떤 결심을 갖다 붙일 수 없었던 것은 오로지 자기의 나이를 잘 알고 있기 때문이었던 모양이었다. 두 번째의 사내는 세관 관리였다. 털보였다. 눈이 역시 쌍꺼풀져 있었다. 술고래인 모양으로 늘 몸에서 술 냄새가 나고 있었다. 세 번째 사내는 헌병 문관이었다. 어머니보다 젊은 듯했다. 안색이 창백하였으나 눈이 부리부리한 사람으로 우리에게는 항상 적의 어린 시선을 쏴 주고 있었다.

이때 형은 학교를 그만둔 뒤였다. 그 무렵 형의 약값으로 돈이 많이 들어서 살림이 상당히 쪼들리고 있었는데 그것이 미안해서였던지 아니면 이제 충분히 나이가 들었다고 생각해서였던지, 셋째 번의 사내가 처음으로 다녀간 다음 날 형은 드디어 어머니를 때리고 만 것이었다. 그리고 어머니의 눈에 처음으로 불이—희미하나 금방 알아볼 수 있는 파란 불이 켜지기 시작한 것이었다. 그리고 그 불빛 속에서 영원한 복종과 야릇한 환희와 그러나 약간의 억울함을 나와 누나는 본 것이었다. 그러한 빛깔을 한 불이 켜지면 누나는 안타까워서 동동 뛰었다. 그러나 나는 이미 포기해 버리고 있었으므로 누나를 달랠 수 있는 여유조차 갖고 있었다.

어머니는 형에게 연애를 권했다. 형은 학교를 그만둔 뒤로는 썩어 가는 폐에 눈물 어린 호소를 해 가며 문학으로 방향을 바꾸고 있었으므로 어머니는 그런 핑계를 내세우고, 연애는 네 문학 공부에 어떤 자극이 될지도 모른다고 권했으나 형은 흥 하고 웃어 버렸다.

한 사람이 배반했다고 해서 자기까지 배반해 버릴 수 없었던 모양인가. 더구나 배반한 사람이 어떤 의사 이전의 절대적인 지시 아래에서는 어찌할 수가 없다는 사실을 알고 있었기 때문인가. 피난지에서 어머니가 한번 좋은 처녀가 있는데 결혼할래 하고 물었더니, 아무리 전쟁 중이라도 어머니가 미쳐 버린다는 건 슬픈 일이에요라는 대답을 하고 나서, 어머니를 똑바로 쳐다보면서 싸늘한 웃음을 지었다. 어머니는 얼른 고개를 숙임으로써 그 시선을 피했지만 떨구는 어머니의 눈 속에는 또 그 파란 불이 켜져 있었던 것이 기억된다. 피난지에서 돌아와서부터 어머니가 사내를 집 안으로 데리고 오는 일은 없었다. 그러나 모든 것이 형에게는 마찬가지였다. 형은 무언가를 기어이 하고야 말리라고 예기하고 있던 나는 그러기 때문에 다락방에서 끊임없이 부스럭거리며 살고 있는 형을 공포에 찬 눈으로 주시하고 있었다. 누나도 마찬가지였다. 누나와 나는 유일한 동맹이었다. 내가 어린 날을 그래도 행복하게 보낼 수 있었던 것은 오직 누나가 있었기 때문이었다.

형이 어두운 다락방에서 우리에게 숨기며 쉬지 않고 무엇인가를 만들어 가고 있듯이 나와 누나도 형과 어머니에게서 몇 가지 비밀을 만들어 놓고 우리의 평안과 생명을 그 비밀 왕국 안에서 찾고 있었다.

누나가 밤늦게 학교에서 돌아오면 나는 기다리고 있다가 다락방에 있는 사람에게 들키지 않도록 조심하며 밖으로 나간다. 누나도 석유 남폿불의 심지를 줄여 놓고 나서 역시 살그머니 빠져나온다. 나와 누나는 발소리를 죽이며 어두운 숲 그늘을 밟고 산비탈을 올라간다. 해풍이 끊임없이 솔솔 불어오고 있다. 소금기에 전 잎사귀들은 사그락대고 있다. 뱃고동 소리가 부우웅 울려오고 우리가 산비탈을 올라감에 따라서 부두 쪽에서 들려오는 웅웅거리는 소리가 조금씩 크게 들린다. 내려다보면 항도의 크고 작은 불빛들이 눈짓을 보내 주고 있다. 드디어 철조망이 나선다. 칙칙한 색으로 숲이 살랑대고 있는 철조망 저편에는 석조 저택이 우울하게 서 있다. 몇 개의 창에서 불빛이 새어 나오고 있다. 현관에도 불이 켜져 있다. 우리는 철조망 이편에서 납작 엎드려 기다리고 있다. 엎드려서 우리는 흙 내음과 풀 내음을 들이마시며 뜨거워져 가는 숨소리를 느끼며 잔뜩 긴장하여 기다리고 있다.

이윽고 현관문이 밖으로 빛을 내쏟으면서 열리고 애란인인 선교사가 비척비척 걸어 나온다. 깡마르고 키가 크다. 불빛 아래서는 번쩍이는 안경을 쓰고 있다. 유령처럼 그는 이쪽으로 천천히 걸어온다. 어떤 때는 고개를 숙이고 걸어오기도 한다. 사그락대는 나뭇잎 소리들이 이 밤의 정적을 더 돋우고 있을 때 그가 이편으로 걸어오는 발짝 소리는 무한히 신비스럽게 느껴진다. 이윽고 왔다. 우리가 엎드려서 온갖 힘을 눈에다 모으고 있는 철조망 저편에는 몇 그루의 측백나무가 어둠에 싸여 있고 그 측백나무 아래에는 벤치가 하나 있다. 그는 드디어 거기에 앉는다. 털썩 주저앉는다. 나는 누나의 한 손을 꼭 쥐고 있다. 손에는 어느덧 땀이 흐르고 있다.

선교사는 멀리 아래로 보이는 시가지의 불빛들을 꿈꾸듯이 보고 있다. 바람에 실려 오는 소금기를 냄새 맡는 듯이 그는 코를 두어 번 킁킁거려 본다. 드디어 바지 단추를 끄른다.

홍청대는 항구의 여름밤과는 상관없이 바위처럼 고독한 자세 하나가 우리의 눈앞에서 그의 기나긴 방황을 시작하고 있다. 그렇게도 뛰어넘기 힘든 조건이었던가. 일요일에 교회에서만 선교사를 대하는 선도들에게는 도대체 상상될 수 없는 그래서 무수한 면을 가진, 아아 사람은 다면체였던 것이다. 바람은 소리 없이 불어오고 잎들조차 이제는 숨을 죽이고 이슬방울들이 불빛에 번쩍이면서 이 무더운 밤이 해 주는 얘기에 귀를 기울일 때 나의 등에도 누나의 등에도 어느새 공포의 식은 땀이 흘고 있었다.

이윽고 끝났다. 그는 어둠 속에서 한숨처럼 긴 숨을 몇 번 쉬고 느릿느릿 일어나서 바지를 추켜 입고 힘없이 비척거리며, 온 길을 되돌아간다. 그제야 우리들은 쥐었던 손을 놓고 일어선다. 이마에서는 땀이 흐르고 있다. 우리는 기진맥진하여 불빛들이 사는 비탈 아래로 내려온다.

우리의 왕국에서 우리는 그렇게도 항상 땀이 흐르고 기진맥진하였다. 그러나 한 오라기의 죄도 거기에는 섞여 있지 않은 것이었다. 오히려 거기에서 우리는 평안했고 거기에서 우리는 생명을 생각하고 있었다. 낮에 우리는 가끔 그 선교사가 자동차를 타고 지나다니는 것을 본 적이 있지만 전연 딴 사람처럼 명랑해 보였다. 명랑하게 달려가는 자동차의 뒤에서 우리는 늘 미소를 가질 수 있었다. 다시 한 번 말하거니와 우리가 꾸며 놓은 왕국에는 항상 끈끈한 소금기가 있고 사그락대는 나뭇잎이 있고 머리칼을 나부끼는 바람이 있고 때때로 따가운 빛을 쏟는 태양이 떴다. 아니 이러한 것들이 있었다기보다는 우리들이 그것을 의식하려고 애쓰고 있었다고 하는 게 옳겠다. 그러한 왕국에서는 누구나 정당하게 살고 누구나 정당하게 죽어 간다. 피하려고 애쓸 패륜도 아예 없고 그것의 온상을 만들어 주는 고독도 없는 것이며 전쟁은 더구나 있을 필요가 없다. 누나와 나는 얼마나 안타깝게 어느 화사한 왕국의 신기루를 찾아 헤매었던 것일까!

햇빛이 눈부시게 빛나는 해변에서 형이 어머니를 죽이자고 했을 때 나는 훌쩍훌쩍 울어 버리고 말았지만 그것은 형의 말에 반대해서라기보다는 오히려 형에게 얼마든지 동감할 수가 있었기 때문일 것이었다. 형은 그 말을 함으로써 스스로 성자(聖者)의 지위에 올랐다고 생각했을 것이다. 누나도 사실 어머니에게 불만이 없는 것은 아니었다. 그렇다고 그 불만이 형을 위해서 있는 것은 아니었다. 누나는 가장 영리하였다. 그 눈부신 해변에서 누나는 한 마디 말도 하지 않고 한 개의 표정도 바꾸어 짓지 않았지만 그것은 누나의 아름다운 노력일 뿐이었다. 누나는 영리하였다. 형이 어머니의 거의 문란하다고나 해야 할 남자관계를 군이 내세우며 우리를 설복시키려고 애쓰고 있었지만(그것은 우리를 철부지로 여기고 있었기 때문일 것이다. 철부지에게는 본능적인 의협심이 행위의 충동이 되는 걸로 형은 생각했을 것이다.)—사실 나도 그따위는 아무것도 아니라고 생각했다. 형의 의도는 그 너머에 있는 것이었으니까—누나는 귓등으로 흘려 버릴 정도로 모든 것을 알고 있었다.

모든 오해를, 옳다, 모든 오해를 누나는 알고 있었다. 그러나 영원히 풀어 버릴 수 없는 오해라는 것도 알고 있었다. 무서운 결과를 무릅쓰지 않고서는 누나는 결코 그 오해를 풀어 줄 수가 없다는 것도 알고 있었다. 아아, 이렇게 얘기해서는 안 되겠다. 이것은 너무나 막연한 표현들이다. 한마디로 말하고 싶다. 어머니는 영혼을 사러 다니는 마녀와 같다고 형은 경계하고 있었고 한편, 형은 빈틈을 쉬지 않고 노리는 어떤 악한 세력이라고 어머니는 생각하고 있었다. 이러한 생각들은, 나와 누나의 직관 속에서 보면, 분명히 아버지의 사망 후에 비롯된 것이었고 비록 은근한 것이었다고는 하나 얼마나 끈덕진 것이었던지 이것의 어떤 해결 없이는 새로운 생활—새롭다고 한들, 남들은 별생각 없이 예사로 사는 그런 생활을 할 수는 도저히 없는 것이었다.

형과 어머니는 주고받는 시선 속에서 우습도록 차디찬 오해를 나누고 있었다. 그뿐이다. 그뿐이다. 둘 다 오해를 하고 있었던 것뿐이다. 상상의 바다를 설정해 놓고 그곳을 굳이 피하려고 하는 뱃사람들처럼 어머니와 형도 간단하게 살아갈 수는 없었던 것인가.

누나가 마지막까지 눈물겨운 노력을 포기하지 않았던 것을 나는 알고 있다. 모래가 따가운 해변에서 돌아와서 일주일인가 지난 밤이었다. 누나는 그날 저녁 학교를 쉬고 노트에 부지런히 글을 짓고 있었다. 열여섯 살짜리 계집애로서는 그 이상 더 어떻게 할 수 없는 노력이었다. 나는 남포에 석유를 붓고 누나가 쓸 연필을 깎아 놓았다. 그러고 나서 누나 곁에 엎드려서 근심스럽게 누나의 노력을 바라보고 있었다. 작문은 이런 것이었다.

"내 어머니의 '남자관계'를 내가 어렸을 때는 막연한 어떤 심리에 사로잡혀 미워하고 심지어 내 어머니는 '갈보'라고까지 욕을 했고 그리고 나의 기억에도 아버지와 놀던 세세한 일은 거의 남아 있지 않을 정도로 오래전에 돌아가신 아버지를 애타게 그리워했고 그 아버지를 잊어버리고 다른 남자와 '놀아나는' 어머니를 더욱 미워하게 됐고 그래서 혹시 그런 남자가 집에 오기라도 하면 나는 일부러 방문을 탁 닫기도 하고 큰 장독으로 돌을 가져와서 차마 독을 쾅 깨어 버리지는 못하고 땅땅 두들겨 보고 그러다가 그 독아지 속에서 울려오는 무거운 소리를 귀 기울여 들으며 어머니에 관한 일은 잊어버리기로 하곤 하였다. 이제 와서 생각하면 그처럼도 어머니를 못 이해하고 있었다니 하는 후회만이 앞선다. 어머니가 사귀던 몇 남자들의 얼굴을 나는 똑똑히 외우고 있다. 그들은 차례차례 어머니를 거쳐 갔는데 이상하게도 그 남자들의 용모에는 공통된 점이 많았다. 눈이 쌍꺼풀이라든지 콧날이 오똑하고 얼굴 색이 비교적 창백하다든지 하여간 나의 기억 속에 그들의 얼굴이 서로 비슷했다. 그리고 좀 더 거슬러 올라가면 놀랍게도 아버지의 얼굴과 거의 일치되는 것이다. 어머니는 사귀고 있는 남자를 우연한 기회에 보게 되었을 것이다. 그러고는 옛날 당신의 한창 젊음을 바쳐 사랑하던 그리고 그보다도 더 큰 아버지의 사랑을 받던 날을 생각할 것이다. 아아, 어머니는 얼마나 아버지를 찾아 헤매었던 것일까. 내 어린 시절의 기억 속에 불쾌감을 모질도록 일으키던 어머니의 '남자관계'는 곧 내가 사랑하는 그리고 어머니가 사랑하는 아버지를 찾아 헤매던 일이기도 했던 것이다."

물론 이 작문은 거의 완전한 허구였다. 그러나 최후의 노력이었다. 누나는 그 작문을 들고 다락방으로 올라갔다. 나는 기도하듯이 손을 모으고 다락방으로, 지옥으로 올라가고 있는 한 사도의 순결한 모습을 바라보고 있었다. 지루하도록 오랫동안 그 사도는 내려오지 않았다. 이윽고 다락의 층계를 밟고 사도는 피로한 모습을 하고 내려왔다.

절망, 형은 발광하는 듯한 몸짓으로 픽 웃더라는 것이다. 그리고 누나에게 이런 뜻의 말을 하더라는 것이다. 어머니의 '남자관계'를 너는 그렇게 해석해도 무방하다. 그러나 실은 그것에서 그치는 것이 아니다. 그것은 일종의 극기일 뿐이다. 극기일 뿐이다. 극기일 뿐이다……

"옛날 일을 그래서 지금은 후회하세요?"

"후회하냐고?"

교수님은 무슨 소리냐는 듯이 눈을 둥그렇게 뜨셨다. 그러자 그러한 당신의 표정이 서운하셨던지 입술을 주름 짓게 모아 쑥 내민 채 애처롭게 웃으셨다.

또 형은 억울하다는 듯한 표정으로 이렇게 말하더라는 것이다. 어머니의 나에게 대한 운명적인 요구에 나는 어떻게 대처해야 할지 모르겠다. (나와 누나에게는 이 말처럼 미운 것이 없었다.) 솔직히 말하마. 남들에게는 지극히 평범하고 세속적인 관계일 수밖에 없는 것이 내게는 왜 이렇게 험악한 벽으로 생각되는지, 나는 참 불행한 놈이다. 절망. 풀 수 없는 오해들. 다

스릴 수 없는 기만들. 그렇다고 장난꾸러기 같은 미래를 빤히 내다보면서도 눈감아 버릴 수는 없는 것이다. 절망. 절망. 누나와 나는 그다음 날 저녁, 등대가 있는 낭떠러지에서 밤 파도가 으르렁대는 해변으로 형을 떠밀었다. 우리는 결국 형 쪽을 택한 것이었다. 미친 듯이 뛰어서 돌아오는 우리의 귓전에서 갯바람이 윙윙댔다. 얼마든지 형을, 어머니를 그리고 우리들을 저주해도 모자랐다. 집으로 돌아와서 불을 켜자 비로소 야릇한 평안을 맛볼 수 있었다.

그리고 얼마 있지 않아서였다. 판자문을 삐걱거리며 열고 물에 흠씬 젖은 형이 살아서 돌아온 것이다. 우리의 눈동자는 확대된 채 얼어붙어 버렸다. 형은 단 한마디, 흐흥 귀여운 것들, 해 놓고 다락방으로 삐걱거리며 올라갔다. 그리고 사흘 있다가, 등대가 있는 그 낭떠러지에서 스스로 몸을 던져 죽은 것이었다. 나와 누나의 눈에는 감사의 눈물이 번쩍이고 있었다. 그러나 어머니의 오해에는 어떻게 손대 볼 도리 없이 우리는 성장하고 만 것이었다.

만화로써 일가를 이룬 오 선생 같은 분도, 좀 이상한 얘기지만 일을 하다가 문득 윤리의 위기 같은 걸 느낄 때가 있다라고 내게 말씀하시는 때가 있다. 윤리의 위기라는 거창한 말을 쓰고 있지만, 내가 보기엔 작은 실패담이라고나 할 수밖에 없는 일인데 당사자에겐 퍽 심각한 문제인 모양이다. 이야기인즉, 하얀 켄트지를 펴 놓고 먼저 연필로 만화의 초를 뜬다. 그러고 나면 펜에 먹물을 찍어 연필 자국을 덮어 그리는데 직선을 그려야 할 경우에 어쩐지 손이 떨려서 그만 자

를 갖다 대고 그려 버릴 때가 가끔 있다는 것이다. 그렇게 해
서 다 그리고 난 뒤에 작품을 보고 있노라면 어쩐지 자꾸 그
직선 부분에만 눈이 가고, 죄의식이 꿈틀거린다는 것이다. 그
리고 독자들이 이렇게 외치는 소리가 들리는 듯하다고 한다.
그건 당신의 선이 아니다. 그것은 직선이라는 의사밖에는 가
지고 있지 않은 자의 선이다. 당신은 우리를 속이려 하는구
나라고.

　형 같은 경우는 아예 비길 수 없이 으리으리하게 확립된 질
서 속에서 오 선생은 살고 있는 것이지만 긍정이라든지 부정
이라든지 하는 따위의 의미를 일체 떠난 순종의 성곽 속에도
밤과 낮이 있는 모양이었다.

　"오늘 저녁 입관하시는 데 가 보시겠군요."

　나는 고개를 돌려서 물었다. 교수님은 난처한 웃음을 띠
셨다.

　"내가 울까?"

　"네?"

　"정순의 죽은 얼굴을 보고 내가 울까?"

　"물론 안 우시겠죠."

　"……."

　"……."

　"그렇다면 갈 필요가 없을 것 같군."

　옳은 말씀이다. 이제 와서 눈물을 뿌린다고 해서 성벽이 쉽
사리 무너져 날 것 같지도 않은 것이다.

　"슬프세요?" 내가 웃으며 물었더니

"글쎄, 지금 생각 중이야."라고 대답하셨다. 나는 할 수 없이 또 한 번 웃고 말았다.

(1962)

건(乾)

전날 저녁, 산에 숨어 있던 빨치산들의 습격 때문에, 아침에 살펴보니 시(市)는 엉망진창이 되어 있었다. 밖에 다녀온 아버지는, 시 방위대가 다행히 일선의 전투부대나 다를 바 없는 장비와 인원을 가지고 있었으므로 해가 뜰 무렵엔 빨치산들이 다시 산으로 도망쳐 버렸지만 그러나 시가 입은 파괴는 엄청난 것이라고, 퍽 흥분된 말투로 형과 내게 알려 주는 것이었다.

우리 집은 비교적 높은 지대에 자리 잡고 있기 때문에, 사방이 산으로 둘러싸이고 얼마 크지 않은 이 시를 대강 다 내려다볼 수가 있는데, 시내의 여기저기에서 아직도 불타고 있는 건물들이 보이고 더러는 완전히 타 버린 빈터에서 푸른 연기가 안개처럼 피어오르고 있는 것이 보이기도 했다. 매일 아침 잠자리에서 일어나는 대로 곧장 마당가에 나서서 보면 저 아래 시가지의 중심부에서, 떠오르는 아침 햇살을 받고 황금빛으로 번쩍이는 유리창들을 거느린, 그래서 그것이 찬란한 왕궁처럼 생각하게 하는 시립 병원의 멋있는 모습도 그날 아침에는 사라져 버리고 잘못 탄 숯덩이 모양이 되어 있었다. 시립 병원보다 좀 더 북쪽에 자리잡은 방위대 본부에서는 아직도 불길이 오르고 있는데 소방차 두 대가 소화 작업을 하고 있는 게 보였다. 이 시에 소방차는 두 대밖에 없으니 모든 소방 시설이 이 방위대 본부에 집결한 셈이었다.

방위대 본부는 옛날 어느 굉장한 부호가 살던 저택인데, 넓기도 넓지만 우선 나무가 많아서 먼 곳에서 보면 마치 숲이 울창한 공원 같은 느낌이 드는 아름다운 곳이었다. 재작년, 6·25가 터져서 인민군이 진주했을 때 인민군들이 군사 본부로 사용하며 여러 가지 시설을 해 놓았는데 인민군이 쫓겨 가고 그 뒤에 시 방위대가 생겨서 그 본부로 사용하게 된 것이지만 그러나 6·25도 나기 전엔, 그 집은 아무도 살고 있는 사람이 없이 썩어 가는 빈집으로서 우리들 아이들의 놀이터가 되어 주었었다. 온 시내에 있는 애들이 모두 들어와서 놀아도 좁지 않을 정도로 단순히 넓다기보다는 여러 가지로 재미있게 꾸며져 있는 곳이었다. 물이 말라 버린 못에는 괴석을 이리저리 얽어 붙여서 내 작은 몸뚱이가 들어가 숨을 수 있을 만큼의 동굴 따위가 여러 개 만들어져 있기도 하고, 문을 열면 또 문이 있고 그 문을 열면 또 문이 있고 이렇게 다섯 개의 문이 가지각색의 장식으로 꾸며져서 달려 있는 연회색의 커다란 창고가 있고, 또 바람이 불어도 그 안에 세운 촛불이 꺼지지 않는다는 석등이 서양 사람처럼 큰 키로 서 있기도 하고, 그러나 내가 가장 잊을 수 없는 것은 그때는 이미 거의 썩어 버린 다다미가 깔린 넓은 안방인 것이었다. 아니 안방이 아니라 안방의 동쪽 벽 아래로 깔린 다다미 한 장을 들어내면 나무로 된 마룻바닥이 드러나고 그 바닥엔 위로 들어 올리도록 된 문이 있는데 그것을 열면 그 밑에 나타나는 어두컴컴한 지하실인 것이다. 아아, 하루 종일 그 지하실에 틀어박혀 우리들은 얼마나 가슴 뛰는 놀이들을 하였던가. 애들 중에서 그림을 제일 잘 그리던 내가 그 지하실의 백회 벽에 크레용으로 그림을 그리면 한 아이는 초 동강이에 불을 켜서 들고 나의 손이 움직일 방향으로 불빛을 보내 주었고 그리고 나머지 아이들은 부러움과 감탄의 눈초리로 내가 그리는 그림을 바라보고 그 그림 속에서 많은 얘기를 끄집어내어서 지껄이며 떠들고 그 그림을 자기들이 그린 것처럼 아껴 주고 다른 마을의 애들을 끌어 와서 자랑도 해 주곤 했다. 그중에서도 미영이라는 계집애를 잊을 수가 없다. 내게 크레용을 갖다 주기도 하고 학교에서는 연필이나 연필꽂이를 나누어 주던 미영이. 1학년 때 어느 날이었던가, 이상스럽게도 둘만 그 지하실에 남게 되었을 때 나는 자신도 알지 못하는 사이에 불쑥 미영이를 꽉 껴안아 버렸었다. 그러자 미영이는 깜짝 놀라서 울음을 왁 터뜨리더니 그만 무안해진 내가 손을 풀자 느닷없이 자기가 쥐고 있던 하얀색 크레용을—분명히 하얀색이었다—내게 내밀며, 이쁜 꽃 그려 봐 하는 것이어서, 하얀색의 벽에 하얀색의 크레용으로 무슨 그림을 그리라는 말이지, 이번에는 내가 어리둥절해 버린 적이 있었다. 두 볼이 유난히 빨갛던 미영이도 지금은 없다. 재작년 6·25 때 피난을 아주 멀찌감치 일본으로 가 버리고 아직도 돌아오지 않는 것이었다. 미영이네 집은 우리 집과 아주 가까운 곳에 있는데 지금은 그 집 대문에 '매가'라는 글이 쓰인 더러운 종잇조각이 붙어 있는 빈집이 되어 있었다.

어느 날엔가 방위대도 물러가면 그때는 기어코 다시 그 지하실의 벽화들 앞에 마주 서 보리라 마음먹고 있었는데 그날 아침 나는 절망 같은 걸 느끼지 않을 수 없었던 것이다.

사실은 그렇지 않은데도 내게는 온 시내가 푸른색의 짙은 안개 속에 잠겨 있는 것처럼 느껴졌다. 그 위를 엷은 햇살이 어루만지고 있어서, 전날 저녁의 그렇게도 소란스럽던 총소리, 수류탄 터지는 소리, 야포 소리들이 그리고 그날 아침의 살풍경한 시가지까지도 희미한 옛날의 기억일 뿐이라는 생각이 들었다. 그저, 그동안 못 느끼고 있었는데 갑자기 가을이 이 분지 도시에 찾아와서 모든 것을 퇴색시켜 놓았다는 느낌뿐이었다. 확실히 깊은 가을이었다.

아침밥을 먹으면서 아버지는, 공비들이 산에서 겨울을 날 물자를 약탈하러 대담하게도 이 시까지 습격해 온 것이었다고 설명해 주었다. 형은, 하필 엊저녁에 습격 올 게 뭐냐고 불평이 대단했다. 고등학교 2학년에 다니는 형은, 벌써 몇 주일 전부터 자기 친구들과 함께 남해안으로 무전여행 떠날 계획을 세워 왔는데 그날이 바로 출발 예정날이었던 것이기 때문에 형의 불평은 당연한 것이었다. 형의 어둑신한 방에 우글우글 모여 앉아서 그들이, 오오 빛나는 남해여, 어쩌고 낯간지러운 몸짓들을 하면서 대단히 열심스런 태도로 계획을 짜 온 것을 나는 알고 있었다.

"형, 정말 돈 한 푼 없이 여행하는 거야?"

하고 내가 물으면

"그럼, 청년의 꿈은 어디든지 여행할 수 있는 거다. 그렇지만 너 같은 빼빼는 아무리 자라도 이런 일을 못한다. 저 방에 가서 염소 그림이나 그리고 엎드려 있어. 어서 가."

하며 나를 몰아내 버리고 자기들끼리만 쑤군쑤군하곤 했었다.

형은, 빨치산의 습격이 있었으니 경비가 더 심해질 것이고 그렇게 되면 아무래도 장거리 여행은 불가능해진다는 걱정이었다. 아버지는, 망할 자식, 그러기에 내가 그런 짓은 아예 할 생각도 말라니까 자꾸 하더니 빨갱이들이 내려왔지 하며 엉뚱한 핑계로 형의 기분을 더욱 상하게 해 주었다.

학교에 가면 엊저녁의 일로 재미있는 얘기들이 많을 것이다. 나는 벌써부터 학급 애들이 쉬임 없이 종알대는 일들을 보는 듯싶어서 기쁨에 가슴이 두근거렸다. 나는 책보를 얼른 챙겨 가지고 내리막길을 빠르게 달려 내려갔다. 달려가다가 길이 굽어지는 곳에서 나는 윤희 누나를 만났다.

"너의 집은 아무 일 당하지 않았니?"

하고 윤희 누나가 먼저 인사를 했다. 나는 고개를 끄덕였다.

여고 교복을 입지 않고 한복 차림인 윤희 누나를 길에서 보는 것은 처음이었다. 우리 이웃에 살고 있기 때문에 나는 누나라고 부르지만 사실은 딴 남인 것이었다. 언젠가 기막히게 심이 굵은 4B 도화연필을 내게 준 적이 있는데 학교에서 그걸 그만 도둑맞았었기 때문에 그 누나를 대할 때마다 나는 뭔가 죄를 지은 기분으로 어깨가 움츠러드는 것이었다. 그러나 그날 아침, 내가 그 누나 앞에서 쭈밋쭈밋했던 것은 그런 죄의식 때문이 아니라 쓸쓸하도록 갑자기 찾아온 가을 속에서 윤희 누나가 그 한복 차림 때문에 물이 증발하듯이 어디론가 스르르 날아가 버릴 것만 같은 느낌이 자꾸 들어서였다.

"우리 친척들도 다행히 아무 일도 없었단다."

윤희 누나는 상긋 웃으며 활발한 말투로 얘기했다. 친척들 집에 안부를 물으러 다녀오는 길인 모양이었다. 윤희 누나는 아직 완전한 어른이 아니지만 자기 식구라곤 어머니와 나보다 나이 어린 계집애 동생 하나뿐이기 때문에 자기 집에선 제법 어른 행세를 하였다.

나도 윤희 누나를 따라서 웃으며 또 고개를 끄덕였다. 그러자 누나는 엄청난 소식을 들려주는 것이었다.

"너 빨갱이 한 사람 죽은 거 아니?"

그것도 그때 내가 서 있는 곳에서 얼마 멀지 않은 곳에 있는 벽돌 공장에, 총에 맞아 죽은 빨치산의 시체가 엎드려 있다는 것이었다.

"봤어?"

하고 나는, 잠시 후, 내가 생각해도 가련할 정도로 자신 없는 목소리로, 그러나 잔뜩 힐난하는 듯이 윤희 누나에게 물었다.

"응."

누나의 대답은 짤막했기 때문에 나는 누나의 얘기가 사실이라고 믿었다.

엎드려 죽어 있는 빨치산의 시체다. 나는 아직 보지 않았지만 내 눈앞에 그걸 또렷이 보는 듯싶었다. 그러자 전날 밤 총격전의 그 모든 것이, 찢어지는 듯한 음향들과 오늘 아침 흥분을 뒤덮으면서 찾아온 이상하도록 조용함이 쉽게 넘겨 버려도 좋은 악몽 같은 것이 아니라, 내게 지금 감히 생생하게 상상되는 빨치산의 시체를 남겨 주기 위한 것이었다는 현실감이 꿈틀거렸다.

"너 가 볼래?"

윤희 누나는 근심스런 눈빛으로 내게 물었다. 나는 잠깐 고개를 들어서 누나를 보고 있었다. 예쁘게 생긴 코끝에 이슬 같은 땀이 송글송글 모여 있었다. 나는 얼른 시선을 비키며

"그거…… 재미있어?"

하고 일부러 야비한 맛을 담뿍 섞은 말투로 되물었다.

"응, 재미있어."

윤희 누나는 분명히 얼결에 그렇게 대답을 해 버렸다. 나는 픽 웃음이 나왔다. 누나도 멋쩍은 듯이 웃었다.

"가 볼 테야."

하고 나는 누나에게 말하고 좀 더 빠른 속도로 곧장 학교로 달려갔다. 누나가 가르쳐 주었다고 해서 금방 시체가 있는

건

벽돌 공장으로 달려간다는 것이 어쩐지 쑥스럽기도 했지만 그보다는 그때 나의 가슴을 후비고 드는 현실감을 조금씩 조금씩 시간을 끌며 맛보리라는 계산에서, 나는 바로 학교로 향해 버렸던 것이다. 내 책보 속에서 필갑의 찰그락거리는 소리가 울려 나오는 것에 귀를 기울이며 나는 힘껏 달려갔다.

학교 교문에 닿았을 때는 숨이 차서 목구멍이 쌔애 쓰렸다. 예상했던 대로 애들은 교실 밖에서 벽에 등을 기대고 햇볕을 쬐며, 전날 저녁에 일어난 여러 가지의 사건들을 얘기하고 있었다. 어떤 애들은 신주머니에 하나 가득히 탄피를 주워 가지고 자랑을 하고 있었다. 모두들 몇 개씩의 탄피는 주워 들고 있었다.

시립 병원 근처에 살고 있는 애 하나는 시립 병원이 불더미에 휩싸였을 때, 아무래도 자기들 집에까지 불이 옮겨 붙을 것 같아서 살림살이를 밖으로 옮겨 내는데 저도 한몫 끼어서 혼자 힘으로 쌀 한 가마를 운반해 내었다고, 아무래도 거짓말이 섞였을 얘기를 하고 있었다. 사정이 다급해지니까 자기도 알지 못할 힘이 솟아나더라고, 아주 어른스러운 말투였다. 그 얘기를 듣다가 나는 불현듯이 불타 버린 시립 병원이 보고 싶어졌다. 그러나 사실을 말하자면 방위대 본부인 그 저택, 내가 지금보다 더 어렸을 때 내 왕궁이던 그 저택의 타 버린 모습이 보고 싶은 것이었지만 지금으로선 차마 처참한 모습으로 바뀌어졌을 그곳에 갈 용기가 없어서 나는 시립 병원 쪽을 택한 것이었다. 나는 그 애에게 시립 병원의 폐허를 함께 구경 가자고 손가락을 걸어 약속했다. 오후에 내가 그 애 집으로 찾아가기로 하고 나서 나는 여러 애들을 천천히 돌아보며, 엄숙한 목소리로, 숨기고 싶은 생각이 보다 간절한 나의 중대한 뉴스를 꺼내었다. 내 솔직한 심정으로서는, 그 뉴스를 오직 나 혼자만이 간직하고 싶은 것이었지만 아무래도 그 뉴스가 몇 시간 후엔 전 시내에 파다하니 퍼져 버릴 것은 뻔한 일이니 그럴 바에야 다른 사람보다 조금이라도 먼저 그걸 알고 있었다는 것만을 다행으로 여기고 얘기해 버리는 게 영리한 일이었다.

"늬들, 빨갱이 죽은 거 아니?"

애들은 모두 입을 다물고 나를 돌아보았다. 다행이다. 아직 아무도 모르고 있었다. 그러나 그때에야 나는 깨달았다. 그걸 알고 있는 애들이라면 여기서 수업이 시작되기를 기다리며 거짓말이나 꾸며 대고 있는 일 따위는 없으리라는 것을. 지금 그 시체를 삥 둘러싸고 있는 다른 애들을 생각하자 나는 안타까운 심정이 되었다.

"빨갱이 죽은 거 보고 싶으면 날 따라와라."

나는 아까 올 때보다 더 힘껏 달렸다. 내 뒤를 애들은 우 따라왔다. 애들은 기묘한 소리를 내지르기도 했다. 나는 이빨을 악물고, 애들의 맨 앞에 서서 달리는 것을 유지하기 위해서 힘껏 달렸다. 땀이 흘러서 내 입 안으로 들어왔다. 나는 어지러움을 느꼈다. 학교에 오던 길을 거슬러 가서, 나는 우리 집이 멀지 않은 벽돌 공장의 마당으로 뛰어 들어갔다. 벽돌 공장의 넓은 마당을 지나서 벽돌을 굽는 언덕 같은 가마를 삥잉 돌아서 우리는 구워진 벽돌을 쌓아 놓은 곳으로 갔다. 그곳에 사람들이 모여 있었던 것이다. 우리는 이제 느린 걸음이 되어

개처럼 숨을 할딱거리며 그곳에 다가갔다. 나의 몸뚱이는 몹시 허청거렸다. 구역질이 날 것 같았다.

우리는 어른들의 틈 사이를 비집고 그 안을 들여다보았다. 한 사람이 땅바닥에 손발을 쭉 뻗고 엎드려 있었다. 얼굴은 이쪽으로 향하고 있고 땅바닥에 한쪽 볼이 처박혀 있는데 마치 정다운 사람과 얼굴을 비비는 형상이었다. 눈은 감겨져 있었다. 머리맡에 총이 떨어져 있고 허리에 찬 보따리가 풀어져서 그 속에 쌌던 밥이 흘러나와 땅에 흩어져 있었다. 가죽끈으로 구두를 다리에 칭칭 얽어매어서 신을 신고 있다기보다는 신을 다리에 붙들어 매어 놓은 듯했다. 길게 자란 수염과 헝클어진 머리털 그리고 다 해진 옷, 가슴에서 삐죽이 수첩이 내밀어져 있고 그 가슴에서 피가 흘러나와서 땅속으로 스며들어 있었다. 아직 완전히 마르지 않은 피여서인지 짜릿한 냄새가 가볍게 공중으로 퍼지고 있었고 그렇다고 생각하고 있는 내게 그때 마침 불어오는 바람 때문에 시체의 머리털이 살살 나부끼는 것이 보였다.

땅에 뿌려진 피와 머리맡의 총만 없었다면 그것은 영락없이 만취되어 길가에 쓰러진 한 거지의 꼬락서니였다. 그것은 간밤의 소란스럽던 총소리와 그날 아침의 황폐한 시가가 내게 상상을 떠맡기던 그런 거대한, 마치 탱크를 닮은 괴물도 아니고 그리고 그때 시체 주위에 둘러선 어른들이 어쩌면 자조까지 섞어서 속삭이던 돌덩이처럼 꽁꽁 뭉친 그런 신념덩어리도 아니었다. 땅에 얼굴을 비비고 약간 괴로운 표정으로 죽은 한 남자가 내 앞에 그의 조그만 시체를 던져 주고 있을 뿐이었다.

"빨갱이 시체 구경도 한 이태 만에 하는군."

어느 영감이 그렇게 말하며 침을 탁 뱉더니 돌아서서 갔다. 몇 사람이 그 뒤를 이어 역시 땅에 침을 뱉고 가 버렸다. 나도 그래야만 하는 것처럼 땅바닥에 침을 뱉고 살그머니 사람들 틈을 빠져나왔다. 내가 몸을 돌렸을 때 두어 발자국 저편에 벽돌이 쌓여 있는 더미의 강렬한 색깔이 나의 눈을 찔렀다. 엉뚱하게도 나는 거기에서야 비로소 무시무시한 의지를 보는 듯 싶었다. 적갈색과 자주색이 엉겨서 꺼끌꺼끌한 촉감의 피부를 가진 괴물이, 밤중에 한 남자가 몸을 비틀며 또는 고통을 목구멍으로 토하며 죽어 가는 것을 바로 곁에서 묵묵히 팔짱을 끼고 보고 있다가 그 남자가 드디어 추잡한 시체가 되고 그리고 아침이 와서 시체를 구경하러 사람들이 몰려들었을 때, 나는 모든 걸 다 보았지 하며 구경꾼들 뒤에서 만족한 웃음을 웃고 있었다.

나는 고개를 얼른 돌려 버렸다. 다시 시체가 있었다. 그리고 그 시체가 누운 거기에서 풀밭이 시작되었고 풀밭이 끝나는 곳에는 벽돌 만드는 흙을 파내 오는 주황빛 언덕이 있었다. 그리고 그 언덕에서부터 까만색 레일이 잡초를 헤치고 뱀처럼 흐늘거리며 이쪽으로 뻗어 오고 있었다. 아무래도 설명할 수 없는 감정을 던져 주는 구도였다. 방금 잠깐 쑤시고 간 그 강렬한 색채들 때문에 나의 눈은 눈물이 나도록 쓰렸다. 나는 한 손으로 이마를 두드려 어지러움이 가시게 하며 휘청휘청 학교로 돌아왔다.

학교에서는 오전 수업만 했다. 그나마 우리 6학년은 간밤

전투로 몇 군데 허물어진 학교의 흙담을 고쳐 쌓느라고 수업을 한 시간도 하지 않았다. 냇가에서 굵은 돌을 날라다가 잘게 썬 짚을 버무린 묽은 흙덩이와 섞어서 담을 쌓기 때문에 우리의 옷과 손발은 흙투성이였다. 묽은 흙이 발라진 나의 손은 햇볕을 받고 마치 기름칠을 한 듯이 윤을 내면서 쉼 없이 꼼지락거렸다. 담 고치는 일을 하는 동안 내처 애들의 화제는 주로 아침에 본 빨치산의 시체에 대한 것이었다. 그러나 나는 거기에 대해서 아무 말도 하지 않았다. 무엇을 얘기할 것인가? 내가 보았던 그 어설프고도 허망한 주황색 구도를 얘기할 것인가? 하지만 애들은 그걸 이해해 줄 것인가? 그 빨치산의 옷차림이 마치 거지 같았다고? 그러나 빨치산이란 다 그런 거라고 애들은 톡 쏘아 버릴 것이다. 그러면, 나는 그 시체가 갖고 싶었다는 얘기를 할 것인가? 그러나 그건 안 된다. 내가 그런 얘기를 입 밖에 내면 그런 생각은 눈꼽만큼도 해 보지 않은 애들까지 덩달아서, 나도 갖고 싶었다, 나도 나도, 할 터이니까. 그러면 무엇을 얘기할 것인지. 그렇다, 할 얘기란 없었다. 나는 그저 어지러움만을 느끼고 있었다. 학교가 파하자 애들은 불탄 곳들을 구경하러 가자고 나를 끌었다. 나는 시립 병원 근처에 살고 있는 애에게만, 점심을 먹고 내가 그 애 집으로 찾아갈 것을 다시 한 번 약속하고 집으로 돌아왔다.

형과 형의 친구들 몇 사람이 형의 방에 모여 있었다. 결국 무전여행은 연기되었나 보았다.

누군지가

"아침에 출발했으면 지금쯤은 벌써……."

하고 말을 꺼내자

"얘, 얘, 관둬. 시끄럽다."

하고 딴 사람이 말을 막아 버렸다.

그들은 비스듬히 누워 있기도 하고 벽에 등을 기대고 다리를 뻗고 앉아 있기도 하고 엎드려 있기도 하고, 자세가 가지각색이었다. 지난 얼마 동안 내가 보아 왔던 그런 진지한—무릎을 서로서로 대고 빙 둘러앉아서 얼굴에 미소를 띠던 그런 자세는 조금도 찾아 볼 수 없었다. 무슨 크나큰 음모라도 꾸미듯이, 얘 넌 나가 있어, 하고 으스대던 형도 그날은 모로 누운채 내겐 조금도 관심을 주지 않고 종이를 질겅질겅 씹다가 그것을 맞은편 벽에 탁 내뱉곤 하고 있었다. 그러자 어쩐지 그들의 우울이 내게도 전해지는 듯했다. 내게는 그들의 우울을 방해할 만한 무슨 기쁜 감정이라거나 하는 것은 처음부터 없었으므로 그것은 보다 쉽게 내게 전해 올 수 있었다. 나는 꾸중을 듣고 나가는 것처럼 슬며시 형의 방문을 열고 밖으로 나와 버렸다.

내 눈 아래로 시가지가 전개되고 있었다. 시가지 위에는 잔잔한 햇볕이 내리쬐고 있었지만 그러나 시가지를 싸고 있는 대기는 아침에 보던 것보다 더 흐릿하기만 했다. 너무나 너무나 조용했다.

아버지와 형과 형의 친구들과 함께 점심을 먹고 있는데 반장이 찾아왔다. 반장은 아버지의 술친구였다.

"허어, 밥 먹고 있는 중이군."

반장은 무엇을 부탁하러 왔다는 눈치였다.

건

117

"무슨 일이 생겼어? 뭔가? 얘기해 보게."

아버지가 물었다.

"어서 먹게. 식사 끝나면 얘기하지."

반장이 대답했다.

"괜찮아. 어서 얘기해."

아버지.

"좀 구역질 나는 얘기가 되어서……"

반장.

"괜찮으니 어서 얘기해 봐."

"그렇지만 이건…… 저 시체 말이야."

"시체?"

"응, 벽돌 공장에 뻗어 있는 놈 말일세."

"그런데?"

나는 벌써 숨을 죽이고 있었다.

반장의 얘기에 의하면, 시 당국에서는 그 시체의 처치를 시체가 있는 장소를 관할하는 동회로 의탁했고 동회에서는 마찬가지 태도로서 반에 의탁해 왔는데, 반장의 의견으로서는 시체를 처치하는 데 약간의 보수가 딸렸으니 이왕이면 아버지가 그 돈을 받아 보라는 것이었다. 아버지의 직업이 비록 식육 조합원이지만 하필 아버지에게 와서 그런 부탁을 하는 반장이 몹시 밉살스러웠다. 그러나 아버지는 의외로 선선한 대답을 하는 것이었다.

"그러지. 그런데 묏자리는 어디로 한다?"

"어디 이 근처 산에 갖다가 파묻기만 하면 돼."

하고 반장은 대답했다.

"점심 먹고 나서 나갈게."

아버지가 완전히 승낙을 하자 반장은 한시름 놓은 표정이 되어, 그럼 잘 부탁한다는 말을 남기고 갔다.

나는 이 모든 대화를 심장의 고동이 멈춘 듯이 창백하게 되어 듣고 있었다. 형과 형의 친구들은 불평 같은 것을 수군거리고 있었지만 그들의 말소리가 내겐 마치 꿈속에서 듣는 것처럼 아득하게 들렸다.

그 시체가 눈앞에 떠올랐다. 문득 애착이 가는 환상. 시체가 손발을 쭉 뻗고 엎드린 그 자세대로 공중을 둥둥 떠서 팔을 벌리고 서 있는 아버지에게로 날아오고 있다. 공중을 느릿느릿 비행해 오는 시체는 가느다란 바람에도 흔들린다. 우선 시체의 머리카락이 쉼 없이 흩날리고 그럼으로써 시체는 그가 지니고 있던 모든 잡된 요소를 바람에 실려 보내 버리고 이제야 태어나기 전의 사람 아니 모든 것을 살았기 때문에 가장 가벼워져서, 마치 병아리의 노오란 한 개의 깃털처럼 가벼워져서 공중을 나는 것이다. 그건, 부모나 친척이 아무도 없는 한 고아가 자기를 맡아 주겠다고 나선 사람에게 약간 두려워하는 눈으로 한 걸음 한 걸음 다가오고 있는, 어딘가 마음 한 구석이 따뜻해 오는 그런 환상이었다.

시체는 이제 괴로운 표정을 씻고 입가에 웃음을 싣고 있었다. 시체다. 시체가 우리의 차지가 된다. 우리의 손이 닿으면 시체는 웃음을 띤 채 살아날 것이다. 나는 아버지를 흘깃 올려다보았다. 아버지는 묵묵한 자세로 입에 밥을 퍼 넣고 있었

건

다. 형들도 이제는 조용히 숟가락질을 계속하고 있었다. 나는 황급히 내 숟가락을 고쳐 쥐고 밥 먹기를 계속했다.

얼마 후 식사가 끝났을 때도 아버지는 시체 일 같은 건 다 잊어버렸다는 듯이 방바닥에 비스듬히 몸을 눕히고 담배를 피우기 시작했다. 나는 아버지의 동작 하나하나를 살피고 있었다. 아버지는 오랫동안 그처럼 태평스러운 몸가짐이었다. 그러나 이윽고, 끽연 때문에 누렇게 물든 손가락으로 콧구멍을 한번 후비고 나더니 이젠 자기 방에 가 있는 형을 우렁찬 목소리로 불렀다. 형이 우리가 있는 방으로 건너오자 아버지는 대뜸

"너 이놈, 나하고 돈 벌러 가자."

하고 말하더니 두말 않고 자리에서 벌떡 일어나서 밖으로 성큼성큼 나가는 것이었다. 형의 얼떨떨한 표정, 그리고 안질 때문에 새빨간 아버지의 눈에 그림자처럼 살짝 스치고 가던 미소. 아아, 나는 얼마나 즐거웠던가. 한숨이 나오도록 유쾌했다. 아버지가 시체를 다루러 가는 모습이 몹시 우울하지나 않을까 하는 걱정을 약간 하고 있던 나는 무거운 책임을 벗은 듯한 기분이었다.

아버지가 지게에 괭이와 삽 등속을 지고 앞서 가고 내가 그 뒤를 그리고 형과 형의 친구들이 떠들썩하게 주절대며 내 뒤를 따라오고 있었다. 우리는 황토가 햇볕에 반짝이는 내리막길을 걸어 내려갔다. 형들의 높은 목소리들이 대기 속으로 멀리 메아리쳐 가고 있었다.

그러나 막상 벽돌 공장 안에 있는 시체 곁에 서게 되자, 우

리의 입은 모두 굳게 다물어져 버렸다. 나로 말하자면 아침에 보았던 그 어설프고도 허망한 주황색 구도라고나 표현할 수밖에 없는 것이 똑같은 형태로 다시 나를 압박해 옴을 느꼈다. 시체 곁에는 반장과 입회 순경과 그리고 그 시체의 고모가 된다는 노파 하나가 구경꾼들이 돌아가 주었으면 하는 표정들로 우두커니 서 있었다. 우리가 구경꾼들을 헤치고 들어갔을 때, 반장이 순경과 노파에게

"이분이 파묻어 주시기로 됐습니다."

하고 아버지를 소개했다.

아버지는 묵묵히 시체를 내려다보고만 서 있었다. 노파가

"잘 부탁합니다⋯⋯."

하고 말끝을 맺지 못하며 아버지에게 공손히 고개를 숙였다.

"저놈이 어디로 갔는가 했더니⋯⋯ 글쎄 하필⋯⋯ 빨갱이가 되어서⋯⋯ 저 꼴로 돌아와서⋯⋯ 폐를 끼쳐서 미안합니다."

노파는 아버지에게 다시 한 번 고개를 숙였다. 나무로 짠 관이 준비되어 있었다. 아버지는 새끼로 대충 시체의 염을 하고 그것이 끝나자 시체를 관 속으로 집어넣었다. 형 친구 중의 하나가 아버지를 도왔다. 관 뚜껑을 닫기 전에 노파는 관 옆에 쭈그리고 앉아서 시체의 누런 얼굴을 손바닥으로 하염없이 쓸어 주고 있었다. 노파의 가죽만 빼빼 남은 손이 느리나마 쉬지 않고 움직였고 그러고 있는 노파의 눈은 무겁게 감겨져 있었다. 반듯이 누운 시체 위에 관 모서리의 그림자와 바람이 하

건

느적거리고 있었다.

산으로 가는 도중에는, 아버지가 지게에 짊어진 관이 규칙적인 사이를 두고 덜커덕거리는 소리를 나는 듣고 있었다. 나뿐만 아니라 모두들 그 소리에 정신을 빼앗기고 있음이 분명했다. 아버지는 관이 퍽 무거운지 숨을 가쁘게 쉬고 있었다. 나도 어느새 아버지의 호흡을 흉내 내고 있었다.

산비탈에서 우리는 순경이 지시하는 곳에 관을 내려놓고 땅을 파기 시작했다. 형의 친구들이 주로 나섰다. 관 하나가 들어갈 수 있을 만큼의 깊은 구덩이가 파지자 아버지와 형들은 관을 그 구덩이 속에 내려놓았다. 관이 내려지는 동안 노파는 가늘게 떨리는 목소리로 아마 그 시체의 이름인 듯한 것을 몇 번이고 부르고 있었다. 우리는 구덩이 속으로 근방에서 긁어 모은 돌을 던져 넣었다. 돌들은 거칠게 모가 나고 한결같이 바싹 말라 있었다. 우리가 던지는 돌이 관에 가서 맞는 소리가 딱딱하게 울려왔다. 나는 처음의 돌 몇 개는 남들처럼 천천히 던져 넣었지만 그러나 나중엔 힘껏 마치 돌팔매질하듯이 던졌다. 내가 던지는 돌이 관에 맞는 소리는 딴 소리와 뚜렷이 구별되어 울렸다. 관 속에 누운 사람이 내가 던진 돌을 맞고 드디어 내지르는 비명이라는 환각을 나는 무진 애를 쓰며 찾고 있었다.

나는 힘껏 힘껏 던졌다. 나는 돌을 던지면서 힐끗 노파를 훔쳐보았는데 노파가 원망스러운 눈초리로 나를 주시하고 있음을 알았다. 나는 내 오른팔에 더욱 세찬 힘을 느끼며 던지기를 계속했다. 그러자 나를 꽉 붙잡는 손이 있었다. 아버지였다. 아버지는 나를 홱 밀어젖혀 버렸다. 나는 엉덩방아를 찧으며 뒤로 나동그라졌다. 나는 목구멍을 욱하고 치받고 올라오는 울음을 간신히 삼키고 있었다. 가을이었다. 내가 넘어지는 바람에 산갈대 몇 개가 부러져 있었다. 나는 부러진 갈대를 한 개 집어 들고 일어섰다. 나는 그것을 똑똑 부러뜨리며 이제는 삽으로 구덩이에 흙을 퍼 넣고 있는 사람들을 보고 있었다. 시체도 그리고 그것을 묻고 있는 사람들도 나는 밉기만 했다. 관은 이미 나의 시야에서 사라져 버리고 없었다. 아버지는 삽을 내던지고 이마의 땀을 훔치고 있었다.

산을 내려오자 아버지와 순경과 반장은 노파가 이끄는 곳으로 따라가 버리고 나는 형들과 함께 터벅터벅 집으로 향하였다. 시가지는 아주 조용했다. 지난 사변 때 생긴 탱크의 캐터필러 자국이 마치 뱀이 기어간 자리처럼 길게 남은 아스팔트 길에는 가을 오후의 따가운 햇살이 번들거리고 있었다. 삽과 괭이를 질질 끌며 우리는 느릿느릿 걸었다.

형 친구들 중의 하나가

"제기럴, 지금쯤은 남해의 파도 소리를 듣고 있을 텐데……"

하고 중얼거렸다. 형도

"재수 더럽다. 시체나 치워야 할 날인 줄은 꿈에도 몰랐지."

하며 투덜거렸다. 그러자 몇 명이 더 투덜댔다. 그들은 검정색 고등학생 제복의 윗도리를 벗어서 어깨에 메고 있었다. 그들의 볼에는 땀이 마른 자국이 있었다. 나는 그런 차림새로

건 123

망망한 바닷가에 서 있는 그들을 상상해 보았다. 파도가 밀려오고 그러면 그들은 마치 이리 떼처럼 우 하고 고함을 지르겠지. 그러나 나는 그 이상은 상상할 수 없었다. 머리가 깨어질 듯이 아팠다. 실컷 자고 싶은 생각뿐이었다.

집으로 오는 중에 우리는 오르막길 골목의 입구에서 학교로부터 돌아오고 있는 윤희 누나를 만났다. 윤희 누나는 떼를 진 학생들을 만난 것에 당황했던지 얼굴이 빨개져서 그러자 마침 내가 무슨 구원이라도 되는 듯이 나를 보고 생긋 웃었다. 누나 하고 부르고 싶은 충동을 나는 눌렀다. 웬일인지 여러 사람이 있는 곳에서 그런다면 부끄럽고 어색해질 것 같아서였다. 그러자 행동이 되지 못한 채로 그 충동은 나의 온몸 속에 강하게 남아 있었다. 나의 피로를 윤희 누나만은 풀어 줄 수 있을 것 같았다. 지금 그 빨치산의 시체를 치우고 오는 길이야라고 말하고 싶었다. 아주 간단했어라고도. 나는 누나가 나를 불러서 데려가 주었으면 하고 바라고 있었다. 어딘가 조용한 곳으로 날 데리고 가서 나의 뜨거운 이마에 손을 얹어 주었으면. 누나가 준 그 굉장히 심이 굵은 도화연필을 사실은 별로 써 보지도 못하고 도둑맞아 버렸었노라고 오늘은 용감히 얘기할 수 있다. 그리고 어리광을 부리며, 나 그런 거 하나 더 받았으면 하고 말하리라, 나는 그런 생각을 하고 있었다. 그러나 그때 누나는 총총걸음으로 우리들의 훨씬 앞을 걸어가고 있었다. 나는 나도 모르는 사이에 내 입술이 삐죽이 비틀어지며 그 사이로 낮은 웃음소리가 나는 것을 들었다.

"쟤가 이윤희란 애지?"

하고 형의 친구 하나가 말했다. 형이 고개를 끄덕였다.

"즈이 학교에서 일등이라지?"

그 친구가 또 말했다. 형이 또 고개를 끄덕였다.

잠시 후에 다른 친구 하나가

"몸 괜찮은데."

하고 말했다. 그러자 그들의 얼굴을 뒤덮고 오는 소리 없는 웃음을 나는 보았다. 나는 가늘게 몸이 떨렸다. 그만큼 그들의 웃음은 어둠과 음란의 냄새를 내뿜고 있었다.

"응, 정말 괜찮은데."

다른 사람이 그렇게 응수했다. 그리고 잠시 동안 그들은 무엇을 생각하는 듯이 조용히 걸어가고 있었다. 나는 막연하나마 대단히 필연적인 어떤 분위기를 느끼며 그 뒤에 올 것은 무엇인가 하고 거의 기다리고 있는 형편이 되어 있었다. 그런데 그것이 의외로 형의 입에서 튀어나왔던 것이다.

"저거…… 우리…… 먹을래?"

와 하고 환호가 터졌다. 골목이 쩡 울렸다. 그러자 사태는 급속도로 발전해 나갔다. 그들의 눈은 이미 생기를 되찾았고 삽들이 땅에 끌리는 소리가 더욱 요란스러워졌다.

집으로 돌아오자 그들은 형의 방에 들어박혀 쑤군거리기 시작했다. 나는 아버지와 내가 거처하는 방에 드러누워서 이따금씩 웃음소리와 낮은 외침이 터져 나오는 것을 들을 수 있었다. 나는 온몸이 나른해지고 잠이 퍼붓는 걸 막아 내려고 무진 애를 쓰고 있었다. 그러나 나는 잠이 깜박 들었나 보았다. 형이 나를 흔들어 깨워 놓았다. 방문에 엷은 저녁 햇살이

건

하늘거리고 있었다. 내가 쓰린 눈을 비비며 일어나 앉자 형은 아주 다정한 목소리로

"너 윤희한테 심부름 좀 갔다 와, 응?"

하고 묻는 것이었다. 나는 얼결에

"응."

하고 대답해 버렸다. 얼결에가 아니라 나는 벌써부터 그런 부탁을 기대하고 있었는지도 몰랐다. 형은 예상 외로 내 대답이 수월함에 놀랬던지 잠시 눈을 둥그렇게 떠 보이고 나서

"너, 윤희한테 가서 이렇게 좀 전해 줘, 응?"

하며, 형은 오늘 저녁 9시에 윤희 누나가 미영이네가 살던 그 빈집으로 나와 주기를 기다리겠다는 부탁을 얘기했다.

바야흐로 나는 무서운 음모에 가담하고 있었다. 간단한 말을 전해 주는 그런 책임이 희박한 행위로써 가담하는 것이 아니었다. 자, 미영아, 너의 집을 제공하라고 한다. 매가라는 글이 적힌 너털너털한 종잇조각이 붙은 너의 집 대문 앞을 지나칠 때마다 그러나 나는 그 집이 빈집이라는 생각을 해 본 적이 한 번도 없었다. 적어도 그런 생각을 해 본 적이 없었다고 고집하고 싶다. 미영아 하고 부르면 곧 네가 뛰어나올 것 같았다. 아니라면, 어느 날엔가는 아름다운 일본의 크레용을 내게 대한 선물로 가지고 돌아와서 네가 다시 그 집에 살게 되리라는 기대를 간직하고 있었다. 너의 빈집이 내게는 용궁처럼 신비스러운 곳이었다. 나는 온갖 화려한 공상을 그곳에서 끄집어낼 수 있었다. 그런데 자, 미영아, 나는 이제 몇 분 안으로 이러한 모든 것 위에 먹칠을 해 버리려고 하는 것이다.

아아, 모든 것이 항상 그렇지 않았더냐. 하나를 따르기 위해서 다른 여러 개 위에 먹칠을 해 버리려 할 때, 그것이 옳고 그르고를 따지기보다 훨씬 앞서 맛보는 섭섭함. 하기야 그것이 '자라난다'는 것인지도 모른다. 미영아, 내게 응원을 보내라. 형들의 음모에 가담한다는 건 아주 간단한 일이다. 미영아, 내게 응원을 보내라. 그건 뭐 간단한 일이다. 마치 시체를 파묻듯이 그건 아주 간단한 일이다. 뭐 난 잘 해낼 것이다.

"형 혼자서 기다리는 것처럼 얘기할까?" 내가 물었다.

"물론 그래야지."

형은 나의 그런 질문이 아주 대견스럽다는 듯이 히쭉 웃었다.

나는 방바닥을 보고 있었다. 나는 장판이 해진 곳을 손가락으로 비집고 그 속에 있는 흙을 긁어내고 있었다.

"무엇 때문에 만나자 하느냐고 물으면 무어라고 대답할까?"

나는 손가락 끝에 묻어 나오는 흙을 바라보며 형에게 물었다.

"그건 말이지……."

물론 형들은 그런 질문에 대한 대답을 준비해 놓았을 것이다. 그러나 나는 그것을 듣기가 무서웠다. 나는 얼른 형의 대답을 가로채서

"학교 일로 만나자고 하면 될 거야. 뭐 윤희 누나는 형을 믿고 있으니까. ……틀림없이 나올거야."

라고 말했다. 나는 '윤희 누나는 형을 믿고 있으니까'라는 말에 힘을 주고 싶었다. 그러나 내 생각에도 너무나 무심히 지

건

나가 버린 말이 되고 말았다.

"그러면 될까?"

형은 미심쩍다는 듯이 그러나 나의 완전한 협조에 아주 만족한 태도로 내게 되물었다.

"그럼, 되고 말고."

나는 자리에서 벌떡 일어났다.

섬돌 위에 놓인 신발을 신고 있을 때 형의 목소리가 내 등 뒤에서 들려왔다. 불안이 형의 목소리를 지배하고 있었다.

"너, 정말 잘할 수 있겠니?"

그럼, 잘할 수 있고 말고, 나는 속으로 나 자신에게 다짐하고 있었다. 싸리문을 밀고 나서다가 문득 고개를 돌려 보니 형의 친구들이 방문을 열어 놓고 나를 바라보고 있었다. 나와 시선이 마주친 어떤 형 친구는 격려한다는 뜻으로 주먹 쥔 팔을 올렸다 내렸다 하고 있었다. 그들은 내게 웃음을 보내 주고 있었다. 나는 웃지 않았다.

하낫 둘, 하낫 둘. 나는 입속에서 구호를 붙여 가며 골목길을 뛰어갔다. 골목에는 갈색의 그림자들이 누워 있었다. 하늘은 물빛이군. 나무는? 갈색. 지붕은? 보나마나 보라색이겠지. 나의 머릿속에 준비된 도화지는 중유처럼 진한 색으로 채워지고 있었다.

윤희 누나 앞에 서자, 나는 온 세상이 빙글빙글 도는 듯이 어지러워서 몸을 잘 가눌 수가 없었다. 억울한 일로써 선생님께 꾸중을 들을 때 나는 그런 기분을 느껴 본 적이 있었다. 누나는 아침에 보았던 그런 한복 차림을 하고 있었다. 나의 전언을 듣고 나서 누나는 아주 명료한 음성으로 간단히 승낙했다. 바보 바보 바보. 그러나 또 어느새 나는 형에게 유리한 구실을 덧붙이고 있는 자신을 발견했다.

"아마 굉장히 중대한 학교 일인가 봐. 아무도 모르게 누나 혼자 와야 한대."

나는 눈을 감았다. 내 귀에 윤희 누나의 고맙다는 그리고 틀림없이 그 빈집으로 가겠다고 전해 달라는 말소리가 먼 하늘의 우렛소리처럼 웅웅거렸다. 끝났다. 아주 쉽게 끝났다. 돌아오는 길에 나는 미영이네 집 앞에서 걸음을 멈추었다. 회색의 대문에 누렇게 빛이 바랜 종잇조각은 여전히 붙어 있었다. 거미가 한 마리 그 종이 곁을 지나서 빠르게 위로 올라가고 있었다. 대문을 한 손으로 밀어 보았다. 안으로 잠겨 있는지 열리지 않았다. 대문이 열리지 않자 집 안을 보고 싶은 생각이 더욱 끓어올랐다. 별로 높지 않은 흙담 위로 나는 올라갔다. 내가 기어 올라가는 서슬에 담 위에 기와가 몇 장 땅으로 떨어져서 깨어졌다. 나는 담 위에 마치 말 타듯 걸터앉아서 집 안을 내려다보았다. 황폐한 빈집을 초록색의 공기가 휩싸고 있었다. 마당가에 딸린 조그만 밭에는 누가 심었었던지 가지 나무가 있고 시들은 가지 나뭇잎 밑에 누런색으로 찌그러 든 가지가 몇 개씩 달려 있는 게 보였다. 그것들은 정말 볼품없이 말라 있었다. 누가 빼어 갔는지 창에는 유리가 한 장도 없었다. 나의 가슴은 한없이 조용하게 뛰고 있었다. 문득 내 동무와 시립 병원의 폐허를 구경 가기로 한 약속이 생각났다. 그러나 이젠 그럴 필요는 없어졌다. 방위대 본부인 그 저택으

건

로 가 봐야겠다고 나는 생각하고 있었다. 새까맣게 되어 있겠지, 아침까지도 그렇게 불길이 오르고 있었으니. 나는 담 위에서 골목으로 뛰어내렸다.

(1962)

역사(力士)

서울에서 하숙을 하고 있는 사람들은 그 수도 꽤 많지만
경우도 가지가지인 모양이다. 그 사람들이 자기가 들어 있는
하숙집에서 보고 듣고 느낀 것을 모두 얘기한다면 신기하고
놀랍고 재미있는 얘기가 헤아릴 수 없이 많겠는데, 여기 옮겨
놓는 얘기도 아마 그런 것들 중의 하나라고나 할까. 내가 언젠
가 어느 공원의 벤치에 앉았다가 우연히 말을 주고받게 된, 머
리털이 덥수룩한 한 젊은이에게서 들은 것으로서, 허풍도 좀
섞인 듯하고 그리고 얘기의 본론과 결론이 어긋나 있는 듯하
기도 하지만 그런대로 뭐랄까 상징적인 데도 있는 것 같아서
여기에 들은 그대로를 옮겨 보는 것이다.

내가 눈을 떴을 때 내 코는 벽에 거의 닿을 듯 말 듯했다.

낮잠을 자는 동안 나는 벽에 얼굴을 바싹 대고 있었던 모양이다. 벽은 하얀 회로 발라져 있었고, 지나치게 깨끗했다. 내방은 이렇지 않은데 하고 나는 어리둥절했다. 남의 집에서 잠이 든 것이었을까, 혹은 '의식을 회복하고 보니 병원이더라'라는 경우 속에 있는 것일까 하고 나는 생각했다.

기억, 특히 어렸을 때의 기억이지만, 친척 집에 놀러 갔다가자고 오지 않으면 안 되게 된 날 밤은 유난히 곧잘 한밤중에잠이 깨는 것이고 말똥말똥한 눈으로 천장을 올려다보고 있노라면, 그 집 밖의 가등에 켜진 불빛이 창으로 스며들어 와천장의 무늬들을 희미하게 떠올리는 것이었는데 그러면, 아,여긴 남의 집이다 하고 깨닫게 되고 우리 집 천장의 무늬를누운 채 손가락으로 허공에 그려 보며 지금 그 무늬 밑에서잠들어 있을 집안 식구들의 생각에 잠을 이루지 못하고 있다가 동이 트자마자 살그머니 그 친척 집을 빠져나와서 집으로달려와 버리던 적이 많았었다. 그러나 그건 한밤중의 일이었지만 지금은 대낮이다. 그리고 그건 옛날, 어렸을 때의 일이었지만 지금은 청년이다. 그리고 그건 내 의식 속에서는 이미 추방돼 버린 고향에서의 일이었지만 지금 여기는 서울이다.

나는 천천히 고개를 돌려 천장을 올려다보았다. 천장은 아무런 무늬도 없는 갈색 베니어로 되어 있었다. 무늬가 있다면파문을 닮은 나뭇결이 겨우 알아볼 수 있을 정도인 것이다.더구나 천장이 꽤 높았다. 나의 방은 이렇지 않은 것이다. 일어서면 머리를 숙여야 할 정도로 천장이 낮고 거기엔 육각형의 무늬 있는 도배지가 발라져 있는데 그것은 처음엔 푸른색이었던 모양이지만 지금은 빗물이 새어서 만들어진 얼룩 등으로 누렇게 변색되어 있다. 더구나 내 방의 천장은 지금 내가 누워서 보고 있는 천장처럼 팽팽하지도 않고 가운데 부분이 축 늘어져서 포물선을 이루고 있는 것이다. 빈민가의 집들에서만 볼 수 있는 천장. 그렇다, 나의 방은 동대문 곁에 있는 창신동 빈민가에 있는 것이다. 지구가 부서졌다가 다시 생겨난다 해도 그 나의 방은 지금의 이 방처럼 깨끗하지가 못하다. 나는 얼른 고개를 돌려서 좀 전에 내가 코를 대고 낮잠을 자던 하얀 벽을 살펴보았다. 이것이 내 방이라면, 신문지로써 도배된 벽에 볼펜 글씨의 이런 낙서가 분명히 있을 터이다. —'창신동에 사는 사람들은 모두 개새끼들이외다.'

나는 그 낙서가 언제부터 거기에 있었는지 모르지만, 나처럼 전에 이 방에 하숙을 들어 있던 사람이, 밖에 비라도 오는 어느 날, 할 일 없이 누웠다가 누운 그 자세대로 손만을 들어서 적어 놓은 것이라는 상상을 할 수는 있었다. 왜냐하면, 그 방이(그 방의 밖에서 들려오는 소음까지 포함해서) 그 방 속에 있는 사람들에게 주는 절망감이라든가 그리고 무엇보다도, 자기는 이 넓은 세계 속에서 더럽기 짝이 없는 이 방만을 겨우 차지할 수밖에 없느냐는 자기혐오에서 그 방 속에 든 사람은 누구나 그런 낙서를 하지 않고서는 배겨 나지 못했을 것이기 때문이다. 다시 말해서 그 어떤 사람이 그 낙서를 하지 않았더라면 아마 내가 했을지도 모른다는 것이다. 그래서 나는 그 30년대식의 표현을 사랑했다. 그리고 대가의 문장처럼 믿음직스럽다고 생각하고 있었던 것이다. 지상에 있는 헤아릴 수 없이 많은 방들 중에서 내가 나의 방을 구별해 낼 수가 있다면 그 낙서로써 그럴 수밖에 없을 것이다.

나는 내가 방금 잠이 깬 방의 하얀 회가 발라진 벽을 찬찬히 살펴보았다. 그러나 그 낙서는 없었다. 지나치게 깨끗했다. 그러자 나는 내가 누워 있는 방 전체를 보고 싶어져서 천천히—내가 몸을 돌렸을 때 나는 방 가운데서 무서운 괴물이라도 보지 않을 수 없다는 듯이 천천히 몸을 반대편으로 돌렸다. 물론 괴물 같은 건 없었다. 내가 덮고 있던 홑이불 자락이 내 몸 밑으로 깔렸을 뿐이다.

나는 방 안을 찬찬스럽게 눈으로 더듬었다. 내 오른쪽 벽의 구석진 곳에 다색(茶色)의 나왕으로 된 방문이 있다. 내 맞은편 벽에 기대서 책들이 좀 무질서하게 줄을 지어 서 있다. 나를 향하고 있는 책의 등에 적혀진 그 책들의 표제를 나는 읽었다. 『연극개론』, 『비극론』, 『현대희극의 제문제』, 『현대연극의 대사』, 『HISTORY OF DRAMA』 등. 이것은 내 전공 부분의 책들, 바로 나의 책들이었다. 그리고 핀이 빠졌는지 캘린더가 벽에서 떨어져서 마치 단정치 못한 여자가 주저앉아 있는 듯한 모습으로 방바닥에 널려져 있고, 왼쪽 벽 구석 가까이에 잉크병, 노트들, 펜들, 나의 세면도구, 재떨이, 담배가 몇 개비 빈 '진달래', 찌그러진 성냥통 그리고 내 '기타'가 역시 무질서하게 놓여져 있거나 벽에 기대어져 있고 벽의 옷걸이에는 내 옷들이 걸려져 있었다. 모든 것이 나의 소유였다. 그러면 이건 나의 방이다라고 나는 생각했다. 그러나 방은, 여기저기 붙어 있어야 할 여자의 나체사진 한 장도 없이 이렇게 깨끗하고 아담할 리가 없는 것이다.

더구나 밖에서는 아무 소리도 들려오지 않는 것이다. 나는 방바닥에 풀어 놓은 손목시계를 보았다. 4시였다.

오후 4시라면, 방에서 멀지 않은 시장에서 장사치 여자들이 떠들어 대는 소리, 집 안에서 나는 수돗물 흐르는 소리, 옆방에서 무슨 내용인지는 모르나 들려오는 웅웅거림, 창밖으로 지나가는 기동차의 덜커덕거리는 궤음과 경적의 날카로운 소리가 들려와야 하는 것이다. 거대한 기계가 돌아가고 그 기계에 수많은 새들이 치어 죽어 가는 경우를 상상할 때, 그런 경우에 곁에 서 있는 사람이 들을 수 있는 소리를 나는 듣고 있어야 하는 것이다. 그런데 조용하다. 아무 소리도 없는 것이 이상하다. 마치 여름날 숲 속에 들어앉아 있는 것처럼 조용하다니.

그러자 방 밖에서 마루를 가볍게 걷는 소리가 나고 잠시 후에 피아노 소리가 쾅 울려왔다. 바로 방문의 밖인 듯싶었다.

피아노 소리라니, 이 빈민굴에. 아, 그러자 나는 생각났다. 4시. 피아노 소리. 이 병원처럼 깨끗한 방. 나는 약 일주일 전에 창신동의 그 지저분한 방에서 이 깨끗한 양옥으로 하숙을 옮겼던 것이다.

들려오고 있는 곡은 「엘리제를 위하여」였다. 내가 옮아온 뒤의 약 일주일 동안 매일 오후 4시에 피아노가 울렸고 그 곡은 「엘리제를 위하여」였었다. 아마 내가 오기 전에도 4시에 피아노가 울렸고 그 곡은 「엘리제를 위하여」였었을 것이다.

나는 그제야 기지개를 켜고 일어나 앉았다. 생각하면 어처구니없는 기억의 단절이었다.

물론 무엇인가를 깜빡 잊어버리는 때가 흔히 있는 법이다. 우스운 얘기지만 심지어 오줌 누는 법을 잊어버린 때도 있었다. 언젠가 어느 다방에 가서(그 다방은 어느 건물의 2층에 있었는데 나는 무슨 생각엔가 잠겨서 계단을 느릿느릿 걸어 올라갔었다.) 다방 문의 밖에 있는 화장실에 들렀을 때였다. 그때 나는 긴급한 생리적 필요에도 불구하고 어떻게 소변보는가를 깜빡 잊어버린 것이다. 나는 몹시 당황했었다. 잠시 후 곧 나는 우선 바지 단추를 끌러야 한다는 습관으로 되돌아올 수 있었지만 여간해서 있을 수 없는 습관의 단절조차 경험했던 건 확실한 얘기이다. 아무리 그렇지만 일주일이 방 하나와 친밀해지는 데는 충분한 시간이라고 나 역시 생각한다. 낮잠에서 깨어났을 때 내가 약 일주일 전에 이사 온 방에서 상당한 시간 동안 생소함을 느꼈던 것은 그 일주일이란 시간보다도 더 길게 나를 따라다니는 어떤 심리적인 원인 때문이 아니었을까?

내가 이 병원처럼 깨끗한 양옥으로 하숙을 들게 된 것은 나를 꽤 아껴 주는 다정다감한 어느 친구의 호의에서 나온 권유 때문이었다.

언젠가, 밖에서는 비가 뿌리는 날, 창신동의 그 퀴퀴한 냄새가 나고 하루 종일 가야 타블로이드판 크기의 창 하나로 들어오는, 한 움큼이나 될까 말까 한 햇볕을 아껴야 하는 내 하숙방에 앉아서, 마침 돈이 떨어져서 그리고 단골 술집엔 외상의 빚이 너무 많아서 또 외상을 달라는 염치도 없고 해서 옆방의 영자에게서 빌린 푼돈으로 술 대신 에틸알코올을 사다가 물에 타서 홀짝홀짝 마시며 혼자 취해서 언젠가 내가 내동댕이쳐서 갈래갈래 금이 간 거울 앞에 얼굴을 갖다 대고 찡그려보았다가 웃어 보았다가, 제법 눈물도 흘려 보고 있는데 그 다정한 친구가 찾아왔던 것이다. 그 친구는, 내 생활이 그래 가지고는 도저히 희망 없는 것이라고, 그리고 내 생활 태도에는 일부러 타락한 자의 그것을 닮으려는 점이 엿보인다고 진심으로 걱정해 주며, 빈민가에서의 그렇게 무질서하고 퇴폐적인 생활과 질서가 잡히고 규칙적인 또 한쪽의 생활과의 비교도 재미있지 않겠느냐고 나를 타이르는 식으로 얘기하며, 자기 친척 중에서 퍽 가풍이 좋은 집안이 하나 있는데 거기에 자기가 나의 하숙을 부탁해 보고 싶다는 것이었다. 고마운 얘기일 수밖에 없었다. 사실 나 자신도 나의 무궤도하고 부랑아 같은 생활 태도를 비록 내 천성의 게으름과 가난한 자들의 특징인 금전의 낭비벽, 그리고 이제는 돌아갈 고향도 없이 죽는 날까지 이 서울에서 내 힘으로 살아가야 한다는 절망감에다가 핑계를 대고 변명해 보려 했지만 아직 젊다는 이유 하나만으로써도 내 생활 태도 개선의 가능은 충분하다는 점에 생각이 미치면 나도 나 자신의 기만을 인정치 않을 수 없곤 했던 참이라 그 친구의 의견을 고맙다고 할 수밖에 없었다. 그러나 그 무렵에 나는 돈에 퍽 쪼들리고 있었으므로 당장 그 친구의 의견을 좋을 수는 없게 되었었다. 버스 탈 돈마저 떨어져서 매일 방에 들어박힌 채 희곡 습작이나 하고 있을 때였다.

그리고 오래 후, 다행히 어느 쇼 단에 촌극용 코미디 각본

이 몇 편 팔리고 거기서 생긴 수입이 꽤 되었으므로 오랫동
안 내심 일종의 간절한 욕망으로서 계획해 오던 이주 건을 역
시 그 친구의 권유를 따라서 실행한 것이 약 일주일 전인 것
이었다. 그리고 매일 오후 4시가 되면 나는 「엘리제를 위하여」
를 듣게 되었다. 피아노는 이 집의 며느리가 치는 것이었다. 이
집의 식구의 구성은 '할아버지'로 불리는 키가 작고 마른 편
인 영감과 '할머니'로 불리는 역시 키가 작고 마른 편인 노파,
그리고 어느 대학에 물리학 강사로 나가는 아들과 그 부인인
'며느리', 대학 강사의 여동생인 여고생, 대학 강사의 세 살난
딸, 식모로 되어 있었다. 할아버지는 나를 이 집으로 데려다
준 친구의 큰아버지뻘이라고 했고 말하자면 나의 생활 태도를
바꾸어 놓겠다는 책임을 진 분이었다.

　나는 내가 이사를 온 첫날 저녁, 할아버지 앞에 불려 나가
서 들은 얘기를 지금도 기억한다. 그것은 일종의 오리엔테이션
이었다. 몇 가지 나의 가족 관계에 대해서 묻고 나서, 할아버
지는 갑자기, 내가 6·25 때는 몇 살이었느냐고 물었다. 정확한
나이는 얼른 계산이 되지 않아서, 열 살이었던가요 하고 내가
우물쭈물 대답하자, 할아버지는 아마 그럴 거라고 하며 사변
이 남겨 놓고 간 것이 무엇인 줄을 모르겠군 하고 말했다. 그
래서 나는, 사변 전에 있었던 것에 대해서는 알 수가 없고, 있
다고 해도 어린아이로서의 기억밖에는 가지고 있지 않으므로
무엇이 사변 후에 더 보태지고 없어진 것인지는 모르겠다고
솔직히 대답했다. 그러자 할아버지는 고개를 끄덕이고 나서
그것은 가정의 파괴라고 한마디로 얘기했다. 그렇게 말하는

투가 마치 내가 나쁜 일을 해서 책망이라도 한다는 것처럼 단호하고 험악했기 때문에 나는 정말 죄를 지은 기분이 되어 꿇고 앉았던 자세를 더욱 여미었다. 그리고 오랫동안, 정말 오랫동안 나는 이사를 한다는 흥분과 긴장과 피로 속에서 하루를 보냈었기 때문에 졸음이 퍼붓는 걸 참아 가며 할아버지의 관(觀)이랄까 주의랄까를 들었다.

그것은, 혼미 가운데서 들은 것을 두서가 없는 대로 요약한다면, 다음과 같았다. 가풍이 없는 가정은 인간들의 모임이 아니다. 가풍이란 질서 정신에 의해서 성립되어야 한다. 우리나라의 가정은 사변 때 식구들의 생사조차 서로 모를 정도로 파괴되었다. 그래서 더욱 가정의 귀중함을 알았지 않느냐. 그러니 질서 정신에 입각해서 각기 가정은 가풍을 만들어 가야 한다. 그리하는 데 장애가 아주 많은 게 우리들이 처한 현실이다. 그럴수록 우리는 지나치다 할 정도로 자신들에게 엄격해야 한다. 대강 이런 것이었다.

가풍. 내게는 낯설기 짝이 없는 단어였지만 며칠 동안에 나는 그 말의 개념이 아니라 바로 그의 실체를 온몸에 느끼게 되었다. '규칙적인 생활 제일주의'가 맨 먼저 나를 휘감은 이 집의 가풍이었다.

아침 6시에 기상. (그러나 나의 경우는 자발적인 기상이 아니라 할아버지가 차를 끓여 가지고 손수 들고 와서 나를 깨우고 그 차를 마시게 하고 내가 무안함에 가슴을 두근거리며 황급히 옷을 주워 입으면 아침 산보를 시키는 것이었다. 그래서 나는 늘 수면 부족으로 좀 자유로운 낮에 늘 낮잠이었다. 그러나 그 집 식구들은 심지어 세 살 난 어린애마저도 그 규칙을 지키고 있는 모양이었다.) 아침 식사. 출근 혹은 등교. 할아버지도 어느 회사에 중역으로 나가고 있었으므로 집에 남는 건 할머니와 며느리, 어린애와 식모, 그리고 노곤한 몸을 주체하지 못하는 나뿐이었다. 그동안 나는 오전 10시경에 며느리와 할머니가 놀리는 미싱 소리를 쭉 듣게 되고, 12시경에 라디오에서 나오는 음악을 듣고, 오후 4시엔 「엘리제를 위하여」를 듣게 된다. 오후 6시 반까지는 모든 식구가 집에 와 있어야 하고 저녁 식사. 식사가 끝나면 10여 분 동안 잡담. 그게 끝나면 모두 자기 방으로 가서 공부 그리고 식모가 보리차가 든 주전자와 컵을 준비해서 대청마루 가운데 있는 탁자 위에 놓는 달그락 소리가 나면 그때 시간은 10시 오륙 분 전. 그 소리가 그치면 여러 방의 문이 열리고 식구들이 모두 나와서 물 한 컵씩을 마시고 "안녕히 주무십시오."를 한차례 돌리고 잠자리로 들어간다. 세상에 이런 생활도 있었나 하고 나는 놀라지 않을 수 없었다. 식구 중 누구 한 사람 얼굴에 그늘이 있는 사람은 없었다. 나로서는 상상도 하지 못하던 세계에 온 것이었다. 동대문이 가까운 창신동 그 빈민가의 내가 들어 있었던 집의 식구들을 생각하지 않을 수 없는 이 정식(正式)의 생활.

　내가 간혹 이 양옥의 식구들의 얼굴을 생각해 보려 할 때면, 물론 대하는 시간이 적었던 탓도 있겠지만 그보다는 차라리 아마 낮잠에서 깨어났을 때 내가 지금 있는 방에 대해서 생소감을 느끼던 그런 알 수 없는 이유로써 나는 이 집 식구들의 얼굴을 덮어 누르고 보다 명료하게 떠오르는 창신동 식구들의 얼굴 때문에 적지 않게 괴로워했다.

내가 들어 있던 집은 판자를 얽어서 만든 형편없이 작은 집이었지만 방은 다섯 개나 되었다. 따라서 겨우 한두 사람이 들어가 누우면 꽉 차 버리는 방들이란 건 말할 필요도 없다. 그중에서도 좀 넓고 채광도 좋다는 방을 주인 식구가 차지하고 있고 그 방보다는 못하지만 나머지 세 개에 비하면 빗물도 새지 않을 정도의 방은 방세 지불이 정확한 영자라는 창녀가 들어 있었다. 그리고 유리창이—그 유리창이란 게 금이 가고 종이가 오려 발라지고 더러웠지만 이 집에서는 유일한 유리창이었다—달린 방에는 오십쯤 나 보이는 깡마르고 절름발이인 사내가 열 살 난, 열 살이라고는 하지만 영양실조 등으로 볼이 홀쭉하고 머리만 커다랗지 몸은 대여섯 살 난 애들보다 더 작고 말라비틀어진 딸을 데리고 살고 있었다. 그리고 나머지 방들 중에서 한 방을 사십 대의 막벌이 노동자 서 씨가 그리고 한 방을 내가 차지하고 있었다.

내가 이 양옥으로 와서 그리고 이제는 진절머리가 나기 시작한 「엘리제를 위하여」를 피아노로 치고 있는 며느리에 대한 이 집 할아버지의 배려에 관하여 알게 되었을 때 맨 먼저 생각난 것이 창신동 그 판잣집의 절름발이 사내와 그의 말라비틀어진 딸이었다.

할아버지는 피아노 소리를 무척 싫어하지만 그러나 여학교 시절에 피아노 치는 걸 배워 두었다는 며느리의 손가락을 굳어 버리게 할 수는 없다고 생각했었다. 굳어 버리게 하다니. 그건 할아버지의 교양이 도저히 허락할 수 없는 것이었던 모양이다. 그래서 며느리가 피아노를 대할 수 있는 시간도 이 양옥의 규칙적인 생활 속에 끼일 수 있었던 것이다. 여고에 다니는 딸에 대해서도 비슷한 태도가 아닌가고 나는 생각했다. 저녁 식사 후, 공부 시간이 되면 그 여고생은 자기 방으로 간다. 그리고 10시가 되면 식모가 끓여다 놓은 보리차를 마시기 위해서 대청마루로 나온다. 그동안은 공부를 하고 있는 걸로 되어 있다.

그렇지만 저 창신동의 절름발이 사내는 어떻게 그의 딸을 교육시켰던가. 나는 그 절름발이 사내가 자기의 어린 딸을 꿇어앉혀 놓고 있는 것을 그 방 앞을 지날 때마다 유리창을 통하여 볼 수 있었다. 내가 그 방 앞을 지나칠 때면 거의 항상 그 풍경을 볼 수 있기 때문에 그 빼빼 마른 계집애가 자기 아버지 앞에 꿇어앉아 있지 않은 시간은 언제인지 알 수 없었다. 밥을 지으러 나올 때거나 수도에서 물을 길어 몸을 한쪽으로 기울이고 비척거리며 걸어갈 때 외에는 항상 꿇어앉아 있었다고 보아야 할 것이다. 유리창이 막혀 있기 때문에 그 안에서 절름발이는 무슨 얘기를 자기 딸에게 들려주고 있는지 모르지만 그는 쉴 새 없이 입을 놀려 말을 하고 있는 것이었다. 항상 종이와 연필이 계집애 앞에 놓여 있는 걸 보아서 아마 그건 수업 시간인 모양이었다. 절름발이 곁에는 항상 긴 버드나무 회초리가 놓여 있었다. 그리고 그 회초리의 매질이 계집애의 몸 위에 퍼부어지지 않는 날을 거의 볼 수가 없었다. 절름발이는 미친 사람처럼 계집애에게 매를 내리는 것이었다. 그러면 계집애는 이제 단련이 된 듯이 그 다섯 살짜리 아이들보다 가냘픈 손으로 머리를 감싸기만 한 채 눈물 한 방울 흘리지 않고 입 한설 벌리지 않은 채 묵묵히 자기 몸 위에 퍼부어지는 매를 견디어 내고 있는 것이었다. 물론 그 어둑신한 방 속에서 절름발이는 무엇을 가르쳤고 그의 딸은 무엇을 배우고 있었는지 그 내용을 나는 끝내 알지 못하고 말았다. 다만 나는 언젠가 밤이 깊어서, 내가 변소에 갔을 때 설사병이 났는지 그 계집애가 변소에 앉아서 똥물을 좔좔 쏟고 있고 변소 문에 몸을 구부정하게 기대고 절름발이가 성냥을 계속해서 켜 대며 근심스런 얼굴로 그의 딸을 지켜보고 있던 광경으로 미루어 보아서 그 유리창이 달린 어둑신한 방에서 베풀어지던 교육이 결코 엉뚱한 것은 아니라는 생각만을 내 멋대로 할 수는 있었다.

영자라는 창녀의 얼굴도 여간 또렷하게 나의 기억 속을 차지하고 있는 게 아니었다.

내가 그 집 앞에 붙은 '하숙인 구함'이라는 종잇조각을 발견하고 주인을 만나러 들어갔을 때, 수도에서 발을 씻다가, 아줌마 하숙 구하는 사람 한 명 왔어요라고 안에다 대고 소리를 지르던 게 바로 영자였다.

그 집에 내가 하숙을 든 뒤부터, 얼굴이 둥글둥글하고 눈이 가느다란 영자는 자기 나이가 열아홉이라고 나를 오빠라 불렀다. 내가 그 집에 하숙을 정한 후 며칠 사이에 영자의 선천적인 재능에 의해서 나도 금방 친밀감을 느낄 수가 있었다. 왼손 팔목에 있는 검붉은 색의 지렁이 같은 흉터를 내보이며, 이게 뭔 줄 아우 오빠? 하고 묻고 나서 한숨을 폭 쉬며, 옛날에 나 죽어 버리려구 칼로 여길 끊었다우, 그런데 죽지 않고 요 고생이야 하며 눈물조차 살짝 비치던 영자에게 나는 담배를 얻어 피우는 등 은혜를 많이 입었었다. 영자는 내가 연극 공부를 하고 있다는 걸 알고 나서부터는 걸핏하면, 오빠가 유명한 사람이 되면 나도 배우로 써 줘 응? 하고 어리광을 부려 오곤 했었다. 언젠가 '미스코리아' 선발 대회가 있던 날 신문에서 화관을 머리에 얹고 이브닝드레스를 입은 당선자들의 사진을 보고 나더니 나와 주인 아주머니더러 심사 위원이 되어 달라고 하며 자기 방에 들어가서, 아마 아껴 간직해 두었던 것인 듯싶은 분홍색의 한복을 단정하게 입고 나와서 그 집의 좁은 마당을 천천히 거닐며 한 손을 들고, 합격예요?라고 묻다가 갑자기 웃음을 터뜨리며, 난 미스가 아닌걸요 네?라고 말하고 나서, 그날은 하루 종일 신경질을 부리던 영자. 또 언젠가는 어디서 알았는지, 광화문께에 엄청나게 잘 알아맞히는 성명철학자가 한 사람 있다는데 같이 가 보지 않겠느냐고 나를 조르는 것이었다. 그런 건 다 엉터리 수작이라고 내가 얘기하자, 절대로 그렇지 않다고 화를 내며, 지금 가지고 있는 이름이 나쁘다고 판단되면 좋은 이름으로 고쳐도 준다고, 그러면 아주 행복한 사람이 될 수 있다고 마치 자기가 그 성명철학인 것처럼 주장하는 것이었다. 여러 날을 두고 졸리던 끝에 할 수 없이 내가, 그럼 같이 가 보자고 나서자 영자는 금방 시무룩해지며, 그렇지만 그 사람은 이름만 가지고도 지금의 신분을 딱 알아맞힌다는데 여러 사람이 있는 데서 갈보라고 해 버리면 좀 얘기가 곤란해지겠다고 하며 발뺌을 하는 것이었다. 나도 그럴듯하게 생각되어서, 그럼 그만두자고 해 버렸지만 미련은 남았는지 그 후로도 영자는 곧잘 그 성명철학자 얘기를 꺼내곤 했었다. 내가 이 양옥으로 이사를 한다는 날도 영자는, 오빠더러 내 이름을 가지고 가서 좀 알아봐 달라고 부탁하려 했더니 하며 섭섭해하였었다.

「엘리제를 위하여」의 피아노 소리는 이제 며느리의 허밍까지 어울려서 절정에 도달하고 있었다. 며느리의 허밍이 시작되었으니 잠시 후엔 피아노 소리도 그칠 것이다. 경험으로써 나는 그걸 알고 있었다. 나는 다시 몸을 눕혔다.

'창신동에 사는 사람들은 모두 개새끼들이외다.'라는 30년대식 표현의 낙서가 적혀 있던 그 방, 그리고 그 집에 살던 사람들은 이 피아노가 둥둥거리는 집에서 생각하면 너무나 먼 곳에 있는 것이었다. 그곳은 버스 하나를 타면 곧장 갈 수 있다는 평범한 가능성마저를 송두리째 말살시켜 버리는 간격의 저쪽에 있었다. 일주일이란 보수를 치르고도 여전히 이 하얀 방에 대하여 서먹서먹한 느낌이 드는 것은 그 측량할 길 없는 간격을 내가 아무런 준비도 하지 못한 채 갑자기 건너뛰었기 때문이 아니었을까. 나도 아주 어렸을 적엔 이런 생활 속에서 자라나고 있었던지 어쩐지는 모르지만 내 기억이 회답하는 한 이 양옥 속의 생활은 지나치게 낯선 것이었다.

창신동 그 집의 나머지 한 사람 서 씨라는 중년 사내의 얼굴이 떠오를 때면 더욱 그러하였다.

빈민가에 저녁이 오면 공기는 더욱 탁해진다. 멀리 도시 중심부에 우뚝우뚝 솟은 빌딩들이 몸뚱이의 한편으로는 저녁 햇빛을 받고 다른 한편으로는 짙은 푸른색의 그림자를 길게 길게 눕힌다. 빈민가는 그 어두운 빌딩 그림자 속에서 숨 쉬고 있었다.

교과서의 직업 목록 속에서는 찾아볼 수 없는 가지가지의 일터에서 사람들이, 땀이 말라 끈적거리는 얼굴을 손으로 부비며 돌아오고 이 마을에 들어서면 그들의 굳어졌던 얼굴들이 풍선처럼 퍼진다. 웃통을 벗은 사내들은 모여 서서 쉴 새 없이 떠들고 아이들은 자기들 집과 집의 처마를 스칠 듯이 지나가는 기동차의 뒤를 쫓아 환호를 올리며 달린다. 아낙네들은 풍로를 밖으로 내놓고 그 위에 얹은 냄비 속에 요리 책에는 없는, 그들의 그때그때의 사정이 허락하는 신기한 요리 재료를 끓인다. 이 냄비와 저 냄비 속에서 끓고 있는 음식은 나라와 나라 사이의 풍토보다도 더 다르다. 마치 마귀할멈이 냄비 속에 알지 못할 재료를 넣고 마약을 끓여 내듯이 그네들도 가지가지의 마약을 끓이고 있는 것이다.

빈민가의 저녁은 소란하기만 하다. 취해서 돌아온 사내는, 기부운 하고 비명 같은 소리를 지르고 자기가 번 그날의 품삯을 내보이며 친구들을 끌고 술집으로 간다. 그러면 그 뒤로 그 사내의 아낙이 쫓아와서 사내의 손에서 돈을 ·빼앗아 쥐고 주먹을 휘둘러 보이며 집 안으로 사라지고 그러면 뒤에 남은 사람들은 싱글싱글 웃으며 노해서 고래고래 소리 지르는 그 사내를 달랜다. 빈민가 가까이 있는 시장에서 생선의 비린 냄새가 물씬물씬 풍겨 오고 도시의 중심부에서 바람에 불려 온 먼지가 내려앉고 여기저기의 노점에 가물가물 카바이드 불이 켜지는 시각이 되면 사내들은 마치 그것들을 피하기라도 하려는 듯이 자기들의 키보다 낮은 술집으로 몰려든다.

나도 그곳에 하숙을 정하고 나서부터 매일 저녁때면 술집으로 걸어갔다. 흙탕물 속의 기포처럼 그 어수선한 마을에서 술집들만은 맑고 조용했다. 물론 사내들은 떠들며 얘기하고 혹은 코피를 흘리며 싸움들을 하곤 하는 것이지만 그것이 거리에서가 아니라 술집 안에서 일어나는 경우엔 왜 그렇게 맑은 것으로 보이는지 나는 알 수 없었다.

내가 단골처럼 드나든 곳은 '함흥집'이라는 함경도에서 왔다는 노파가 경영하는 술집이었다. 긴 의자의 한쪽 끝에 자리를 잡고 주모가 따라 주는 술잔을 받아 마시며 나는 술보다는 그 술집의 분위기에 마음을 빼앗기고 있었다. 사람을 사귀려는 생각은 아예 없었으므로 나는 항상 혼자 그렇게 앉아 있었다. 꽤 오랜 시간이 지나고 술도 알맞게 취했다고 생각되면 나는 셈을 하고(외상으로 하는 날이 더 많았지만) 그 바라크 밖으로 나왔다. 그리고 고개를 쳐들면, 저만치서 관광객들을 위하여 형광의 조명을 한 동대문이 그의 훤한 모습을 밤하늘에 도사려 보이고 있는 것이었다. 지금도 눈앞에 보이는 듯하다, 밤의 동대문 모습이.

그곳에 자리 잡은 지 얼마 되지 않은 어느 날 저녁, 역시 내가 긴 의자의 한쪽 끝을 차지하고 누런 술을 내려다보며 앉아 있는데 내 곁에 어떤 사람이 털썩 주저앉더니 주모에게 술을 청하고 나서 내 등을 툭 치며 말을 건네는 것이었다. 사십쯤

나 보이는, 턱에 수염이 짙고 커다란 몸집에 해진 군용 작업복을 입고 있는 그 사내는, 영자가 있는 집에 새로 들어온 젊은 이가 아니냐고 내게 묻는 것이었다. 그렇다고 했더니 그 사내는 퍽 사람 좋게 웃으면서 자기도 그 집에 방을 빌어 들고 있는 사람인데 인사가 그리 늦을 수가 있느냐고 하며 자기를 서 씨라고 불러 달라고 했다. 같은 집에 있으면서도 그 서 씨가 아침 일찍 나가고 저녁에는 내가 늦게 들어가는 셈이었기 때문에 그때까지 나는 서 씨라는 사람이 그 집에 들어 있다는 걸 알고 있지 못했지만 그는 용케 나를 보았고 그리고 기억해 두고 있었던 모양이다. 서 씨를 알게 된 것은 그렇게 해서였다. 술잔이 오고 가는 동안 나도 말이 하고 싶어져서, 고향이 어디십니까, 가족은 어디 계십니까, 무슨 일을 하고 계십니까 하고 좀 귀찮아할 정도로 서 씨에게 물어 대었다. 그러나 서 씨는 별로 귀찮아하지도 않고 고향은 함경도, 6·25 때 단신 월남, 지금은 공사장 같은 데서 힘을 팔고 있다고 고분고분 들려주었다.

그 후로 나는 거의 매일 그 서 씨와 함께 '함흥집'엘 드나들게 되었다. 그는 사귈수록 착한 사람의 전형이었다. 굵게 쌍꺼풀진 눈매는 가난한 사람답지 않게 빛나고 있어서 차라리 보는 사람에게 열등감을 줄 정도지만 그는 그 눈으로써 상대편에게 친밀감을 나타낼 줄도 알았다. 영리해 보이지는 않고 오히려 행동이며 머리 돌아가는 건 그 반대인 듯했다. 두꺼운 입술 사이를 비집고 나오는 듯한 그의 함경도 사람답지 않게 느린 말씨가 더욱 그것을 증명해 주었다.

그는 주량이 놀라울 정도로 컸다. 그는 곧잘, 자기가 버는 돈은 아마 모두 이 술집으로 들어갈 거라고 하며 그건 좋은 일이 아니겠느냐고 말하며 너털웃음을 웃곤 했다. 그의 술버릇은 대단히 좋아서 취하면 떠들어 대는 건, 서 씨에겐 어린 애로나밖에 보이지 않을 이쪽이었다. 술이 취해서 그와 어깨 동무를 하고—그의 키가 아주 컸기 때문에 나는 그의 허리를 껴안은 셈이 되지만—비틀거리며 밖으로 나오면 그는 어두운 밤하늘을 배경으로 하고 훤한 모습으로 솟아 있는 동대문을 향하여 한 눈을 찡긋거려 눈짓을 보내곤 했다.

서 씨는 밤에 보는 동대문이 좋으냐고 물으면, 아니 젊은이도 저 동대문을 좋아하느냐고 오히려 되물어 왔다. 낮에는 거기서 귀신이라도 나올 것 같기 때문에 기분 나쁘지만 형광빛의 조명을 받고 있는 밤에는 참 아름다워서 좋다고 내가 대답하면, 자기는 좀 별다른 의미로 동대문을 사랑하고 있다고 말했다. 자기와 동대문은 퍽 친하다는 것이었다. 마치 어떤 살아 있는 사람과 친하듯이 친하다고 했다. 나는 그 말이 무엇을 의미하는지를 다음과 같이 하여 알게 되었다.

그날 밤도 술집에서 돌아와서 서 씨는 자기 방으로 가고 나도 내 방으로 돌아와서 옷을 입은 채 이불 위에 쓰러져 잠이 들어 있는데, 몇 시쯤 됐을까, 누가 나를 흔들어 깨우는 것이었다. 서 씨였다. 서 씨의 입에서 여전히 단 냄새는 나고 있으나 그래도 술은 깬 모양이었다. 나는, 지금 몇 시쯤 됐느냐고 물었더니, 자기도 잘 모르지만 아마 새벽 2시나 3시쯤 됐을 거라고 대답하며 보여 줄 게 있으니 나더러 자기를 조용히 따라오라고 말했다. 마치 보물을 캐러 가는 소년들이 비밀을 얘기하는 속삭임과 같은 그런 말투였다. 나는 그의 그러한 기세에 눌려 오히려 내가 쉬쉬해 가며 그를 따라서 밖으로 나섰다. 골목에는 가로등이 켜져 있었다. 우리는 일부러 어두운 곳만을 골라서 몸을 숨겨 가며 걸었다. 도중에 내가 지금 우리는 어디로 가고 있느냐고 물었더니 그는 동대문이라고 대답했다. 통행금지가 되어 있는 이 시간에, 가로등만이 거리를 지키고 있는 이 시간에 서 씨가 나와 함께 동대문에 갈 필요는 무엇인지. 나는 의혹과 불안에 눈알을 동글동글 굴리면서도 얌전하게 그를 따라서 고양이 걸음을 하고 있었다.

잠시 후에 우리는, 한길 저편에, 기왓장 하나하나까지도 셀 수 있을 만큼 밝은 조명을 받고 있는 동대문이 서 있는 곳까지 와서 골목에 몸을 숨겼다. 서 씨는 사방을 두리번거리며 살펴보고 나서 우리 외에는 아무도 없다는 걸 알아내자 나에게, 이 골목에 가만히 숨어서 자기가 지금부터 하는 일을 구경해 달라고 말했다. 내가 숨을 죽이고 침을 꿀꺽 삼키면서 그러마고 고갯짓으로 대답하자 그는 히쭉 한 번 웃고 나서 재빠르게 이제까지 내가 알고 있던 사람이 아닌 전연 다른 사람처럼 날랜 몸짓으로 한길을 가로질러 달려가서 동대문 성벽 밑의 그늘에 일단 몸을 숨기고 좌우를 살피고 있었다.

동대문의 본건물은 집채만 한 크기의 돌로 된 축대 위에 세워져 있는 것인데 축대의 높이는 6미터 남짓 되어 보이고 그 축대에서 시작되어 역시 커다란 돌이 쌓여 이루어진 성벽이 건물을 반원형으로 둘러싸고 있다. 그 성벽을 서 씨는 마치 곡예단의 원숭이가 장대를 타고 올라가듯이 익숙하고 민첩한 솜씨로 올라갔다. 푸른 조명을 받으며 서 씨가 성벽을 기어 올라가는 그 광경은 나로 하여금 신비한 나라에 와서 거대한 무대 위의 장엄한 연극을 보는 듯한 감동을 느끼게 하는 것이었다. 단 하나의 넓은 빛살이 펼쳐지고 그 빛에 의해서 풍경이 탄생하여 오만한 마음을 가진 양 흔들리지 않고 정립해 있는데 그것을 향하여 어쩌면 호소하는 듯한 어쩌면 도전하는 듯한 어쩌면 그것의 손짓에 응하는 듯한 몸짓으로 몸의 온갖 근육을 움직이며 성벽을 기어오르고 있는 그 사람은 문득 나에게 전율조차 느끼게 했다.

이윽고 서 씨의 몸은 성벽의 저 너머로 사라져 버렸다. 그리고 잠시 후에 나는 더욱 놀라운 광경을 보게 되었다. 서 씨가 성벽 위에 몸을 나타내고 그리고 성벽을 이루고 있는 커다란 금고만 한 돌덩이를 그의 한 손에 하나씩 집어서 번쩍 자기의 머리 위로 추켜올린 것이었다. 지렛대나 도르래를 사용하지 않고서는 혹은 여러 사람이 달라붙지 않고서는 들어 올릴 수 없는 무게를 가진 돌을 그는 맨손으로 들어 올린 것이었다. 그는 나에게 보라는 듯이 자기가 들고 서 있는 돌을 여러 차례 흔들어 보이고 나서 방금 그 돌들이 있던 자리를 서로 바꾸어서 그 돌들을 곱게 내려놓았다.

나는 꿈속에 있는 기분이었다. 고담 같은 데서 등장하는 역사(力士)만은 나도 인정하고 있는 셈이지만 이 한밤중에 바로 내 앞에서 푸르게 빛나는 조명을 온몸에 받으며 성벽을 디디고 우뚝 솟아 있는 저 사내를 나는 무엇이라고 이름 붙여야 할지 몰랐다.

역사, 서 씨는 역사다 하고 내가 별수 없이 인정하며 감탄이라기보다는 차라리 그 귀기에 찬 광경을 본 무서움에 떨고 있는 동안에 그는 어느새 돌아왔는지 유령처럼 내 앞에서 자랑스러운 웃음을 소리 없이 웃고 있었다.

서 씨는 역사였다. 그날 밤 나는 집으로 돌아와서 이제까지 아무에게도 들려 주지 않았다는 서 씨의 얘기를 들었다.

그는 중국인 남자와 한국인 여자 사이에서 난 혼혈아였다. 그의 선조들은 대대로 중국에서 이름 있는 역사들이었다. 족보를 보면 헤아릴 수 없이 많은 장수(將帥)가 있다고 했다. 그네들이 가졌던 힘, 그것이 그들의 존재 이유였고, 유일한 유물이었던 모양이었다. 그 무형의 재산은 가보로서 후손에게 전해졌다. 그것으로써 그들은 세상을 평안하게 할 수 있었고 자신들의 영광도 차지할 수 있었다. 그러나 이 서 씨에 와서도 그 힘이 재산이 될 수는 없었다. 이제 와서 그 힘은 서 씨로 하여금 공사장에서 남보다 약간 더 많은 보수를 받게 하는 기능밖에 가질 수가 없게 된 것이다. 결국 서 씨는 그 약간 더 많은 보수를 거절하기로 했다. 남만큼만 벽돌을 날랐고 남만큼만 땅을 팠다. 선조의 영광은 그렇게 하여 보존될 수밖에 없었다. 그러나 서 씨는 아무도 나다니지 않는 한밤중을 택하고 동대문의 성역에서 그 힘이 유지되고 있음을 명부(冥府)의 선조들에게 알리고 있다는 것이었다.

대낮에 서 씨가, 동대문의 바로 곁에 서서 행인들 중 누구한 사람도 성벽을 이루고 있는 돌 한 개의 위치 변화에 관심을 보내지 않고 지나다닐 때, 옮겨진 돌을 바라보며 빙그레 웃고 있는 그의 모습을 나는 쉽게 상상할 수 있었다. 그것이 서씨가 간직하고 있는 자기였고 내가 그와 접촉하면 할수록 빨려 들어갈 수 있었던 깊이였던 모양이었다.

그 집—그늘 많은 얼굴들이 살던 그 집에서 나는 나 자신 속에서 꿈틀거리는 안주(安住)에의 동경을 의식하지 않을 수 없었다. 그것은 그 사람들의 헤어날 길 없는 생활 속에 내가 휩쓸려 들어가게 되는 것이 무서웠기 때문이었던 모양이다. 그러나 그곳을 뚝 떠나서 이 한결같은 곡이 한결같은 악기로 연주되는 집에 오자 그것은 견디어 낼 수 없는 권태와 이 집에 대한 혐오증으로 형체를 바꾸는 것이었다. 나란 놈은 아마 알 수 없는 놈인가 보다.

피아노 소리가 그쳤다. 무의식중에 나는 방바닥에서 손목시계를 집어 올렸다. 내가 지금 무슨 행동을 했던가를 깨닫자 나는 쓴웃음이 나왔다. 피아노가 그친 시간을 재 보려고 했던 것이다. 그리고 나는 내일도 그 피아노가 그친 시간을 재서 그 시간들을 비교하며 이 집에 대한 혐오증의 이유를 강화시키려고 했던 것이다. 나는 자신에 대해서 어이가 없음을 느꼈다. 이런 느낌이 드는 것은, 그것은 조금 전에 내가 서 씨의 그 거짓 없는 행위를 회상했던 덕분이 아니었을까? 서 씨가 내게 보여 준 게 있다면 다소 몽상적인 의미에서의 성실이었고 그리고 그것은 이 양옥 속의 생활을 비판하는 데도 필수적으로 고려되어야 한다는 것이 아닌가고 내게 생각되는 것이었다. 그러나 이 집으로 옮아온 다음 날의 저녁, 식사 시간도 잡담 시간도 지나고 모든 사람들의 공부 시간이 되자 나는 홀로 내 방의 벽에 기대어 앉아서 기타를 퉁겨 보기 시작했던 때의 일을 기억하고 있다. 불현듯이 기타를 켜고 싶어지는 때가 있는 법이다. 그것은 감정의 요구이지만 그렇다고 비난할 건 못 되지 않은가. 내가 줄을 고르며 음을 시험해 보고 있는데 다색 나왕으로 된 내 방문이 열리며 할아버지가 들어왔다. 그리고 나의 기타 켜는 시간은 오전 10시부터 한 시간 동안 할머니와 며느리가 미싱을 돌리는 같은 시각으로 배치되었던 것이다. 위대한 가풍이 내게 작용한 첫 번이었다. 그러나 그 이후 내가 내게 주어진 그 시간을 이용해 본 적은 하루도 없었다. 흥이 나지 않아서였다고 하면 적당한 표현이 되겠다.

절망감이 마루 끝에도 마당 가운데서도 방마다에도 차서 감돌던 창신동의 그 집에서는 식구들에게 그들이 오래전에 잃어버렸던 형체 없는 감동 같은 것을 조금씩은 깨우치고 영혼의 안정에 얼마간은 공헌할 수 있었던 나의 기타는 그래서 노인들이 우연한 한마디에서 갑자기 자기의 늙음을 발견하듯이 낡아 빠진 모습으로 방의 구석지에 기대어져 있지 않으면 안되게 된 것이었다.

처음에 나는 이 집에 대하여 존경심을 가졌다. 그러나 나는 이내 그것이 처음 보는 경치에 보내는 감탄과 같은 성질의 것밖에는 되지 않음을 알았다. 이해와 감정은 별개의 문제라는 것을 발견한 것도 그때였다. 이 가족의 계획성 있는 움직임, 약간의 균열쯤은 금방 땜질해 버릴 수 있도록 훈련되어 있는 전진적 태도, 무엇인가 창조해 내고 있다는 듯한 자부심이 만들어 준 그늘 없는 표정─문화라는 말을 쓸 수 있는 사람들이 있다면 바로 이 사람들이었다. 그리고 이것이야말로 인간이 회구하는 것이 아니었던가. 이 사람들은 매일 매일을 달리고 있는 것이었다. 따라서 어느 지점과의 거리를 단축시키고 있는 셈이었다. 이것이 나의 그들에 대한 이해였다.

그러나 그 어느 지점이 무한하게 먼 곳에 있을 때도 우리는 그들이 거리를 단축시키고 있다고 생각할 수 있을까? 더구나 나로 하여금 기타 켜는 시간의 제약까지를 주어 가면서 말이다. 차라리 이 사람들의 태도야말로 자신들은 걷고 있다고 믿으면서 사실은 매일 매일 제자리걸음을 하고 있는 바로 그것이 아닐까. 빈민가에 살던 사람들의 그 끝없는 공전 같아 뵈던 생활이 이곳보다는 오히려 더 알찬 것이 아니었을까. 이것이 나의 감정이었다. 그래서 마침내 어느 쪽인가 한 편이 틀려 있다는 생각이 나를 몹시 짓누르기 시작했다. 본질적으로는 두 쪽이 같지 않느냐는 의문이 나의 내부 한쪽에서 솟아 나오기도 했지만 그보다 더 강한 힘으로 나를 끌고 가는 '어느 쪽인가 한 편이 틀려 있다'라는 집념은 어디서 나온 것인지 나로서는 알 수 없었다. 그리고 마침내 그것은 발전하여, 미리 그러기로 되어 있었다는 듯이, 나는 이 양옥의 식구들 생활을 빈 껍데기에 비유하고 있었다. 빈껍데기의 생활, 아니라면 적어도 방향이 틀린 생활, 습관적인 생활에 불과하다는 생각이 나를 끌고 갔다. 이 순간에 나는 꼭 무슨 행동을 해야만 할 것 같았다. 그리고 내가 한 행동이 누군가 좀 현명하고 인간을 잘 아는 사람에 의해서 심판 받았으면 좋겠다고 생각했다.

꼭 무슨 행동이 필요하다는 충동이 그날 오후 내처 나를 쿡쿡 찔렀다. 나는 누운 채 천장을 올려다보았다. 무늬 없는 베니어로 된 갈색의 천장. 벽을 향하여 얼굴을 돌리면 병원의 그것처럼 깨끗한 벽.

그날 오후 식구들이 돌아올 무렵에 나는 밖으로 나섰다. 나는 지금 내가 계획하고 있는 것이 근본적으로는 이 집 식구들을 바꾸어 놓으리라고는 물론 생각하지 않았다. 그러나 무엇인가 해야만 한다는 의무감에 가까운 생각이 나로 하여금 느릿느릿 걸어서 어느 약방 앞에까지 가게 했다. 벌써 날이 어두워져 가고 있었기 때문에 약방 안의 진열장 안에는 불이 밝게 켜져 있었다. 그래서 거기에 진열되어 있는 약병이나 상자들은 장난감처럼 귀여워 보였다. 나는 약방의 문턱에 서서 허리를 구부리고 진열장 안을 구경했다. 고개를 들어 보니 아주머니 한 사람이 진열장의 저편에서 몸을 이쪽으로 내밀어 나를 굽어보고 있었다. 나는 아주머니를 향하여 히쭉 웃어 보이고는 이제 마치 무엇을 찾고 있는 듯한 태도로 진열장 안을 기웃거렸다. 나는 머뭇거리고 있는 것이었다. 무얼 찾느냐고 아주머니가 친절한 음성으로 물었다. 나는 여전히 고개를 숙인 채 진열장을 두리번거리면서, 흥분제 있느냐고 대답했다. 얼마나 필요하냐고 아주머니가 물었다. 나는 속으로 그 집 식구들을 헤아려 보았다. 할아버지, 할머니, 대학 강사, 며느리, 여고생, 식모, 손녀딸, 모두 일곱 사람이었다. 나는 한 사람의 7회분을 달라고 했다. 그러면서 그제야 나는 고개를 똑바로 들었다. 아주머니는 필요 이상으로 엄숙한 표정을 지으면서 상점의 안쪽에 있는 진열장으로 가서 정제(錠劑)의 약을 하얀 종이에 싸서 가지고 나왔다.

셈을 하고 돌아서자 나는 아까와는 달리 내 기분이 싸늘해져 있음을 느꼈다. 안도와 같은 것이었다. 그리고 오래간만에 주위를 천천히 구경할 수 있는 여유를 갖게 되었다. 저녁을 맞으면서 내 주위에는 셀 수 없이 많은 양옥들이 줄을 지어 서 있었다. 집집의 창마다 밝은 불이 켜져 있고 옛날의 그 마을에서와는 달리 조용하였고 향긋한 음식 냄새가 새어 나오고 있었다. 그러자 나는 나 자신이 이 평온한, 부자유하게 평온한 마을을 해방시켜 주러 온 악마라는 생각이 문득 들었고 어쩐지 그것이 나를 즐겁게 했다. 혹은 그 빈민가가 파견한 척후인지도 몰라라고 나는 생각하며 나는 그 빈민가에 대하여 요 며칠 동안 지니고 있던 죄의식 비슷한 것이 사라져 있음을 깨달았다. 일종의 비겁한 보상 행위라고 누가 곁에서 말했다면 나는 정말 즐거워져서 고개를 끄덕이며 웃었을 것이다.

내가 집으로 돌아왔을 때 식구들은 밥상을 받아 놓은 채 내가 올 때까지 기다리고 있었다.

밤 10시 10분 전이었다. 이제 몇 분만 있으면 식모는 보리차가 든 주전자와 컵을 대청마루 가운데의 탁자 위에 올려놓을 것이다. 식구들이 나오기 전에 먼저 내가 그 음료수에 빻아 놓은 가루약을 넣어야만 하는 것이었다. 나는 약봉지를 들고 내 방문에 몸을 대고 식모를 기다리고 있었다. 그리고 그때 나는 만일 내가 이 집 식구들의 음료수에 가루약을 타지 않고 지금 바로 그 빈민가로 돌아간다면 거기서 나는 무슨 행동을 할 것인가고 생각해 보았다. 그러나 그것을 생각해 낼 수가 없었다. 오히려 나는 내가 결코 그곳으로 돌아가지는 않으리라는 걸 잘 알고 있었다. 이 생각은 아까 저녁때 약방에 가기 전의 생각과는 좀 모순된다는 것도 깨닫고 있었다. 그렇다고 스스로 무의미하다고 인정하고 있는 이 계획을 중지하고 싶지도 않았다. 이것은 천박한 장난? 그렇지만 나는 기도하는 것처럼 엄숙했었다.

드디어 다른 식구들에 비해서 유난히 조용조용한 식모의 발자국 소리가 나고 주전자의 달그락거리는 소리가 났다. 식모가 문단속을 하러 나가는 소리가 난 뒤, 나는 조용히 방문을 열었다. 그리고 가루약은 성공적으로 음료수에 용해되었다.

나는 내 방으로 돌아와서 다소 들뜬 마음으로 기다리고 있었다. 얼마 후, 나는 모두들 그 물을 마시는 것을 분명히 보았고 그들이 각기 자기 방으로 돌아가는 것을 보았다. 그리고 그들의 방의 불도 꺼졌다. 그러나 그들이 과연 잠을 이루고 있을까. 나는 그들이 다시 자기들의 방에 불을 켜고 앉아서 왜 잠이 오지 않고 마음이 들뜨는가를 생각하고 있기 바랐다. 나는 조용히 문을 열고 대청마루로 나와서 의자 위에 앉았다. 나는 기다리고 있었다. 그들의 방마다 불이 켜지기를.

꽤 오랜 시간이 지났다. 아무 소식이 없었다. 그러자 나는 잠들지 못하고 몸을 이리저리 뒤척이고 있을 그들을 상상해 보았다. 지금 그들은 잠든 체하고 있을 뿐인 것이다. 내가 이제라도 쾅 하고 피아노를 울리기 시작한다면 그들은 구원이라도 받은 듯이 뛰어나오리라. 물론 이 밤중에 무슨 소란이냐고 나를 나무란다는 대의명분으로써. 나는 피아노에 생각이 닿은 것이 기뻤다. 나는 피아노 앞으로 다가갔다. 그리고 뚜껑을 열었다. 건반들이 어둠 속에서 하얗게 웃고 있었다. 나의 손가락들이 건반 위에 놓여졌다. 이제 손에 힘만 주면 되었다. 물론 곡도 무엇도 아닌 광폭한 소리만이 이 집을 떠내려 보낼 것이다.

여기서 공원의 그 젊은이는 그의 얘기를 그치었다.

"그저 덧붙여서 한마디 더 한다면……" 하고 그 젊은이는 잠시 후에 얘기했다. "그날 밤 피아노가 그토록 시끄럽게 울렸음에도 불구하고 나를 피아노 앞에서 떼어 내기 위해서 방문을 열고 나온 사람은 단 한 사람, 할아버지뿐이었습니다. 몇 개의 기침 소리를 들은 듯하기도 했습니다만."

피아노 앞에서 떨어져 나오면서 자기는 왜 그렇게 고독함을 느꼈고 그의 방으로 데려다 주기 위하여 그의 손목을 잡고 있는 할아버지의 팔이 왜 그렇게도 억세게 느껴졌는지 알 수가 없었다고 말하고 나서 그 젊은이는 나를 빤히 쳐다보며 물었다.

"어느 쪽이 틀려 있었을까요?"

"글쎄요."

라고 나는 대답하며 생각했다. 나로서는 얼른 믿어지지 않는 얘기이다. 첫째, 그런 생활이 있을 것 같지 않고, 있다고 해

도 어느 쪽이 반드시 틀렸다고 말할 수도 없고, 오히려 두 쪽
다 잔혹할 뿐이라는 점에서 똑같고, 어느 쪽이 틀렸다고 해도
그것은 그 젊은이가 이질적인 사실을 한눈에 동시에 보아 버
리려는 데서 생긴 무리(無理)이겠지라고.

"내가 틀려 있었을까요?"

라고 그 젊은이는 다시 내게 물었다.

"글쎄요."

라고 대답하며 다시 나는 생각했다.

그러고 보니 아무도 틀려 있는 사람은 없는 듯하다. 그렇지
만 이것도 자신 있는 생각은 아니고 솔직히 말하면 나도 모르
겠다. 알 수 있는 것은 다만, 그 젊은이가 보았다는 두 가지 생
활이, 사실 바로 곁에서 함께 있다고 하면 나도 좀 멍청해져
버리지 않을 수 없으리라는 느낌뿐이었다.

(1963)

차나 한 잔

오늘 아침에도 그는 설사기 때문에 일찍 잠이 깨었다. 자리
에서 일어나기가 싫어서 참을 수 있는 데까지 참아 보려고 했
다. 그러나 배가 뒤끓으면서 벌써 항문이 옴찔거려서 견디어
낼 수가 없었다. 휴지를 챙겨 들고 변소로 갔다. 어제저녁에
먹은 구아니딘이 별로 효과를 내지 못한 모양이다. 변소에 쭈
그리고 앉아서 그는 자기의 배앓이에 대해서 생각해 보았다.
과식을 했다거나 기름진 것을 먹은 적도 요 며칠 안엔 없었다.
있었다면 좀 심한 심리의 긴장 상태뿐이었다. 신문에서 자기
의 연재만화가 요 며칠 동안 이따금씩 빠져 있었기 때문에 그
는 나쁜 예감으로 불안해 있었던 것이다. 재미가 없었던 것일
까 하고 생각하며, 그래도 여전히 그날분의 만화를 그려서 가
지고 가면, 문화부장은 여느 때와 똑같은 태도로 만화를 받아

서 여느 때와 똑같이 열심히 그것을 보고 나서 여느 때와 똑같이 아주 우스워서 못 견디겠다는 듯이 오랫동안 고개를 끄덕이며 껄껄거리고 나서,

"좋습니다. 아주 걸작입니다."

라고 말하는 것이었다. 그러면 그는, 문화부장의 태도에 다분히 과장이 섞인 것을 보면서도 역시 겨우 안심을 하고 묻는 것이었다.

"오늘치는 빠졌더군요."

그러면 문화부장은 안경을 벗어서 양복 깃에 닦으면서,

"아, 기사 폭주 관계입니다."

라고 간단히 대답하는 것이었다. 그 이상 더 물을 수가 없어서 그는 자신을 안심시켜 가며 데스크 위에 흐트러져 있는 경쟁지들과 일본에서 온 신문들 그리고 통신사에서 배달된 유인물을 대강 훑어보고 나서 나오는 것이었고 그 다음 날 아침 신문을 보면 또 만화가 빠뜨려진 채 배달되곤 했다. 오늘도 기사 폭주 때문일까 하고 문화 면을 살펴보는 것이지만 썩 대단한 기사들이 실린 것도 아닌 데다가, "그렇다면, 그건, 만화가 꼬박꼬박 나올 때엔 한 번도 기사 폭주가 없었단 말인가?" 하는 의혹이 생기는 것이었다.

그런 이유로 그는 며칠 전부터 긴장되어 있었는데, 어제 새벽부터는 설사가 시작되었다. 그는 자기의 배앓이가 낭패해 가고 있는 자기의 심리 상태에서 결과된 것이라고 믿게 되었다.

그는 똥이 더 나올 듯한 개운치 않음을 느끼며 방으로 돌아와서 이불 속으로 들어가서 아직도 잠들어 있는 아내와 나

란히 누웠다. 그는 머리맡에 풀어 놓은 손목시계를 누운 채, 한손만 뻗쳐 더듬어 집었다. 그리고 미닫이의 방문을 비추고 있는 새벽의 희미한 빛에 시계를 비추어 보았다. 6시가 좀 지나고 있었다. 시계를 다시 머리맡에 놓고 그는 이불을 턱 밑까지 끌어올려 덮고 왼손을 아내의 사타구니에 밀어 넣었다. 그리고 천장을 올려다보며 오늘분의 만화를 구상하기 시작했다.

그러나 얼른 얘깃거리가 생기지 않는다. 삼분폭리를 깔까? 한일회담을 취급하자. 아니 그건 지난번에도 그려 가지고 갔었다. 신문엔 나지 않고 말았지만. 평범한 가정물로 하나 해 보자. 그러나 얼른 얘깃거리가 생기지 않는다. 대통령으로 약속하는 검정 안경을 쓰고 볼이 홀쭉한 인물과 '아톰 X군'의 얼굴만이 그의 눈앞에 어른거렸다.

'아톰 X군'은, 어린이를 상대로 하는 어느 주간신문에 그가 연재하고 있는 우주의 용사였다. 꼭대기에 안테나가 달린 산소 투구를 머리에 쓰고 등에는 산소 '탱크'와 연료 '탱크'를 짊어지고 만능의 고주파 총을 들고 눈알이 동글동글하고, 화성인을 상대로 용감무쌍하게 투쟁하는 소년 용사였다. 검정 안경을 쓴 대통령 각하와 '탱크'를 둘씩이나 짊어진 '아톰 X군' 그리고 어쩌다가 생각난 듯이 청탁이 들어오는 몇 군데 잡지의 만화가 그와 그의 아내에게 밥을 먹여 주고 있는 것이었다. 주 수입은 아무래도 대통령이 많이 나오는 신문의 연재만화쪽이었다. 그러나 주 수입이라고 해도, 끼니를 제외하고 담배와 차를 마시고 가끔 당구장엘 드나들고 나면 이따금 아내와 함께 영화를 보러 갈 수 있을 정도였다. 그렇지만 그 수입 원

천이 흔들리는 불안을 그는 느끼게 된 것이었다. 설사가 나올 만도 하지 라고 스스로 꼬집어 생각하자 잠깐 웃음이 나왔다가 사그라졌다.

그는 어쩌다가 내가 만화를 그리기 시작했나 하고 자신의 이력을 검토해 보기 시작했다. 이른바 일류 대학을 지망했다가 실패하자, '나만 열심히 하면 어느 대학이고 어떠랴' 하고 들어간 정원 미달의 어느 삼류 대학 사회학과를 마치고, 입대하여 훈련을 마치자 어쩌다가 떨어진 게 정훈(政訓)이었고 정훈에서 어쩌다가 맡은 게 군내 신문 편집이었고 그리고 어쩌다가 보니까 거기에서 만화를 그리고 있었고 제대하여 취직할 데를 찾던 중, 어느 회사의 굉장한 경쟁률의 입사 시험에 응시했다가 떨어지고 그러나 거기에서 함께 응시했다가 함께 낙제국을 먹은 여자와 사랑하게 되어 사랑하는 이를 위해서는 모험이라도 불사하겠다는 각오로 군대에 있을 때의 어설픈 경험으로써 대학 동창 하나가 기자로 들어가 있는 신문에 그 친구의 소개로 만화를 연재하게 되었고, 밥값이 생기자 그 여자와 결혼식은 빼어 버린 부부가 되어, 한 지붕 밑에 여러 세대가 살고 있는 이 집의 방 한 칸을 세내어 들고 오늘에 이르렀음.

그야말로 '어쩌다가'의 연속이었다. 그는 자기가, 지난날 우연 속에 자신을 맡겨 버린 것이 갑자기 역겨워졌다. "거지 같은 자식이었다." 하고 그는 자신을 욕했다. 손톱만큼이라도 좋으니 나의 주장이 있었어야 할 게 아닌가. 그러나 다시 한번 자기의 이력을 검토해 보면 그 망할 놈의 군대 생활이 끼어 있었기 때문에 사실 어쩔 도리가 없었다고 생각하게 되었다. 군대 속에서 어떻게 자기의 희망대로 생활할 수 있단 말인가. "좌향 앞으로 갓!" 하면 왼쪽으로 돌아야 되고 "포복!" 하면 엎드려서 기어야 했었다. 마치 그의 만화 속의 인물들이 자기들의 표정과 운명을 그의 펜 끝에 맡겨 버릴 수밖에 없듯이. 우연 속에 자신을 맡겨 버리는 습관을 가르쳐 준 게 그놈의 군대였었다. 그런데 하고 그는 생각했다. 하긴 그것이 평안했어. 적어도 신경쇠약에 걸릴 염려는 없었거든. 그는 여전히 천장을 올려다보며 생각했다. 이제 와서 대학에서 배운 것을 팔아먹고 싶다고 앙탈하지는 않겠다. 만화 일만이라도 계속할 수 있어야겠다.

그는 잡념을 없애기 위해서 베개에서 머리를 약간 위로 들어 머리를 몇 번 흔들었다. 오늘분의 만화를 구상해야 했다. 엊저녁에 그려 놓았어야 하는 건데, 아니 구상만이라도 해 놓았어야하는 건데 하고 그는 자신을 나무랐다. 엊저녁엔 도대체 무얼 했었나? 그제야 그는 엊저녁에 자기가 술을 마시고 들어왔던 것을 기억해 내었다. 선배 만화가 한 분에게 끌려가서 마신게 퍽 취했었나 보다. 몇 시쯤 집에 돌아왔는지가 생각나지 않을 정도니까. 퍽 취했던 셈 치고는 잠을 깨고 나도 머릿속이 맑다. 좋은 술이었던 모양이지. 그러나 그는 자기의 긴장 상태 때문이라고 할 수 없이 생각했다. 이렇게 배가 끓고 거기에다가 만취 후인데도 머리가 무겁지 않을 수 있는 것은 그런 이유가 아니면 무엇일까. 그건 그렇고 그는 오늘분의 만화를 구상해야 하는 것이었다. 담배가 피우고 싶어졌다. 자유로운 한쪽 손으로 머리맡을 더듬어 담배를 한 대 빼서 입에 물고 성냥을 집어 들었다.

그런데 담배의 매운 연기가 잠들어 있는 아내의 코로 스미면 아내의 잠을 깨게 하리라. 그는 단잠을 자고 있는 아내를 깨우고 싶지가 않았다. 도로 담배를 머리맡으로 던져두고 시선을 아내의 얼굴로 돌렸다. 언제 보아도 귀여운 얼굴이었다. 이렇게 옆으로 누워서 보면 마치 전연 알지 못하는 사람의 얼굴처럼 보이는데, 그것이 그에게는 꽤 재미있었고 야릇한 흥분조차 느끼게 하는 것이었다. 그는 이른 아침의 희미한 빛 속에서 엷은 명암을 지닌, 전연 알지 못하는 사람의 얼굴 같은 아내의 얼굴을 시선으로써 찬찬히 더듬기 시작했다. 그러자 아무래도 알지 못하는 사람의 얼굴 같았다. 그리고 여느 때와 달라서 오늘은 그 전연 남의 얼굴 같은 아내의 얼굴이 그에게 야릇한 흥분을 일으켜 주는 것이 아니었다. 오히려 그는 문득 조바심이 나고 불안해져서 고개를 들고 아내의 얼굴 바로 위에서 정면으로 아내를 내려다보았다. 틀림없는 자기의 아내였다.

속눈썹이 가늘게 떨고 있는 걸 보아서, 아내는 잠이 깨어 있었던 모양이다. 남편이 만화 구상을 하고 있는 태도일 때면 아내는 언제나 없는 듯이 침묵을 지켜 주었다. 낮일지라도 흔히 잠자고 있는 시늉을 해 버리는 것이었다.

그는 천천히 고개를 숙여서 아내의 입술에 가벼운 키스를 했다. 그제야 아내는 눈을 뜨고 눈으로 웃음을 지어 보였다.

"일찍 깨셨군요."

아내가 속삭이듯이 말했다.

그는 미소를 띤 채 고개를 끄덕이고 나서, 아내의 사타구니에서 자기의 왼손을 빼내어 아내의 팔베개를 해 줬다. 그러자 그는 좀 전에 느꼈던 조바심과 불안이 가셔진 것을 느꼈다.

"엊저녁에 나 늦게 들어왔지?"

그도 속삭이듯이 말했다.

"별루요. 8시 반쯤 들어오셨어요."

아내는 방긋 웃고 나서,

"굉장히 취하셨댔어요. 주정도 하시구……."

"주정? 어떻게 했지?"

"사람이란 시새움이 많아야 잘사는 법야 하셨죠. 그 말만 자꾸 하셨어요. 천장을 보시면서요. 천장에 그 말을 박아 놓을 듯이 말예요."

아내는 그에게 엊저녁의 그를 일러 놓고 나서 소리를 죽여서 키득키득 웃었다.

그는 자기가 왜 그런 주정을 했을까 알 수 없었다. 평소에 맘에 먹고 있던 말도 아니었다. 아마 우연히 한마디 했는데 그게 마음에 들어서 자꾸 반복했었던 것이겠지.

"내가 엉뚱한 주정을 했던 모양이군." 그는 쑥스러워 피시시 웃었다.

갑자기 아내가 그의 입을 자기의 손가락으로 막고 고갯짓으로 옆방을 가리켰다. 옆방과 이 방을 가르는 벽이 옆방에 사는 아주머니와 아저씨의 높은 숨소리를 이쪽으로 통과시키면서 규칙적으로 그리고 조용히 흔들리고 있었다.

"난 또 뭐라고."

하며 그는 장난꾸러기 같은 웃음을 눈에 담고 있는 아내를 내려다보며 또 한 번 피시시 웃었다.

"엊저녁에도 한바탕 싸워서 아주머니는 울고불고 야단했었는데…… 부부 싸움이란 정말 칼로 물 베기인가 봐."

아내는 여전히 장난스런 눈을 하고 속삭였다.

"또 싸웠어? 난 잠들어서 몰랐었는데……. 그러고는 재봉틀을 돌렸겠지."

"그럼요. 한바탕 싸우고 나서도 다시 재봉틀을 돌렸어요. 제가 잠들 때까지 재봉틀 소리를 들었으니까요. 하여튼 지독한 아주머니세요."

"저 아저씨도 나쁜 사람은 아닌데……."

"그러게요. 술만 안 마시면 좀 얌전한 분이에요!"

"하긴 흔히 아주머니가 먼저 시비를 걸더군. 며칠 전에 저 아저씨가 나더러 그러더군, 술을 마시고 들어가면 아내가 앙탈을 하는데 말야, 사실 염치도 없고 그래서 별수 없이 주먹질을 한다는 거야."

"그렇긴 해요. 하지만 아주머니도 그럴 만하잖아요? 부인이 팔이 빠지도록 밤 12시가 넘도록 재봉틀을 돌려서 번 돈으로 술을 마시면 어떡해요. 애들이 넷이나 있는데 벌어 오진 못할망정 말예요."

"뭐 가끔이던데."

"하여튼 지독한 아주머니예요. 전 이젠 달달거리는 재봉틀 소리 땜에 미칠 것 같아요."

"정말이야."

"저, 키스해 주세요."

그는 아내의 허리를 껴안고 오랫동안 키스했다.

사실 옆방 아주머니의 삯바느질의 재봉틀 소리는 좀 과장하면 이쪽을 비웃는다고 할 정도로 밤낮없이 달달거렸다. 제법, 제법이 아니라 진짜로, 진짜 정도가 아니라 무지무지하게 생활을 아끼며 순종하고 있다는 듯했다. 그 재봉틀 소리가 그들의 안면을 유난히 방해하는 저녁이면 때때로 그들은 이불 속에서 입을 삐쭉거리며 속삭이곤 했다.

"어지간히 성실하게 사는 척하지?"

"정말예요."

아내는 잽싸게 대답하며 키득거리곤 했다.

"그래도 별수 없는 셋방살인데요 네?"

저 정도의 열심으로써라면 하고 그는 이따금 생각하는 것이었다. 다른 일을, 말하자면 시장에 가서 장사라도 한다면 수입이 더 나을 텐데.

"오늘치, 다 생각하셨어요?"

아내가 걱정스러운 표정으로 그에게 물었다.

"아니, 아직……."

"아이! 그럼 어서 생각하세요."

아내는 자기가 베개 삼아 베고 있던 그의 팔을 자기의 손으로 빼내고 나서 그를 살짝 밀면서 말했다.

"저 조용히 하고 있을게요."

아내는 반듯이 누워서 눈을 감았다가 다시 떠서 그의 쪽으로 얼굴을 돌리고,

"담배 피우세요."

라고 말하고 나서 다시 고개를 반듯이 하고 눈을 감았다.

그는 아까 던져두었던 담배를 집어서 입에 물었다. 막 성냥을 켜려고 할 때 그는 대문께에서 들려오는 배달원의 "신문이요오." 하는 소리와 신문이 땅에 떨어지는 찰싹 소리를 들었다. 아내도 들었는 모양인지 자리에서 일어났다.

대문간에 배달된 신문을 가지러 가는 일은 항상 아내가 해 왔었다.

"아니, 내가 가져오지."

그는 아내에게 말하면서 일어났다. 그러자 갑자기 부끄러움 비슷한 느낌이 들었다. 다시 누워 버리면서 그는 아내에게 말했다.

"당신이 가져오구려."

그는 신문을 들고 방으로 들어오는 아내의 표정에서 오늘도 만화가 나지 않았음을 알았다.

"요즘은 매일 기사가 넘치나 봐요."

아내는 신문을 그에게 건네주면서 조심스럽게 말했다.

"글쎄."

그는 신문을 받아서 1면부터 훑어보기 시작했다. 자기의 만화가 실리는 5면부터 펼치던 여느 때의 습관을 누르고서, 아내는 옷을 갈아입고 아침밥을 지을 준비를 하기 시작했다. 그는 한 면 한 면 천천히, 그러나 실상은 아무 기사도 보지 않은 채 넘겼다. 5면에서 자기의 만화가 들어갈 자리에 오늘은, 영국의 어느 '보컬 그룹'에 대한 소개 기사와 그들이 입을 짝

벌리고 찍은 사진이 버티고 있는 것을 보고 그의 눈앞이 캄캄해졌다.

아내는 바가지에 쌀을 담아 가지고 밖으로 나가려다가 생각난 듯이 그의 머리맡에 쭈그리고 앉으며 말했다.

"오늘은 그리시지 않아도 되잖아요? 그동안에 밀려 있는 만화가 많지 않아요?"

"그렇지만 그때그때의 시사성에 따르는 거니까 말야…… 또 그려 가지고 가야 해."

그는 생각하며 말하듯이 일부러 느릿느릿 대답했다.

"한 달분의 스물예닐곱 장은 채워야 월급을 줄 게 아니야?"

아내는 생긋 웃으며 일어나서 밖으로 나갔다. 그는 방금 아내의 웃음이 아마 알았노라는 대답이려니 생각하면서도 자꾸만 마음에 걸렸다. 그는 천천히 담배를 빨면서 소재를 찾기 위해서 신문을 뒤적거렸다. 그러다가 그는 문득 생각이 나서 밖을 향하여 말했다.

"난 흰죽을 좀 쒀 줘요."

그는 10시 가까이 되어서 집을 나섰다. 여느 때와 같이 서류용 봉투 속에 아직 먹물이 마르지 않은 만화를 조심스럽게 넣어서 옆구리에 끼었다. 오늘분의 만화도 독자를 웃기기에 별로 자신이 없었다. 항상 그렇듯이.

"화장지 좀 넣고 가세요."

그가 방을 나설 때 아내는 둘둘 말린 휴지 뭉치에서 얼마간 찢어 내어 차곡차곡 접어서 그의 호주머니에 넣어 주었다.

세심한 주의력을 가진 아내에게 감사와 귀여움이 섞인 느낌이 울컥 솟아나서 그는 손을 들어 아내의 볼을 쓰다듬었다. 아내의 볼 위에 눈물 자국이 남아 있었다. 아침 식사 때, 밥상 위에 기어 올라오는 이름 모를 작은 벌레를 그는 무심코 엄지손가락으로 문질러 버렸는데 그것이 아내를 울게 만든 이유였다. 아내가 더듬거리며 말하는 내용을 종합하면, 그가 요즘 이상해지고 있다는 것이었다. 뚜렷이 이상해진 증거를 댈 순 없지만 느낌으로써랄까, 말하자면 조금 전 벌레를 잔인하게 눌러 버릴 때의 그는 확실히 좀 변해 버린 사람 같다는 것이었다. 그전 같았으면 "에잇, 더러운 게 있군." 하고 중얼거리면서 종이를 달라고 하여 거기에 벌레를 싸서 밖으로 던졌을 거라는 것이었다. 묵과하려고는 했지만, 요즘 좀 당황해하고 있는 당신을 보니까 자기마저 이상스레 불안하고 허둥거려진다고 하고 나서 "울어서 미안해요." 하며 방긋 웃으면서 눈물을 닦았던 것이다.

"혼자 심심할 텐데 영화 구경이나 갔다 와요."

그는 집을 나서며 말했다.

그가 버스 정거장으로 나가는 골목을 빠져나오는데, "이 선생, 이 선생." 하고 누가 그를 불렀다. 골목의 입구에는 판잣집 하나가 가게와 복덕방으로 나뉘어져 있는데 그를 부르는 사람은 복덕방의 영감이었다. 그 영감이 그가 지금 들어 있는 방을 소개해 준 사람이었다. 그는 자기를 부르고 있는 사람 앞으로 걸어갔다.

"영감님, 안녕하세요?"

그가 인사했다.

"안녕하슈? 어째 안색이 좋지 않습니다."

영감은 안경 너머로 그를 노려보며 말했다.

"예, 배가 좀 아파서요."

"허어, 요센 배앓이쯤은 병두 아닌데. 약 사 잡수구려."

"먹었는데 별루……."

"하긴 요센 가짜 약도 흔해서, 참 곶감을 달여 먹어 보우. 뭐 금방 나을걸."

"그래요?"

그는 신기한 처방을 들었다는 듯한 말투를 꾸며서 대답했다.

"암, 그만이지요. 그런데 이 선생……."

그러면서 영감은 무슨 비밀히 할 얘기가 있다는 얼굴로 그의 한 팔을 붙잡고 그를 복덕방 안으로 데리고 들어갔다.

"요즘 신문에서 왜 이 선생 '망가'를 볼 수가 없우?"

영감은 그의 턱 앞에 자기의 얼굴을 바싹 들이대며 물었다.

"아, 그건……."

그러자 영감은 고개를 쩔레쩔레 흔들면서 추궁하듯이 말했다.

"아아아, 난 절대루 이 선생 지지자요. 나한텐 솔직히 얘기해두 염려할 거 하나두 없어요. 심하게 정부를 까더니 그예 당했구려?"

그제야 그는 영감이 묻는 의도를 알았다.

"그게 아니라……."

"뭐가 그게 아니야, 그렇잖고서야 그렇게 꼬박꼬박 나오던 '망가'가 갑자기 나오지 않을 리 있우? 이야기해 보아요."

영감은 술 때문에 항상 핏발이 서 있는 눈으로 그를 노려보면서 기어코 자기의 예상을 만족시키고 말겠다는 듯이 물어 대었다.

"그게 아니라 제가 직업을 바꿨어요."

그는 얼떨떨해서 그렇게 대답해 버렸다.

"아니 이젠 '망가'를 그만두었다구?"

영감은 예상이 어긋나서 맥이 빠졌다는 음성으로 말했다. 그렇다고 대답하면서 그는 정말 자기는 만화 그리기를 그만둘지도 모른다는 생각이 문득 들었다.

"무슨 까닭이 있겠지. 암, 있구 말구. 틀림없이 있어."

영감은 자기 좋을대로 한마디 해 댔다.

버스에 흔들거리며 신문사로 가면서, 그는 영감의 의견과 같이 정부 측의 압력 때문에 만화 연재를 중단할 수 있다면 얼마나 행복할까 하고 생각했다. 그렇게만 된다면 그것은 필화 사건이 된다. 그리고 그렇게만 된다면 그는 영웅이 될 수도 있다. 사실 옛날 자유당 시절에는 그런 사례가 있기도 했었다. 그러나 위정자가 바뀌고 보니 그런 경우를 당하기가 힘들어졌다. 만화가를 건드리면 손해 보는 건 자기들이라는 걸 알아 버린 모양이지. 하긴 어떤 선배 만화가의 얘기에 의하면 지금도 그런 경우가 전연 없지 않다는 것이었다. 방법이 바뀌어져서 간접적인 압력이 있기도 하다는 것이었다. 그러나 그것도 차라리 행복한 편이라고 그는 생각하고 있었다. 자기의 경우는 아마, 아마가 아니라 거의 틀림없이 자기 만화 자체 속의 어떤 결함, 말하자면 '웃기는' 요소가 부족했다든가 하는 결함에서 당하고 있는 일이라는 것을 그는 짐작하고 있었기 때문이다. 정부가 자기 만화 때문에 노해 주었으면 얼마나 좋을까. 그런 생각을 하자 그는 자신이 우스꽝스러워져서 눈을 감아 버렸다.

편집국 안을 들어섰을 때, 그가 두려워하고 있던 예측이 이젠 어쩔 수 없게 된 것을 최초로 그에게 느끼게 해 준 것은 국내에서 심부름하는 계집애의 표정에서였다. 여느 때 그 계집애는 만화가를 만화 속의 인물과 똑같이 생각하고 있는 탓인지 그를 보기만 하면 웃음을 참지 못하고 고개를 돌리며 휑가 버리곤 하는 것이었는데, 그날은 제법 나긋이 "안녕하세요."를 하고 나서 미소를 띤 채 그의 얼굴을 똑바로 올려다보는 것이었다.

그것이 극히 잠깐 동안이었지만 신경을 곤추세우고 있던 그에게 모든 걸 알 수 있게 해 주었다. 계집애가 자기를 올려다보던 맑은 눈 속을 살짝 스치고 가던 게 어쩌면 연민이 아니었을까 하고 생각하자 분노보다도 오히려 전신에서 맥이 빠져나가는 것을 그는 느끼면서 굳어진 얼굴로 문화부를 향하여 갔다.

자기들의 데스크 앞에 앉아 있던 몇 명의 기자들이 여느 때와 달리 유별나게 반갑게 인사할 때는 그는 이미 알고 있다는 듯이 자기도 덩달아서 지금 작별을 하듯이 정중하게 인사를 하고 있었다. 그러고 나서 잠시 동안 그는 자기가 어떻게 처신해야 될지 알 수 없었다. 흐르던 시간이 갑자기 끊어지면서 공백이 생기는구나 하는 생각이 알 수 없는 부끄러움과 함께 그를 엄습했다. 그러고 있는 그를 문화부장이 구해 줬다.

"오늘치 만화 좀……."

하면서 문화부장은 손을 내밀었던 것이었다. 그는 당황해졌다. 그가 짐작하고 있던 사태 속에서는 문화부장의 지금 얘기는 불필요한 게 아닌가. 그는 옆구리에 끼고 있던 서류 봉투를 살그머니 좀 힘을 주어 끼면서 땀이 송글송글 맺히고 빨개진 얼굴을 손바닥으로 닦으며 말했다.

"그려 오지 않았는데요."

말하고 나서 그는 금방 후회했다. 어쩌면 자기의 짐작이란 게 얼토당토않은 게 아닐까…… 자기의 신경과민으로 자기는 지금 큰 실수를 저지르고 있는 건 아닌지……. 그러나 문화부장의 다음 말은 그의 그러한 희망에 찬 기대를 산산이 부숴 버렸다.

"그럼 알고 계셨군요."

문화부장은 자리에서 일어서면서 그에게 말했다.

"차나 한 잔 하러 가실까요."

할 얘기가 있다는 암시를 그에게 주면서 문화부장은 그의 앞장을 서서 걸어가기 시작했다.

"아주 섭섭하게 됐습니다. 퍽 오랫동안 함께 일해 왔었는데……."

다방에 들어가서 자리에 앉자 문화부장은 그에게 말했다.

"저는 이 형을 두둔했습니다만…… 국장님도 이 형의 만화에는 항상 칭찬을 하셨댔는데…… 그…… 독자들이 자꾸 투서를……."

"아니 사실 재미가 없었지요. 저 자신이 잘 알고 있었습니다만."

그는 문화부장이 우물쭈물하고 있는 게 미안해서 얼른 말을 받았다.

"아니지요. 독자들이 이 형의 유머를 이해할 수 없었던 것뿐이지요."

문화부장은 주문을 받으러 온 레지에게 말했다.

"난 커피, 이 형은?"

"저도 그걸로……."

"그런데 말썽이 난 것은 지난 주일의 만화들 때문인 것 같았습니다. 솔직히 말씀드리자면, 그 일주일 동안에 히트가 하나도 없었다는 게 아마 독자들을…… 하여튼 그 주일의 독자투서 때문에 저나 국장님이 좀 애를 태웠지요."

그러나 가장 애가 탔던 사람은 만화를 그리는 바로 그였었다.

"예, 사실 재미가 없었어요."

"어디 컨디션이 좋지 않으셨던가요?"

"예, 배가 좀…… 배가 퍽 아파서……."

그러나 배앓이는 어제 새벽부터 시작했던 것이다.

"아, 그거 야단났군요. 크로로마이신 잡숴 보셨어요?"

"뭐 이젠 다 나았습니다."

"아, 다행이군요."

찻잔이 그들 앞에 놓여졌다.

"자, 듭시다."

문화부장이 말했다. 그들은 뜨거운 차를 홀짝거리면서 마셨다. 예의상 찻잔을 탁자 위에 잠시 놓았다가 다시 들어서 마시곤 했다.

"이상하게도 이 형과는 차 한 잔 같이 나눌 기회가 없었군요. 이게 아마 처음이지요?"

"예, 처음인 것 같습니다."

"어떤 까닭인지 요즘 우리 신문의 기고가들의 컨디션이 저조한 모양이에요. 지금 연재 중인 소설에 대해서도 매일 거의 대여섯 통씩 투서를 받고 있습니다. 재미가 없으니 중단시켜 버리라는 거지요. 우리 신문에 수난이 닥친 모양입니다."

문화부장은 아마 그를 위로하느라고 그런 얘기를 하는 모양이었다. 그러나 그에게는 노엽게 들리었다. 아마 저 재미없는 소설을 쓰는 사람에게 연재 중단을 통고하러 가서는 이 만화가의 예를 들겠지. 그리고 역시 말하겠지. 우리 신문에 수난이 닥친 모양입니다. 그의 뱃속에서 꾸르륵하는 소리가 꽤 길게 났다.

"보는 사람은 잠깐 웃어 버리고 말지만 만화를 그리는 사람은 퍽 힘들거야."

문화부장은 혼잣말하듯이 말했다.

"하여튼, 이 형, 참 용하십니다. 어디서 만화를 배우셨던가요?"

"뭐⋯⋯ 그저⋯⋯ 어쩌다가 그리게 되었지요?"

그리고 어쩌다가 당신네 신문사에서 밥을 얻어먹게 되었구요라고 말하고 싶었으나 물론 그 말은 입 안에서 사라져 버렸다.

"사람을 웃긴다는 게 쉬운 일이 아니거든. 이 형, 무슨 비결 같은 게 없습니까? 만화를 그리는 데 말예요. 말하자면 만화 그리는 걸 배울 때 이렇게 하면 사람이 웃는다라는 법칙 같은 게 있어요?"

문화부장은 마치 아주 무식한 사람처럼 얘기하고 있었다. 그는 문화부장이 지금 무식을 가장하고 있다는 걸 알고 있다. 그것은 바꾸어 말하자면 이쪽을 무식한 자로 취급하고 나서 자기가 이 무식한 자의 수준만큼 내려가 주겠다는 의도임이 틀림없다고 그는 생각했다. 그래서 그는 문화부장이 괘씸해지기 시작했다.

"아시겠지만."

그는 약간 숙이고 있던 고개를 천천히 들어서 문화부장을 똑바로 보면서 말했다.

"사람이 웃음을 웃게 되는 데는 몇 가지 메커니즘적인 과정이 있습니다. 프로이트는 사람이 웃게 되는 과정을 분석하기를……."

그러자 문화부장은, 이 사람이 도대체 누굴 보고 무슨 강의를 시작할 작정이냐는 듯이 얼른 그의 말을 가로챘다.

"아, 프로이트가 그것에 대해서 분류해 놓은 정도라면 누구나 알고 있겠지요. 그렇지만 유머가 성립되는 몇 가지 패턴을 알고 있다고 해서 누구나 금방 우스운 만화를 그릴 수 있는 건 아니잖습니까? 이 형도 그 패턴들에 대해서는 잘 알고 계시지만 이따금 우습지 않은 만화가 나온다는 경우가 있잖습니까?"

문화부장은 그를 괘씸하게 여긴다는 말투로 얘기하고 있었기 때문에 그는 좀 전의 분노가 쑥 들어가 버리고 기가 죽어 버렸다.

"그…… 사실 그렇죠."

그는 의미 없는 말을 중얼거렸다.

그러자 그는 이상스럽게도 이제야 자기가 그 신문사로부터 해고당했다는 사실을 뼈저리게 느꼈다. 조금 전까지도 그는 자기 자신의 내부에서 생긴 혼미 속에 갇혀서 지나치게 당황했다가, 지나치게 부끄러워했다가, 기가 죽었다가 노여워했다가 하고 있었던 것이다.

"그럼…… 저 대신 누가 그리기로 되었습니까?"

그는 문화부장을 향하여 처음으로 사무 냄새가 나는 질문을 했다. 그리고 그는 누구와도 항상 사무적인 대화를 하기 싫어했던 자신을 발견하는 것이었다. 왜 사무적인 대화를 싫어했을까? 줘야 할 것과 요구해야 할 것을 떳떳이 서로 얘기하고 필요하다면 소리를 높여 다투기라도 해야 했을 게 아닌가? 생각이 비약하는 것인지 모르지만 하고 그는 자신에게 말했다. 그랬기 때문에 나는 만화가밖에 될 수 없었던 것인지 몰라.

"이 형 대신 누가 그렸으면 좋을 것 같습니까? 추천해 보시지요."

문화부장은 자신은 의식하지 못하는 새에 또 한 번 이쪽의 부아를 돋우는 말을 했다. 그는 대답하고 싶었다. 글쎄요. 참 이 사람은 어떨까요, 바로 저 말입니다. 그러고 나서 소리 높이 좀 웃어 보았으면, 그러나 그는 자기의 그런 엉뚱한 생각을 눌러 버리고 그가 가입하고 있는 만화가 협회 회원들의 이름을 하나씩 속으로 체크해 나갔다. 이 사람은 지금 어떤 신문에 연재를 얻고 있다. 이 사람도 역시. 이 사람은…… 글쎄, 나의 재판(再版)이 되고 말걸. 이 사람은……. 그러고 있는데 문화부장이 웃으면서 말했다.

　"실은 반쯤 내정이 되어 있습니다."

　"누구로……."

　그는 문화부장의 '반쯤'이라는 말이 '결정적'이라는 뜻과 맞먹는다는 걸 경험으로써 알고 있었기 때문에 또 속았구나 하는 느낌이 들어서 화가 났다.

　"이 형의 만화를 중단시킬 정도일 때야 국내에서 이 형 대신 그릴 사람이 있지 않을 거라는 건 짐작하실 수 있지 않습니까?"

　"그럼……."

　그는 한창 해외에까지 손을 뻗치고 있는 미국 만화가들의 신디케이트가 얼른 생각났다.

　"누구가 될는지는 확실치 않지만 미국 만화가들 중에서 한 사람이 되는 건 틀림없습니다."

　"역시 그렇군요."

　그는 고개를 끄덕이며 생각했다. 이렇게 되면 이번 해고당하는 것이 내 개인의 문제에서 그치는 게 아니다. 그것은 국내 만화가들의 소멸을 의미하게 되는 것이다. 한 장의 만화를 여러 장으로 복사해서 세계 각 곳에 싼값으로 팔아먹는 미국 만화가들의 신디케이트에 국내 신문이 걸려들기 시작했다면 이건 큰일이다. 오래지 않아서 모든 국내 신문들은 미국 가정의 유머를 팔아먹고 있게 되리라. 미국 만화가들의 복사된 만화는 사는 편에서만 생각한다면 값이 싸니까 그리고 문명인들답게 유머가 세련되어 있으니까. 그는 언젠가 한국을 방문했던 미국의 한 뚱뚱보 만화가를 생각하고 있었다. 그 양반은 자기 복사가 열 몇 군데나 팔린다고 했다. 스위스에 별장을 가지고 있다는 자랑도 했다. 그때 국내의 협회 회원들은 그 뚱뚱보를 부러운 듯이 쳐다보고 있었던 것도 그는 생각났다. 그렇지만 하고 그는 생각했다. 한탄을 한들 내가 어쩔 수 있단 말인가.

"역시 그렇군요."

그는 또 한 번 말하며 고개를 끄덕였다.

"그러니까 이 형한테는 내가 아주 면목이 없는 건 아니지요."

그렇게 말하고 나서 문화부장은 껄껄 웃었다.

"국내에서 꼭 찾겠다면 왜 이 선생께 이런 괴로움을 드리겠어요."

"아니 별루…… 괴롭게 생각지는 않습니다."

"날 원망하시진 마시기 바랍니다. 나 역시 거기서 밥 얻어먹고 있는 놈에 불과하니까요. 자 그럼 가 보실까요. 도장 가지고 경리부에 들러 가세요. 뭐가 좀 있을 겁니다."

그들은 자리에서 일어섰다.

그는 신문사 정문의 계단 위에 서서 어디로 갈까 망설이고 있었다. 경리부에서 여자 직원이 내주는 봉투를 받아서 윗도리의 안주머니에 넣을 때, 그는 문득 '이걸로써 내가 그 속에서 살아왔던 한 가지 우연이 끝장났구나.' 하는 느낌이 들었다. 그래서 그는 여자 직원에게,

"미스 신은 볼의 까만 사마귀가 항상 매력적이야. 그 사마귀만 믿고 살아 봐요. 앞으로 행복할 테니까. 자 그럼 잘 있어요."

하고 농담을 해서 그 여자 직원을 놀리게 해 줄 수조차 있었다. 그러나 이렇게 계단 위에 서서 사람과 자동차들이 밀려가고 밀려오는 거리를 내려다보고 있으려니 그는 겁이 나기 시작했다. 어서 또 무엇을 붙들어야 한다. 오늘 중으로 무언가 확실한 걸 붙들어 둬야 한다. 어제와 오늘과 그리고 내일을 순조롭게 연속시켜 주는 것을 붙잡아 둬야 한다.

"안녕하십니까?"

누군지가 계단을 올라오며 말소리를 길게 빼면서 그에게 인사했다.

"예, 안녕하십니까?"

그는 황급히 인사를 돌려주었다. 알 만한 사람이었다. 당구장에서 늘 만나는 사람이었다. 아마 흔해 빠진 예술가들 중의 하나일 것이다. 이름은 모른다. 그에게는 그런 친구들이 많다. 때로는 밤늦도록 술집에 앉아서 함께 술을 마시면서도 지금 자기와 함께 술을 마시고 있는 그 친구의 이름을 모르고 마는 경우는 흔해 빠진 것이었다. 아무개 신문의 기자입니다. 시도

씁니다만. 아무 학교에서 그림을 가르쳐 주고 빌어먹고 있습니다. 옛날에 아무 출판사에서 일 보고 있었지요. 지금 그 출판사가 망해 버려서 저도 요 모양이 되어 버렸습니다만. 혹은 그에게 만화 청탁을 하러 온 적이 있던 정부 기관이나 제약 회사나 은행의 기관지들의 기자들……

"요즘 재미가 좋으시다더군요."

계단을 다 올라온 그 사람은 지금의 그에게는 터무니없는 인사를 했다. 그러나 그는 이런 서울식의 인사에는 익숙해져 있었다.

"예, 그런데 배가 좀 아파서……"

"크로로마이신을 잡숴 보시죠……"

"예, 그래야겠습니다."

"자, 실례하겠습니다."

그 사람은 건물 안으로 들어가 버렸다. 다시 그의 앞에는 사람들과 자동차들이 밀려가고 밀려오는 거리가 나타났다. 이렇게 멍청한 자세로 이곳에 더 서 있을 수는 없다고 그는 생각하며 좀 차분히 생각해 볼 수 있는 장소를 찾아서 그는 계단을 떠나 걷기 시작했다. 좀 걷다가 그는 신문사의 건물을 돌아보았다. 자기가 여기에 관계를 갖고 있던 그동안 타인들로 하여금 자기를 볼 때에 몇 점 더 놓고 보게 해 주던 그 회색빛 괴물을. 이 회색빛 괴물의 덕분으로 그는 생전 처음 만나는 사람에게도 긴 설명이 필요 없이 자기를 신용해 버리게 할 수 있었다. 만일 이 괴물이 없었다면 평생을 두고 설명해도, 신용을 해 줄지 말지 모를 사람들로 하여금 말이다.

여태까지는 꾸르륵거리기만 하던 배가 살살 아파 오기 시작했다. 그는 광화문 쪽으로 걸어갔다. 우선 조용한 다방으로 가자. 그는 느릿느릿 걷고 있었으므로 빠르게 걷는 사람들이 그를 뒤로 떨어뜨렸다. 어떤 사람들은 그와 어깨를 부딪치기도 하였다. 조용한 다방으로 가자. 그러나 손님도 몇 사람 없고, 레지도 우울한 얼굴로 전축만 지켜보는 그런 다방에 가서 앉아 있기는 싫었다. 지금 자기가 그런 다방의 딱딱한 의자 위에 앉아 있으면 아마 최고로 몰골이 추해 보일 것이다. 어쩌면 하루 종일 멍하니 앉아 있다가 나오게 되어 버릴 것 같아서 그는 좀 조용한 다방으로, 좀 조용한 다방으로를 뇌이면서 '초원'이라는 아주 번잡한 다방으로 들어가 버렸다. 다방의 이름이 가리키듯이 상록수들로써 가득 장식되어 온실 같은 실내가 무척 넓었다. 카운터만 해도 네댓 개나 되는 모양이었다. 그 어둑신하고 넓은 실내에 사람들이 꽉 차 있고 스피커들이 운동회 때처럼 음악을 내지르고 있었다. 겨우 자리를 차지하고 앉자, 그는 마음이 좀 놓인 것 같았다. 미국 만화가들의 신디케이트 같은 다방이로군 하고 그는 생각했다. 그때 그는 누가 자기에게 말하는 소리를 들었다.

"좋은 게 좋아요."

"그럼요. 좋은 게 좋지요."

그는 소리가 난 방향으로 고개를 돌렸다. 그의 오른쪽으로 놓은 좌석에 앉아 있던 젊은이 한 떼가 높은 목소리로 자기들끼리 얘기하고 있었다. 자기에게 한 거라고 그가 착각했던 말은 그들의 대화에서 튀어나온 것이었다. 그는 자기가 생각하고 있던 것과 그들의 대화가 우연히 들어맞아 버린 것에 짜증이 났다. 사람이 많은 곳에는 우연이 많은 모양이군.

"……2년, 군대 3년, 5년만 기다려 줘. 기다릴 수 있어?"

그의 맞은편 자리에 앉아 있는 대학생 차림의 남자가 자기 곁에 앉아 있는 역시 대학생 차림의 여자에게 나직이 얘기하고 있었다. 그가 만일 친한 친구와 같이 들어왔었더라면 그 친구에게 "저 여자 굉장히 색이 강하겠는데."라고 했을 얼굴을 가진 여자였다.

"기다릴게요. 그렇지만 딱 서른 살까지만 기다리다가 서른 살에서 하루만 더 지나도 다른 데로 가 버리겠어요." 여자는 대답하고 나서 재미있어 죽겠다는 듯이 웃었다.

"서른 살이 되기까지. 그래, 정말 지루하지."라고 그는 생각했다.

"무얼 드시겠어요?" 레지였다.

"커피, 그리구 성냥 좀 갖다 주시오."

그는 담배 한 대를 꺼내어 한쪽 끝을 탁자 위에 톡톡 두드리면서 궁리하기 시작했다. 오늘 중으로, 반드시 오늘 중으로 붙잡아야 한다. 그런데 무엇을, 무엇을 말인가? 레지가 커피를 가져오고 그것을 다 마시고 그리고 담배를 두 대 계속해서 피우고 나서 그는 답을 얻었다. 만화다. 아직 연재만화가 실려 있지 않은 신문에 자기 만화를 연재해 달라고 하자. 그런데 그런 신문이 있던가? 글쎄 잘 생각해 보자. 그러나 그의 머릿속에서 빙빙 돌고 있는 건 이때까지 그가 그려 왔던 만화 속의 가지가지 유형들이었다. 돼지를 닮은 사장님, 고양이를 닮은 여

186

비서, 고슴도치를 닮은 룸펜 청년, 불독 같은 탐관오리 ……
멍청하나 순직한 돌쇠, 아톰 X군, 대통령 각하……. 그는 담
배를 계속해서 피웠다. 담배 세 대를 더 태우고 났을 때 그는
드디어 한 신문을 생각해 내었다. 그가 알기로는, 보수가 적다
는 이유 외에 인쇄가 …… 더럽다는 이유까지 곁들여서 만화
가들이 아무도 만화를 그리려고 하지 않는다는 신문이었다.
아마 어느 개인회사에서 자기네의 선전용으로 만들어 놓은
신문이었다. 따라서 신문 자체에 큰 비용을 들이지 않기 때문
에 그런 현상이 생겼다는 얘기를 그는 들은 듯했다. 그렇지만
그 신문에도 만화가들의 이름쯤은 외우고 있는 사람이 있겠
지, 가 보자.

그는 밖으로 나와서 버스를 탔다. 버스에서 그는 앉고 싶었
지만 자리가 없었다. 배가 꾸르륵거리며 살살 아파 왔기 때문
에 손잡이를 붙잡고 서 있기가 고되었다. 그의 앞에 눈을 얌
전히 내리깔고 앉아 있던 여대생이 역시 얌전하게 일어서서
자리를 양보했다. 그러나 그를 위해서가 아니라 그의 옆에 서
있던 영감을 위해서였다. 차의 진동이 심했다. 그리고 그의 배
는 점점 뒤끓고 있었다. 금방 설사가 나올 듯해서 그는 다리
를 꼬았다. 손에 힘을 주어서 손잡이에 거의 매달리다시피 하
여 차의 진동에 몸을 맡겨 버렸다. 이마에 진땀이 솟아나고
입술이 바싹 말랐다. 그는 눈을 감았다.

"젊은이, 멀미를 하나베."

그는 눈을 떴다. 여대생의 양보로 자리에 앉은 영감이 그를
올려다보며 말하고 있었다.

"안색이 좋지 않구려."

"예, 배…… 배 수술 받은 지가 얼마 되지 않아서요."

그는 대답하고 나서 깜짝 놀랐다. 왜 이렇게 간사해져 버렸을까. 자기는 영감에게 자리를 양보해 달라고 한 셈이었다.

과연 영감은 자리에서 일어서면서 말했다.

"여기에 앉구려."

"앉아 계세요. 괜찮습니다."

"앉구려."

영감은 그의 팔을 잡아서 자리에 앉혔다. 그는 얼굴이 달아올랐다.

"무슨 수술을 받았댔소?"

"뭐 대단찮은 거였습니다."

"맹장 수술이었소?"

"예, 맹장이었습니다."

그는 이 영감이 설마 이 버스 칸에서 배를 좀 보여 달라고 하지는 않으려니 생각하면서 대답했다.

"내 손주 녀석도 맹장 수술을 받았댔지."

"아, 그랬습니까?"

"옛날엔 없던 병이 요즘은 많이 생겼단 말야. 세상이 험하니까 병도 새로운 게 자꾸 생기나 부지?"

"그럴 리가 있을라구요? 옛날에도 있었지만 몰랐었던 것뿐이겠지요."

"그럴까?…… 그럼 젊은이도 방귀 때문에 꽤 걱정했겠구려."

"예?"

188

"내 손주 녀석은 수술을 받고 나서도 사흘 동안이나 방귀가 나오지 않아서 큰 걱정들을 했었지. 젊은이는 며칠 만에 방귀가 나옵디까?"

"예, 글쎄요. 그게……."

"하여튼 의사 선생이 하루에도 몇 차례씩 와서 묻는 거였지. '방귀 나왔습니까? 방귀 나왔습니까?' 방귀가 나와야만 수술이 성공한 것이래나? 세상을 오래 살다가 보니까 방귀가 안 나온다는 애를 다 태워 봤군."

영감은 어허허허허 하고 요란스럽게 웃어 젖혔다. 차에 타고 있던 사람들도 모두 영감을 따라서 웃었다. 그의 배는 계속해서 꾸르륵거렸다. 똥이 조금 밖으로 나와 버린 듯했다. 그는 입속으로 하느님 하느님 하고 있었다. 버스에서 내리는 대로 크로로마이신이란 걸 사 먹자. 내리는 대로 당장. 그러나 그는 버스에서 내리자마자 자기가 찾아온 신문사의 건물 안으로 빠르게 들어갔다.

마침 2층으로 올라가는 층계를 막 밟기 시작한 사람이 있어서 그는,

"변소가 어딥니까?" 하고 물었다. 키가 작달막하고 안경을 쓴 그 사람은,

"에 또, 여기서 가장 가까운 변소가 가만있자…… 아, 1층에 있군요."

하고 그는 변소 앞까지 안내했다. 그가 막 변소 문을 열고 들어가려고 할 때 그를 안내해 준 사람이 싱긋 웃으면서 농담을 했다.

"그럼 배설의 쾌감을 많이 즐기시기 바랍니다."

그는 그 사람을 향하여 웃어 보이려고 했는데 그게 잘 안 되어서 얼굴이 찡그러져 버렸다.

변소 안에서 그는 아내가 넣어 준 휴지를 만지작거리며 아내에 대해서 생각하고 있었다. 영화 구경을 갔을까? 갔겠지. 아마 최무룡이와 김지미가 사람을 울리는 영화겠지. 세상엔 참 별 직업도 많다. 나는 사람을 웃겨야 하고 최무룡이는 사람을 울려야 하고……. 그러고 나서 그는 상표가 되어 버린 몇 사람의 이름들을 생각해 보았다. 이름이 신용 있는 상표가 되면 그러면 되는 것이다. 어설픈 만화가 이 아무개 정도 가지고는 아무리 너그럽게 생각해도 좀 곤란하다. 나를 이 신문사가 신용해 줄까? 지금 자기네의 변소 안에 쭈그리고 앉아 있는 거의 기도하는 심정으로 자기네에게 구원을 부탁하려는 이 사람을 그들은 알고 있을까? 이 사람은 한 2년 동안 어떤 신문에서 만화를 그렸던 사람이다. 탄압 받기를 바랐던 것은 아니지만 그러나 잡혀가게 될 경우엔 얼씨구나 하고 잡혀가 줄 용의가 없었던 것도 아니어서 그러나 그보다는 국민 된 자의 공분으로써 때로는 겁나는 줄 모르고 정부를 공격하고 사회악을 비꼬던 만화가 이 아무개다.

그러나 그는 아무래도 부탁하러 들어갈 용기가 나지 않았다. 그 이상 더 필요가 없었지만 그러나 그는 용기를 돋우기 위해서 변소 안에 그대로 쭈그리고 앉은 채였다. 담배가 피우고 싶었지만 성냥이 없었다. 크로로마이신을 사 먹자. 그리고 성냥도 한 갑 사자고 그는 좀 엉뚱한 생각만 되풀이하고 있었다. 그는 지금 될 수 있는 대로 좀 엉뚱한 생각만 되풀이하기로 하고 있었다. 엉뚱한 생각들이 포함되어 그의 머릿속에서 '취직 부탁하러 간다'는 생각을 쫓아내 버릴 때 그는 이 신문사의 편집국 문을 밀 수 있을 것 같았다. 말하자면 저돌적으로 일단 문 안에만 들어서고 나면 그때는 할 수 없다는 생각으로 아마 문화부장을 찾겠지. 천만다행으로 혹시 아는 사람이 있다면 그 사람을 통하여 교섭을 부탁해 보자. 그는 다리가 저려서 더 이상 쭈그리고 앉아 있을 수가 없을 때에야 일어섰다. 그는 바지를 추켜 입고, 곧 변소 문을 나오자 바쁜 일이라도 있는 듯이 곧장 편집국 문을 향하여 빠르게 걸어갔다. 도중에서 멈칫거리다간 영영 들어가지 못하고 말 것을 그는 알고 있었다. 마침내 그는 편집국 문을 열고 그 안에 들어섰다.

실내가 예상 외로 좁고 지저분했기 때문에 그는 당황했다. 그는 마침 자기와 가까운 곳에 책상을 놓고 앉아 있는 계집애에게, 문화부장이 계시느냐고 물었다. 저깁니다 하면서 계집애가 가리키는 곳에 아까 변소를 안내해 준 사람이 이쪽을 보며, 빙글거리고 있었다.

"저 안경 쓰고 키가 작은 분 말입니까?" 그가 계집애에게 물었다.

"네, 바로 그분예요."

그는 돌아서서 나와 버릴까 하고 잠시 망설였다. 그러나 창피하다는 느낌보다도 더 큰 것이 그를 끌고 가서 그를 문화부장 앞에 세워 놓았다.

"문화부장님이세요?"

그가 말했다.

"그림 그리시는 이 선생님이시죠? 일루 앉으세요."

문화부장님은 그에게 의자를 권하면서 말했다.

"용무를 꽤 오래 보시는군요. 그걸 오래 보면 오래 산다는데, 축하합니다."

그에게는 문화부장의 농담이 귀에 들어오지 않았다. 이 사람이 나를 알고 있었다. 내가 만화가 이 아무개라는 것을 전연 인사한 적도 없는데 알고 있었다. 환희.

"그런데 웬일이십니까? 전 변소에 용무가 급해서 들어오신 줄로 알았는데요."

"예, 실은 좀 부탁 드릴 게 있어서……. 저어, 나가서 차나한 잔 하실까요." 그는 더듬거리며 말했다.

"그럴까요?" 문화부장은 선뜻 자리에서 일어섰다.

"누구한테나 그렇게 농담을 잘하십니까?"

층계를 내려오면서 그가 물었다.

"천만에요. 이 선생님을 제가 알고 있었으니까 그럴 수 있었던 거죠. 노여우셨댔어요?"

"아아니요. 실은 갑자기 배탈이 나서……."

"설사였군요. 그 정도야 빨가벗고 여자를 끼고 하루저녁만 자구 나면 거뜬히 나아 버리지요."

그들은 함께 소리 내어 웃었다. 다방에 들어가서도 그는 오랫동안 화제를 공전시키고 있었다.

마침내 문화부장이 시계를 들여다보면서 물었다.

"아까, 제게 부탁할 일이⋯⋯?"

"예." 그는 얼른 말을 받았다.

"실은 이번에 제가 관계하던 신문과 관계가 끝났습니다."

"그렇게 됐어요? 요즘 이 선생님 그림을 볼 수가 없어서 짐작은 했습니다만. 다투기라도 했던가요?"

"아닙니다, 미국 만화가들의 작품을 실을 계획인 모양이더군요."

"아, 그거군요? 요전번에 저의 신문에도 교섭이 왔더군요."

"미국 만화가 측에서요?"

"네, 중개인이라는 사람이 찾아왔었지요. 물론 한국 사람이었습니다만."

"그래서 어떻게 하셨습니까?"

"아유, 말씀 마십시오. 우리 사장이 만화에 원고료 한 푼 내놓을 사람인 줄 아십니까? 지금 문화 면을 몇 사람이 만들고 있는 줄 아십니까? 세 사람입니다. 단 세 명이 매일 몇 십 장씩 남의 것을 훔치고 번역해 내고 해야 합니다. 만화 연재는 엄두도 못 내고 있지요."

"그렇습니까?"

그는 절망을 느끼면서 말했다.

"이 선생님께서 절 찾아오신 이유를 조금은 짐작하겠습니다만 거의 백 퍼센트 불가능한 일입니다."

"예, 그렇습니까?⋯⋯ 그런 곳에서 일하시려면 속 좀 상하시겠습니다."

"그런 신문사에서 견뎌 낼 사람은 저 같은 사람이 아니면 안 됩니다. 불만이 있으면 큰 소리로 외쳐 대고 화가 나면 잉크병도 내던져 버려야만 견딜 수 있지요. 만일 꽁생원처럼 참고만 있으면 자기 속이 썩어 버려서 하루도 못 참고 달아나 버리게 되요."

"그럴 것 같군요."

"그럴 것 같은 게 아니라 사실이 그렇습니다. 아까 보셔서 아시겠지만 우리 신문사 기자들 표정들 좀 보세요. 누가 좀 자기를 건드려 주지 않나, 사흘이고 나흘이고 물고 늘어지겠다는 표정들이 아닙니까?"

"몰랐는데요."

"다음에라도 좀 보세요."

그는 이 수다쟁이 문화부장의 농지거리에 진력이 나기 시작했다. 신경의 한 올 한 올이 곤추서서, 그는 작은 소리에도 깜짝깜짝 놀래었다. 보통의 경우에는 의식하지 못하는 모든 소음들—다방 안에서 나는 소리들과 거리에서 들려오는 소음들이 모두 한꺼번에 살아서 그의 귓속으로 밀려들어 그의 머리는 터져 버릴 듯했다.

"만화 연재할 계획이…… 그러니까 없으시겠군요."

"네, 지금으로서는 그렇습니다."

"혹시……."

그는 주저하면서 말했다.

"요담에 기회가 생기면 절…… 제게……."

"그렇게 하지요. 꼭 그렇게 하겠습니다."

문화부장은 선선히 대답하고 나서,

"그럼 저도 한 가지 부탁 드리겠는데."

"예, 말씀하세요."

그는 부탁 받는 게 기뻐서 큰 소리로 대답했다.

"혹시 예수 믿으시거든, 우리 사장이 좀 빨리 뒈져 달라고 기도해 주십시오."

문화부장은 하하하하 웃었지만 그는 이 할리우드식의 농담에 씁쓸한 미소만 띠었다.

"바쁘실 텐데 실례 많았습니다. 잘 부탁하겠습니다. 나가실 까요."

그가 먼저 자리에서 일어나면서 말했다.

"네 그럼 저도 단단히 부탁 드렸습니다."

문화부장도 일어서면서 말했다. 그리고 재빨리 카운터를 향하여 갔다. 그는 당황하여, 자기의 서류용 봉투도 탁자 위에 그대로 둔 채 카운터를 향하여 가고 있는 문화부장의 뒤를 뛰다시피 쫓아갔다.

"아니 제가 모시고 왔는데요……."

그는 문화부장의 팔을 잡았다.

"다음에 술이나 한잔 사 주십시오."

문화부장의 손에서 돈이 벌써 마담의 손으로 넘어가 버렸다.

그들은 밖으로 나왔다. 곧이어 레지가 그가 잊고 온, 잃어버려도 좋은 서류용 봉투를 들고 쫓아 나왔다.

"이거 가져 가세요."

레지가 소리쳤다.

"감사합니다."

그걸 받아 들 때 그는 살며시 서글퍼졌다.

문화부장과 헤어지자 그는 더 이상 갈 데가 없어서 잠시 동안 길 가운데, 마치 누구를 기다리는 자세로 서 있었다. 크로로마이신. 그는 문득 생각이 나서 사방을 두리번거렸다. 길 저편에도 그리고 자기의 바로 근처에도 '약'이라는 간판이 얼마든지 있었다. 그는 자기에게서 가장 가까운 곳에 있는 약방을 향하여 걸어갔다.

아마 대학을 갓 나왔을 듯싶은 젊은 여자는 설사라는 한마디에 약을 네 가지나 번갈아 내보였다. 그리고 약 한 가지마다 긴 설명을 덧붙였다. 약 자체의 값보다 설명 값이 더 많겠군 하고 그는 생각하며 "크로로마이신!" 하고 짜증이 나서 투덜대는 목소리로 말했다.

"크로로마이신하고 이것을 함께 잡수세요."

"여기서 좀 먹어야겠는데요."

캡슐에 든 크로로마이신과 새까만 가루약을 입에 털어 넣고 여자가 건네주는 컵의 물을 마셨다. 그는 컵을 받을 때 컵을 잡은 여자의 손에 큰 흉터가 있는 것을 보았다.

"손에 흉터가 있군요."

그는 컵을 돌려주며 무심코 말했다. 여자의 얼굴이 금세 빨개졌다.

"실험하다가…… 대학 다닐 때……."

그는 목 안으로 자꾸 기어드는 여자의 목소리를 듣고 있으려니까 콧등이 시큰해졌다. 얼른 계산을 해 주고 그는 허둥지둥 쫓기듯이 밖으로 나왔다.

"어딜 그렇게 급히 가세요?"

그의 맞은편에서 걸어오던 키가 큰 사람이 여전히 걸음을 계속하면서 그에게 말했다. 그가 관계하고 있던 카메라맨이었다.

"어디 가세요."

그는 반가워서 빠른 말씨로 인사를 했다.

카메라맨은 벌써 그를 지나치면서,

"이 형, 다음에 좀 봅시다."

라고 말하고 가 버렸다.

그는 그네들의 말투를 알고 있었다. 저 도회의 어법을, 그리고 그는 항상 그 어법에 잘 속았었다. 방금 카메라맨이 말한 "다음에 좀 봅시다."는, 그 뜻을 따라서 정확히 표기하자면 "그럼 다음에 또 만납시다. 안녕히 가십시오."이다.

그런데 그들은 '좀'이라는 부사를 집어넣어서 듣는 사람을 환장하게 만들어 버린다. "다음에 좀 만납시다." 어쩌면 당신에게 일자리를 얻어 줄 수도 있을지 모르니까요인가? 생각해 보라. 그렇게밖에 들리지 않지 않은가? 그는 아침나절에, 그가 관계하던 신문사에서 문화부장에게 속았던 일이 생각났다.

그가 해고당한 것을 알기 전에 문화부장은 먼저 "오늘치 만화 좀……." 했던 것이다. 그래서 자기가 해고당할 것을 예측하고 있던 그를 당황하게 했던 것이다. "오늘치 만화……." 라고 했으면 그는 자기가 해고당하지 않았음을 알았으리라. 또는 "오늘부터는 그리실 필요는 없게 됐습니다."라고 하

차나 한 잔

면 유감스럽긴 하지만 그것도 뜻은 분명하다. 그런데 "오늘치
좀……." 했던 것이다. 오늘치의 만화를 보아서 재미가 있으면
계속하겠고 그렇지 않으면 해고다라고밖에 들리지 않던 그 말
투. 그는 갑자기 꽥 소리치고 싶은 충동을 느꼈다.

그런 충동을 눌러 가면서 그는 느릿느릿 걸었다. 거리의 모
퉁이에서 공중전화가 눈에 띄었다. 집에 전화가 있다면 아내
를 불러내었으면 좋겠다. 아내와 함께 밤늦도록 거리를 쏘다닌
다면 좋겠다. 쇼윈도라도 보면서, 그래 쇼윈도라도 보면서.

그는 누구에게라도 좋으니 전화를 걸어서 이야기해 보고
싶었다. 얼른, 생각난 사람이, 엊저녁에 술을 사 주던 선배 만
화가 김 선생이었다. 김 선생은 자기가 근무하고 있는 신문사
의 자리에 있었다.

"김 선생님, 결국 목 잘렸습니다."

저쪽에서는 잠시 침묵이었다.

"제기랄, 또 한잔 할까?"

"그럽시다. 나오세요. 아니 제가 선생님께 지금 가죠."

"오게, 제기랄, 한잔 하세."

수화기를 놓고 나올 때 그는 마음이 가벼워진 걸 느꼈다.

그는 김 선생이 따라 주는 술을 빨리빨리 마셨다.

"좀 천천히 마시게."

김 선생은 걱정이 되는 모양이었다.

"괜찮아요."

그는 손등으로 입가를 닦으며 싱긋 웃었다.

"우리나라 만화가들의 그 단순하면서도 회화적인 선이 얼

마나 훌륭한 걸 우리나라 사람은 모르고 있단 말야."

김 선생은 술잔 속을 들여다보며 중얼거렸다.

"기계로 그린 것 같은 양키들의 만화가 진짜인 줄로 알고 있거든."

"만화가 우스우면 그만이지 쥐뿔 나게 회화적이고 아니고를 찾게 됐어요."

그는 또 술을 들이켰다. 김 선생은 그를 힐끗 쳐다보았다.

"제가 군대 있을 때 말입니다."

그는 말했다.

"남들은 제가 정훈으로 떨어졌다고 부러워했거든요. 편할 거라는 거죠. 그렇지만 전 말예요, 총대를 쥐지 않으니까 말이지요, 군인 기분이 안 났거든요."

그는 취해 오는 것을 느끼며 말했다.

"아마 그때 총대를 쥔 사람들이 지금은 안정된 직장에들 앉아 있겠지요? 저는 항상 만화만 붙들고, 남들은 편하려니 부러워하지만 실상은 불안해서 어쩔 줄 모르고 말입니다."

"그럴까?" 김 선생이 말했다.

"술이 없으면 말야……."

그들의 뒤쪽에 앉아 있는 패들의 하나가 소리쳤다.

"인생이란 말야……."

"허, 또 나오시는군."

"허, 저 소리 듣기 싫어서 이젠 술 끊어야겠어."

누군지가 소리쳤다.

"문화부장이 차나 한 잔 하자고 하더군요."

그는 속으로는, 자기가 만화 연재를 부탁하러 갔던 문화부장을 생각하면서 말하고 있었다.

"다방에 가서 그 양반이 그러더군요. 사람 웃기는 방법의 몇 가지 패턴을 안다고 곧 만화가가 되는 것이 아니다. 바로 그 양반이 그랬어요. 두꺼비 같은 눈알을 부라리면서 말입니다."

찻값을 앞질러 내 버리던 그 키가 작달막한 문화부장, 날 무척 무안하게 해 줬었지.

"그러면서 말입니다. 너는 미역국이다, 이거죠."

자기네 사장이 얼른 뒈져 달라는 기도를 하라던 그 사람. 난 참 면목이 없어서 혼났지.

"차나 한 잔. 그것은 일종의 추파다. 아시겠습니까, 김 선생님?"

그는 혀가 잘 돌아가지 않았다.

"그것은 내가 그 속에서 성실을 다했던 하나의 우연이 끝나고……."

그는 술을 한 모금 꿀꺽 마셨다.

"새로운 우연이 다가온다는 징조다. 헤헤, 이건 낙관적이죠, 김 선생님?" 그는 김 선생이 방금 비워 낸 술잔에 취해서 떨리는 손으로 술을 따랐다.

"차나 한 잔, 그것은 이 회색빛 도시의 따뜻한 비극이다. 아시겠습니까? 김 선생님, 해고시키면서 차라도 한 잔 나누는 이 인정, 동양적인 특히 한국적인 미담…… 말입니다."

"그, 어린이신문에 그리고 있는 거라도 열심히 하고 있게.

기다리면 또 뭔가 생길 테지."

김 선생이 술잔을 들면서 말했다.

"자, 드세."

그는 자기의 술잔을 잡으려고 했다. 잘못해서 술잔이 넘어져 버렸다. 그는 손가락 끝에 엎질러진 술을 찍어서 술상 위에 '아톰 X군'의 얼굴을 그리기 시작했다.

"자, '아톰 X군', 차나 한 잔 하실까? 군과도 이별이다. 참 어디서 헤어지게 됐더라."

그는 그림을 그리고 있지 않는 다른 손으로 자기의 이마를 한 번 찰싹 때렸다. 골치가 쑤셨기 때문이다.

"오, 화성인들의 계략에 빠져서 군이 포로가 되어…… 바야흐로 생명이 위험해져 있는 데서 '다음 호에 계속'이었군……. 미안하다 '아톰 X군'…… 사람들은 항상 그런 걸 요구하거든. 아슬아슬한 데서 '다음 호에 계속'."

그는 다 그려진 '아톰 X군'의 얼굴을 다시 손가락 끝에 술을 찍어서, 지우기 시작했다.

"미안하다. '아톰 X군'. 어떻게 군의 힘으로 적진을 뚫고 나오기 부탁한다. 이제 난…… 힘이 없단 말야. 나와 헤어지더라도…… 여보게, 우주의 광대하고."

그러면서 그는 양쪽 팔을 넓게 벌렸다.

"어두운 공간 속에서 영원한 소년으로 살아 있게."

그들은 밤늦도록 그런 식으로 술집에 앉아 있었다.

김 선생이 부축해서 태워 준 택시를 타고 그는 집으로 왔다. 택시 안에서 그는 술이 좀 깨어 있었다. 그는 택시에 탈 때 김 선생이 쥐어 준 서류용 봉투를 택시에서 내릴 때 그대로 두고 내렸다.

"또 술을 먹고 와서 미안하오."

그는 방문을 열면서 아내에게 말했다.

"퍽 취하셨네요."

아내는 남편이 반가워 껑충거리듯이 뛰어나왔다.

"배 아프시던 건 좀 어떠세요?"

"크로로마이신을 먹었어. 크로로마이신을 말야. 흉터가 있더군."

"어디에 흉터가 있어요?"

"어디긴 어디겠어? 크로로마이신에지."

"정말 취하셨어요." 아내는 그를 이불 위로 눕혔다. 옆방에서 재봉틀 돌아가는 소리가 들려오고 있었다.

"어지간히 성실하게 사는 척하지?"

그가 말했다.

아내는 자기의 손으로 남편의 머리카락을 쓸어 넘기고 있었다. 그때 옆방에서 방귀 소리가 둔하게 벽을 흔들며 들려왔다.

"그래도 별수 없이 보리밥만 먹는 신센데요, 네?"

아내가 킬킬거리며 그의 귀에 대고 속삭였다. 그만해 두자, 아내야. 그는 갑자기 웃음이 터졌다. 하하하하……? 꽤 오랫동안 웃었나 보다. 아주머니가 지금 무안해하고 있나 보다. 재봉틀 소리가 그쳐 있었다. 돌려요, 아주머니, 어서 재봉틀 돌려요, 웃음소리가 잠꼬대였던 것처럼 할 수는 없나 하고 그는 생각했다. 그러면서 아까 낮에 버스 칸에서 자기에게 자리를 내주던 영감을 생각키었다. 아주머니, 그건 건강한 증거입니다. 돌려요, 어서, 돌려요. 그사이에 재봉틀이 다시 돌아가는 소리가 들리고 있었다. 흥, 방귀 좀 뀌었기로서니 하며 입술을 삐쭉 내민 아주머니의 얼굴이 보이는 듯하다. 그럼요, 아주머니, 방귀 좀 뀌었기로서니 재봉틀 소리를 죽여야 할 거까지는 없습니다. 돌려요, 어서요.

그는 두 팔로 아내의 상반신을 껴안았다. 그러면서, 앞으로 자기도 아내를 때리게 될는지 알 수 없다는 생각이 문득 들었다. 그러자 앞으로 다가올, 아직 확인되지 않은 수많은 날들이 무서워져서 그는 울음이 터질 뻔했다.

그는 아내를 껴안고 있는 자기의 팔에 힘을 주었다.

(1964)

다산성

돼지는 뛴다

카운터의 뒷벽에 걸려 있는 전기 시계는 정확하게 6시 반이었다. 거짓말 같아서 손목시계를 보았더니 그것도 6시 반이었다. 초침이 자리를 바꿔 가고 있는 것을 보고 있으니 그제야 시간이 믿기워졌다. 놈들의 웃음소리가, 따로 문이 없는 별실에서 내가 서 있는 다방 입구까지 들려왔다. 녀석들 빨리도 왔군. 이제 레지가 그들을 나무라기 위해서 달려가겠지. "당신들만 손님이 아니예요." 그러나 아무도 레지의 꾸중을 겁내지 않는다. 녀석들 중의 한 놈은 레지의 손을 슬쩍 잡고 "알았습니다. 알았대두요." 그러면서 주물럭주물럭. "이이가!" 레지는 잡힌 손을 홱 빼내면서 눈을 흘기겠지. 다시 웃음소리.

이상한 일이다. 하나하나를 보면 모두 소심하고 말이 드문 애들이다. 그런데 모이기만 하면…… 우리 열 명이라는 밀가루는 반죽이 되면 엉뚱하게도 찐빵이 된다. 하나하나가 지고 있는 분위기는 서로 비슷하면서도 그들이 모였을 때는 전혀 다른 분위기가 되어 버린다. 조용한 밀가루들은 떠들썩한 찐빵이 되는 것이다.

물론 나는 그게 싫은 건 아니다. 가끔 감당해 내기에 벅찰 때가 있을 뿐이다. 그 자체로서 생명을 가지고 있는 찐빵은 대대로 우리를, 찬 겨울날 밤에 남산 꼭대기에 올려놓기도 하고 종삼 골목 속에 몰아넣기도 하고 술집의 사기그릇 든 찬장을 뒤집어엎는 데 끌어내기도 하고 또 때때로 우리로 하여금 눈깔사탕 봉지를 안고 양로원들의 썩어 가는 대문을 두드리게도 한다. 모두 찐빵의 횡포 때문인데 우리는 찐빵에게 질질 끌려 다니기만 한다.

찐빵, 두려운 찐빵, 나는 다방 입구에서 처음으로 우리를 지배하고 있는 자의 상판대기를 똑똑히 보았다. 그 왕초의 주먹이 내 등을 아프도록 치는 것을 이따금 느끼기는 했지만 그날 오후에야 나는, 왕초의 푸르딩딩한 얼굴을 똑똑히 본 것이다. 그러나 나는, 왕초의 손아귀에서 벗어날 수 없음도 동시에 보았다. 마치 원숭이가 부처님의 손아귀에서 벗어날 수 없음과 같이 귀여운 데가 있는 찐빵의 표정, 내게 관심을 가지고 있다는 듯한 그의 눈짓. 오오 거룩한 찐빵이여라고 소리 내어 외치는 것이 차라리 현명할지도 모른다고 나는 생각했다.

왁 터지는 웃음소리, 열 발자국쯤 저편에서 왕초가 손짓을 하고 있었다. 알겠습니다. 나는 히쭉 웃고 그쪽으로 걸어갔다.

약속 시간의 정각에 나타난 내가 가장 늦게 온 셈이었다.

그렇지, 찐빵의 시계는 항상 빨랐었지. 나는 친구들을 둘러보았다. 기름칠해서 빗어 넘긴 머리, 하얀 와이셔츠 칼라, 갈색이나 초록색 계열의 색깔을 한 넥타이, 감색 양복, 무릎 위에 또는 탁자 위에 올려놓거나 궁둥이 밑에 깔고 있는 도시락이 들어 있는 서류용 대형 봉투—지난봄에 대학을 졸업하고 1만 원 미만의 월급쟁이가 된 자들의 유니폼이었다.

"넌 어디로 갔으면 좋겠니?"

사회 비슷한 역을 맡고 있는 운길이가 내게 물었다.

"글쎄, 대부분이 행주산성이니까 글루 정하지 뭘."

내가 대답했다.

"더 좋은 데루 다른 장소는 생각나지 않니?"

"별로 생각나지 않는데."

"그럼 우리 다수결로 정하자."

운길이가 좌중을 둘러보았다. 행주산성으로 결정되었다. 그리고 다른 제안이 나왔다. "계집애들을 끼울까?" '계집애'—역시 '지난봄의 졸업생' 아니면 찐빵의 어휘들 중의 하나인지!

"먼저 끼울까 말까부터 정하고 만약 끼운다면 어떤 그룹을 잡느냐 아니면 각자가 데리고 오느냐를 정하기로 하고 그다음엔 계집애들에게서도 회비를 받느냐 받지 않느냐를 정하기로 하고 그다음엔 받으면 얼마를 받느냐를 정하고 그다음엔 도시락을 계집애들에게 만들어 오게 하느냐 식당에 주문하느냐를 정하고……."

운길이가 들놀이에 경험 많다는 것은 증명되었으나, 아깝게도 계집들은 끼우지 않는 게 오붓한 술타령을 할 수 있다는 다수결이었다.

"그럼 술은 무얼로 하지?" 술에 약한 내가 제안했다.

"막걸리냐? 소주냐? 소주라면 '진로'냐? '삼학'이냐?"

운길이가 좌중을 둘러보았다 다수결은 소주의 편, 다수결은 단맛이 나지 않는 '진로'의 편, 다수결은 대단한 술꾼이었다.

"그럼 도시락은 어떻게 할까?" 운길이의 얼굴은 서치라이트였다.

"얘, 얘, 도시락도 도시락이지만 말야……." 서치라이트는 탈주자를 포착했다. 탈주자는 신이 나게 뛰었다. 탈주자는 우리 중에서 키가 제일 작은 정태였다. 우리는 그를 정어리와 명태의 튀기라고 놀리곤 한다. 아닌게 아니라 그의 고향도 정어리와 명태의 명산지인 함경도다. "소주의 안주에는 돼지고기가 그만이거든. 어때? 돼지고기 파티를 갖기로 하는 게 말야. 이를테면 돼지 한 마리를 가지고 가서 통돼지 구이를 만들어 먹는다는 말야. 거 있잖아? 서부 영화나 바이킹 영화에 잘 나오는."

좌중에서 와 하고 환호 소리가 터졌다. 탈주자는 찐빵의 가호 밑에 있었다. 돼지, 아 그것은 먹음직스럽다. 찐빵이여, 만세.

쪽지가 하루 종일 나를 지배했다. 내가 하숙하고 있는 집에서 내게 밥상을 날라 오는 것은 숙이였다. 아침밥을 먹고 나서 나는 밥상 위에 쪽지 편지를 두고 나왔다. 숙이가 밥상을 내어가는 것을 나는 확인했다. 숙이는 쪽지에 쓴 나의 편지를 읽었을 게다.

숙이, 그 여자는 옛날 어느 천사의 정통적 후손이다. 만일 옛 한 천사에게 생식기가 있었다면 그래서 그 생식기가 어느 날 그 천사로 하여금 딸 하나를 갖도록 명하고 그 딸이 딸 하나를 낳고 또 그 딸이 딸 하나를 낳고…… 딸의 역사는 계속 되고 그래서 낳아지는 딸마다 천사가 넣어 준 피는 흐려졌다 고 해도 그러나 우생학은 유전인자의 변덕스러움을 우리에게 보장해 준다. 아마 옛 천사가 낳아 놓은 대대의 수많은 손녀 중에서 가장 그 여자와 닮은 손녀는 숙이일 것이다.

천사는 웃을 줄을 모른다. 천사는 때때로 어지러운 듯이 부 엌 문기둥에 손을 짚고 그 손등에 이마를 대고 옆 눈길로 마 당만 한 크기의 하늘을 오랫동안 올려다본다. 천사의 볼은 추 운 날엔 때가 엷게 일어서 분가루를 잘못 바른 것처럼 가련하 다. 말수 적은 천사는 그러나 밥상을 들어 줄 때 "많이 드세 요."라고 말한다. 천사는 서글프게 웃으면서 그 말을 한다. 고 등학교만 나온 천사는 국민학교 3학년에 다니는 동생을 가 르친다. 천사의 나직나직한 목소리는 "사구삼십육, 오구사십 오……."가 되어, 불 꺼 버린 나의 방으로 그 여자 방의 전등 불빛과 함께 스며들어 온다. 천사는 세금 받으러 온 사람 앞 에서도 말을 더듬는다. "어머니가 시장에서 돌아오시면……." 이란 짧은 말을 하는 데도 5분쯤은 걸린다. 천사는 껍데기가 나무로 되어 있는 고물 같은 라디오를 사랑하여 시간 나는 대 로 그 앞에 앉는다. 천사의 라디오는 돌아가신 그 여자의 아버지가 부자였다는 증거품으로서 몇 개 남아 있지 않은 물품 중의 하나이다. 천사는 결코 라디오의 볼륨을 높이지 않는다. 천사는 내가 방 안에 들어 있을 때는 항상 공부를 하거나 요컨대 중대한 일을 하고 있는 줄로 안다. 천사는 내가 방 안에서 소설책이나 읽고 벽에 낙서나 하고 팬티의 고무줄 밑으로 손이나 넣고 누워 있는 줄은 상상도 하지 않는다. 천사는 내가 신문사에 취직하여 처음으로 출근하는 날, 새벽 4시부터 부엌에 나와 달그락거리며 밥을 짓는다. 천사는, 처음 출근한다는 기쁨 때문에 역시 새벽 4시에 잠이 깨어 있는 나를 아직도 자고 있는 줄로 알고 김치가 있는 장독대로 가기 위해서 내 방 앞을 지날 때 발소리를 죽여 조심조심 걷는다. 천사는 나를 사랑하지 않는다. 다만 천사는 그 앞에서 조심하지 않으면 안 될 손님처럼 나를 생각하고 있을 뿐이다. 천사는 내가 다른 곳으로 하숙을 옮겨 갈까 봐 항상 두려운 눈길로 나를 바라다본다. 천사는 자기 집이 다른 곳과 같은 액수의 하숙비를 받으면서도 반찬은 유난히 좋지 않다는 것을 잘 안다. 천사는 때때로 밤이 깊었을 때 마루에 나와서 소리 죽여 운다. 천사가 우는 이유는 밤하늘처럼 어둡기만 하다. 천사는 성우가 되기 위해서 공부한다. 천사는 고은정의 목소리를, 장서일의 목소리를, 유병희의 목소리를, 윤미림의 목소리를 틀림없이 흉내 낼 줄 안다. 천사의 어머니가 방송 드라마 대본 하나를 구해다 줄 것을 나에게 부탁한다. 천사는 내 방의 불이 꺼지고 내가 잠이 들었으리라고 짐작되면 내가 구해다 준 대본을 보며 연기 공부를 한다. 천사는 우는 장면을 여러 가지 형식의 울음소리로 연습한다. 천사는 우는 장면을 연습하고 나서는 멋쩍은 듯이 쿡쿡 웃는다. 천사는 여러 가지로 웃을 줄도 안다. 천사가 웃는 연습을 하고 있을 때는 천사가 아닌 것 같다. 천사가 예술이 어떤 것인가를 나에게 가르쳐 주고 있다. 천사는 어느 방송국의 성우 모집 시험에 응시한다. 천사의 목소리는 마이크에 맞지 않는다. 천사는 불합격이다. 천사는 더욱 웃을 줄을 모른다. 천사는 이제 방송 드라마 프로는 듣지 않는다. 천사는 자기의 불합격을 몹시 부끄러워한다. 천사가 만일 그 여자의 소원대로 성우가 되었더라면, 아, 얼마나 좋았을까! 천사는 쾌활해졌으리라. 천사는 내가 밀회를 신청하더라도 응할 만큼 스스로를 떳떳하게 생각했으리라. 천사의 손은 너무 빨리 늙어 간다. 천사의 손은 구공탄 재가 담긴 쓰레기통과 말표 세탁비누와 찬물 때문에 마흔 살을 먹어 버린다. 천사의 마음의 나이는 그 여자의 얼굴 나이와 손의 나이를 합친 것만큼은 된다. 천사는 예순 살, 천사는 할머니, 천사는, 아, 곧 죽어 버릴지도 모른다.

그렇지만, 제각기의 인생인 것이다. 스무 살짜리의 얼굴을 가진 할머니는 반드시 불행한 법이라고 누가 나에게 가르쳤단 말인가. 설령 불행하다고 하더라고 누가 아침 밥상 위에 쪽지를 써 두고 나오는 따위의 서투른 짓을 하라고 나에게 속삭였단 말인가. "같은 집에 살면서 말도 변변히 주고받지 못하였군요. 꼭 그래야 할 이유도 없으면서 말입니다. 시간이 나신다면 오후 8시에 요 앞 한길에 있는 매미다방으로 나와 주셨으면 고맙겠습니다. 차라도 함께 들면서 세상 돌아가는 애기나 해 보았으면 좋겠습니다." 편지 자체는 별로 우스울 게 없었다. 그러나 그 여자를 다방으로 불러내야 할 이유를 스스로도 충분히 납득하고 있는지가 문제이다. "세상 돌아가는 얘기나 해 보았으면." 배꼽 빠질 이유였다. 그 여자는 죽을지도 모른다는 생각도 우습기 짝이 없는 이유가 된다. 그런 생각 속에 숨어 있는 엄청난 기만, 교활, 위선을 과연 스스로 감당해 낼 자신이 있다는 얘기인지. 차라리 "그 여자가 탐이 난다."라고 말해 보자. '탐', 그것은 우선 그 여자의 하반신을 나의 하반신에 밀착시키는 짓이라고 생각해 보자. 그러면 이유는 훌륭하다. 그러나 그것만으로써 끝나 버린 상태는 상상할 수가 없었다. '탐'의 대상도 선택되어진 것이니까라고 생각하면 그 '탐' 속으로 자기를 무작정 몰아넣을 수는 있다. 그러나 선택 이후의 사태에 대한 책임을 지는 것은 지금의 내가 아니라 나중의 나이다. 책임지기가 싫어진다면 혹시 모르지만 만일 책임지고 싶어지고 그런데 그건 잘 안 되고 할 때는? 나중의 나로 하여금 갈팡질팡하도록 일을 만들어 놓는다는 건 그녀에게 미안스러운 일이다. 제각기의 인생은 제각기의 것이다. 참 옳은 말씀이다. 왜 쪽지 편지를 썼던가. 혹시 나는, 한 인생과 다른 인생이 접합점을 가졌을 때엔 이 인생도, 저 인생도 동시에 좋은 방향으로 달라지리라고 상상하고 있었던 것일까? 여자, 그것은 스물다섯 살짜리 사내에겐 생활을 구입하는 많은 방법 중의 하나가 될 수 있으니까? 천사 같은 여자, 그것은 나의 종교 노릇을 할지도 모르니까? 하반신을 밀착시키고 싶다는 탐이 거짓된 이유인가? 그 여자는 죽을지도 모른다는 추측이 거짓된 이유인가?

그러나 그런 것을 생각하기에는 너무 이른지도 몰랐다. 숙이가 다방으로 나올 것인지 아닌지가 의문이어야 할 때였다. 나왔다고 하더라도 내가 차 한 잔 사 준 걸로 우리가 만나는 행사는 끝나 버릴 수도 있는 일이었다. 오늘 저녁부터 두 사람의 인생이 금방 달라지기 시작한다고 얘기할 수만은 없었다.

6시에 회사에서 퇴근하자마자 나는 어제저녁 운길이와 약속한 장소로 갔다. 운길이와 내가 돼지 구하는 일을 맡기로 하였었다.

검붉은 색깔은 분명히 미각을 자극한다. 미각을 가진 것은 고등동물이다. 고등동물고등동물고등동물……. 고등동물이란 말을 입속에서 짓씹고 있으려니까 그 말의 의미는 마치 이빨에 의해서 잘게 부서진 살코기처럼 목구멍 속으로 넘어가 버리고 그 말의 자음과 모음만이 질긴 껍질처럼 혓바닥 위에 생소하게 남아 있었다. 유리로 된 진열장 속에서 고깃덩어리들은 흐느적거리며 서로서로 기대고 있었다.

달구지를 끌고 가는, 배 언저리에 오물이 말라서 조개껍데기처럼 붙어 있는 황소와 푸줏간의 진열장 속에 널려 있는 고기를 연결시켜 생각한다는 것은 힘든 일이다. 그것이 힘들다는 사실을 아껴라.

"찐빵이 내린 계명 중의 하나이다."

군대에서 제대한 지 오래지 않은 듯, 젊은 푸줏간 주인은 몸이 날래 보였고 친절했다.

"조그만 돼지 한 마리라구요? 잔치에 쓰시려는 겁니까?"

"말하자면, 잔치에 쓰는 셈이죠." 운길이가 말했다. "댁에 부탁하면 구할 수 있습니까?"

"예, 물론 구할 수 있습니다. 그런데 몇 근짜리를 말씀하시는지……"

"몇 근짜리라니요?"

"돼지의 무게 말입니다. 고기가 많이 붙은 큰 돼지는 근이 많이 나갈 게 아니겠어요. 따라서 값도 그만큼 비싸고……."

"사오천 원에 살 수 있는 것은 몇 근쯤 됩니까?"

"사오천 원이라, 사오천 원…… 아마 팔구십 근짜리는 사실 수 있겠군요. 그렇지만 잔치에 쓰시려면 200근짜리는 쓰셔야죠."

"200근짜리는 얼마나 큽니까?"

"아주 크죠. 어지간한 송아지만큼은 되니까요."

"비싸겠군요."

"만 원 정도면 살 수 있습니다."

"아니 그렇게까진 필요 없어요. 우리들이 하는 잔치엔 열 사람밖에 오지 않거든요. 모두 식성이 좋긴 하지만 소화할 능력에 한계가 있으니까요. 사오천 원 정도로 구할 수 있는 건 아주 작을까요?"

"열 사람에겐 사오천 원짜리도 크죠."

"알겠습니다. 고맙습니다."

나는 주인에게 말하면서 운길이의 팔을 잡아끌었다. 운길이는, 얘기는 이제 시작되는 게 아니냐는 얼굴로 내게 끌려서 푸줏간 밖으로 나왔다. 푸줏간 역시 어디선가 돼지를 사 와야 한다면 우리가 직접 돼지 기르는 곳을 찾아가서 사는 것이 싸게 살 수 있으리라고 나는 생각한 것이었다.

"그렇지만 귀찮지 않아? 푸줏간에 부탁해 버리는 게 나을거야." 운길이가 말했다. 운길이의 말투가 정말 귀찮아 죽겠다는 것이었으므로 그것이 나만의 용어라는 것을 미처 깨닫기 전에, 가벼운 분노조차 섞인 음성으로 나는 말했다.

"하지만 찐빵은 우리가 귀찮은 일을 해 내어야만 우리를 신임하는거야."

"찐빵? 찐빵이 뭐지?"

운길이가 물었다. 나는 나의 실언을 깨달았다. 그러나, 우기면 무언가 전해지는 법이다.

"찐빵은 위대한 존재야. 찐빵은 지고한 곳에 계신 존재지. 그분은 무엇이든지 할 수 있어."

나는 운길이의 시선을 나의 시선에 비끌어 맨 뒤에 힐끔 밤하늘을 올려다보았다. 운길이의 시선도 밤하늘로 향해졌다.

"네가 말하고 있는 건 예수쟁이들의 하느님이냐?" 운길이가 물었다.

"천만에. 그 하느님은 이브가 설마 능금을 훔쳐 먹을 것까지는 미처 몰랐지만 찐빵은 그것까지도 미리 알 수 있는 존재야."

가로등의 불빛과 여러 상점에서 쏟아져 나온 불빛과 빌딩의 창마다에서 새어 나온 불빛들이 밤하늘과 우리 사이를 돼지 오줌보만큼의 두께로써 가로막고 있었다.

"이 녀석아, 농담하고 있을 때가 아니야. 빨리빨리 알아보고 집으로 가얄 거 아냐?"

운길이가 투덜거렸다. 히히하고 나는 웃었다. 그러나 나는 슬펐다. 운길이가 찐빵을 의식하지 못하는 한 찐빵은 그에게 구원의 자비로운 손길을 내밀 것이다. 그러나 나는, 나는 사지로 밀파되는 간첩이 될 것이다. 어느새 이중간첩 노릇을 하게 되고 그러다가 어느 날엔가는 어느 어두운 골목이나, 밤 깊은 강변으로 끌려가서 칼로 목을 찍혀 피를 내뿜으며 거꾸러질 것이다. 찐빵은 자기의 얼굴을 보아 버린 자를 그냥 두지는 않을 것이다. 그는 어떻게 할 것인가?

"찐빵은 훌륭한 분이야."

나는 주문을 외우듯이 말하고 나서 다시 밤하늘을 올려다보았다. 돼지 오줌보만큼의 두께밖에 가지지 못한 저 불빛들이 현란한 무늬를 가지고 나의 시력을 교란시키고 있었다.

"너 돌았니?" 운길이가 말했다.

"아아니." 나는 다시 히히 웃었다. 그리고 말했다.

"돼지는 말야, 내가 알아볼게. 오늘은 그만 헤어지자."

"알아볼 데가 있어?" 운길이가 물었다.

"하숙집 주인 아주머니가 남대문시장에서 야채 장수를 하는데 장사꾼들끼리는 싸게 구할 수가 있을거야."

"그래? 그럼 나도 알아보겠지만 너한테 맡긴다. 내일 저녁까진 확실하게 구해 놓아야만 한다는 건 잘 아실게고 그리고⋯⋯ 그럼 내일 만나자. 자 돈은 네가 가지고 있고 그리고⋯⋯ 그럼 내일 만나자. 내일 우리 회사로 전화해. 참 우리

어디 가서 대포 한 잔씩 할까?"

"난 그냥 들어가야겠어."

나는 시계를 보았다. 8시가 지금 지나가고 있는 중이었다. 택시를 타지 않으면 안 되겠다. 만일 여자가 나와 있지 않다면? 통금 시간 바로 전쯤 집으로 들어가리라. 그 여자가 대문을 열어 주러 나오면 거짓 술 취한 척 비틀거리리라. 아무 말하지 않고, 천사는 그런 내 꼴을 보면 가슴이 아프겠지. 만일 아프지 않다면? 아프지 않다면 천사가 아니다. 아니다, 천사라면 콧구멍도 간지럽지 않을게다.

매미다방을 전봇대 한 칸쯤의 간격으로 저쪽에 두고 나는 택시를 내렸다. 그곳은 어떤 양장점 앞이었는데 마네킹을 세운 쇼윈도 안의 형광등이 낡았는지, 불이 사그라졌다가 다시 켜지곤 했다. 마네킹 역시 명멸하는 불빛 때문에 시력을 가늘 수가 없다는 표정이었다. 인도에선 가을 저녁 바람을 즐기는 대학생 차림의 아베크들이 몇 쌍 눈에 띄었다. 모두 고행하는 수도승들처럼 진지한 얼굴을 하고 있으리라는 나의 상상을 그들의 어깨 모습과 걸음걸이가 보증해 주고 있었다.

나는 숙이가 나와 있을까 있지 않을까 하는 판단을 나의 예감에 물어보았다. 어떠한 예감이 완전히 나를 지배하면 막상 닥친 현실은 흔히 예감의 반대였다. 그래서 요즈음엔 나의 예감은 우왕좌왕하며 나를 지배할 만한 판단을 옛날처럼 곧잘 내려 주지 못하였다. 예감에게 충분한 시간을 주었을 때엔 희미하게나마 나에게 어떤 판단을 내려 주기는 하지만 그날 저녁 내가 예감에게 준 시간은 전봇대 한 칸 사이의 분량밖에 되지 못했기 때문에 그것에게서 어떤 대답을 얻는다는 것은 완전히 불가능했다. 이미 나는 다방 입구에 서 있었다.

다방 안으로부터 어떤 기타 곡이 불투명 유리를 통하여 다방 밖으로 스며 나오고 있었다. 나는 잠시 동안 그 곡을 들으며 문 앞에 서 있었다. 「금지된 장난」이라는 프랑스 영화의 주제곡이었다. 장난이라는 단어가 무언가 건져 보려고 허우적거리는 그때의 내 그물에 걸렸다. 장난, 어른들이 어린애들의 행위를 평가할 때 쓰는 자의 한 눈금. 일부러 그 눈금에 맞추기위하여 행위하는 사람은 하나도 없다. 그런데도 불구하고 생긴 일정한 뜻을 가진 말.

숙이를 불러낸 것이 장난이라면, 천사의 후예라고 좀 엄살을 부리자. 겨우 그 여자를 거의 있는 그대로 표현한 듯하던 느낌도 장난이어야 했고, 택시를 잡아타고 거기까지 달려오던 것도 장난이어야 했고, 그리고 다방 문 앞에 연극 속에서 우두커니 서 있는 것도 장난이어야 했다. 아무것도 장난이 아니었는데 우두커니 서 있는 동안 놀랍게도 그 모든 것이 장난처럼 생각되어 버렸다. 장난이 아닌 것으로서 유일한 것은, 만일 그 여자가 지금 저 속에 앉아 있는데도 불구하고 여기서 내가 그냥 돌아서 버린다면, 혹시 그 여자가 차를 마셨을 경우 그런데 나를 믿고 돈을 가져오지 않았을 경우에 그 여자가 당할 봉변이었다. 얼마든지 가능할 수 있는 그런 사태. 오로지 그것 때문에 나는 다방 문을 밀고 안으로 들어섰다.

다방 안쪽의 어두운 구석까지 가 보았지만 그 여자는 나와 있지 않았다. '그럴 리는 없지만 혹시' 하는 생각으로 다방 입구에 마련되어 있는 심장 모양의 메모판을 훑어보았다. 나를 위한 쪽지는 없었다. 그러자 나는 장난은 이미 끝나 버렸고 그런데 그 장난은 내가 아직 장난이라고 생각하기도 전에 벌써 장난이라는 모습을 해 버렸었다는 것을 깨달았다. 나는 손목시계를 보았다. 8시 15분이었다. 내가 정해 준 시간을 내가 15분이나 어기고 있었다. 그러자 그 여자는 혹시 아직 오지 않은 것인지도 모른다는 생각이 들었다. 여자와 처음으로 시간 약속을 했을 때엔 여자가 약속 시간보다 늦게 나온다는 것은 일종의 에티켓이다. 나는 앉아서 기다려 보기로 했다. 장난은 아직 끝나지 않고 있었다. 장난이 끝날 때를 나는 별로 초조해하지도 않고 기다리고 있었다.

　살찐 레지가 재떨이와 성냥과 물수건을 두 손에 나눠 들고 내 앞으로 다가왔다. 가을에 주는 물수건은 뜨거운 것일까 찬 것일까? 물수건은 찼다. 무슨 차를 들겠느냐는 말을 심드렁하게 하고 나서, 내 대답을 들은 뒤, 레지는 문득 잊고 온 물건을 가지러 다시 집 쪽으로 몸을 돌이키듯이 돌아서서 넓은 엉덩이를 느릿느릿 흔들며 카운터 쪽으로 걸어갔다. 레지는 성냥개비로 한쪽 귀를 후비며 분홍빛 딱지를 주방으로 통하는 구멍 속으로 밀어 넣었다. 레지는 잠바 차림으로 혼자 앉아 있는 남자 손님 앞으로 걸어가더니 그 남자의 맞은쪽 의자에 털썩 주저앉았다. 레지는 그동안 잠시 멈추고 있던 귀 후빔질을 다시 시작하며 남자에게 무어라고 말하고 있었다. 남자는 엄숙한 얼굴로 한 손을 뻗쳐서 레지의 가슴께를 가리켰다. 레지는 높은 소리로 웃으며 남자의 뻗친 손을 탁 쳤다. 남자는 빙긋 웃으며 내게로 시선을 돌렸다. 나는 남자를 건너다보고 있었다. 그의 시선을 피해야 할지 어쩔지를 몰라서 나는 잠시 동안 눈동자를 이리저리 굴렸다. 그 남자 역시 그런 것 같았다. 나는 시선을 돌리지 않기로 작정했다. 그러기 위해서는, 노려본다는 형식을 취하기보다 그저 무심히 바라보고 있다는 형식을 취하기로 하였다. 그 남자가 고개를 다시 레지 쪽으로 돌렸다. 무어라고 말하였는지 이번에는 레지와 함께 고개를 돌려서 나를 보았다. 이번에 나는 레지의 시선에 내 시선을 부딪치게 하였다. 레지가 잠바 쪽으로 얼굴을 돌리며 무어라고 말하고 나서 일어났다. 레지는 카운터 쪽으로 느릿느릿 걸어갔다. 남자의 시선이 내 볼에 와 닿아 있는 것을 나는 느꼈다. 내 볼이 근질거렸다. 레지는 주방으로 통하는 구멍에 대고 무어라고 말하고 있었다. 접시에 받친 커피 잔이 그 구멍으로부터 밀려 나오고 있었다. 레지와 찻잔의 풍경을 갑자기 무엇이 가로막았다. 나는 시선을 위로 보냈다. 뜻밖의 환희 같은 느낌이 강렬하게 나를 흔들었다. 숙이가 참 거북해 죽겠다는 표정으로 내 앞에 서 있었던 것이다.

"앉으시죠."

나는 일어서며 내 맞은편 의자를 손짓으로 가리켰다. 숙이는 서투른 솜씨로 의자를 약간 뒤로 밀쳐 내며 조심조심 앉았다. 나는 별 생각 없이 잠바 차림의 남자를 흘깃 돌아봤다. 잠바는 담배를 피워 물고 앉아서 나를 노려보고 있었다. 나는 얼른 숙이 쪽으로 시선을 돌렸다.

"전 나오시지 않나 했습니다." 내가 말했다.

숙이는 입술을 쫑긋거리며 미소했다. 집에서 입는 옷차림 그대로였다. 낡은 반소매 털실 스웨터와 역시 낡은 바지를 입고 고무신을 신고 있었다. 머리 역시 가다듬지 않은 단발이었다. 자취하는 여학교 학생이 바구니를 들고 시장에 나왔다가 잠깐 다방에 들른 것 같았다. 집에서 늘 보는 그런 차림이 오히려 나에게 특이한 인상을 주었다. 그 여자가 만일 나올 경우엔 으레 좋은 옷을 입고 머리도 가다듬고 나오리라고 무의식 중에 나는 그렇게 생각하고 있었던 모양이었다. 정말 그 여자가 그렇게 하고 나왔다면 나는 그 여자 옷차림에서 아무런 인상도 받지 못하였을 것 같았다. 그것이 좋은 인상이든 나쁜 인상이든.

레지가 찻잔을 내 앞에 놓고 나서, 마치 길거리에서 희극 배우를 보는 듯한 얼굴로 숙이를 내려다보고 서 있었다.

"무얼 드시겠어요?"

내가 숙이에게 물었다. 숙이는 숙이고 있던 고개를 더욱 가슴 쪽으로 내리박으며 얼굴을 붉혔다. 그러나 "커피."라는 말을 내가 알아들을 수 있을 만큼은 크게 발음하였다. 레지가 돌아서서 갔다.

"제 편지 우스웠죠?"

나는 호주머니에서 담뱃갑을 꺼내며 말했다. 여자는 고개를 숙인 채 침묵.

"어머니 아직 안 들어오셨지요?"

여자는 숙인 고개를 끄덕였다. 그리고 침을 삼키고 나서

"네."라고 "커피."만큼 작게 말했다.

"동생들은 학교에서 다 돌아왔겠고요……."

고개를 끄덕거리고 그다음에 "네."

"오늘 낮엔 무얼 하셨어요?"

고개를 숙인 채 침묵.

"빨래하셨어요?"

침묵. 나는 방금 한 질문은 나빴다고 생각했다. 그러고 나니까 나는 할 말이 없었다. 나는 레지가 숙이 몫의 차를 빨리 가져오기를 바랐다.

장난은 너무 심심하게 끝나 버릴 것 같은 예감이 들었다. 처음부터 장난이 아니었다는 생각이 들었다. 숙이의 수줍음에서 생긴 침묵이 나를 안타깝게 만들었다. 너무 무의미하게 우리의 만남이 끝나 버릴 것 같았다. 내가 그 여자에게 묻고 있는 말들이 따지고 보면 그 여자로서는 고갯짓만으로써도 충분히 대답할 수 있는 것이긴 했지만 너무 공허한 것으로 생각되었다. 내가 조금 전에 입을 놀려서 무어라고 말했는지 어쨌는지조차 말이 끝난 바로 다음에는 의심이 되곤 했다. 내가 하는 말들이 그 여자와 나 사이를 메워서 둘을 연결시켜 주고 있는 것 같아서 나는 화제를 만들려고 애썼다.

"돌아오는 일요일 날 그러니까 모레죠. 친구들과 행주산성에 놀러 가기로 했거든요. 돼지 한 마리를 사 가지고 가서 통째 구워 먹기로 했어요."

숙이는 무엇을 상상했는지 잠깐 고개를 들어서 나를 건너다보며 자기의 어깨를 가만히 조였다.

"돼지고기 싫어하세요?" 내가 물었다.

"네." 그 여자가 대답했다.

"제가 돼지고기를 가장 좋아한다는 건 유숙 씨와 시골에 계시는 저의 어머님이 가장 잘 아실 겁니다."

숙이는 고개를 좀 더 숙였다. 아마 웃는 모양이었다.

"육류를 좋아하면 살갗이 거칠어진다면서요? 그래서 여자들은 고기를 좋아하지 않는다면서요?"

웃는 모양이었다.

"나쁜 화장품을 써도 살갗이 거칠어진다면서요? 그래서 국산품을 쓰지 않는다면서요?"

웃는 모양이었다.

레지가 커피를 가져왔다. 한참 동안 내가 들기를 권한 뒤에 숙이는 겨우 찻잔을 들고 커피 몇 방울을 입술에 묻힌 둥 만둥 하고 다시 탁자 위에 잔을 놓았다.

"제 친구들 중엔 한 방울만 혀에 대 보고도 그게 진짜 커피인지 가짜 커피인지 가려내는 놈들이 있죠. 전 모두 진짜 같기도 하고 모두 가짜 같기도 해서 아직 커피 마실 자격이 없나 봐요."

커피 얘기, 살갗 얘기가 숙이에겐 얼마나 짐스런 화제였다는 것을 나는 아직 모르고 있었다. 그 여자가 천사라고 해도 날개가 등에서 솟아나 있기 때문에 하늘을 날아다닐 수 있는 천사가 아니라 잠자리 날개로 지어진 옷을 입었기 때문에 하늘을 날 수 있는 천사라는 것을 모르고 있었다. 나무꾼에게 옷을 도둑질당하고 나면 별수 없이 땅에서 베를 짜고 아이를 낳으며 살아야 하는 그런 천사였다는 것을 나는 아직 모르고 있었다.

찻잔이 비자마자 나는 계속해서, 영화에 대한 얘기, 방송극에 대한 얘기, 해외 토픽란에서 본 얘기, 내가 어렸을 때 본 만화에 대한 얘기, 유머를 모아 놓은 책에서 읽은 얘기, 내 직장인 신문사에서 주워들은 얘기, 심지어 외국의 유명한 작가나 철학가들의 에피소드까지 5톤쯤 늘어놓았다. 내 얘기들의 무게가 드디어 그 여자의 고개를 들어 올리게 하는 데 성공했다. 그 여자는 내처 미소를 띠거나 손으로 입을 가리고 고개를 숙이며 웃거나 하면서 내 얘기에 귀를 기울였다. "재미있게 듣고 있는 중이니 어서 계속하세요."라고 그 여자가 마음속에서 말하고 있으리라고 내 속 편한 대로 정하고 나서 나는 그런 얘기들을 했다.

"오늘 낮엔 무얼 하셨어요?"

나는 값을 받는 듯한 태도로 물었다.

"옆집 마당 위에 고추잠자리 떼가 날아다니는 것을 보고 있었어요. 그 집 마당에 코스모스가 많이 있잖아요? 그 위를 잠자리 떼들이 마치 공중에 가만히 떠 있는 것처럼 하고 있었어요."

그 여자는 얼굴을 빨갛게 하고 그러나 고개는 숙이지 않고 성우처럼 또박또박 말했다.

"무슨 생각을 하면서요?" 내가 물었다.

"별루 생각 없었어요. 내년엔 우리 집 마당에도 코스모스를 심어야겠다는 생각 좀……."

"코스모스 정말 좋지요? 고향엘 가느라고 가끔 기차를 타면 철둑 양쪽으로 코스모스가 피어 있군 했지요. 한때는 코스모스 라인이라구 해서, 라인이란 건 영어로 '줄'이란 말이잖아요? 전국 철로 양쪽에 코스모스를 심게 했다는데 요즘은 기차를 타도 그게 없어졌어요. 가뭄에 콩 나기로 어느 시골 정거장에나 좀 심어져 있군 하지요."

그 여자 얘기의 분위기에 맞추느라고 기껏 한 내 얘기는 그러나 마치 쇼펜하우어가 잉크병에 돈을 숨겨 놓고 쓸 만큼 의심쟁이였다는 얘기를 하는 투가 되어 버려서 나는 자기의 얘기에 화가 났다.

"코스모스도 좋지만 잠자리 떼가 참⋯⋯."

그 여자는 눈을 반짝이며 말했다.

"아, 고추잠자리⋯⋯."

고추잠자리에 대한 내 나름의 회상이 또 나올 판이었다. 나는 그 여자의 말에 감동한다는 뜻을 나타내기 위해서는 더 긴 소리를 하지 않는 게 좋다고 판단했다.

"저어, 집에 들어가시지 않겠어요?"

그 여자가 내 눈치를 살피며 말했다. 정말 너무 늦어 있었다. 11시가 가까워 오고 있었다.

"어머님이 들어오셨겠군요."

나는 자리에서 일어서면서 말했다.

우리는 밖으로 나왔다. 전차 한 대가 창마다에서 따뜻한 불빛을 내쏟으며 빠르게 우리 앞을 지나갔다.

"동생들에겐 어디 간다구 하고 나왔습니까?"

"저어, 김 선생님 만나러 간다구 하고⋯⋯."

"아니 제가 만나자구 한다고 사실대로 말씀하셨단 말씀인가요?"

그 여자는 그럼 뭐라고 하느냐는 얼굴로 나를 올려다봤다. 그 여자에게 비밀을 간직하게 함으로써 나의 편이 되게 하겠다던 수법은 물거품이었다. 어쩌면 숙이는 자기 집 생활비를 일부 보태 주고 있는 사람의 명령으로만 내 쪽지 편지를 이해하고 있었던지도 몰랐다. 내가 반찬을 좀 좋은 걸로 해 달라는 얘기나 할 줄 알고 있었단 말인지 참.

"어머님께도 물론 저와 만난 사실을 얘기하시겠군요."

"네? 해선 안⋯⋯ 돼요?"

그 여자는 놀란 듯한 얼굴을 하며 물었다. 그 놀란 듯한 얼굴이 음흉스러워 보이고 얄미워졌다.

"안 될 것도 없지만⋯⋯."

나의 화난 듯한 말투에 숙이는 처음 다방에 들어왔을 때의 꼴로 다시 돌아갔다. 그 여자는 나의 몇 발자국 뒤에서 나를 따라왔다. 나는 자꾸 화를 내는 척함으로써 그 여자를 나의 편에 끌어들일까 하고 생각했다. 그러나 너무나 얕은 꾀였고 그런 수법을 쓰기에는 아직 일렀다. 그렇다고 생각하자 진짜 화가 났다. 결국 장난으로 끝났고 다시는 되풀이하고 싶지 않은 장난이었다. 천사인지 돼지 발톱인지, 어느 풀밭으로나 끌고 가서 내 가슴 밑에 그 여자를 깔아뭉개 버리고 싶었다.

"둘이 함께 집으로 들어가면 이웃 사람들이 수군거리지 않을까요?"

걸음을 잠시 멈춰서 그 여자가 가까이 왔을 때 내가 말했다. 내 말투만은 속과 정반대로 신선님의 그것 같았다. 그 여자는 우두커니 내 앞에 선 채였다.

"먼저 들어가세요. 난 조금 있다가 들어갈 테니까요."

내가 말했다. 신선님처럼 웃는 얼굴로. 내 웃는 얼굴을 보니까 안심이 된다는 듯이 그 여자는 미소하면서 고개를 숙였다. 염병할, 턱에다 쇠뭉치를 달았나, 고개는 잘도 숙인다.

"아까 저쪽 전봇대 옆에 서 있었는데 알아보시지 못하고 그냥 다방으로 들어가시더군요."

그 여자는 다방 문 앞의 전봇대를 가리키며 뚱딴지 같은 얘기를 했다.

"그래요?"

나는 또 한 번 신선님처럼 웃으면서 말했다. 어쩌면 이 바보 같은 여자의 마음속에도 무언가 전해졌는지도 모르겠다는 생각이 들었다. 그게 아니라면 아무것도 모른 척 자기를 잘도 꾸밀 줄 아는 굉장한 여자인지도 모른다는 생각이 들었다.

"자, 먼저 들어가세요."

나는 점잖게 말했다. 그 여자는 남대문 쪽으로 가고 나는 동대문 쪽으로 가기 위해서 지금 헤어지는 듯한 느낌이 들었다.

내가 요 몇 시간 동안 만나고 있던 것은 숙이가 아니라 무어라고 말했으면 좋을지 모를 어떤 것, 나에게서도 조금은 나왔고 숙이에게서도 조금은 나왔고 의자에서도 조금은 나왔고 탁자에서도 조금은 나왔고 레지에게서도 조금은 나왔고 잠바에게서도 조금은 나왔고 음악에서도 조금은 나왔고 커피에서도 조금은 나왔고 마네킹에서도 조금은 나왔고…… 그렇게 나온 조금씩의 어떤 것들이 뭉친 덩어리였음을 저 앞에서 걸어가고 있는 숙이의 좁은 어깨를 보고 있는 동안에 나는 깨달았다. 그 여자는 멀어져 갈수록 다시 하얀 천사가 되어 나를 유혹했다. 저게 유혹하는 표현이 아니면 무엇일까? 내 시선을 자기 등에 느끼므로 어깨는 웅크려지고 걸음걸이는 절룩거려지며 모로 쓰러질 듯하여 빠르게 걷지 않으면 안 되겠다는 듯한 저 여자의 뒷모습이 주는 것이 나를 유혹하는 행동이 아니라면 무엇일까?

나는 빠른 걸음으로 그 여자의 뒤를 쫓아가기 시작했다. 집으로 들어가는 골목 입구에서 우리는 다시 만났다.

"어머니께서 저와 만났던 얘기를 물으시면 무어라고 대답하시겠어요? 대답할 말, 준비해 두셨어요?"

그 여자는 자기의 처지가 무척 딱하다는 것을 표정에서 숨기지 않고 "아니요."라고 대답했다.

"제가 왜 만나자고 했던가는 분명히 알고 계세요?"

그 여자는 고개를 푹 숙였다. 그리고 발끝으로 땅을 툭툭 차고 있었다.

"일요일 날, 제가 친구들과 놀러가는데 돼지 한 마리를 구할 필요가 있어서 그것 때문에 숙이 씨에게 의논하려고 제가 만나자고 했다고 하십시오. 숙이 씨의 어느 친구 집에서 돼지를 기르는데 팔지 않겠느냐고 갔더니 그쪽에서 팔지 않겠다고 하여 그냥 돌아오다가 다방에서 차 한 잔 사 주기에 얻어먹었다. 아시겠습니까?

숙이는 어둠 속에서 하얗게 이를 드러내 놓으며 소리 없이 웃었다.

"저희 어머님이 무서우세요?" 그 여자가 물었다.

"남자들이 세상에서 가장 무서워하는 건 여자 친구의 어머님이라고들 하죠."

나는 '여자 친구'라는 말에 힘을 주었다. 힘을 너무 주었던지 그 여자의 고개가 푹 꺾였다.

"자, 그럼 먼저 들어가세요." 내가 말했다.

다음 날 아침, 숙이는 밥상을 방문 앞에 놓고 아무 말 없이 부엌으로 돌아가 버렸다. 여느 때처럼 방 안에까지 밥상을 들여 주지도 않았고 "많이 드세요."라는 말도 없이. 그것이 좋은 징조인지 나쁜 징조인지는 아직 판단할 수가 없었다. 그 여자와 나와의 관계에 무언가 변화가 생긴 것은 분명했고, 그것이 내겐 다소 불쾌한 형태로 보였다는 것만 분명했다.

서울역 앞 광장의 남쪽에 있는 천막 휴게소 안에서 우리 열 명은 꿈틀거리는 자루를 앞에 놓고 아득한 느낌 속에 빠져 있었다. 바이킹족을 제안했던 정태 바로 그놈이, 나와 운길이가 번갈아 가며 어깨에 메고 온, 주둥이와 네 발을 새끼로 묶어서 광목 자루 속에 넣은 돼지를 내려다보며 맨 처음 한숨을 내쉬었다.

"저걸 어떻게 요리한다지? 불을 피워 놓고 불 속에 던졌다가 숯 덩어리가 되면 꺼내나, 도대체 우리 중에 저걸 요리할

놈이 있을까?"

"철사에 꿰어서 불 위에 올려 놓고 빙글빙글 돌리며 구우면 되지 않아?"

누군가 말했다.

"양념을 발라 가면서 말야. 통닭 굽듯이 하면 될거야." 누군 가 말했다.

"그렇지만 털도 벗기지 않고 그런 법이 어딨어? 먼저 목을 따서 죽여야 되고 배를 갈라서 내장도 긁어내야 하고……." 정태가 말했다.

"넌 그거라도 잘 아는구나. 난 돼지를 산 놈으로 보기를 수 년 만에 보는걸." 누군가 말했다.

"그러구 보니까, 난 고깃간 간판과 그림책에서밖엔 돼지를 본 것 같지가 않은데."

누군가 말하면서 쭈그리고 앉아 자루 묶은 걸 풀고 속을 들여다보다가 후닥닥 일어서면서 즐거운 목소리로 외쳤다.

"야! 정말 그림대로 생겼군. 근데 눈깔이 튀겨 먹기에는 너 무 처량하게 맑은데."

자루는 계속해서 꿈틀거리고 있었다. 주둥이를 묶었기 때 문에 꿀꿀거리지도 못하겠지만 목적지에 도달할 때까지 숨을 쉬고 있어 주기를 나는 바랐다. 죽은 놈을 들고 가는 것보다 는 아무래도 살아 있는 쪽이 덜 기분 나쁠 것 같았다.

"난 돼지고길 별루 좋아하지 않는데……." 누군가 말했다.

모두들 외국 영화의 어떤 장면을 실연한다는 것으로만 생 각하고 좋아하고 있었나 보았다.

"정태, 네가 하면 되지 않아?" 내가 말했다.

"쥐새끼 한 마리 잡는 데도 벌벌 떠는 내가 어떻게 그걸 하니? 쥐덫을 놓을 줄 안다는 것과 쥐덫에 걸려 죽은 쥐를 집어내다는 것 사이에는 질적으로 다른 용기가 필요한 거야. 쥐덫을 놓은 사람과 죽은 쥐를 집어내는 사람이 반드시 같아야 한다는 법은 없지 않아?"

그는 돼지를 자기 손으로 죽인다는 것은 생각만 해도 식은땀 나는 일이라는 듯이 얼굴을 찡그리며 말했다.

"좋아, 가르쳐만 줘. 내가 다 할게." 운길이가 결국 나서야 했다.

"출발하기 전에 준비할 것만 다 해야지. 무엇이 필요하지? 철사? 칼?……"

정오가 거의 다 돼서 우리는 기차에 올랐다. 돼지가 든 자루를 의자와 의자 사이에 두고 운길이들이 몰려 앉아서 떠들고 있는 것을 저만큼 바라보면서 나와 정태는 떨어져 앉아 있게 되었다. 여느 때엔 바라봄의 대상이 되어 있던 곳에 자리를 잡고 바라보고 서 있던 그곳을 본다는 것은 신기하고 즐거운 일이다. 그것이 여행이라고 하는 것일까. 서울역 구내를 기차가 빠져나가는 동안 나는 염천교 위에 서서 기차가 지금 그 밑을 지나가고 있는 것을 보고 있는 나를 상상해 보았고 서대문 담배 공장의 높은 굴뚝을 바라보면서는 나는 담배 냄새가 물씬 풍겨 나오는 공장 앞 한길을 걸어가고 있는 나를 상상해 보았고 서대문 쪽 터널로 기차가 들어갈 때는 미동국민학교 앞 한길에서 기차가 굴속으로 들어가고 있는 것을 보고 있는 나를 상상해 보았고 신촌역에 기차가 정거했을 때는, 그곳이 서울에서 멀리 떨어진 시골 같은 느낌이 들어서 바로 눈앞에 보이는 이화여대가 마치 서울에서부터 기차 꽁무니에 붙어 왔다가 기차가 서니까 슬쩍 내려서 시치미 떼고 거기에 서 있는 것처럼 괴기하게 눈에 비쳤다.

"사람은 그렇지 않은데 사람이 만들어 놓은 것은 모두 장난감 같지 않아?"

정태가 나에게 속삭였다. 나는 정태를 돌아보았다. 녀석의 아프리카 토인처럼 툭 튀어나온 입술이 그때는 무척 영악스러워 보였다. 튀기는 두뇌가 좋다는 일설이 있는데 이 녀석 역시 정어리와 명태의 튀기니까 제법 영리한 말을 할 줄 아는구나. 녀석만은 찐빵의 존재에 대해서 생각해 본 적이 있는지도 몰랐다. 그러나 우선 나는 그가 조금 전에 한 말에 대해서 반박을 해야 했다.

"사람이 장난감이 아니란 건 무슨 책에 쓰여 있지?" 내가 물었다.

"사람이 장난감이란 건 그럼 누가 말했지?" 그가 말했다.

사람의 장난감적 성질에 대한 고찰은 그 이상 진전을 하지 못했다. 그 얘기를 우리는 한마디씩의 말장난에서 그쳐 버렸다. 보아하니 둘 다 거기에 대해서는 구체적으로 생각해 본 적이 없었다. 얘기는 '사람이 만들어 놓은 것'으로 되돌아갔다.

"철로니 기차니 학교니 하는 게 장난감 같다는 뜻이야." 그가 말했다.

"그럼 쌀을 만들어 내는 논은?"

내가 물었다.

"그것도 장난감 같지 않아?" 그가 말했다.

"왜?"

"그냥 그런 느낌이라는 거야. 왜가 왜 거기서 나와야 하니? 넌 생명을 연장시켜 주는 음식을 만들어 내니까 논이 얼마나 장난감보다 중요한 것이냐고 말하고 싶겠지. 또는 농부들에겐 결코 장난감이 될 수 없다. 때로는 목숨을 바쳐 가면서 그네들은 논에 대하여 생각한다고 말하고 싶겠지. 그런데 어떤 농부 하나는 논에 대해서 어느 날 갑자기 시큰둥해지고 목숨을 바치고 싶어지지도 않는다고 해 봐. 그렇다고 그 농부가 특별한 다른 것에 관심이 있어서도 아니야. 그런 경우엔 논도 그에겐 장난감 이상의 것이 아닐거야."

"그렇지만 그건 어떤 개인이 당할 수 있는 가능성에 대한 얘기가 아냐?"

"그래, 가능성에 대한 얘기야."

"아주 잠정적인 가능성이지."

"그래, 아주 잠정적일 수도 있지."

"네 말대로 그 농부가 논에 대해서 시큰둥해진다면 그 농부는 도시에 나와서 두부 장수가 되겠지."

"천만에, 두부 장수가 안 될 수도 있어. 그 사람은 자살할 수도 있어."

"네 얘기는 아무래도 어디서 들은 적이 있는 것 같은데. 하여튼 그렇다고 하고, 그럼 음악은?"

"그것도 장난감이지. 그거야말로 철저한 장난감이지."

"돼지는?"

"그건 사람이 만들었을까?"

"그럼 돼지를 만든 건 역시 신이라고 생각하는 거냐?"

"글쎄, 그건 모르겠어. 신은 어쩐지 사람이 만든 것 같은데 사람이 만든 신이 돼지를 만들었다는 건 너무 만화 같고……."

"신은 장난감이 아니라는 것이겠지. 신이 사람을 만들었다는 것을 인정할 수 없다고 하더라도 적어도 돼지와 사람과의 관계 정도로는 신과 사람과의 관계를 긍정하는 것이겠지. 안 그래?"

"넌 예수쟁이냐?" 그가 물었다.

"아아니."

"그럼 무신론자면서 신의 존재를 나에게 증명해 보여 주려는 거냐?" "난 무신론자도 아니고 예수쟁이도 아냐. 부처님 앞에 무릎 꿇는 것도, 알라를 믿는 것도 아냐. 넌 사람이 만들지 않는 것이 세상에 있다는 것을 알게 됨으로써 간단히 신을 인정할 수 있는 무신론자인 모양이군."

"아냐, 사실은 너와 똑같아. 아니, 아마 너도 나와 똑같은 모양이야. 만들어진 것이라는 것에서부터 생각을 출발시키면 결국 우리는 신을 인정해야만 해. 그런데 왜 그런지 그 신은 서양 사람들이, 마치 기차를 만들어 내었듯이, 만든 것 같은 느낌이란 말야. 기차가 장난감으로밖에 생각되지 않듯이 신도 장난감으로밖에 생각이 안 돼. 무언가가 신은 장난감이 아니라고 생각하려는 내 뜻을 가로막고 있어."

"기차나 논이나 음악이 장난감이 아니라고 생각하려는 뜻을 가로막는 것도 바로 그 무엇이겠지."

"그런지도 몰라. 그 무엇이 무엇인지는 몰라도……"

"그 무엇이 바로 너의 '나'이겠지."

"논리적으로는 그래. 그렇지만 그 '나'를 모르겠어."

"소크라테스."

"농담하고 있는 게 아냐."

"나도 농담하고 있는 게 아냐. 그 무엇은 바로 '신은 죽었다' 라는 니체의 선언이겠지. 우리나라의 서양 철학 소개자들이 교양전집 속에서 마구 인용했으니까."

"그럴지도 모르지. 그러나 서양 사람들이 만든 것으로써 서양 사람들이 만든 것을 부정한다는 건 큰 모순이겠지. '서양 사람'이란 말에서 '서양'이란 말을 빼도 마찬가지야. 어떤 장난 감은 믿고 어떤 장난감은 믿지 않는다는 건 우습지 않어?"

"그렇지만 네가 어떤 장난감만은 사실상 믿고 있을 수는 얼마든지 있지."

"아냐. 난 장난감은 아무것도 믿지 않어."

"그럼 장난감이 아닌 것은 믿을 수 있다는 얘기냐?"

"글쎄 그런 것 같아."

"신이 장난이란 건 아직 증명되지 않았지."

"그런데 내 기분은 아직 증명되지 않았다고 말하거든."

"네 기분은 장난감이 아닐까?"

"내 기분?"

"마치 그건 믿고 있다는 투로 얘기하잖아?"

"내 기분, 그건 나야."

"그럼 결론이 났군. 넌 널 믿고 있고, 아까 난 농담인 줄 알 았더니 실제로도 사람을 믿고 있고……."

우리는 우리가 무얼 얘기하고 싶어 하는지도 모르면서 원 시적인 논리로써 즉흥적으로 머리에 떠오르는 예를 들어 가 면서 그리고 서로의 말을 믿어 가면서 얘기했다. 정태와 얘기 하면서 나는 지나치게 그의 말 한마디 한마디에만 신경을 바 치고 있었기 때문인지 우리가 나눈 대화의 전체를 통해서 정 태라는 친구를 파악할 엄두는 생기지 않았다. 다만 느낌으로 써―물론 그것이 정확한 것인지 부정확한 것인지는 그때는 알 수가 없었다―그가 중이 될 소질이 없지 않다는 것과 나 와의 관계에서는 어쩌면 운길이보다 더 먼 곳에 그가 자리 잡 고 있는지 모른다는 것을 알았다. '더 먼 곳'이란 말이 애매하 다면 아주 가까운 곳에 있으나 둘 사이에 건널 수 없는 강이 놓여 있음으로써 더 먼 곳이라고 자세히 설명할 필요가 있을 지도 모른다. 그랬기 때문인지 정태는 내가 간단히 설명한 찐 빵에 대하여 운길이보다는 훨씬 진지한 반응을 보였다.

"알겠어. 너의 용어로 말하면 찐빵이라는 작자는 나의 용어 로 말하자면 장난감인데, 네 얘기는 장난감도 생명을 가질 수 있다는 얘기지? 생명만을 가진 정도가 아니라 우수한 두뇌와 날카로운 도구를 사용할 줄도 안다는 얘기지? 그러니까 얘기 는 되돌아가서, 장난감에 대해서 가령 이쪽에서 믿지 않는다 고 떠들어 보았댔자 믿지 않으면 안 되는, 적어도 그 존재를 인정하고 그의 명령에 복종하지 않을 수 없는 사태가 생겨서 꼼짝없이 이쪽을 끌고 간다는 얘기지?"

"그렇지. 바로 그거야." 내가 말했다.

"네 말대로 그 사실, 그러니까 찐빵이 우리를 지배한다는 사실은 어쩔 수 없다고 하지. 그러나 문제는 그게 아니지 않을까?"

"그럼 무엇이 문제지?" 내가 물었다.

"그 어쩔 수 없는 사실에 대처하는 태도가 개인 개인에게는 문제겠지. 자세히 예를 들면, 찐빵이 있다는 것이 문제가 아니라 찐빵의 눈에 들려고 애쓰는 너의 태도가 문제란 말이야."

"나로서는 그게 최상의 태도라고 생각한 것인걸. 그렇지 않고서는……."

"죽을 수밖에 없다는 얘기겠지."

"그래."

"죽는 게 최상의 태도라면 그걸 선택할 용기는 있니?"

"아마 용기가 없으니까 복종하며 살아 있기로 한 것이겠지. 그보다 죽어 버린다는 것은 태도 중의 하나가 아닐까?"

"죽는다는 것은 분명히 태도 중의 하나이지."

"그건 그렇다고 하고 요컨대 넌 찐빵에 대해서 어떤 태도를 갖고 있는 거냐? 찐빵의 존재를 알고 있기나 했니?"

"너의 용어로서는 아니지만 알고 있긴 있었던 것 같아. 그리고 나의 태도를 얘기하라면 그건 간단히 대답할 수 있어. 찐빵 역시 장난감이야. 장난감을 난 믿지 않는다고 말한 건 잘 알겠지."

"좀 비약하는 것인지 모르지만, 네가 만일 찐빵에 대해서

어쩔 수 없이 어떤 태도를 결정해야 할 때를 당한다면 넌 죽
어 버리겠군."

"그럴지도 몰라. 그러나 난 내 기분을 믿으면 그만이어도 좋
을 것 이상의 태도를 결정해야 할 때를 아직 당한 적이 없어."

"당한 적이 있었겠지."

"없었어."

"없었다고 네가 착각하고 있을 뿐이겠지. 일부러 없었다고
생각하려고 했거나……."

"그렇지는 않을걸."

"하여튼 네가 살아서 내 옆에 앉아 있다는 것이 용타."

나는 말했다. 그로 하여금 살아 있게 만든 것, 그것이 무엇
인가에 대해서 생각해 보려고 했으나 나는 국민학교에서 배
운 '생존 본능'이란 답밖에 얻지 못했다. 그 이상의 복잡한 무
엇이 있을 것 같은데도 나는 알 수 없었다. 하기야 우리의 환
경은 아직 태도 결정을 우리에게 요구한 적이 없었는지도 몰
랐다. 내가 신경과민이어서 디테일에서 전체를 파악하려는 잘
못을 저지르고 있는지도 몰랐다.

운길이가 종이컵에 소주를 따라 가지고 기차의 진동 때문
에 비틀거리며 우리 앞으로 다가왔다.

"자, 우선 한 모금씩!"

"벌써부터 기분 내면 모자라지 않아?"

정태가 말하면서 먼저 잔을 받았다. 술이 모자라는 법은
항상 없다고 나는 생각했다.

능곡에서 기차를 내려서 우리는 철도와 나란히 뻗은 한길

을 걸어갔다. 능곡 넓은 들은 익기 시작한 벼로 가득했다. 산
성은 동남쪽으로 별로 높아 보이지 않은 산을 가리키는 것이
라고 누군가가 손짓으로 가르쳐 주었다. 돼지가 든 자루는 기
차간에서 조금씩 마신 술 때문에 용감해진 몇 녀석들이 서로
자기가 메고 가겠다고 나서서 운반되어지고 있었다. 그러나 그
것을 서울역까지 가져오기 위해서 택시에 실을 때와 내릴 때
손을 대어 본 운길이와 내가 잘 알다시피, 무게도 무게지만 꿈
틀거리기 때문에 그것이 얼마나 취급하기 어려운 것이라는 것
을 녀석들이 아직 몰랐을 때뿐이었다. 돼지 자루는 곧 자갈길
가에 놓여졌고, "얘, 여기서 구워 가지고 가자" "우선 죽여서
토막을 내어서 하나씩 들고 가자" "칼이 잘 들까?" "아까 역 앞
에서 시골 사람에게 잡아 달랠걸" 등등이 꿈틀거리고 있는 더
러운 자루 위에 함박눈처럼 쌓였다. 그러나 오늘의 카니발은
계획대로 진행되어야 했다. 결국 자루 속에서 돼지는 꺼내졌
고 주둥이와 네 발을 묶고 있던 새끼가 풀어졌고 그 대신 한
쪽 뒷다리에만 쇠사슬처럼 새끼를 묶어서 새끼의 다른 쪽 끝
을 번갈아 가며 붙잡고 산성까지 몰고 가기로 의견은 통일되
었다. 돼지는 자루 속에 똥을 유산으로 남겼다. 똥이 든 빈 자
루는 길가의 논에 던져졌다. 자루와 똥은 썩어서 금수강산을
더욱 기름지게 할 것이었다. 기름지지 못한 돼지의 털은 시골
의 밝은 가을 햇볕을 받자 제법 금빛으로 빛났다. 돼지는 처
음엔 엄살을 부리는지 쓰러질 듯 쓰러질 듯했으나 어쨌든 사
람 열 명이 자기에게 잘 걸어 주기를 호소하고 있는 것은 자랑
스럽다는 듯이 뒤뚱뒤뚱 앞으로 앞으로 열심히 걷기 시작했

다. 우리는 한길의, 눈에 보이는 끝까지의 거리를 몇으로 쪼개서 돼지 몰고 갈 사람을 정했다. 정태가 맨 먼저 새끼의 한 끝을 쥐었다. 돼지는 거만하게 정태를 종놈으로 삼고 우리의 뒤에 떨어져서 걸었다. 정태를 제외한 나머지 사람들은 술병들과 점심 대신의 빵 꾸러미를 몇이서 나눠 들고 둘씩 셋씩 짝을 지어 걸었다.

서울에서는 계절의 바뀜을 알리는 것이 라디오 정도였다. 서울에서 조금만 떨어져도 풍경과 계절은 믿어지지 않을 만큼 친한 사이여서 창경원 숲마저 무척 외로운 놈이었다는 것을 알게 된다. 들에는 왜병 대신에 벼들이 차 있고 멀리 보이는 산성은 권총 한 자루보다도 허약해 보여서 역사는 무척 외로운 놈이라는 것을 알게 된다. 산성 밑의 마을까지 뻗어 있는 길에는 자동차 한 대 보이지 않아서 마치 곡예단의 사자처럼 울 안에 갇혀서 윙윙 소리 지르며 정해진 장소를 빙빙 돌고 있는 서울의 그 많은 차들이 얼마나 외로운가를 알게 된다. 훌륭하기 때문에 외로운 것도 외로운 것임에는 틀림없다.

한길이 구부러진 곳은 철로와 교차로를 이루고 있었다. 돼지와 그의 종놈을 이젠 꽤 멀리 뒤로한 우리들이 그 교차로를 건널 때 들판의 저 끝에서 사나운 뱀처럼 기차가 대가리를 이쪽으로 하고 달려오고 있는 것이 보였다.

얼마 후, 엉뚱한 사건이 터졌다. 이젠 멀리 떨어진, 우리가 지나온 교차로 쪽에서 정태가 두 팔을 휘두르며 우리를 부르고 있었다. 돌아보니 기차는 벌써 교차로를 지나서 능곡역 쪽으로 달리고 있었고, 정태가 모시고 있어야 할 나리님은 보이지 않았다.

"돼지가 철도 자살을 한 모양이다."

운길이가 소리쳤다. 우리는 돌아서서 청상과부의 구원을 바라는 손짓에 응하기 위하여 길에 먼지를 피우며 달려갔다.

"어떻게 된 거야?"

"저쪽으로 도망갔어."

정태가 철로 곁에서 기차가 지나가기를 기다리고 서 있는데 기차의 꼬리가 교차로를 마악 벗어날 즈음에 자연의 냄새를 맡은 돼지의 근육은 오랜 옛날의 선조의 속삭임을 거기서 들었는지, 마음 놓고 있던 정태의 손에서 탈출을 감행했다는 것이었다. 정태는 당황하여 돼지에게 끌려가고 있는 새끼의 끝을 발로 밟으려고 하였으나 실패. 돼지는 기차의 꼬리와 아슬아슬하게 자리를 바꾸면서 철로를 건너 바로 옆 논 속으로 뛰어들었다. 과연 저쪽 논은 흔들리고 있는 벼들로써 한 줄기 긴 줄을 지니고 있었다. 줄은 점점 길어지고 있었다.

"그 뒤뚱거리던 걸음은 속임수였어. 기차 정도로 빨랐으니까."

정태는 정말 질린 얼굴로 말했다. 우리는 한바탕 웃었다. 줄은 여전히 이어지고 있었으나 속도는 아까보다 훨씬 느려졌다. 줄은 비록 넓은 들 속으로 향하고 있었으나 그놈이 잡힐 것은 시간문제였다.

술병들과 빵 꾸러미를 지킬 녀석 한 놈만 남겨 두고 우리는 뿔뿔이 헤어져서 논을 포위하였다. 그런데 예상과는 다르게 그놈을 체포한다는 것이 쉽지 않으리란 것이 점점 뚜렷해졌다. 그놈이 전진할수록 우리들 하나와 하나 사이의 간격은 점점 넓어져 갔고 논두렁 속으로 들어가서 보니까 한길에서 들을 볼 때와는 다르게 시야가 넓지 못했다. 게다가 그놈은 이젠 길을 똑바로 정하지 않고 이리 꾸불 저리 꾸불 달리고 있었다.

가을 한낮의 햇볕은 눈부시게 들과 나의 머리 위를 비치고 있었다. 들은 돼지의 탈출을 돕는지 깊은 밤처럼 조용했고 그러나 그것도 내가 걸음을 멈추었을 때뿐, 움직이기 시작하면 들의 시민인 벼들이 내 몸에 부딪쳐 걸음을 늦추게 하면서 바스락바스락 소리를 지르며 내 신경을 피로하게 만들었다. 온 들이 나에게 저항했다. 텅 빈 허공조차 이젠 멀리 떨어진 내 전우의 외침을 나에게 정확히 전해 주지 않음으로써 돼지의 탈출을 돕고 있었다. 메뚜기들은 나에게 육탄 돌격을 감행해 왔고 진짜 뱀 몇 마리가 나의 사기를 꺾기 위해서 시위했다. 우주가 시시각각 확대되어 간다는 과학 책의 가르침을 그 들녘이 내 앞에 본보기로서 자기 몸을 내던졌다. 정말 들녘은 확대되어 가기만 했고 나의 전우들은 서로의 외침이 동물의 목구멍 속에서 나온 소리라는 것을 겨우 알 수 있을 정도로 멀리 떨어지게 되었다.

나도 나의 전우들과 마찬가지로 좁은 논두렁길을 비틀거리며 달렸다. 돼지를 잡기 위해서가 아니라 전우들과 가까워지기 위해서 달리고 있는 느낌이 들었다. 벼들은 더욱 요란스럽게 나를 향하여 짖어 대고 논두렁은 자기 몸을 갑자기 꼬아 버림으로써 내가 헛발을 디딜 수밖에 없게도 만들었다. 한번은 논두렁이 정식으로 나를 논 속으로 밀어서 자빠뜨렸다. 까칠까칠한 볏잎들이 무자비하게 나를 찌르고 할퀴었다. 볏잎 하나는 자기의 예리한 칼을 정통으로 내 눈에 꽂았다. 겨우 볏잎들의 고문에서 몸을 빼내긴 했으나 한쪽 눈을 뜰 수가 없었다. 볼과 턱과 손등이 긁혀서 쓰라렸다. 나는 조심조심 달렸다. 이미 돼지의 행방은 내 눈에 들어오지 않았다. 전우들이 어떤 한 방향으로 달리고 있는 것을 보고 돼지가 그쪽으로 움직이고 있다는 것을 짐작할 수 있을 뿐이었다.

나는 정태가 일부러 돼지를 놓아준 것은 아닌가 하고 생각했다. 나는 찐빵은 너무 변덕스럽고 장난스러운 성격을 가졌다고 생각했다. 나는 돼지가 잡히기만 하면 내 손으로 그놈의 목에 칼을 찌르겠다고 생각했다. 나는 빨리 돼지를 생포하고 나서 친구들과 큰 소리로 한바탕 웃고 싶었다. 나는 이렇게 달리고 있는 것도 오늘 프로그램 중의 한 항목이라고 생각했다.

나는 걸음을 멈추었다. 볏잎에 찔린 눈은 눈물이 가득하고 쓰려서 뜰 수가 없었다. 나는 우리의 목적지인 산성을 돌아보았다. 아무리 보아도 높지 않은 산에는 구름의 그늘이 내려져 있었다. 나는 우선 쓰라린 눈을 달래기 위해서 두 손을 밑으로 늘어뜨리고 조심조심 그쪽 눈을 떴다. 눈물이 눈초리를 타고 내렸다. 구름의 그늘이 산성을 슬슬 어루만지며 지나가고 있었다. 문득 온 들녘이 화려한 색채를 띠고 나에게 웃음을 보냈다. 퇴색해 가는 초록색이 내 눈을 쓰다듬었다. 들바람이 한 쪽으로만 몰려 있던 나의 감각들을 어루만져서 제자리로 돌아가도록 했다. 나의 감각들은 바람의 속삭임과 들이 풍기는 냄새를 즐기기 시작했다. 먼 쪽의 논 하나를 둘러싸고 조

242

금씩 포위망을 좁혀 가고 있는 사람들도 그 들녘의 일부분처럼 보였다. 나는 우리가 꼼짝할 수 없이 들의 포로가 되어 버렸음을 알았다. 돼지를 결국 잡았는지, 사람들이 얽혀 있는 모습과 그쪽에서 바람이 싣고 온 짧고 희미한 환호 소리조차 들녘의 풍부한 색채와 허공의 형태 없는 숨결을 예배하기 위해서인 것 같았다.

돼지는 온몸에 흙물을 뒤집어쓰고 눈 가장자리와 콧등에 묽은 흙을 주렁주렁 달고 꽥꽥거리며 끌려왔다. 산성에 올라서 대첩비 아래쪽 빈 터에 모닥불을 장만하고, 털을 벗기고 배를 가른 돼지를 굽고 있는 동안에도 나는 들녘이 우리에게 던져 준 돼지의 껍질을 우리가 굽고 있는 것만 같았다.

불꽃 위로 돼지의 기름이 뚝뚝 떨어질 때마다 불꽃은 노출된 상처를 찔리기라도 한 듯이 나지막한 비명을 지르며 펄쩍펄쩍 튀어 올랐다. 대가리도 짤리고 털도 벗겨져 버려서 완전히 고깃덩어리에 지나지 않는 불꽃 위의 돼지는, 푸줏간의 고깃덩어리와 수레를 끄는 황소를 연결시켜 생각하기 힘들다는 사실을 존중하라던 찐빵의 계명을 나로 하여금 거역하지 않으면 안 되도록 했다. 불꽃 위의 고깃덩어리는 흙탕물을 뒤집어쓰고, 맑은 눈동자를 뒤룩거리는 돼지로서 나를 무자비하게 물어뜯고 있었다.

"어쩐지 맛있을 것 같지 않은데."

누군가 구워지고 있는 돼지를 바라보며 말했다. 모든 사람이 그런 심정이었으리라. 나는 볏잎에 긁혀서 아직도 쓰린 볼과 손등을 쓰다듬어 보고 또는 내려다보았다. 돼지는 잡히고 말았지만 너무 처참한 상처를 나에게 주고 나서 잡혔다.

숙이는 마치 나와 싸움이라도 했던 것처럼 움직였다. 마루
끝에 우두커니 나앉아서 닦은 듯이 맑은 하늘을 올려다보는
법도 없어졌다. 부엌 문기둥에 어지러운 듯이 이마를 대는 법
도 없어졌다. "많이 드세요."라는 말도 서글픈 웃음도 없어졌
다. 자기의 동생들을 여전히 가르치긴 했지만 내 방에 전해지
는 그 여자의 목소리 속에선 열성이 없어졌다. 때때로 일부러
가 분명한 높은 웃음소리를 냄으로써 웃지 않는 법도 없어졌
다. 라디오를 사랑하던 버릇도 없어졌다. 성우들에 대한 부러
움도 없어졌다. 항상 밖에 나가 있어야 하는 어머니 대신 도
맡아 하는 살림살이에 대한 열성도 없어졌다. 일요일 같은 때,
내가 방 안에 있으면 손바닥만 한 마당가의 꽃밭에서 이젠 시
들어 버린 꽃나무들을 쥐어뜯거나 호미로 꽃밭을 파는 필요
하지 않은 짓을 하거나 했고 변소에라도 가기 위하여 마당으
로 나선 나와 시선이 부딪치면 그 여자의 얼굴은 굳어지곤 했
다. 일주일쯤, 나는 그 여자의 이해하기 힘든 변화 때문에 당
황했다.

그러다 어느 날, 그 여자는 내게 대문을 열어 주고 나서 지
난 여러 날과는 다르게 사람들이 무안당했을 때나 웃는 미소
를 띠고 나에게 말을 걸었다.

"무슨 재미나는 책 가지고 계시면 좀 빌려 주시겠어요?"

이번의 갑작스런 변화는 내게 무엇인가를 짐작하게 했고
지난 여러 날 동안 그 여자가 짓던 태도를 이해하게 해서 나

의 아랫배로부터 조용한 웃음을 연기처럼 피어오르게 했다. 그러나 그 따뜻하기 짝이 없는 연기를 나는 심장의 바로 아래에서 흩어지게 해야 했다. 나는 묵묵한 태도로 책을 빌려 주었다.

어느 날, 그 여자는 나에게 말했다.

"저, 성냥갑을 모으고 있는데 혹시 밖에서 디자인이 새로운 성냥갑을 얻으시면 좀……."

나는 할 수 있는 한 다방을 옮겨 다니거나 식당을 옮겨 다니거나 목욕탕을 옮겨 다니면서 성냥갑을 얻어다 주곤 했다.

어느 날, 그 여자는 나에게 말했다.

"타이프라이터 치는 것을 배워 두면 취직할 수 있을까요?"

"잘 되겠지요."라고 나는 대답했다. 그러나 그 여자는 배우러 다니지 않았다. 교습소에 다닐 비용도 없었겠지만 살림을 도맡아 하는 형편이었다.

나는 이따금 창녀의 집엘 찾아가곤 했다. 나는 창녀의 이마 위에 창녀의 눈썹 그리는 연필을 빌려서 까만 점 한 개를 그려 놓고 나서야 그 점을 내려다보며 그 짓을 하곤 했다. 창녀는 재미있는 장난으로 생각하고 내가 자기 이마 위에 까만 점 한 개를 그리고 있는 동안 낄낄거렸고 나는 숙이의 이마 위에 있는 보일 듯 말 듯한 까만 점 한 개를 창녀의 이마 위에 옮겨 놓기 위하여 이를 악물었다. 까만 점은 마구 흔들렸다. 까만 점은 거짓 헛소리를 한 바께쓰쯤 쏟아 놓았다. 까만 점 위에 나는 땀 흐르는 내 이마를 대었다. 까만 점은 내가 흘린 땀에 씻겨져 없어졌다. 나는 구역질이 날 듯한 불쾌감을 돌아오는 길에서 보이는 모든 것에 발라 버리려고 애썼다. 그래도 한 순 갈쯤 남은 불쾌감은 대문을 열어 준 숙이 이마 위의 진짜 까만 점을 보자마자 없어졌다.

창녀의 집을 찾아다니는 것에도 지쳤을 때 나는 숙이의 성냥갑 모으는 취미의 정체를 알게 되었다. 그것은 가난뱅이들의 종교였다. 나도 그럴듯한 종교를 가졌다. 그것은 그 여자가 그날 하루 동안에 내게 했었던 말들을 기억나는 대로 빠짐없이 하얀 종이에 써 두는 것이었다. 나의 욕심은 그 여자의 숨결의 높고 낮음도 표정의 변화도 웃음소리도 손짓의 모양들도 적어 두고 싶어 했으나 그것은 거의 불가능했다.

몸이 편찮으신가 봐요, 안색이 너무 좋지 않으시네요, 그럼 일이 너무 고되시나 부죠, 여기 물 가져왔어요, 빨래할 거 있으면 내놓으세요, 비가 올 것 같죠? 아이, 비가 하루 종일 왔으면, 어머, 비를 싫어하세요? 전 비오는 날이 제일 좋아요, 이유는 모르겠어요, 아늑하고 마음이 가라앉고 아이, 모르겠어요, 어저께 저녁 때 시장을 다녀오는데 하마터면 차에 치일 뻔했어요, 남자들이 어떻게 웃어 대는지 창피해서 혼났어요, 막 놀리기도 하잖아요, 다 잊어버렸어요, 제 친구 소개해 드릴까요? 고등학교 때 제일 친한 친구예요, 지금은 이화대학 다녀요, 참 이쁘게 생겼어요, 졸업하면 미국 간대요, 책 잘 봤습니다, 네 재미있었어요, 정말 사람이 그렇게까지 될 수 있을까요? 러시아 소설은 읽기가 힘들어요, 나오는 사람들의 이름이 길고 괴상해서 이름이 나온 대로 종이에 적어 두고 맞춰 가면서 읽었어요, 다들 죽는다는 건 참 신기하죠? 이제 마흔한 개

모았어요, OB살롱 성냥은 섬세해서 좋구요, 카이로다방 성냥은 색깔이 은은해서 좋구요, 뉴욕다방 것은 넙적해서 좋구요, 정말 다방 성냥들을 쭈욱 늘어놓고 앉아서 보고 있으면 세계 일주를 하는 것 같아요, 밖에선 무얼 하세요? 아이, 신문사 일 말구요오, 약주 많이 드세요? 요즘 약주엔 약을 타서 너무 많이 마시면 머리가 나빠진대요, 제 친구 소개해 드릴까요? 아녜요, 접때 말한 친구는 이화여대 다니는 애구요, 저처럼 집에서 놀아요, 참 이쁘게 생겼어요, 이거 좀 잡숴 보세요, 아아니요 안색이 나쁘시니까 어머니가 해 드리라구 하셨어요, 아이 제게 무슨 돈이 있어요? 어머니가 해 드리라구 하셨다니까요, 인형 만드는 기술을 배워 볼까 하는데요, 학교 다닐 때 그림은 반에서 제일 못 그린 걸요, 어머어머 그건 제게 너무 엄청나는 일예요, 비가 올 것 같죠? 막 좀 쏟아졌으면 좋겠어요, 엄앵란이가 빗속으로 미친듯이 달려가는 장면 말이죠? 정말예요 너무너무 좋아요 제가요? 아이 놀리시면 나쁜 분이에요…….

토끼도 뛴다

부장이 적어 준 주소를 한 손에 들고 나는 답십리 그 넓은 구역을 뱅뱅 돌았다. 그 전날 오후에 시작한 비가 그날 새벽까지도 왔었으므로 넓다는 아스팔트 길조차도 질흙이 밀려 있어서 엉망이었다. 쉴 새 없이 오고 가는 차들이 내 옷에 흙탕물을 끼얹기 시작한 것은 굴다리를 지나서부터니까, 목적하던 집을 찾았을 때 식모가 대뜸 "다음에 오세요."라고 나를 거지 취급한 것은 결코 괘씸한 일이 될 수 없었다.

집 찾는 데 다소 머리가 빨리 돌아가는 내가 그 집을 찾는 데 무려 두 시간이나 걸린 것은 오로지 비 탓이었다. 답십리 쪽으로는 언젠가 서너 차례 와 본 적이 있어서 눈에 익은 곳이라고 자신하고 왔는데 정말 너무 변해 있었다. 얼마 전까지 논이던 곳에 붉은 기와에 하얀 타일을 바른 집들이 빽빽하게 들어서 있고 골목이 수없이 생겨 있었다. 거기에 비가 왔었으니 골목길은 다시 물논이 되어 있었던 것이다. 결국, 골목 안으로 들어서기를 무서워해서 포장한 한길만 오르락내리락하며, 내가 찾고 있는 집이 길가의 어디에 있기를, 다시 말하면 집이 나를 찾아오거나 손짓으로 나를 부르기를 바라던 게 잘못이었다.

복덕방 영감들이 내가 내미는 주소를 보며 "아마 저쪽일 거라"고 손짓해 주는 곳이, 이젠 별 수 없이 물논 같은 골목을 헤치며 들어가야 할 곳이라는 게 납득되기까지도 꽤 오랜 시간이 걸렸다. 술 한 방울이 온몸에 퍼지는 시간 만큼은 지난 뒤 그동안 아연해 있던 표정을 얼른 거두고 용사 같은 얼굴로 "알았습니다. 고맙습니다." 그리고 이 생소하고 질퍽질퍽한 답십리와 영락없이 닮은 복덕방 영감들에게 꾸벅 절했다.

그 달에 받은 월급에서 천오백을 구두 값으로 쓸 작정을 하고 나니까 그제야 나는 물논 속으로 돌진할 수가 있었다. 눈앞에 반질반질한 새 구두를 떠올리려고 애썼는데 조금은 성공한 것 같았으나 그래도 "곰탕이 스무 그릇 곗돈은 세 몫, 곰탕이 스무 그릇, 곗돈은 세 몫."이란 소리가 저절로 흥얼거려졌다.

골목 속에서, 나는 창고나 또는 학교 또는 유치원 심지어 목욕탕 같은 건물만을 찾는 실수를 저질렀다. 연극 연습이라면 으레 넓은 장소가 필요할 것이고 그렇다면 가정집은 적당치 못할 것으로만 알고 있었는데 막상 그 주소의 집을 찾고 보니 쇠로 된 대문을 거느린 2층 양옥 가정집이었다. 글자 몇 개와 숫자 몇 개가 눈앞에 커다란 집이 되어 나타나는 것은 신기한 일이었다. 그러나 즐겁다는 느낌은 조금도 없고 물논 같은 골목에 뿌리고 온 1500원을 현금으로 상상해 보니 울화만 치밀었다.

홧김에, 벨을 누르는 대신, 쇠로 된 대문을 주먹으로 세 번쯤 쳤더니, 마침 마당에 나와 있었던지 식모 같은 아가씨가 샛문을 삐쭉 열며 "다음에 오세요." 했다. 나는 샛문이 닫혀 버리는 것을 내버려 두고 자신의 몰골을 훑어보았다. 흙탕물투성이가 된 잠바와 바지, 구두는 이미 각오한 바였지만 껴안고 울고 싶을 만큼 처참했다. 나는 다시 한 번 내가 들고 있는 글자와 대문 돌기둥에 붙어 있는 글자를 맞추어 보고 나서 이번엔 벨을 눌렀다. 잠시 후에 아까 그 여자가 다시 얼굴을 내밀었다.

"이 집에서 '국민무대'가 공연 연습을 하고 있습니까? 신문사에서 왔는데요."

"아."

아가씨는 얼굴을 붉히며 웃고 샛문이나마 활짝 열어 주었다.

그 집의 2층 방은 미닫이로써 연결되어 있는데 미닫이를 모두 떼어 내니까 댄스 파티도 할 만큼 넓었다. 연극 연습 장소로는 아주 훌륭했다. 방의 창들이 검은 커튼으로 가려져서 밖에서 들어오는 빛을 차단하도록 해 놓은 것은 이상했다. 그 대신 대낮인데도 전등을 켜 놓고 있는데 도색 영화를 찍는 스튜디오가 아닌가 하는 착각이 들 만큼 음침하고 수상스러운 분위기였다. 연예 담당 기자라는 신분 때문에 나는 공연 연습 장소엘 자주 가 보곤 했지만 그렇게 복잡한 곳은 처음이었다. 대개는 학교 교실 따위를 빌려서 마룻바닥에 분필로 세트의 평면도를 그려 놓고 의자 몇 개를 놓으면 그만이었다. 우선 가정집 2층이라는 것까지는 그들의 호주머니를 참작하며 상상력을 발동시키면 그럴 수도 있겠지 한다고 하더라도, 그렇게 바깥의 빛을 차단해 버리고 자질구레한 도구가 많이 준비되어 있는 것은 이해할 수가 없었다. 제일 먼저 눈에 뜨이는 것은—그것이 나로 하여금 도색 영화를 촬영하는 스튜디오가 아닌가 하는 착각을 하도록 한 것인데—철로 연변에서나 볼 수 있는 키 작은 신호등 닮은 조명 기구는 세 개였고 그다음에 눈에 뜨이는 것은 수상한 액체를 담은 유리병—그것들은 모두 코르크 마개로 덮여 있고 마개에는 길고 가느다란 고무줄이 하나씩 붙어 있고 고무줄은 관상(管狀)인지 끝을 작은 솜뭉치가 덮어 싸고 있었다—이 일곱 개 정도, 농악에나 쓸 것 같은 작은 북과 크기가 다른 방울이 여러개, 그리고 옛날 톱밥을 연료로 쓰던 시절에나 필요하던 가정용 풀무가 한 대 눈에 뜨였다. 그 외에, 배우라는 남자 둘과 여자 하나와 연출자와 무슨 일인가를 맡고 있을 남자 셋은 으레 있는 것이라고 하지만, 토끼가 한 마리 방 안을 뛰어다니고 있는 것은 아무래도 이상스런 풍경이었다.

"이번 국민무대의 레퍼토리는 좀 유별난 것이라고 한다. 무엇이 유별난가. 그것을 잘 알아 오도록!"이라는 부장의 얘기가 생각났다. 우선 연출자의 얘기를 듣기로 하였다. 사계(斯界)의 신인답게 연출자는 의욕과 정열이 가득 찬 음성으로 나의 모든 신경을 자기 얘기 속에 담가 버리려고 애쓰기 시작했다.

"우선 제 얘기를 완전히 믿어 주실 각오로 들어 주시기 바랍니다. 거짓말이 아니라는 것은 제 얘기가 끝나는 대로 증명해 보여 드리면 될 것이니까요. 제 얘기를 시작하기 전에 먼저 김 선생님께 물어 보고 싶은 게 있는데, 김 선생님은 과학의 위력을 어느 정도로나 믿고 계십니까?"

토론하기 위해서 온 건 아니었지만 그 의욕에 넘쳐 있는 사람의 기분을 맞춰 주기 위해서 나는 그 사람의 절반 정도로는 진지하게 "곧 화성에도 인공위성을 발사할 날이 오겠죠."라고 대답했다.

"로켓, 좋습니다." 그는 말했다. "그러나 제가 말하는 과학이란 그런 금속성인 게 아닙니다. 그따위 아동들의 만화 같은 게 아니란 말씀입니다. 사람이 화성에 발을 디디는 것, 대단히 좋습니다. 그러나 사람들이 화성에 발을 디딜 자격이 있다고 생각하십니까? 미래의 인간들에겐 그럴 자격이 주어질

는지 모릅니다. 단, 그들도 우리가 지금 무엇인가를 철저히 해놓았기 때문이라는 전제 밑에서 말입니다. 그들이 그런 영예를, 화성에 발을 디디는 것을 영예라고 한다면 말입니다, 그런 영예를 누릴 수 있는 것은 다만 우리보다 늦게 태어났다는 이유 때문입니다. 그 외엔 아무런 이유도 없습니다. 그들에겐 의무 내지 심심하니까 할 일일 뿐입니다. 영예도 쥐뿔도 아닙니다. 제 말을 알아들으시겠습니까? 미래인이 심심해서 할 일을 미리 빼앗아서 하면서 영예니 뭐니 떠들 게 아니란 말씀입니다. 우리는 지금 심심하기 때문에 해야 할 일이 있습니다. 심심하니까란 말은 좀 틀린 것 같군요. 미래인들이 할 일이 너무 없으니까 화성에 발 디딜 생각이나 할 수밖에 없도록 지금 우리가 무엇인가를 해 놓아야만 합니다. 그게 무엇이라고 김 선생님은 생각하십니까?"

연출자는 살짝 곰보인 커다란 코를 손바닥으로 문지르면서 나를 노려보고 있었다.

"그것은…… 연극입니까?" 내가 말했다.

"연극 얘기는 좀 나중에 합시다. 그것은 과학적 분야에서의 얘기입니다."

스무고개 같아서 나는 웃음이 나오려는 걸 참았다. "그것은 가지고 다닐 수 있습니까?"라고 묻는다면 이 친구는 "아닙니다. 한 고개." 할 것 같았다.

"글쎄요. 뭐 많겠지요." 내가 말했다.

"뭐 많겠지요. 정도가 아닙니다. 너무 많습니다. 참, 담배 태우시죠."

그는 바지 호주머니에서 '백양'을 꺼내더니 내게 한 개비 권하고 나서 도로 호주머니 속으로 담뱃값을 쑤셔 넣었다. 이번엔 바지의 다른 호주머니에서 라이터를 꺼내더니 불을 켜서 내 코 밑으로 들이댔다. 담배 한 대를 권하고 라이터 한 번 켜 주면서 마치 유치원 보모가 바지에 똥을 싼 어린애 다루는 듯한 기분을 물씬 느끼게 하는 그의 재주에 나는 감탄했다.

"그것은 무엇입니까?"

나는 담배를 한 모금 빨고 나서 우리의 보모님에게 물었다. 보모님은 마치 분필을 손가락으로 만지작거리듯이 고개를 약간 숙여서 마룻바닥의 한군데를 시선으로 만지작거리며 나직나직한 목소리로 그러나 힘을 말 마디마디에 넣어 가며 얘기하기 시작했다.

"전 과학자가 아닙니다. 따라서 전문적으로 이야기할 수는 없습니다. 그럴 필요도 없겠지요. 전 남보다는 좀 더 과학적 분야에 대하여 관심을 가지고 있는 시민의 한 사람으로서 말씀드리려고 하는 것입니다."

그는 이렇게 말을 꺼내 놓고 나서 잠깐 동안 입을 꼭 다물고 있었다. 곁에 물이 있었더라면 틀림없이 한 모금 마셨을 것이다.

"진정한 과학자는 반드시 두 가지 부분으로 되어 있습니다. 한 부분은 앞서 간 과학자들이 남기고 있는 것을 완전히 이해하고 있는 부분이고 또 한 부분은 인류의 안전과 욕망을 보장하고 만족시켜 주기 위하여 엉뚱한 공상을 하는 부분입니다. 그들이 가지고 있는 한 부분, 다시 말하면 제가 방금 앞에 말한 부분은 뒤에 말한 부분을 위해서만 의미가 있습니다. 그러므로 여기서 우리는 두 가지 얘기를 얻을 수 있는데요. 하나는 동시에 첫째는 과학자들이 공상하고 있는 것의 내용이 무엇인가가 아주 중요하다는 것이고 또 하나는 그들이 알고 있는 것, 다시 말해서 선배들이 남겨 놓고 있는 것에다가 자기들은 후배를 위해서 무엇을 더 보태어 놓았는가가 중요한 문제라는 것입니다.

또 한 모금 마셨을 것이다.

"전 진정한 과학자라고 먼저 분명히 말했습니다. 진정한 과학자란 어떤 개인이나 어떤 국가만을 위해서 일하는 사람이 아니고 모든 사람, 다시 말해서 인간이라면 누구나 바라고 있는 문제의 어느 부분을 위해서 일하는 사람을 가리킨다는 저의 전제가 반드시 필요합니다. 그런 전제 다음에 아까 제가 말한 과학자를 이루고 있는 부분에 대해서 한번 생각해 보자는 얘깁니다."

또 한 모금.

"제가 세계 도처에 수많은 과학자들의 연구실을 일일이 방문하고 난 뒤에 다음 얘기를 하려는 게 아니란 건 잘 아실 것입니다. 저는 우리 시대의 정력과 시간의 많은 부분을 차지하고 있는 과학이 좀 엉뚱한 곳에서 뱅뱅 돌고 있지 않느냐는 것입니다.

"죄송하지만……." 하고 나는 말했다. "기사를 한 시간 안으로 써 두어야 합니다. 선생님의 과학에 대한 관심의 정도는 (표정으로 보아서라고 말하려다가 실례가 될 것 같아서 그만두었다.) 잘 알겠습니다. 결론만 간단히 말씀해 주시고 이번 공연에 관해서 좀……."

"아, 실례했습니다. 지루하신 모양이군요."

그는 자기 손바닥으로 자기 이마를 한 번 딱 치며 말했다.

"아닙니다. 단지 지금 제게 시간이 없기 때문에……."

"예, 알겠습니다."

내 말에 기분을 상한 것 같지는 않았으나 그는 잠시 말을 멈추고 있었다. 물을 마셨더라면 세 모금쯤 마셨을 것이다.

"글쎄요. 이것이 저의 결론이 될 수 있을는지 모르겠습니다만 들어 보십시오. 전 어렸을 때부터 토끼를 사랑했습니다. 제겐 가축을 기르는 것이라면 무얼 기르든지 좋아하는 성미가 있는데 그중에서도 토끼를 가장 좋아합니다. 토끼를 제가 길렀다기보다 저를 토끼가 기르면서 자라났다고 해도 좋을 지경입니다. 그런데 문제가 하나 있었습니다. 제가 토끼를 좋아하고 있는 그만큼 토끼도 나를 좋아하고 있을까? 토끼의 하는 짓을 보면 결코 그런 것 같지 않았습니다. 좋아하기는커녕 도대체 무엇에 관심이 있는 것 같지도 않았습니다. 그래서 슬펐습니다. 물론 어렸을 때의 얘기지요. 좀 자란 뒤엔 사람이 토끼를 기르는 것은 그것을 이용하기 위해서라는 것을 알았습니다. 토끼의 가죽과 털, 토끼의 고기, 토끼의 혈청, 대강 이런 것을 이용하기 위해서입니다. 토끼에 대한 생각은 저의 경우, '그것은 이용하기 위해서 둔다'는 것 이상이었습니다. 이용이라고 하더라도 반드시 분해되어서만 사람을 돕는다는 게 좀 시원찮은 느낌의 원인을 좀 나중에 알게 됐습니다. 저는 토끼의 생명력까지도 이용하려 들었던 것입니다. 토끼가 자연으로부터 배당 받은 생명력, 그것은 인간의 그것에 비하면 아주 적은 것인지도 모릅니다. 어느 때 개에 물려 죽는 토끼를 보았는데, 물론 저는 개를 쫓기 위해서 뛰어 갔습니다만, 이미 토끼는 죽어 가고 있었습니다. 그 토끼의 빛나는 노을 같던 눈동자는 밤에게 유린당하는 노을처럼 점점 회색으로 변했습니다. 그처럼 토끼의 생명력은 빨간 눈동자의 크기 정도밖에 되지 않은 것인지 모릅니다. 그러나 그 생명력을 이용한다면, 물론 공상이었습니다만, 사람들은 얼마나 큰 이득을 볼는지 헤아릴 수 없다고 생각했습니다."

"생명의 신비가 모두 밝혀지지 않은 채 그것을 이용한다는 것은 힘들고 잘못하면 아주 위험하기도 하겠지요."

나는 내 호주머니에서 내 '파고다'를 꺼내어 내 성냥으로 내 담배에 불을 붙일 준비를 하면서 말했다.

"아, 이제야 제 얘기에 관심을 가지시는군요. 여기 있습니다." 그는 재빨리 자기 호주머니에서 라이터를 꺼내어 찰칵 불을 켜서 내 코앞으로 내밀었다. 그러나 벌써 그때는 나의 성냥개비도 불을 밝히고 있을 때였다. 나는 내 손에 들린 성냥불과 코앞에 들이밀어진 라이터 불을 두고 잠시 동안 어쩔 줄을 몰랐다. 라이터 불이 이겼다.

"이제 마악 연극에 대한 얘기가 나오려고 하니까 재빨리 제 얘기에 관심을 나타내시는군요. 대단한 두뇌를 가지신 모양입니다."

그는 우선 나를 칭찬하고 나서 또는 비꼬고 나서 말을 계속했다.

"저는 과학자는 아닙니다. 그러나 제가 기울인 노력이 현대의 과학자들이 기울이고 있는 노력보다 더 귀중했으면 했지 못하다고 생각하지 않습니다. 제가 토끼에 대했던 태도, 그것은 건축으로 말하자면, 너무 뼈대뿐인 것인지는 모르겠으나 모든 현대 과학자들이 가져야 할 기본 태도 내지는 과학의 존재 이유가 되어야 한다는 것입니다."

"토끼에게 어떤 태도를 취하셨던지는 모르겠으나 굉장한 일을 하신 모양이군요. 토끼의 뱃속에 혹시 어린애라도 만들어 놓은 건……."

"농담하지 마시기를 부탁 드립니다. 현대의 신문사 기자들에 대해선 전 과학자들에 대한 불만의 천 배 만 배를 털어놓고 싶을 지경입니다. 배우 아무개와 가수 아무개가 연애를 한다. 그러면 부랴부랴 뛰어갑니다. 혹시 어린애 안 만들었어? 안 만들었다. 에 시시하군 하면서 돌아섭니다. 그게 기자라는 것이죠."

"앞으로 주의하겠습니다."

"주의하실 필요는 없습니다. 신문기자 개개인의 탓은 아닐 테니까요. 제가 어디까지 얘기했죠?"

"토끼를 가지고 굉장히 자랑스러운 일을 해내었다는 뜻의……."

"아, 알겠습니다. 저는 이런 일을 했습니다. 불교는 이런 걸 가르쳐 주었습니다. 인간에겐 여섯 가지 식(識) 외에 두 가지 식이 더 있다고 합니다. 그러면 일종의 질량불변의 법칙, 이것

은 오늘날 좀 의심 받고 있습니다만, 하여튼 그것 비슷한 윤회
설을 가진 불교가 인간에겐 무엇을 알고 판단하는 수단이 여
덟 가지 있다고 말할 때는 동물에게도 그것이 있다는 것이 아
닐까. 물론 이건 지극히 비과학적인 가설입니다만 여기서 힌
트를 얻었습니다. 그래서 토끼를 상대로 우선 우리가 간단히
알 수 있는 기관들, 즉 토끼의 눈, 토끼의 코, 토끼의 귀에 저
는 여러 가지 수단으로써 호소하여 토끼의 생명력을 인간이
이용할 수 있도록 했습니다."

"어떻게 말입니까?"

나는 그의 말하는 투로 보아서 그가 결코 농담을 하고 있
는 게 아니라는 건 알 수 있었지만 '토끼의 생명력을 인간이
이용할 수 있다'는 말이 한바탕 우스갯소리로 끝나 버리지나
않을까 하는 염려가 생겨서 다급한 목소리로 물었다. 그랬더
니 그는 의자에서 천천히 일어서면서 착 가라앉은 목소리로
교장 선생님이 불량 학생을 퇴학 처분할 때 마지막으로 한마
디 타이르듯이 말했다.

"지루하실 테니까 이 이상 더 말로 설명하지는 않겠습니다.
지금부터 직접 눈으로 보아 주십시오. 지금 저기 토끼 한 마
리가 있지 않습니까?"

토끼는 방 구석지에 웅크리고 앉아서 고개를 갸우뚱 돌리
고 코를 발름거리고 있었다.

"3막 준비!"

갑자기 연출자가 높은 목소리로 말했다. 나는 처음엔 그가
나에게 무어라고 말하는 줄 알았다. 그러나 그것은 대본의 3

막 연습 준비를 하라는 연출자의 스탭과 캐스트들에 대한 명령이었다. 연출자의 명령이 내린 방 안은 마치 적의 잠수함을 발견한 구축함 속 같았다. 스탭들로 보이는 사람들이 빠른 걸음으로 내가 그 방 안에 처음 들어섰을 때 이상하게 여기면서 보았던 기구들 앞으로 갔다. 어떤 사람은 철로 연변에 있는 키 작은 신호등 같은 물건 뒤에 서고 어떤 사람은 고무관이 탯줄처럼 달린 유리병들 앞으로 가고 어떤 사람은 농악 할 때나 쓸 듯한 북이며 방울들 앞으로 갔다. 단 한 사람뿐인 여배우가 무대로 약속한 장소의 가운데에 섰다. 남자 배우 두 사람은 연출자의 곁에 그냥 서 있었다. 아마 3막에는 여자의 독백이 있나 보다고 나는 생각하며 이제 시작되려고 하는 이 구축함 속에서 복잡한 무대 위의 연극을 충분히 감상할 자세를 갖췄다. 한 사람이 지금까지 방 구석지에 웅크리고 있던 토끼를 안아다가 실제의 무대라면 오른쪽 출입구가 되는 곳에 앉혔다. 신기한 것은 토끼가 마치 지금 무대 중앙에 서 있는 여배우가 자기를 불러 주기를 기다리고 서 있다는 듯이 고개를 들어 코를 날름거리며 여배우의 얼굴을 올려다보면서 한자리에 가만히 앉아 있는 것이었다. 갑자기 연출자가 신들린 무당처럼 소리쳤다.

연출자 : 헤이, 라이트 들어왔다. 영자 웃으면서…….

여배우 : 호호호호호호…… 호호호호호호…… 여신이시여, 밤의 여신이시여, (한 손을 가슴에 대면서) 저 같은 계집에게조차 밤을 가지라고 주셨군요. 고마우셔라. 하지만 여신이시여, 댁은 혹시 장님이 아니시던가요? (부드럽던 말소리가 갑

자기 변하여 기름 장수와 더 달라 못 주겠다 싸우듯이) 필요 없단 말예욧.

나에게는 밤 따위가 필요 없단 말예욧.

연출자 : 숨을 크게 들이마시면서 눈, 눈을 좀 더…….

여배우 : (하늘을 증오하듯이 눈을 치켜뜨며) 팥죽처럼 흐물거리는 욕망과 여우 같은 간계와 그 썩은 부분을 (두 손을 반쯤 들어 손가락들을 헝겊 조각처럼 흔들며) 과연 이 먼지 터는 헝겊 조각 같은 열 손가락으로만 막아 내라구요. 흥!

연출자 : 하낫, 둘, 셋, 넷, (연출자가 여섯을 세는 동안 여배우는 반쯤 올렸던 두 손을 탁 내리뜨리며 허탈하게 한 곳을 응시하고 서 있다.) 다섯, 여섯, 터뜨렷!

여배우 : (머리를 쥐어뜯으면서 허리를 굽힌다. 높고 울먹이는 목소리로) 싫어요, 싫어요, 저에게 밤을 주지 마세요. 저에게 줄 밤은 밤이 길기를 원하는 사람들에게나 나눠 주세요.

연출자 : (여신의 목소리로써) 내가 귀여워하는 가난한 처녀야. 내가 너에게 무엇을 해 줄 수 있을까, 내가 너에게 무엇을 해 줄 수 있을까.

여배우 : (기도하듯이) 태양의 나라로 보내 주세요. 기름진 나뭇잎들이 반짝이는 곳, 잔물결들이 반짝이는 곳, 뜨거운 모래밭, 밝은 합창, 새들의 날개 소리가 들리는 곳…….

연출자 : 태양은 나의 원수, 내 귀여운 가난한 처녀야. 널 어찌 그곳으로 보내랴. 밤은 많은 것을 준비해 두었으니 네가 토끼를 사랑할 수만 있다면!

그때 방울 소리가 딸랑 울렸다. 출입구로 약속하는 곳에서 여태까지 우두커니 여배우의 얼굴만 바라보며 얌전히 앉아 있던 토끼가 방울 소리를 듣더니 자기가 나가야 할 때를 잘 알고 있는 배우처럼 깡충깡충 무대로 뛰어나갔다. 여배우를 향하여 뛰어가고 있는 토끼의 바로 코앞을 철도의 신호등처럼 생긴 조명 기구에서 나온 빛이 쭈욱 비치고 있었다. 빛이 토끼를 인도하는 것이었다. 빛은 여배우를 중심으로 하고 빙빙 돌았다. 따라서 토끼도 여배우의 이쁘게 쭉 뻗은 다리를 중심으로 하고 그 주변을 돌며 뛰었다.

여배우 : (혼잣말로) 아니 이게 웬 토낄까? 이 어두운 도시에 이 지저분한 밤에 어디서 온 토끼일까? (그사이 여배우는 무엇인가 깨달은 듯이 점점 밝아지는 표정의 얼굴을 천천히 들어서 하늘을 우러러본다.) 아아, 여신이시여, 우리에게 어둠을 주시고 어둠 속에서 행해지는 모든 일을 주관하시는 밤의 여신이시여, 이 가련한 소녀에게 당신의 자비로움을 보여 주셨군요. (갑자기 몸을 돌려 꿇어앉으며 기쁨에 넘치는 음성으로) 토끼야, 요 이쁜 토끼야, 너의 자비로우신 주인은 어떻게 생겼니?

토끼는 마치 말 잘 듣는 강아지처럼 여배우의 얼굴을 올려다보며 가만히 앉아 있었다.

"됐어." 연출자가 소리쳤다. 그리고 나에게로 몸을 돌렸다. "너무 짧았습니다만, 잘 보셨겠지요. 저건 이번 공연의 3막에 나오는 한 장면입니다."

"아, 놀랐습니다." 내가 말했다. "우선 알고 싶은 것은 방금 제가 구경한 장면의 다음이 알고 싶군요. 계속해서 토끼는 배우로서 연기를 해냅니까?"

"그렇습니다." 연출자는 점잔을 부리면서 말했다. "완벽한 연기를 합니다. 마치 한 사람의 배우처럼 말이죠."

"훈련을 잘 시켰군요. 조건반사를 응용하신 것 같은데……"

"천만에요." 연출자는 펄쩍 뛰었다. "누구나 그렇게 생각할 겁니다. 동물이 말을 잘 들으면 사람들은 으레 조건반사를 생각합니다. 하긴 일종의 조건반사라고 해도 되겠지요. 생명을 가진 것, 이를테면 눈에 보이지 않는 바이니까 그렇지만 흔히 조건반사라고 할 때엔 일정한 학습 기간이 있음을 전제로 해야 합니다. 조건반사라는 것은 어떻게 말하면 아주 비과학적인 것인지도 모릅니다. 제가 토끼에 대해서 감히 과학이라는 말을 써 가며 얘기하고 있는 것은 쩨쩨한 조건반사에 대해서 얘기하려고 그런 게 아닙니다. 무어랄까요, 마치 화농성 균이 페니실린에 약하다는 것을 발견하는 것이 과학이듯이 토끼가 A라는 빛에 대해서 a라는 반응을 보이고 B라는 소리에 대해서는 b라는 반응을 보이고 C라는 냄새에 대해서는 c라는 반응을 보인다는 것을 발견하는 것이 바로 과학입니다. 그런데 제가 바로 그것을 발견했단 말입니다. 따라서 조건반사는 개별적인 것이지만 제가 발견한 것은 보편적인 것이란 말씀입니다. 반드시 저기 있는 저 토끼가 아니라도 어떠한 토끼일지라도 우리 연극의 무대에 올려놓으면 우리가 일정한 빛과 일정한 냄새와 일정한 소리를 제공하는 한 토끼는 훌륭한 하나의 연기자가 되는 것입니다. 알아들으시겠습니까?"

"놀랐습니다." 내가 말했다.

연출자의 말이 사실이라면 놀라운 발견이었다. 그리고 이 도시의 어느 숨겨진 장소에서 위대한 실험이 반복되고 있는 것을 나는 진심으로 기뻐하고 있었다. 인간들을 위해서 토끼들도 활약할 시대가 오는 것이다. 나는 기사 작성에 필요한 질문을 한 다스쯤 더 물어본 뒤에 말했다.

"공연하시는 날을 손꼽아 기다리겠습니다."

나는 정중한 음성으로 존경심을 나타내려고 애쓰며 그렇게 말했다. 위대한 시대만 온다면, 구두 한 켤레쯤은 아무것도 아니다.

전연 의식하지 않고 있었는데 그래도 내 귀는 저 혼자서 듣고 있었던지 책상 위에 놓여 있는 사발시계가 갑자기 그 똑딱거림을 멈추었다는 것을 내 귀가 나에게 가르쳐 주었다. 나는 누워 있던 자세에서 얼른 몸을 일으켜 시계의 태엽을 감았다. 사발시계의 태엽은 항상 기분 좋을 정도로 알맞게 내 손에 저항해 온다. 내가 룸펜이라면 나는 항상 방 안에 누워서 시계가 정지하는 것만 기다리고 있고 싶을 정도다. 가능하다면 한 시간에 한 번씩 태엽을 감아 줘야 하는 시계를 구해다 놓고 말이다.

다시 살아서 똑딱거리기 시작한 시계를 제자리에 세워 놓으려는 바로 그때 나는, 지금 집 안에는 나와 숙이를 제외하고는 모두 밖에 나가 버리고 없다는 사실을 깨달았다. 그 깨달음이 이상할 정도로 강렬한 기쁨의 떨림을 내 몸에 퍼부어 주었다. 그 뜨거운 떨림은 내 몸의 위에서부터 점점 아래로 번져 내려 가더니 드디어 아랫배를 무겁게 압박하며 멈추었다. 마치 무인도에 두 사람만이 표류해 와 있는 듯한 정적, 그것이 왜 그렇게도 나에게 기쁨을 준단 말인가?

나는 아랫배가 느끼고 있는 미묘한 압박의 정체가 무엇인가를 금방 알았다. 그래서 황급히 방바닥에 누워 버리면서 일부러 소리 내어 중얼거렸다. "모두들 어딜 나가서 아직 안 들어오나?" 그러나 그 압박은 가시지 않았다. 오히려 이빨로 아랫입술을 자근자근 씹고 싶을 정도로 더 강해지기만 했다. 내 앞에 던져진 가능성의 공간과 시간을 어떻게 처리해야 할지 실로 아득했다.

우선 무인도란 것에 대해서 생각을 집중시켜 보기로 했다. 무인도 무인도 무인도다, 무인도. 미국 만화에 곧잘 나오지. 야자나무 한 그루가 있고 머리털과 수염이 원시인처럼 자라난 사람이 옷을 찢어서 수평선에 나타난 점 한 개 정도 크기의 배를 향하여 그것을 내휘두르고 있지. 옷을 찢어서가 아니라 팬티를 벗어서 나뭇가지에 매어 흔들고 있지. 무인도, 무인도다. 남자 둘과 여자 하나가 있지. 힘센 남자가 약한 남자를 물 속으로 내던지고 있지. 여자는 여왕처럼 오만하게 앉아 있지. 참 왜 미국 사람들이 그린 만화에는 무인도가 그토록 많이 나올까? 보는 사람들이 그런 만화를 보면 좋아하니까 그러겠지. 왜 좋아할까? 유난스럽게 왜 무인도 만화를 좋아할까? 무인도에 가는 게 꿈인 모양이지. 조용한 곳. 혼자만의 또는 둘만의 시간. 내 아랫배는 여전히 찌뿌듯했다. 무인도 따위의 엉뚱한 생각을 할 게 아니다. 정면으로 숙이와 나에 대하여 생각을 집중시켜 보기로 했다. 그 여자와 말을 주고받기 전엔 나는 그 여자에게 아무것도 요구하지 않고 그 여자를 좋아하고 있었다. 좋아했다는 말이 너무 지나치다면 그 여자를 내 곁에 느끼고 있었다고 하자. 어느 날 문득 '천사의 직계 후손'이라는 말이 생각났다. 그러자 숙이를 거의 완전하게 표현했다는 느낌이 들었다. 그리고 어느 날 그 여자를 다방으로 불러내었다. 서로 무언가 말을 주고받았다. 시시한 얘기뿐이었다. 그 여자를 대단찮게 생각하게 되었다. 대단찮다는 말은 그 여자가 이미 내 속에 들어와 있는 존재가 아니라 앞으로 끌어들여야 할, 내 속에 들어오게 하기 위해서는 그 여자를 둘러싸고 있는 많은 모서리나 돌기들을 내가 힘써 깎아 내고 문질러 없애야 할 존재, 다시 말해서 남이라는 것이었다. '대단찮게 생각했다'는 것은 '귀찮게 생각되었다'는 것과 같은 뜻이었다. 귀찮게 여기지 않으면 안 될 어떤 과정을 겪어 낼 것은 일단 포기해 버리자. 다시 그 여자는 여전히 남이긴 했으나 내 속에 들어와 있는 셈이 되었다.

나는 '귀찮다'라는 것을 내 아랫배를 향하여 강조했다. 그러나 마치 마술에 걸려서 갑자기 무인도에 온 것 같은 느낌을 주는 이 시간이 지나가 버리기 전에는 주어진 가능성을 추구해 보자고 내 아랫배는 자꾸 나를 쥐어박았다. 그 여자는 그때 안방에 있는 것 같았다. 책이라도 보고 있는지 아무 소리도 들려오지 않았다. 라디오 소리도 나지 않는 것을 보면 낮잠을 자고 있는지도 몰랐다. 어쨌든 처음에는 그 여자는 나를 거부할 것이다. 그럴 때 내가 지어야 할 표정은 어떤 것인가?

멋쩍게 웃을 수는 없다. 화난 체하고, 그럼 그만두자고 나와 버리는 건 두고두고 후회할 짓이다. 그렇지, 눈을 감자. 눈을 꾹 감고 내 아랫배가 명령하는 데 따라서 손을 움직이자. 그런데 정말 그 여자가 나를 거부할 때는? 그 여자에게도 자비심은 있겠지. 나로 하여금 부끄럼을 느끼도록 해 버리지는 않겠지. 그 여자가 나에게 열심히 말을 걸어 오고 있었다는 사실이 내 아랫배의 편을 들면서 나를 일으켜 세웠다.

나는 조심조심 내 방의 미닫이문을 열고 마루로 나갔다. 마침 마당 한곳에서 자그마한 회오리바람이 일더니 그 작은 바람기둥은 팽이처럼 마당을 한 바퀴 돌고 사라졌다. 태양빛을 받아서가 아니라 땅거죽 자체가 발광체인 듯이 마당엔 눈부신 햇볕이 가득하였다. 처마 그림자가 경계가 되면서 그 저쪽과 이쪽이 밝은 곳과 어두운 곳으로 뚜렷했다. 이쪽인 그늘 속에는 버림받은 듯한 꼴로 밟을 때마다 삐걱거리는 마루와 때묻은 파자마를 입고 서 있는 내가 있었다. 그리고 다른 모든 것은 햇볕 가득한 마당의 저쪽에 오글오글 모여 있는 것 같았다. 나는 안방 앞으로 발뒤꿈치를 올려서 살금살금 걸어갔다. 방 안에서는 아무 소리도 들리지 않았다. 이럴 때 갑자기 안방 문이 왈칵 열리며 숙이가 밖으로 나온다면? 헤헤, 안녕합쇼라고 하나? 내 몸을 지탱하고 있는 발가락 열 개가 바르르 떨렸다. 결국 안방 문은 열지 못하고 말 자신을 잘 알고 있었던 것이 아닐까? 아랫배를 누르고 있던 압력이 네 주제에 이만한 것만도 장하다는 듯이 어느새 사라져 있었고 그 대신, 그 압력이 몸을 바꾼 것인지, 오줌이 조금 마려움을 나는 느졌다. 나는 안방과 문 하나 사이를 둔 마루 끝에 앉았다. 이미 포기한 이상 나는 일부러라도 큰 소리를 내고 싶었다. 그래서 마루에 앉을 때도 마룻장이 울릴 만큼 큰 소리를 내며 주저 앉았다.

"넘어지셨어요?"

먼저 숙이의 말소리가 들렸고 그다음에 안방 문이 숙이에 의해서 열려졌다. 저렇게 간단히 열 수 있는 문을! 그러나 이 젠 다 지나가 버린 것이다.

"햇볕 차암 좋네." 나는 혼잣말처럼 중얼거리며 마당을 내 다보고 있었다. 나는 빨리 내 방으로 돌아가고 싶었다. 그러나 숙이가 열었던 문을 다시 안에서 닫아 버렸을 때는 그 여자와 무어라고 말이라도 건네어 보고 싶은 욕망이 울음이 터질 만 큼 목 안에 가득했다.

"나와서 햇볕 구경이라도 안 하시겠어요?" 내가 좀 크게 말 했다.

"네에." 하고 그 여자는 분명히 낮고 떨리는 음성으로 대답 했다.

여자의 본능으로써 내게서 어떤 냄새라도 맡았던 것일까? 그 음성은 분명히 경계심과 공포에 차 있었다. 그러자 사라졌 다고 생각했던 미묘한 압력이 울컥 다시 아랫배로 몰려들었 다. 그러나 동시에 나는 조심조심 달각거리는 소리도 들었다. 그것은 그 여자가 문고리를 내게 눈치 채이지 않으려고 애쓰 며 안에서 잠그고 있는 소리였다. 갑자기 부끄러움이 세찬 물 결처럼 내 얼굴을 때리고 지나갔다. 나는 거의 무의식 중에 어깨를 움츠려 올리고 혀를 쑥 내밀었다. 햇볕 가득한 마당을 향하여…….

"햇볕 차암 좋네."

목에 가래 걸린 소리로 말하고 나는 변소로 갔다.

극장 안은 만원이었다. 표를 사지 못하고 돌아간 사람들도 많았다고 했다. 연극의 관객들은 항상 그 사람이 그 사람이어서 빤한 숫자인 데다가 연극 구경 세 번만 가면 서로 인사를 하지 않은 처지인데도, 응 저놈 왔군, 할 정도로 관객들끼리 서로의 얼굴을 외울 정도라는 이야기도 그날은 거짓말이었다. 오히려 여느 때의 연극 팬들이 표를 사지 못한 축에 더 많이 끼어 있었다고 했다. 왜냐하면 그들은 으레 이번도 관객들은 그놈이 그놈으로서 아무리 늦게 가더라도 표는 남아돌아갈 테니까라고 생각했었기 때문이었다. 신문에 낸 극단 측의 광고는 서영춘, 구봉서가 나오는 영화의 관객들에게 더 어필할 수 있는 요소를 많이 포함하고 있었다. '토끼가 사람 이상의 연기를 한다'느니 '과학은 예술을 돕는다'느니 하는 식의 캐치프레이즈는 분명히 곡마단의 그것과 거의 비슷한 효과를 내었다. 장내를 한 번만 둘러보아도 관객들의 옷차림에서부터 다른 연극 공연에 온 관객들과는 전연 달랐다. 다른 때 극장의 의자를 차지하고 앉아 있는 친구들이란, 머리가 덥수룩하고 무릎 위에 대학 노트를 두세 권 올려놓고 세기의 고뇌를 홀몸에 짊어진 듯한 표정으로 앉아 있는 대학생들이나 또는 지난번에 자기들이 지금 올려다보고 앉아 있는 바로 그 무대 위에서 '나타샤'로서는 또는 '브랑슈'로서 입을 벌렸다 오무렸다 하던 현역 배우들이거나 또는 공짜 표는 있겠다 별로 할 일은 없어서 산보 삼아 나와 본 아주머니 아저씨가 고작이었다. 그런데 그날은 양단 치마저고리에 가을 코트를 걸쳐 입은 젊은 여자와 그 곁엔 머리를 깨끗이 빗어 붙이고 감색 양복에 붉은 넥타이를 한 청년 사장 또는 불 붙이지 않은 파이프를 항상 입에 물고 그것을 이빨로 입의 이쪽저쪽으로 움직이며 들릴 듯 말 듯이 낮은 목소리를 위협적으로 끌어내며 말하는, 동대문시장에 점포를 열 개쯤 가지고 있는 뚱뚱보 사장과 그의 하루살이 애인, 또는 그날 낮엔 어느 중국요리집 2층 방에서 계(契)라는 행사를 지내고, 마침 그 자리에서 수남이 엄마가 "오늘 아침 신문광고를 봤더니 재미있는 연극이 있대요." 라고 말을 꺼내자 여기저기서 "그래요." "그래요." "나도 봤어요." "토끼가 나와서 사람만큼 연기를 잘 한대요." 어쩌고저쩌고, 그래서 성미 급한—계꾼들 중엔 반드시 성미 급한 아주머니가 하나쯤 있어야만 계는 빵꾸가 안 난다—정혜 엄마가 "표를 예약합시다." 여기저기서 "그래요." "빨리 갑시다요." 그래서 택시 일곱 대가 부르릉이라는 식으로 여기에 온 아주머니들이 극장을 메우고 있었다. 모두들 입을 다물고 점잖게 앉아 있었다. 영화관에서라면 수군 대는 소리 때문에 장내가 수선스러웠겠지만, 영화관에 비하면 훨씬 장소가 좁고 바로 눈앞에 거만하게 드리워져 있는 자주 색깔의 우단으로 된 막을 보니까 좀 기가 죽었는지 그들은 몸을 도사리고 앉아 있었다. 확실히 옛 귀족들이 만들어 놓은 것에는 포마드와 대머리들의 기를 죽여 버리는 무엇이 있었다.

"연극 구경, 참 오랜만이죠?"

내 곁에 앉아 있는, 어느 요정(料亭)의 마담 같은 여자가 자기의 저쪽 곁에 앉아 있는 사내에게 소곤거렸다. 사내는 무어라고 대답했다.

"전 연극이 끝난 뒤에 나오는 '버라이어티 쇼'가 더 재미있어요."

여자가 소곤거렸다. 남자도 무어라고 대답한 모양이었다.

"그래요? 요즘엔 '버라이어티 쇼'도 안 해 줘요? 아이, 시시하겠네."

여자가 말했다. 여자는 옛 악극단이 전성하던 시절에 살고 있는 모양이었다. 하기야 스크린이 보급되기 전엔 김희갑, 전옥이도 악극단에 있었으니까.

"장내에선 금연으로 되어 있습니다. 담배를 피우실 분은 휴게소를 이용해 주십시오." 확성기가 투덜댔다. 잠시 후에 확성기는 또 한 번 투덜거렸다. "장내에선 금연으로 되어 있습니다."

갑자기 장내의 전등이 모두 꺼졌다. 동시에 사람들의 뒤에서 조명 하나가 거만한 우단 막의 중앙을 동그랗게 비쳤다. '과학은 예술을 돕는다'는 것을 발견한 연출자가 스웨터 차림으로 조명 속에 나타났다. 그는 고개 한번 끄덕이지도 않고 대뜸 웅변을 토하기 시작했다.

"여러분, 우리들의 예상을 완전히 뒤집어 버림으로써 우리를 기쁘게 해 주신 여러분, 여러분은 마침 좋은 때에 여러분 자신의 추악한 면을 발견할 수 있는 기회를 잡았습니다. 우리는 더 이상 여러분이 여러분 자신의 추악한 모습을 깨닫지 못하고 지내는 것을 참을 수가 없었습니다. 우리 '국민무대'는 생각했습니다. 여러분이 여러분 자신의 얼굴을 바라볼 기회를 갖지 못하는 한 여러분은 파멸할 수밖에 없다는 것을. 하여 우리는 장만했습니다. 여러분이 환영할 수밖에 없는 레퍼토리를 가지고 가장 효과적으로 여러분에게 여러분 자신의 모습을 보여 줄 것을. 그렇다고 여러분은 우리에게 감사할 필요는 없습니다. 여러분을 구제하는 것, 그것은 우리의 의무니까요. 그러나 우리는 불안했습니다. 아무도 우리의 호소에 귀를 기울이지 않는 한 여러분의 파멸은 말할 것도 없고 우리의 존재 이유마저 물거품이 되고 마는 것이기 때문에. 그런데 여러분, 여러분은 떼를 지어서 이 극장으로 몰려들었습니다. 표를 사지 못한 사람은 더욱 많았습니다만 우리의 공연은 한국어를 알아들을 수 있는 사람이라면 누구나 다 우리의 무대를 쳐다볼 수 있는 바로 그 의자들에 앉을 때까지 계속될 것입니다. 여러분이 바로 그 의자들에 앉은 그 순간부터 여러분은 구제받기 시작했습니다. 그러면 여러분, 연극을 보시는 동안 그리고 보시고 나서 여러분이 우리가 여러분에게 보여 주려고 했던 것을 조금이라도 알아보셨다면 그리하여 웃음이 나오거든 실컷 웃으시고 눈물이 난다면 실컷 우십시오. 눈물과 웃음, 그것은 여러분이 구제받기 위하여 쓸 수 있는 여러분의 최상의 바이블이 될 것입니다."

연출자가 관객들의 성분을 조금만 더 세밀히 관찰하였었다면 얘기를 쉽게 했으리라. 그러나 하여튼 관객들은 요란스럽게 박수했다.

"저 사람, 남자답게 생겼죠."

내 곁의 여자가 자기의 사내에게 소곤거렸다. 남자가 무어라고 대답한 모양이었다.

"아이, 당신은 빼놓고 얘기죠."

여자는 교태를 부리며 말했다. 그런데 동시에 남자의 손도 꼬집은 모양이었다.

"호호호, 그게 뭐 아프다구. 엄살도 심하셔."

여자가 말했다. 동그란 조명조차 꺼지고 장내는 깜깜해졌다. 잠시 후에 멀리서부터 점점 가까워 오는 소리로 비행기의 폭음이 들리며 막이 올랐다.

극은 비행기의 항로를 하늘로 하고 있는 어느 시골에 사는 처녀가 마당에 나서서 하늘을 올려다보며 매일 밤 정해진 시간에 그 마을의 상공을 지나가는 비행기의 조종사를, 물론 얼굴도 모르는 사람이지만, 짝사랑하고 있다는 얘기에서 시작했다. 그 처녀는 비행기 조종사의 모습을 혼자 상상하며 애태운다. 그 처녀를 짝사랑하는 마을 머슴 하나가 나타나서 그 여자의 꿈이 얼마나 헛된 것인가를 말하려고 하나 차마 그 말은 꺼내지 못하고 사랑하기 때문에 나온 악의 없는 장난만 그 처녀에게 한다. 처녀는 머슴을 경멸한다. "오, 꺼졌다 켜졌다 하는 비행기의 저 빨간 등 푸른 등아. 나에게 네 주인 얼굴을 한 번만 보여 다오." 처녀는 그 얼굴도 모르는 조종사를 찾아서 정든 마을을 탈출한다. 1막이 내린다.

"재미있을 것 같죠?"

내 곁의 여자가 자기의 사내에게 말했다. 사내가 무어라고 대답한 모양이었다.

"만날 거예요. 두고 보세요. 틀림없이 만날 거예요."

여자가 말했다. 서울에 올라온 그녀는 그 비행기의 조종사를 찾으러 다닌다. 어느 집 식모를 하며 틈틈이 밖에 나와서 그 조종사를 만날 수 있는 방법을 알려고 애쓴다. 그러나 그 여자가 알고 있는 것은 몇 시에 어느 마을 상공을 지나가는 비행기라는 것뿐이다. 어떤 남자가 나타나서 자기가 그 사람을 찾아 주겠다고 한다. 식모 짓도 그만두고 그 남자를 따라간다. 그 시간에 그곳을 지나가는 비행기는 미공군 수송기일 것이라고 했다. 그러면서 양키 하나를 소개해 준다. "어머, 저 미국 사람으로 나오는 사람, 아까 시골의 머슴 아녜요?" 내 곁의 여자가 놀라서 자기의 사내에게 말했다. 아마 사내도 글쎄 이상하다고 대답한 모양이었다. 그 사람들에게 이 전위(前衛) 냄새를 풍기는 연극을 어떻게 설명할 수 있을까? 그럴 필요도 없겠지. 처녀는 저 사람은 아니라고 한다. 그러나 저 미국 사람이 틀림없는데 어쩔 것인가고 처녀를 데리고 온 사내가 말한다. 결국은 양갈보가 되고 만다. 2막이 내린다. 3막이 오른다. 조종사를 찾아 주겠다고 하던 사내에게 속은 처녀는 이 양키 저 양키의 품속으로 돌아다녀야만 한다. 그러나 자기가 찾고 있는 조종사를 만나게 될 것이라는 기대를 버리지 못한다. 그리고 내가 진흙으로 둘러싸인 답십리의 어느 연습장에서 잠깐 보았던 장면이 나오는 것이다.

히야 하고 나지막한 탄성들이 여기저기서 쏟아져 나왔다. 대망의 토끼, 동대문시장에서 종로 뒷골목의 요정에서 중국요 리집 2층 방에서 사람들을 이 극장 안으로 끌어 오는 데 성공 했던 신문광고의 캐치프레이즈에 등장했던 토끼가 조명을 받 으며 지금 무대 위를 깡충깡충 뛰어나오고 있었던 것이었다. 답십리의 2층 방에서 보았을 때와는 다르게 토끼도 다른 배 우들이 머슴으로 또는 양키로 분장했듯이 분홍색으로 하얀 털을 물들여 장식하고 있었다. 아닌 게 아니라 나 역시 감탄 할 만큼 토끼는 여자와 어울려 완전히 하나의 역(役)을 해내 고 있었다. "토끼야, 이 사랑스런 토끼야, 그분은 어디 있을까? 너의 주인에게 물어봐 주렴." 하고 여자가 푸념을 하면 토끼는 "글쎄요, 알아는 보겠습니다만 힘들 것 같은데요." 하는 표정 을 몸 전체로 지어 보였다.

토끼의 출연 때문에, 연출자의 의도는 어떠했던지 모르지 만, 극은 이제 코미디가 되어 있었다. 관객들의 관심은 온통 토끼의 움직임에만 쏠려 버렸다.

그때, 예기치 못했던 실로 뜻밖의 사태가 벌어졌다. 토끼 때 문에 넋을 놓고 있었던 탓일까. 관객석의 어느 곳에서 생리학 적으로 얘기하자면 어쩔 수 없지만 요령 있게만 한다면 널리 알려지지 않을 수도 있는 소리가 났다. 그것이 사람들로 하여 금 요란한 웃음소리를 터뜨리게 했다. 그렇지 않아도 토끼의 연기 때문에 얼마든지 웃을 준비가 되어 있던 사람들은 그 좋은 기회를 충분히 이용하였다. 온 장내는 사람들의 웃음소 리—웃고 생각해 보니 또 우습고 그러고 나서 생각해 보니 또 우스운 이 시간을 좀 더 연장해 보고 싶다는 듯한 웃음으로 가득 차서 깊은 늪이 갑자기 소용돌이치듯 했다.

뿐만 아니라, 이 뜻밖의 사태가 연극에 미친 영향은 너무 컸다. 갑작스런 사람들의 웃음소리, 무시무시한 괴물 같은 웃음소리 때문인지 토끼는 몸을 떨며 한자리에 웅크리고 앉아서 관객 속을 응시하고 있었다. 웃음소리는 번지고 커지고 커진 대로 또 번지는 것이었다. 그때 토끼는 이젠 어쩔 수 없는 곳에 몰린 쥐가 고양이에게 달려드는 듯한 비장한 표정으로 관객석으로 뛰어내렸던 것이다. 사람들은 일제히 자리에서 일어섰다. 웃음소리는 사라졌다. 사람들은 이럴 때 어떻게 해야 하는가를 잠시 생각하고 있는 것 같았다. 생각은 끝났다. 장내는 수런거렸다. 관객석의 의자 밑으로 요리조리 뛰어다니는 토끼를 잡으려는 사람들의 기쁜 흥분이 온 실내를 지배했다.

토끼는 이리 뛰고 저리 뛰었다. 토끼가 막상 자기 가까이 오면 여자들은 비명을 지르며 팔딱팔딱 뛰었고 남자들도 차마 손을 내밀어 토끼의 귀를 잡지는 못하였다. 이제 사람들은 토끼를 잡으려는 것이 아니라 토끼를 두고 매스게임을 하고 있는 성싶었다. 이쪽에서 즐거운 함성이 일어났다.

얼마가 지났을까, 확성기를 통하여 연출자의 분노와 굴욕감을 견디지 못하겠다는 듯한 음성이 울려 나왔다. "여러분 대단히 죄송합니다. 대단히 죄송합니다. 연극은 뜻하지 않은 사태 때문에 여기서 중단하겠습니다. 수부(守部)에서 관람료의 반을 돌려 드리기로 됐습니다. 대단히 죄송합니다. 앞으로도 쭈욱 저희 '국민무대'를 사랑해 주셨으면 감사하겠습니다. 안녕히 가십시오."

사람들은 하나 둘 밖으로 나갔다. 나는 마치 나조차 극단
의 한 사람이라도 된 듯이 관객들에게 대하여 죄송한 마음을
금할 수 없었다. 그러나 이상했다. 연극이 중단된 것에 대해서
불평을 하는 사람은 하나도 없는 것 같았다. 오히려 모두 유쾌
한 게임을 충분히 즐기고 난 후, 손수건을 꺼내어 이마의 땀
을 닦는 듯했다.

다음 날, 나는 숙이를 마른 잎이 수북히 쌓인 정릉으로 데
리고 가서 해치웠다.

노인이 없다

오후 4시. 나에겐 없어도 좋은 시간. 난로를 둘러싸고 앉아
서 저마다 다른 생각을 하며 그러나 화제는 일관된 것으로서
작은 조리를 갖추기조차 하며 진행되는 시간이다.

"아아. 이젠 슬슬 그놈이나 찾아가 볼까?"

라고 누군지가 하품을 하며 말하고 나서, 그 작은 조리 속
으로부터 아무런 미련 없이 떠나갈 수 있는 시간이다. 미련이
남는다면, 난로가 내뿜고 있는 열기에 대한 그것이 남는다는
정도이다. 무력한 작은 조리는 곧잘 가던 길을 멈추곤 한다.
"아무개 씨가 죽었대." 누군지가 눈을 툭툭 털며 들어와서 난
롯가에 끼어 앉으며 신문 기사식으로 뉴스를 전하면 조리를

세우거나 두들겨 맞추고 있던 사람들은 단번에 순진한 독자가 되어 그 뉴스 맨에게 시선을 쏟는다. "왜?" "심장마비라나?" 그러면 복상사쯤을 기대하고 있던 좌중은 피시시해지고 만다. 그러나 생전의 고인에 대한 얘기가 새로운 화제로서 시작되는 것만큼은 틀림없다. 고인이 남긴 에피소드를 모두들 자기가 알고 있는 범위 안에서 얘기하기 시작하여 차츰 고인의 결과적인 견지에서의 존재 이유까지 얘기하게 된다. 결국은 또 다른 작은 조리가 대두하는 것이다. 그러나 그것도 오래가진 않는다. 방금 갈아 넣은 난로 속의 사구공탄이 지독한 냄새를 피우기 시작하면 난로를 둘러싸고 앉아 있던 사람들은 저마다 눈살을 찌푸리며 구공탄에 대한 얘기로 미련 없이 화제를 옮기는 것이다.

그런데 그럴 수 있던 기자들이 단골로 찾아가는 신문사 뒷골목 속에 있는 다방도 요 며칠 동안은 '내부 수리 중'이란 딱지가 문에 붙어 있어서 기자들은 제각기 자기 취미와 필요에 맞는 다방을 찾아 뿔뿔이 흩어져 버렸었다.

나는 청결하지 못한 따뜻함 속에 나를 가두어 버리는 밖의 추운 날씨를 원망하며, '갇히다'는 것에 대해서 요리조리 생각하며, 숙이에 대해서 생각하며, 오후 4시쯤엔 정이라는 외신부 기자를 따라서 'A'라는 다방에 나가 앉았다. 그 지하실 다방은 스팀 장치가 되어 있어서 좋았다. 될 수 있는 대로 스팀의 곱창을 닮은 파이프가 있는 벽 가까운 좌석에 자리를 잡으려고 눈을 번뜩이며 나는 엉뚱한 작문을 지어 보곤 했다.

"황혼에 밝혀지는 불빛들이 이곳에 나를 가둔다······."는

'가둔다'는 말을 생각했을 때 금방 지어진 문구였고 그 후로 자꾸 지어 본 다른 모든 문구들에서 가장 맘에 드는 문구였다. "스팀의 촉촉한 온기가 이곳에 나를 가둔다." 이건 너무 천박해. "대학에서 배운 지식이 이곳에 나를 가둔다." 이건 어딘가 틀린 것 같고 역시 천박해. "파아란 털을 가진 고양이가 이곳에 나를 가둔다." 멋들어지긴 한데 여학교에 다니는 소녀가 지은 글처럼 의미가 없다. 파아란 고양이란 도대체 무엇을 가리킨다는 말인가. "바람에 흔들리는 구름이 이곳에 나를 가둔다" '헤세'와는 정반대의 의미를 가지면서 '헤세'가 금방 연상되는 문구. "돈이 이곳에 나를 가둔다." 옳고 말고. 그러나 노골적으로 속을 내보인다는 것은 고금동서를 막론하고 상놈의 버르장머리. "황혼에 밝혀지는 불빛들이 이곳에 나를 가둔다." "황혼에 밝혀지는……." 무척 맘에 들었다.

그러나 그런 것이 무슨 쓸모가 있단 말인가. 사(社)가 정해 준 퇴근 시간까지, 다음 신문에 들어갈 기사만 꾸려 놓으면, 곱창 파이프 가까운 좌석이나 혹시 비지 않을까 노리고 있고 비생산적인 문구나 속으로 흥얼대고 앉아 있는 시간이 내게는 몹시 아까웠다.

"부업을 가져보는 게 어때?"

어느 날, 정이 내게 말했다.

"부업? 가정교사?"

"예끼! 부업이라면 가정교사밖에 생각 안 되나? 사람도 참!"

나는 무안했다. 하지만 가정교사라면 나는 정말 싫었다. 만일 사람이 일생 동안에 한 번씩은 의무적으로 가정교사를 해야 한다면 나는 대학 다니는 동안에 다섯 사람 몫은 해치웠다. 아이들을 적으로 삼고 하는 전투란 악마도 비명을 지를 도리밖에 없을 것이다.

"가질 생각 없어?"

정은 정말 당장에라도 부업을 구해 줄 수 있다는 듯이 재촉했다.

"글쎄."

"돈이 필요하지 않은가?"

돈? 아, 그래. 그게 필요하다고 나는 생각하고 있었다. 내가 애매하게 흘려보내 버리는 시간을 아까워하던 것은 그것이 돈으로 바뀌질 수도 있다는 가능성을 무의식 중에 계산하고 있었기 때문이었을까?

"결혼 자금을 장만하긴 해야 할 텐데."

내가 말했다.

나는 숙이와 함께 지내는 시간을 생각했다. 우리는 난로처럼 뜨겁게 달아 있었었고 난로 위에 올려진 주전자의 뚜껑처럼 일정한 간격을 두고 들먹거리고 있었었고 그리고 우리는 우리의 결혼에 대해서 얘기를 많이 했었다. 아니 우리의 결혼에 대해서 얘기하는 쪽은 숙이와 나 중에서 거의 오직 나뿐이었다. 내가 우리의 결혼에 대해서 얘기하는 동안 숙이는 쉴 새 없이 내 말을 부정하거나 의심하기로 작정한 듯했다.

그렇다고 숙이가 나와의 결혼을 싫어하는 것일까? 아니었다. 숙이가 나보다 훨씬 그것을 바라고 있는 것은 분명했다. 다만 어떤 계획이 확실한 모습을 가지고 나타날 때까지는 그것이 성취될 수 없으리라고 의심하기로 하고 있는 모양일 뿐이었다.

나는 다방의 그 청결치 못한 온기 속에서, 나를 가두고 있는 것의 하나가 바로 숙이의 내 얘기에 대한 의심임을 뒤늦게나마 깨달았다. 그 의심으로부터 벗어나기 위하여 나는 친구의 일깨워 줌에 의하여 문득 부업을 가질까 하는 생각을 하고 있었고 내가 돈을 필요로 함을 알았고 그것이 결혼 자금 준비라는 이름의 명분을 가짐을 알았다. 나는 숙이 앞에서 다하지 못했던 설명—숙이의 내 말에 대한 의심을 풀어 보려는 노력을 숙이가 없는 곳, 말하자면 이 세상에 숙이라는 여자가 있다는 사실도 모르는 정 기자 같은 사람 앞에서 하고 있는 내가 참 딱해 보였다.

"약혼자가 있었어?" 정이 물었다.

"글쎄." 내가 대답했다

숙이와 함께 여관방이나 다방 따위의 장소에서 우리의 결혼에 대해서 얘기하고 있을 때엔, 내일 신문에 나가도록 써내 놓은 기사에 설령 잘못된 부분이 있음을 문득 깨닫게 되더라도 이미 그건 내 힘으론 어쩔 수도 없고 어쩌기도 싫은 듯이 생각되는 것처럼, 밖의 거리를 막아 놓고 있는 찬바람이 내는 삭막한 소리와 답답하게 뜨뜻한 다방 속의 공기와 추상적이며 내가 가담해 있다고는 아무래도 생각할 수 없는 화제에 둘러싸여서는 숙이를 사랑하는지 어쩐지, 도대체 숙이와의 결혼을 내가 믿는지 어쩐지, 그것보다도 숙이라는 이름의 생물이 있는지 어쩐지조차 가끔 흐릿해지기만 하는 것이었다. 겨울의 기온이 이따금 사람의 판단력을 흐리게 하는 마술을 부린다고는 할지라도 그것만이 그런 이유의 전부는 아니었다.

오후 4시, 내게는 없어도 좋은 시간, 모든 것이 나와 관계없어 보이고, 아무도 그리고 아무것도 나를 필요로 하지 않는데 내가 그 무엇에 매달리려고 애쓰는 듯한 느낌 속으로 깊이 빠져 들어가는 시간, 모두들 제 나름으로 잘해 나가고 있는데 내가 오직 헛된 노력으로써, 나도 거기에 있어야 한다, 나도 그것을 해야 한다고 안간힘을 쓰고 있었던 것만 같은 느낌 때문에 숨 쉬는 것도 그쳐 버리고 싶은 시간이었다. 모두들 제 나름으로 잘해 가고 있는데, 그래, 어쩌면 숙이도 저 나름으로 잘해 가고 있는지도 모르는데…….

"따분하군."

기껏 표현한 것이 '따분하다'는 정도는 너무 억울하다고 나는 생각했다.

"가만히 앉아 있으니 따분하기만 할 수밖에. 무엇을 붙들면 되는 거야. 게다가 돈까지 생기는 일이면 더욱 좋고…….

정이 말했다.

"그럴 수만 있다면야. 이럴 땐 예수라도 믿어 두었더라면 좋겠어. 기도문이라도 외우며 앉아 있게……." 내가 말했다.

"뭐 그렇게 고상한 것으로써 따분함을 메꾸려고 할 거까진 없어. 정말 부업을 가질 수 있어?"

"정말 가질 수 있다니?"

"말하자면 시간적으로 여유가 있느냐 말야."

"뭐 좋은 일자리라도 있나?"

"하나 있긴 한데······."

그러고는 무엇을 생각했어요? 숙이가 묻는다. 리앵. 내가 대답한다. 리앵이 뭐예요? 아무것도 아니라는 뜻인데 프랑스 말이래. 내가 알고 있는 단 한 마디의 프랑스 말이지. 좋지? 리앵이란 말. 그 말을 좋아하세요? 응. 프랑스 말은 그것밖에 모르세요? 가만 있자······ 아듀라는 말도 알아. 그 말도 좋아하지. 아, 그건 저도 알아요. 작별 인사죠? 그래. 아이, 정말 외국의 작별 인사는 참 좋은 게 많아요. '안녕히 계세요'는 전 싫어요. 너무 길고 복잡하고 그렇죠? '안녕'이라는 말도 있잖아? 그래요. 그건 조금 나아요. 그렇지만 어디 슬픈 기분이 드나요 뭐. 작별 인사는 좀 섭섭한 뜻이 나타나 있어야죠. 작별 인사는 어느 나라 말로 하고 싶지? 어머, 우린 참 우습네요. 왜 작별 인사 얘기를 하는 걸까요 네? 그러게 말야. 헤어지게 될 모양이지? 정말 그러나 봐요. 농담이야. 헤어질 사람은 따로 있는 법야. 어느 나라 말로 하고 싶어? 글쎄요, 생각해 보지는 않았었는데······ 음······ '사요나라'도 괜찮죠? 그렇지만 좀 겉치레로만 다정히 구는 듯한 느낌이라죠? '굿바이'. 그건 좀 정이 모자라는 것 같구요. 참, 어느 영화에서 들었는데 '아디오스'라는 작별 인사도 있더군요. 그렇지만, 그것도 좋긴 좋지만, 너무 우렁차서 남자들끼리나 했으면 좋을 인사 같구요. 그러고 보니 '아듀'가 그중 나은 것 같아요. 어쩐지 쓸쓸한 여운이 남는 것 같지 않아요? 그런 줄 몰랐었는데 숙이는 꽤 재치가 있었다. 어감을 구별할 줄도 알았고 남자의 비위를 맞출 줄도 알았다. 그렇지만 난 '아듀'보다 더 좋아하는 작별 인사가 있어. 네? 그게 뭔데요? 참 어느 나라 말인데요? 어떤 잡지에서 봤는데, 소련 말의 작별 인사가 좋더군. '더스비다니어'라고. '더스비다니어'? 그게 소련의 작별 인사예요? 응. 왜 소련 말을 좋아하세요? 앞으로 조심해야겠어요. 아아냐, 소련 말이라 좋아하는 게 아냐. '더스비다니어'라는 그 말 자체가 좋은 거지. 소련 말들 사이에 끼어 있을 때의 그 말이 좋은 게 아니라 한국 말을 하는 내 입에서 그 말이 나올 때 나는 그 말을 좋아하는 거야. 내 말 알아듣겠어? 한국식의 어감에 대한 감응력으로써…… 아아, 귀찮아. 숙이에게까지 내가 소련을 좋아하지 않는다고 설명해야 되나? 관두세요. 그런 뜻으로 물어본 건 아녜요. 그 말 자체가 좋다고 하셨죠? 그럼 됐어요. 숙이는 마치 정보부의 스파이처럼 말하는군. 그래, 그 말 자체가 좋은 거야. 내 상상력을 자극해 주는 말이거든. 숙이, 어디 한번 나를 따라 상상하기 시작해 봐. 북쪽 지방의……. 음성을 아주 낮게 하세요. 그래 아주 낮게 말할게. 북쪽 지방의 황막한 벌판을 상상해 봐. 아무 데도 산이 보이지 않고 지평선으로만 막힌 벌판이야. 그리고 그 벌판에 눈이 펑펑 쏟아지는 밤을 말야. 그런 끝없는 벌판 가운데 작은 읍이 있고 지금 막 그 읍의 작은 정거장으로 하얗게 눈을 뒤집어쓴 기차가 증기를 내뿜으며 들어오고 있어. 캄캄한 밤이야. 아니지 눈 때문에 하얀 밤이야. 하얀 밤. 알지? 백야(白夜) 말야. 기차가 도착했을 때 한 여자가 기차에 올라타는 거야. 털이 긴 털외투로 온몸을 싼 여자야. 얼굴만 빨갛게 어둠 속으로 내놓고 있는 아주 아름다운 여자야. 그 여자가 방금 오른 기차의 밖에서는 한 남자가 한 손에 하얀 어둠 속에서 노오란 불빛을 조그맣고 동그랗게 내뿜는 등불을 들고 그 여자를 바라보고 있는 거야. 역시 털외투를 입고 털모자를 쓰고 있는 젊고 잘생긴 청년이야. 기차 안으로 들어간 여자는 자리를 잡고 앉자마자 증기가 얼어붙어서 밖이 보이지 않는 유리창을 손바닥으로 문질러 닦는 거야. 이제 밖이 보이는 유리창에 그 여자는 얼굴을 찰싹 붙이고 등불을 들고 서 있는 남자를 내다보며 입 안의 소리로 가만가만히 말하지. '더스비다니어'라고. 그때 기차는 움직이기 시작했어. 밖에 서 있던 남자는 기차를 따라서 달려오며 노오란 등불을 내휘두르지. 그러면 입을 힘껏 벌려 무어라고 외치는데 여자의 귀에는 그 소리가 들리지 않아. 눈이 내리는 광막한 벌판의 밤을 흔들어 놓기에는 너무 작은 소리였는지 모르지. 아니면 그 소리는 차가운 공중에 꽁꽁 얼어붙어 버렸는지도 몰라. 그러나 아마도 그 남자가 외친 소리 역시 '더스비다니어'였을 거야. 여자도 남자의 모습을 보기 위해서 더욱더욱 얼굴을 유리창에 갖다 붙이며 입 속에서 마구 외우지, '더스비다니어', '더스비다니어'라고. 여자의 눈에서는 눈물이 한 줄기 볼을 타고 빠르게 흘러내려 남자의 노오랗고 작은 불빛도 이내 어둠 속으로 파묻혀 버렸어. 기차는 눈 오는 밤에 지평선 너머로 달려가고⋯⋯ '더스비다니어'는 길가에서 만나는 사람들끼리 흔히 주고받는 작별 인사래. 그런데도 어딘지 지금 헤어지면 다신 만나지 못할 사람들끼리 주고받는 인사 같은 데가 있지 않어? '더스비다니어'라고 나직이 말하고 나서 그 말을 한 사람은 눈 내리는 밤에 기차를 타고 지평선 너머로 영영 가 버리는 거야. 숙이는 고개를 숙이고 조용히 듣고만 앉아 있다. 꼭 오늘 밤처럼 눈이 내리는 밤이겠죠? 숙이가 말한다. 눈? 아 참, 눈이 내리지. 내가 말한다. 어머, 눈이 내리고 있었다는 것도 잊어버리셨어요? 방문 좀 열어 보세요. 아직 눈이 내리고 있는지 모르겠어요. 나는 방문을 연다. 전등불 빛이 번져 있는 공중에는 눈이 먼지처럼 흩날리고 있다. 그런데 여관의 좁은 안마당에는 눈이 조금도 쌓여 있지 않다. 콘크리트로 된 마당에는 물이 얕게 고여 있어서 내리는 눈은 마당에 닿자마자 없어져 버린다. 지금도 내리고 있어요? 응, 이쪽으로 와서 봐. 숙이는 밖을 보기 위해서 방의 안쪽에서 무릎으로 기어 와서 열려진 방문 앞에 엎드린 자세로 있다. 눈 때문에 가야 할 먼 길을 두고도, 어느 주막에 묵고 있는 여승 같은 숙이. 아이, 이러지 마세요. 약속했잖아요? 손목 좀 잡은 것뿐인데 뭘 그래. 단순한 거지만 장소에 따라서는 의미가 달라져요. 숙이가 얼른 자기 자리로 돌아가며 말한다. 어쨌든 숙이는 내 거야. 그래요. 그러니까 결혼할 때까지는 참으세요. 뭐라구? 뭐가 잘못됐어요? 리앵. 아무 데나 그 말을 쓰나요? 나는 그저 싱긋 웃기만 한다. 웃는 얼굴이 좋아요. 나 말야? 네. 그러니까 늘 웃고 계세요. 싱겁군. 싱겁지 않아요. 정말예요. 대화가 끊어진다. 숙이는 무릎까지 덮고 있는 이불을 내려다보며 손가락으로 이불의 꽃무늬를 꼭꼭 누르고 있다. 그러고 있는 숙이를 나는 이불을 사이에 두고 건너다보고 있다. 숙이가 고개를 든다. 아까 그 얘긴 상상하신 거예요?

무슨 얘기? 그 북쪽…… '더스비다니어'에 관한……. 아, 그거 웅, 상상한 거야. 왜? 퍽 좋아요. 꼭 무슨 영화장면 같아서요. 영화장면? 그래, 영화장면이야. 어머, 금방 상상하신 거라구 해 놓구선. 상상한 거야. 그런데 영화의 한 장면처럼 돼 버렸어. 나는 영화라는 것에 문득 증오감을 느낀다. 영화 만드시면 잘 만드시겠어요. 나는 웃는다. 웃을 수밖에 없다. 또 대화가 끊어진다. 숙이가 말을 시작한다. 저 옆방에도 사람이 들어 있나 부죠? 그런 거 같군. 그럼 저걸 어떻게 하죠? 뭐 말야? 저 전등 말예요. 벽의 위쪽에 사각형의 구멍이 나 있고 거기에 전등이 걸려 있어서 그 한 개로써 두 방이 쓸 수 있도록 되어 있다. 저 방 사람들이 자면서 불을 꺼 버리면 우린 어떻게 하죠? 우리도 자야겠지 뭘. 아이, 불을 꺼 버리면 싫어요. 저쪽에서 불을 끄려고 하면 못 끄도록 하세요. 네? 나는 고개를 끄덕인다. 지금 몇 시쯤 됐어요? 나는 스웨터 소매를 걷고 시계를 본다. 속일까 하고 나는 생각한다. 그러나 정직하게 말한다. 11시 조금 지났어. 아직도 버스가 다니겠네요. 그냥 집으로 가요. 네? 내일 아침이 되면 또 보게 될 텐데요. 네? 왜 엄마가 야단칠까 봐 무서워? 아녜요, 어머니한테는 거짓말을 해서 미안해요, 무섭지는 않아요. 오늘만은 손가락 한 개 까딱하지 않겠다고 맹세했잖아? 한 번만 믿어 봐. 하긴 나 자신도 믿을 수 없는 얘기다. 오늘만이 아녜요. 네? 앞으로 쭈욱 그러는 거예요. 네? 아무래도 좋아. 우리 둘이서 함께 지낸 밤을 갖고 싶었던 것뿐야. 가지 마. 이렇게 조용한 곳에 들어앉아 있으니까 서울에서 멀리 떨어진 곳에 온 것 같아요. 정말이야. 근데 눕지!

참, 누우세요. 피로하실 텐데…… 전 정말 정신없는 여자죠? 누우세요. 전 이렇게 앉아 있는 게 더 편해요. 나는 숙이의 무릎을 베고 눕는다. 숙이도 그것만은 용서한다. 다른 건 뭐 상상하신 거 없으세요? 상상하신 얘기가 참 재미있어요. 상상한 게 있긴 있어. 뭔데요? 해 주세요. 우리가 결혼하고 난 후의 생활에 대해서야. 정말? 결혼하게 될까요? 그럼 하구 말구. 무얼 상상하셨어요? 아니, 내가 상상했다고 생각하지 말고 지금부터 함께 상상해 보기로 하지. 어때? 전 도무지 상상되지가 않아요. 전 병신인가 부죠? 아냐, 하면 돼. 우선 우리는 결혼식을 올리겠지? 숙이는 대답이 없었다. 어느 예식장이 좋을까? 전 남들이 예식장에서 결혼식 올리는 것을 보고 있으면 괜히 제가 얼굴이 뜨거워져요. 성당이 참 좋아요. 언젠가 고등학교 동창 애 하나가 성당에서 결혼식을 올리는 걸 봤는데 참 엄숙하고 좋아 보였어요. 그래, 그럼 성당에서 식을 올릴까? 그렇지만 그러려면 성당엘 다녀야 되잖아요? 까짓 거, 다니지 뭐. 다니실 수 있을 거 같아요? 까짓 거 다닐 수 있지 뭐. 숙인? 전 정말 다니고 싶어요. 근데……. 근데 어째서? 근데 사람들이 너무 많아서 싫어요. 숙인 욕심쟁이군. 성당을 온통 혼자 차지하겠다니……. 그건 아녜요. 그래. 하여튼 성당에서 우린 결혼식을 올리겠군? 피시이. 왜 웃어? 마음대로 아무 데서나 결혼식을 올리시는군요. 그럼 마음대로지. 그런 거까지 우리 마음대로 안 되나? 하여튼 결혼식은 올렸어. 신혼여행을 가야겠지? 숙이는 대답이 없다. 내 친구들 보니까 대부분 온양이나 해운대로 가더군. 우린 좀 색다른 데로 갈까? 숙이는

대답이 없다. 어디가 좋을까? 제주도? 설악산? 참 경주도 괜찮
겠군. 아니 그 모든 곳을 한 바퀴 돌고 오지 뭐. 신혼여행엔 역
시 바닷가와 온천이 있는 곳이 좋은 모양이야. 우린 손을 잡
고 백사장을 걷는 거야. 파도가 사악사악 밀려왔다간 물러가
곤 하고. 그리고 밤이면 우린 함께 온천의 목욕탕으로 들어갈
거야. 숙이가 내 등을 밀……. 숙이의 손바닥이 가볍게 내 뺨
을 때린다. 그러고 나선 어쩔 줄을 모르겠는지 내 뺨 위에 손
바닥을 얹어 놓고 있다. 아아, 방금 30년 후가 상상됐어. 숙인
내가 빈 월급봉투를 들고 왔다고 방망이로 날 내쫓을 거야.
숙이가 웃는다. 그건 고바우 만화에나 있는 얘기예요. 아팠어
요? 내 뺨 말야? 네. 쩌릿쩌릿해. 우리의 상상을 계속해야지.
아니 그만 하세요. 왜? 재미없어? 숙이는 대답이 없다. 우린
아이를 낳겠지? 아들을 낳아도 좋고 딸을 낳아도 좋아. 아들
을 낳으면 숙이가 좋아할 테고 딸을 낳으면 내가 좋아할 거야.
단 어느 쪽이든 숙이를 닮아야 해. 그래야만 내가 아이를 안
고 밖엘 나가더라도 사람들이 그 아이 참 이쁘게 생겼다고 할
거니까 말야. 우리는 어디 살게 될까? 변두리에 정원도 가꿀
만한 집을……. 그만 하세요. 왜? 재미없어? 아녜요. 재미있어
요. 그렇지만 상상보다 더 좋을 수도 있잖아요? 오오, 역시 숙
인 욕심쟁이군. 아녜요. 욕심은 부리지 않아요. 저한테 상상되
는 건 아무것도 없어요. 조금 있으면 결혼식장에 평택 아저씨
댁 사람들이 식에 참석하실 거라는 것 하구 어머니가 우실 것
이라는 것 하구…… 뭐 그런 거뿐예요. 친구들도 오겠지? 그
래요. 친구들이 몇 명 올지도 모르죠. 그렇지만 시집가 버린

친구들이 많아서 걔들이 와 줄는지 모르겠어요. 우리의 대화는 오랫동안 끊어진다. 사실 그래. 내가 말한다. 나도 솔직히 말하면 그것에 대해서는 상상하고 싶지가 않아. 상상하다가 보면 우린 늙어서 죽는 거야. 서로 따로따로 죽는 거지. 아니 어쩌면 누가 먼저 병들어 죽을지도 몰라. 난 꼭 내가 먼저 무슨 사고나 병으로 죽을 것 같아. 전 제가 먼저 꼭 그럴 것 같아요. 그래, 어느 쪽이든 그렇게 될지도 모른다. 그러면 아이들은 누가 혼자서 맡게 되겠지. 무척 괴로울 거야. 그렇게 나쁘게만 생각하지 마세요, 네? 그래. 그렇지만 조금도 떳떳하지 못하게 살지도 모른다는 생각이 가끔 들어. 난 아침 6시 반쯤엔 일어나서 세수를 해야겠지. 숙인 아침밥을 짓느라고 좀 더 빨리 일어나야 되고 애들은 좀 더 잠을 자고 싶어 하겠지. 나도 어렸을 때 그랬으니까. 숙이와 내가 애들에게 호령해 가며 깨워야 할거야. 숙이만 집에 남고 나와 애들은 만원 버스를 겨우 타게 될 거야. 탈 때는 손을 꼭 붙잡고 탔는데 밀치고 밀리고 하다가 보면 애는 운전수 쪽에 처박혀져 있고, 난 맨 꽁무니 의자 쪽에 처박혀 있게 될지도 몰라. 애들은 숙제만 한 아름 안고 집으로 돌아오고 난 술이 취해가지고 돌아와서 괜히 친구들 핑계만 대며 억지 술을 마셨다느니 중얼거리고 있을지도 몰라. 식구들 중에 누가 갑자기 병들면 숙이와 나는 돈을 꾸러 아는 집을 찾아다니며 고개를 굽실거려야 할지도……. 그만 하세요. 앞날은 알 수 없는 거예요. 다 알고 계시는 듯이 얘기하지 마세요. 그래 안 할게. 숙이 말이 맞아, 앞날은 알 수 없는 거야. 알 수 없다고 생각하기로 해요, 네? 그래, 알 수 없

다산성   289

다고 생각하기로…….

극장 안에서는 거울을 철거할 것을 나는 호소하고 싶었다.
스크린 위의 잘생기거나 멋진 또는 용감한 인물과 자기를 완
전무결하게 혼동하고 있던 사람들이, 벨이 울리고 불이 켜진
뒤에 겨우 열 발자국쯤 걸어 나오다가 거울 속에서 자신의 착
각을 할 수 없이 인정하고 환멸을 느끼게 해 버리는 극장 안
의 거울은 과히 재치 있는 도구가 아니다. 밤길을 흐뭇한 기분
에 빠져서 걷게 하고 자기 방의 이불 위에 몸을 던지고 손거
울을 들여다보고 그제서야 번지수가 틀렸다는 것을 깨닫게
하더라도 그다지 넉넉한 시간을 그 사람들에게 주는 것은 결
코 아니다. 그러나 냉정한 정직을 사랑하는 사람들이 많다.

나는 휴게실의 벽에 걸려 있는 거울을 이용하여 영감님을
지켜보면서 그 휴게실을 꽉 채우고 있는 젊은 사람들과 거울
과의 관계를 그렇게 생각하고 있었다. 그런 엉뚱한 생각이라
도 하지 않고서는 움직이는 것이라고는 축 늘어진 눈꺼풀뿐
으로서 마치 부처님처럼 휴게실의 긴 의자 귀퉁이를 차지하
고 앉아 있는 영감님을 지켜보며 앉아 있기가 힘들었다. 어쩌
자고 주책없이 영화관엘 오는지 몰랐다. 일반적으로 노인과
영화와의 관계에서는 나로서는 생각할 게 없는 것만 같았다.
인생을 영화 속에서 배운다고 하면, 이젠 주어진 시간을 거
의 다 써 버린 저 영감님 같은 분에겐 영화를 봄으로써 후회
나 아쉬움밖에 남을 감정이 없을 것이다. 후회나 아쉬움으로
써 자신을 학대하는 취미를 가진 영감이 아닌 바에는 영화관

까지 나를 질질 끌고 다니지는 않을 텐데. 그러나 물론 영감의 취미를 나는 알 도리 없다.

하여간 괴상한 영감이었다. 별로 기운이 왕성한 것 같지도 않은데 그대로 꾸물거리며 몸을 여기저기로 옮기고 싶어 하는 영감이었다. 처음부터 괴상한 영감이었다.

오후 3시경, 집에서 출발. A다방으로 출근. 집에서 A다방으로 오는 동안에 한눈도 팔지 않고 굼싯굼싯 걸어온다. 반드시 A다방으로 간다. A다방의 마담이나 레지 중의 누구에게 마음이 있어서인 것은 결코 아닌 것 같다. 하기야 그렇다고 하더라도 별수 없는 나이다. 아마 커피 맛을 쫓아오는 모양인 것 같다. 커피에 대해서 레지에게 잔소리를 많이 한다. 4시나 5시까지 A다방에 앉아 있다. 그냥 혼자 앉아서 사람 구경만 한다. 오랫동안 A다방을 나가고 있지만 말 친구도 사귀지 않았다. 껌 파는 애들과 이따금 오랫동안 얘기를 하거나 할 뿐이다. 오후 6시 때로는 7시까지는 반드시 집으로 돌아간다. 그러니까 감시해야 할 것은 3시부터 7시까지의 네 시간 정도. 그동안에 영감님이 어디 가 있었는가, 누구를 만났는가를 따라다니며 알아 두었다가 흥신소에 보고하는 일이다. 그동안에 물론 눈치 채지 못하도록 해야 하는 것이며 특히 중요한 임무는 영감님의 신변을 보호해야만 하는 것이기도 하다. 이 일은 영감님이 살아 있는 동안 아니 자기 발로 걸어서 밖에 나오는 일이 계속되는 한 아마 쭈욱 있을 것이며 그 일을 맡는 사람에게 주는 사례는 일당 500원이다. 이것은 흥신소에서 영감님에게 따르는 소원(所員)에게 내린 지시라고 했다. 정은 덧붙여 말했다.

"그런데 3시부터 4시까지는 구태여 따라다닐 필요도 없어. 반드시 다방에 나와 앉거든. 신변 보호 문제가 남는다, 그건 말하자면 영감쟁이가 자동차에 치이거나 남과 다투어서 얻어 맞을 경우를 예상해서 그러는 모양이지만, 저 나이쯤 된 영감 에게 행패 부릴 사람은 없을 거고 자동차 사고의 경우를 예상 하면 매일 구두 닦는 아이를 한 명씩 교대로 사서—그 애들 한테는 50원만 주면 3시부터 4시까지의 보호를 맡으니까 말 야—시키면 돼. 7시까지는 틀림없이 자기 집으로 가는 양반 이니까. 그 후엔 자유야. 요컨대 4시부터 6시나 7시까지가 영 감쟁이의 자유분방한 시간인데 그 시간에 영감쟁이가 가는 곳이 대중없단 말야. 오늘은 기원엘 가는가 하면 다음 날은 영화관엘 가지. 정말 영화관에 들어가면 딱 질색이거든. 하마 터면 잃어버릴 뻔하지 않나. 하마터면 내가 영화 보느라고 넋 을 놓아 버리지 않나. 그리구 잘 가는 데가 우습게도 파고다 공원이란 말야. 글쎄 영국제 천으로 지은 양복과 코트를 입고 중절모를 쓰고 나비넥타이를 잡순 미끈한 영감이 욕설과 불 평불만과 엉뚱한 꿈으로써 가득 찬 파고다공원엘 뭐 하러 가 는지 나 참. 요샌 겨울이니까 공원엔 다행히 사람들이 나오지 않지만 다른 땐 하여튼 파고다공원에 가서 지게꾼들 틈에 끼 어 그들의 얘기에 고개를 끄덕거리기도 하며 몹시 감동하는 듯하단 말이지. 그럴 땐 마치 민정(民情)을 살피러 다니는 일 시적으로 은퇴한 정치가 같거든. 그리구 가는 데가 어디더라? 뭐 대중없으니까. 이발소엘 한번 들어가면 안마까지 시켜 받으니까 그럴 땐 슬쩍 뒤따라 들어가서 옆자리에 앉아 나도 이발을 하는 편이 좋을 거야. 아마 돈 많은 영감님이 의사의 권유로 산보를 다니시는데 혹시 교통사고라도 당할까 봐 주인마님께서 비밀 비서를 두자는 얘기인 것 같은데 생각하기보다는 까다로운 일이 아니야. 슬슬 따라다니다가 보면 가끔 재미있다고 생각되는 일도 있을 거야. 단 한 가지 태도만 유지하면 일은 쉬워. 즉 되놈 정신, 여유만만하게 생각하는 거야. 나 말인가? 아, 난 다른 일거리를 주더군. 굉장한 미인의 뒤를 쫓아다니며 그 여자에게 애인이 있나 없나를 알아다 바치는 일이야. 잘만 하면 그 여자가 하루저녁쯤 같이 지내 줄지도 모를 일이거든. 몇 달 동안 영감쟁이만 쫓아다녔더니 나도 굼싯굼싯해지는 게 굼벵이가 다 된 것 같아. 영감 말이지? 글쎄, 일의 성격이 뭐 그런 거니까 알고 싶지도 않아서 캐 보진 않았는데 자기 마누라에겐 어린애로밖에 보이지 않는 복 많은 늙은이라고 생각해 둬도 무방한가 봐. 아마 활동하던 시절엔 외국에서 지낸 냄새가 나. 서양, 아마 미국에서겠지. 영감쟁이들, 외국에서 지내고 온 양반들이 우습게도 철저한 유교도 노릇을 한단 말야. 기독교인이니 기독교 장로니들 하긴 하지만 그건 거기서 포크와 나이프를 써야 살기에 편하게 되듯이 장사 속셈까지 곁들여 그저 교회에 다녀 본 것뿐이고 알맹이는 유교란 말야. 괴상한 유교도들이지. 아마 아직도 상투 달고 다니던 때에 외국에 나갔다가 그 외국에서는 굽신굽신 헤헤로 살아야 했고 그럭저럭 돈을 모아 늘그막에 고국으로 돌아왔는데 그놈의 고국이란 게 어쩌나 변했는지 어떻게 행동해야 옳을지 모르겠고 영감님이 그리워했고 살 수 있던 고국은 상투 시대였고 그런데 눈치를 보아하니 상투식의 생활이 아직도 있긴 있는 모양이고 하니까 괴상한 유교도가 될 수밖에. 내가 짐작하는 것은 그 정도야. 영감쟁이가 파고다공원에 잘 가는 것도 이해를 할 것 같아. 파고다공원식 여론의 발상이란 게 유교에 근거를 둔 것이거든. 거기선 대통령을 뭐라고 부르는지 아나? 나라님이라고 불러. 하여간, 불과 두 시간 정도이긴 하지만 매일 따라다니기가 좀 따분하긴 할 거야. 그저 서울 구경하는 셈 잡고. '돈이 생긴다 돈.' 하며 따라다녀 봐. 재미있을 때도 있다니까."

처음 며칠 동안은 신문사 일을 오히려 부업 취급해 버리고 온 정신을 눈에 모아서 영감님의 뒤를 쫓아다녔다. 다방에서는 나는 신문으로 얼굴을 가리고 명탐정이나 된 듯한 기분으로 영감을 지켜보고 있었고 거리에서는 영감을 저 앞에 두고 본의 아닌 건달이 되어, 마음에 드는 물건도 없고 있다고 해도 살 돈도 없으면서 상점들의 진열장을 훔쳐보며 어슬렁거렸다.

"어때? 할 만해?" 정이 물었다.

"눈이 빠지겠어. 그것도 고역인걸. 마치 책 몇 권 보고 난 뒤 같아."

"영감이 좀 이쁘게나 생겼으면 좋겠지만……." 정이 말했다.

영감은 다만 영감일 뿐이었다. 표정을 변화시키기에도 힘이 드는지 항상 그저 그렇다는 듯한 얼굴로 앉아 있었고 한 걸음 한 걸음을 조심스럽게 옮겨 놓았고 가끔 멋진 중절모를 좀 더 깊숙이 눌러쓰기 위해서 짚고 있던 단장을 옆구리에 끼고 손을 움직이거나 하는 영감이었다. 추운 날씨인데도 늠름하게 거리를 걸을 수 있는 것은 속옷을 많이 껴입었거나 좋은 약을 많이 먹었거나 그럴 리는 없겠지만 감각이 모두 죽어 버렸기 때문이겠지. 영감이 길을 걸어갈 때면 추위 때문에 얼음덩어리처럼 꽁꽁 얼어붙어 있는 거리가 영감의 몸뚱이 근처에서는 흐물흐물 녹아서 허공에 몸뚱이 크기만 한 구멍이 피시시 뚫리는 것 같았다.

그처럼 흐물흐물하고 뒤뚱거리며 만사태평인 영감과 그 스무 발자국쯤 뒤에서 온갖 신경을 곤추세우고 코트 깃을 귀 위까지 끌어올리려고 애쓰며 갑자기 횡망스런 종종걸음을 걷다간 금방 걸음을 느리게 하는 나는 아주 대조적이어서 영락없는 만화였다.

영감 뒤를 따라다니다가 보면 때때로 내가 나를 잃어버리고 길 가운데 멍하니 서 있곤 했다. 내가 나를 잃어버렸다는 얘기는, 급히 신문사로 돌아가야 할 일이 있어서 초조해지거나 영감의 하염없이 느리고 태평한 걸음걸이에서는 아무런 사건이 일어날 징조도 보이지 않는데도 무언가 일어나기를 기다리며 허둥거리는 내가 무엇 때문에 이 짓을 하고 있느냐는 의문이 교통신호처럼 대낮의 거리에서 불을 밝히기 때문이었다. 숙이, 일당 500원, 저금…… 그렇게 생각해 나가면 웃음밖에 나오는 게 없어서 거리의 시멘트 전봇대에 털썩 등을 기대며 차가운 하늘로 얼굴을 올리고 입을 짜악 벌려 버리곤 한다는 말이다.

다산성

내가 액자에 넣어져서 벽에 걸린 외국 배우들의 얼굴을 하나하나 구경하고 나서, 배우들은 눈이 예쁘게 생겼군 하고 생각하며 고개를 돌렸을 때 조금 전까지도 그 축 늘어진 눈꺼풀만 씰룩거리며 부처님처럼 휴게실의 긴 의자 한 귀퉁이를 차지하고 있던 영감님이 보이지 않았다. 영감님이 앉아 있던 곳을 중심으로 하고 나는 찬찬히 살펴봤다. 좀 물렁하게 비대한 편이고 까만 외투를 입고 있는 사람들이 몇 명 눈에 뜨이기도 했지만 모두 노인의 아들뻘이나 될 만한 중년 멋쟁이들뿐이었다.

나는 황급히 자리에서 일어섰다. 뺑소니를 쳤을까? 설마. 나는 다음 프로를 기다리며 휴게실에서 기다리고 있는 사람들 틈에서 갑자기 영감을 만나더라도 천연스럽게 행동하려고 느릿느릿 마치 화장실에라도 가는 사람처럼 걸었다. 그러나 눈알은 제정신이 아니었다. 극장 안의 휴게실에 앉아 있던 사람이 갈 만한 곳이라고는 영화 관람실과 화장실과 매점밖에 있을 수 없었다. 그런데 영화 관람실은 지금 아무도 들어갈 수가 없으니 갈 곳은 화장실과 매점밖에 없었다. 나는 우선 금방 눈에 띄는 매점 쪽을 살펴보았다. 어떤 허름하게 생긴 청년이 담배를 사고 있는 게 보였을 뿐 영감은 그 근처에도 없었다. 나는 화장실을 목표로 통로를 걸어가면서도 쉴 새 없이 눈알을 굴렸다. 이상하게도 화장실 안에는 영감은 없었다. 작은 게 아니고 큰 것인 모양이라고 생각하며 나는 '노크'라고 쓰인 곳은 모두 두들겨 보았다. 곤란하게도 모두 만원이었다. 혹시나 싶어 다시 한 번 모두 두들기며 나는 안에서 나에게 대답하는 노크 소리를 귀로 관찰했다. 성급하게 대답하는 노크 소리, 귀찮다는 듯이 대답하는 노크 소리, 큰 소리, 작은 소리, 한꺼번에 대여섯 번을 두들기는 소리, 딱 한 번 점잖게 두들기는 소리, 가지각색이었다. 하지만 그 소리들 중에서 어떤 게 그 망할 놈의 영감의 노크 소린지를 분간해 낼 만큼 철저하게 사람을 닮았다고는 얘기할 수 없는 소리들이었다. 나는 화장실의 문밖에 서서 여유를 가지려고 담배를 피우며 나오는 사람들을 하나하나 훑어보았다. 굼벵이 같던 영감이 빠르기도 한 게 아무래도 무슨 흑막이 있는 것만 같았다. 변소 문은 하나씩 하나씩 열렸고 사람들도 내가 언제 궁둥이를 까고 저 안에 앉아 있었느냐는 듯이 담배를 점잖게 빨며 마치 곰탕 집에서 이를 쑤시며 나오듯이 나오는 사람…… 그래도 영감은 끝내 나타나지 않았다. 아차, 좌석 번호가 2층이어서 2층으로 올라갔나 보다. 나는 후닥닥 계단을 밟고 2층으로 뛰어 올라갔다. 2층에 가서는 또 마음과는 반대로 천연스런 걸음걸이로 의자들 사이의 통로를 걸으며 한 사람 한 사람 눈여겨보았다. 없었다. 역시 화장실에도 가 보았다. 서서 용무를 보게 된 곳엔 물론 없었고 노크를 해야 할 곳은 들여다볼 수도 없었다. 문 하나가 사이에 놓였다는 사실만으로 그 저쪽은 이미 내 능력이 닿지 못한다는 사실 때문에 화가 치밀었다. 내 능력이 닿지 못할 곳은, 이런 식으로 생각해 보면 얼마나 많을 것인가! 세상엔 얼마나 많은 문이 있을 것인가! 문은 사람이 그것을 열고 그 저쪽으로 가기 위해서 있다고? 천만에. 저쪽과 이쪽을 가로막기 위해서 있을 뿐이었다. 고맙게도 세상에 있는 모든 문을 다 열어 볼 필요는 없다. 그러나 그때 내 앞에 있는 일곱 개의 문만은 모두 열어 봐야 할 필요가 있었던 것이다. 그런데 열어 볼수가 없었다. 기다린 보람도 없이 하나씩 하나씩 열린 그 문들의 저쪽에서 나타난 모든 사람은, 염병할 것, 영감의 나이만큼살려면 똥을 앞으로 2000번도 넘게 싸야 할 놈들뿐이었다.

"이 극장에 3층이 있던가요?"

나는 옥수수 튀김을 봉지에 넣고 팔러다니는 파란 유니폼의 여자 애에게 물었다.

"네."

"계단이 보이지 않는데."

"아, 그건 사무실예요. 밖에 계단이 있어요."

"고맙습니다."

영감의 행방은 이젠 분명해졌다. 영화를 보고 싶은 생각이갑자기 없어져서 내가 한눈을 팔고 있는 사이에 밖으로 나가버린 것이었다. 영감이 없어진 것을 발견한 뒤로 시간이 꽤 지나 있었으므로 아무리 굼벵이 걸음으로 걷는 영감이지만 꽤멀리 갔으리라. 현기증이라도 일으켰던 것일까? 제기랄, 정말그랬다면 가다가 자전거에라도 부딪칠 건 뻔하다. 정말 그랬다면, 제기랄, 택시라도 불러 타고 곧장 집으로 돌아갔으면 좋으련만.

나는 빠른 걸음으로 극장 밖으로 나갔다. 얼어서 미끄러운 길바닥을 보는 순간 영감에게 무슨 사고가 날 거라는 예감이 더욱 커졌다. 내게 할아버지가 계시더라도 이렇게 모시지는 않을 텐데. 500원어치란 도대체 얼마나 걱정을 해야 다 하

는 것인가? 나는 극장 앞 한길가에 우두커니 서서 나의 왼쪽
과 오른쪽으로 뻗은 길을 번갈아 돌아보았다. 왼쪽, 그것은 방
향이었다. 오른쪽, 그것도 방향이었다. 그러나 왼쪽과 동시에
오른쪽, 그것은 아무것도 아니었다. 문이었다. 지랄이었다. 똥
이었다. 개새끼였다. 염병할이었다. 뒈져라였다. 이빨을 뜩뜩
갈…… 누가 내 허리를 쿡쿡 찔렀다. 나는 돌아보았다. 식당
사환 차림을 한 소년이

"저기서 좀 오시라는데요."

하고 나에게 말했다.

"나를?"

"예, 바로 저기예요."

"누가?"

"어떤 할아버지예요."

"할아버지?"

아니 그럼 영감이란 말인가? 나는 소년을 따라 극장 바로
곁에 있는 음식점 안으로 들어갔다. 나를 골탕 먹인 바로 그
영감이 난롯가 가까운 탁자 앞에 자리를 잡고 문을 들어선
나를 향하여 히죽이 웃으며 고개를 끄덕끄덕하고 있었다. 음
식점 안에서 심부름하는 계집애가 물이 든 컵을 창가에 있는
탁자에서 지금 영감이 앉아 있는 탁자 위로 옮기는 것을 보았
을 때, 나는 내 얼굴이 화끈거림을 느꼈다. 구렁이가 들어앉아
있었군. 나는 태도를 결정했다.

"아이고, 혼났습니다. 그렇게 골탕을 먹이십니까그래?"

나는 마치 그 영감님과 잘 알고 있는 사이처럼 능청스럽게

호들갑을 떨며 영감과 마주 보는 의자 위에 앉았다. 하기야 2 주일 동안 나는 온 신경을 동원해서 영감님을 따라다녔으니까. 그가 나를 모른다고 해서 나도 그를 모른다고 할 수 있을까? 더구나 지금 와서 보면 영감님도 나를 알고 있었다.

"그렇게 서툴러 가지고……."

영감님이 히죽이 웃는 채 나직이 말했다. 정 기자의 말이 맞았다. 영감님의 한국 말은, 해방 후에 생겨난 명물 중의 하나인 띄엄거리고 혀 꼬부라지고 토씨를 생략하는 말이었다.

안개 속에서 길을 잃어버리고 정신없이 여기저기 헤매 다니는 꿈을 꾸다가 나는 잠이 깨었다. 머리맡에 놓인 탁상시계의 야광판은 새벽 4시가 조금 지났음을 알려 주고 있었다. 눈이 쓰렸다. 그제야 나는 담배 연기가 방 안을 꽉 채우고 있음을 알았다. 엊저녁엔 잠자리에 들기 전에 방문을 조금 열어서 담배 연기를 밖으로 내보내는 습관을 까먹었던 것이다. 나는 어둠과 추위가 둘러싸고 있는 나의 작고 조금은 훈훈한 방을 누운 채 눈동자만 돌려서 둘러보았다. 어둠 속에서 내 눈에 보이는 것은 없었으나, 영원과 친구인 바람과 추위와 어둠이 활개를 치는 대기 속에서 작으나 앙칼지게 버티며 위치하고 있는 따뜻한 직육면체를 느낄 수는 있었다. 방들의 수효만큼 세상에 존재하는 기적의 수효. 하나의 방이 꾸며지게 되기까지는 사실 예측할 수 없는 운명의 도움이 필요하다. 운명에 흠이 생겨서 태어나지 못한 방들이 얼마나 많을 것인가! 여기 있는 방, 그것은 기적이다. 그런데, 많은 사람들이 그 기적의 주인이

긴 하지만, 한편 또 얼마나 많은 사람들이 그 기적을 빌어 쓰고 있는 것일까! 바람과 추위와 어둠 속에서 서성거리며 손톱을 깨물고 있는 사람들. 참, 기적의 대량 생산이 있었지.

나는 담배 연기를 나가게 하기 위해서 누운 자세로 발가락만 놀려서 미닫이 방문을 열어 보려고 했다. 그러나 삐걱거리는 요란한 소리만 냈지 문은 열리지 않았다. 결국 일어나서 손으로 문을 열어야 했다. 차가운 공기가 내 얼굴에 확 끼얹혀졌다. 나는 얼른 이불을 둘러쓰며 몸을 눕혔다. 나는 문이 없는 방을 상상했다. 그것은 무덤밖에 없었다.

나는 마루를 사이에 두고 그 저쪽에 있는 숙이와 그 여자의 어머니와 동생들이 거처하고 있는 방의 문이 열리는 소리를 들었다. 이미 그 소리는 내 귀에 익은 많은 소리들 중의 하나였다. 물론 내가 다른 곳으로 옮긴 후엔 잊어버릴 소리였지만 이 집에서 살고 있는 한 그것은 내 감각 생활을 빠듯이 채워 주고 있는 많은 것들 중의 하나였다. 내가 의식하든 안 하든 마찬가지로서 그 소리는 내 귀에 들려올 것이었다. 어둠 속에서 눈을 뜨고 있는 사람의 귀에 들려오는 먼 곳에서 문 열리는 소리, 그것은 그것을 듣고 있는 사람의 가슴을 어떤 내용으로써든지 흔드는 것이다. 그렇다고는 하지만 숙의 방문이 열리는 소리를 듣자마자 내 가슴이 섬찟해졌던 것은 그 방문 열리는 소리가 무척 조심스러운 것이었기 때문이었다. 조심스럽게 방문을 여닫는 소리가 났지만, 으레 그 뒤에 들려야 할, 마루를 밟고 걷는 발자국 소리가 나지 않았기 때문이었다. 숙이구나 하는 생각이 들었다. 동시에 내 방으로 오는 것이구나 하는 생각도 들었다. 잠시 후 과연 내 방의 담배 연기 때문에 열려진 문이 조심스럽게 좀 더 열려지며 숙이가 귀신처럼 방 안으로 들어와서 방문을 다시 조심스럽게 닫았다.

"저예요."

문을 등지고 선 채 숙이가 낮은 음성으로 말했다. 나는 부시럭거리는 소리가 나지 않도록 천천히 상반신을 일으켰다. 상상도 할 수 없던 이 깊은 밤의 뜻하지 않은 그 여자의 방문에 나는 놀랐다. 성욕이 숙이로 하여금 내 방으로 오게 한 것일까? 그렇게 생각하니 나는 숙이의 이 행위가 몹시 귀여웠고 동시에 인간에게 본능을 주신 신의 안녕을 빌고 싶을 지경이다. 나는 한 손을 내밀어 어둠 속에서 그 여자의 손을 더듬어 잡았다. 숙이는 무너지듯이 내 옆으로 이불 속을 파고 들어왔다.

"어머니가 아시면 어떻게 하라구 절 오라구 하시는 거예요?"

숙이가 원망하는 조로 소곤거렸다. 무슨 얘기인지 알 수가 없었다.

"어머니가 아시면 어떻게 하라구……." 그건 바로 내가 하고 싶은 얘기였다.

"응?" 내가 멍청한 음성으로 물었다.

"절 이 방으로 건너오라고 방문을 여신 게 아니었어요?" 숙이가 말했다.

"아아, 그렇게 생각했었나?" 나는 우리 사이에 지어진 작고 귀여운 오해가 우스워져서 웃음 섞인 음성으로 말했다. "담배 연기를 밖으로 내보내려고 열었던 건데……."

"그러셨어요?"

숙이는 내 겨드랑이에 얼굴을 처박고 소리를 죽여 웃었다.

"그렇지만 숙이가 왔으면 하고 무의식 중에 바라고 있었던 것인지도 모르지."

"아니 제가 이 방으로 오고 싶어 하고 있는 게 이심전심으로 통했던 게죠?"

"심령술 말이군. 하여튼 난 숙이가 잠들고 있는 줄로만 알았지. 그렇지만……."

"전 깨어 있었어요. 그래서 방문 여는 소리도 다 들었고 한숨을 크게 쉬는 소리도 들었어요."

"내가 한숨을 쉬었던가?"

"그럼요. 틀림없이 저더러 오라고 하고 계시는 걸로 알았어요. 제가 올 때까지 방문을 열어 두실 것 같았어요. 만일 제가 오지 않으면 찬바람 때문에 감기가 드실 것 같았어요. 그래서 어머니가 깨실는지도 모르지만 용기를 냈어요…… 그런데 제가 괜히 왔나 부죠?"

"아니 잘 왔어."

나는 처음 우리가 관계를 가지게 된 것도 피차간의 어떤 작은 오해 때문은 아니었을까 하는 생각이 들었다. 그러나 그렇다고 하더라도 무슨 상관이 있을 것인가. 모든 것이 그럴지도 모르는 것이다. 어떤 사람은 다른 이유로 방문을 열고 그러면 다른 사람은 다른 이유로 그 열려진 방문을 통하여 안으로 들어온다. 그러나 항상 "아니 잘 왔어."라고 얘기하게 되는 것이라면 어쨌든 무슨 상관이 있을 것인가.

"어머니가 아실지 모르니까 그만 돌아가겠어요."

"아니, 조금 더 있다가 가."

나는 황급히 숙이를 껴안으며 말했다. "아니 잘 왔어."는 점점 사실이 되는 것이었다.

"무슨 생각을 하고 계셨어요?" 숙이가 물었다.

"자본주의와 공산주의에 대해서 생각하고 있었어."

"네?"

"아니 참, 방이란 것에 대해서 생각하고 있었어."

"방이라니요?"

"우리의 숙이와 내가 있을 방에 대해서 생각하고 있었어."

"그래서 한숨을 크게 쉬셨어요?"

나는 피식 웃었다. 내가 한숨을 쉬었었던지 어쩐지 나로서는 기억에 없었다. 하지만 숙이가 내 한숨 소리를 들었다고 우기는 한 그걸 인정할 수밖에 없었다. 더구나 숙이를 안고 싶어서 내뿜은 한숨으로 그 여자가 생각하고 있는 바에야…… 나는 숙이의 몸을 더듬었다. 숙이는 조금 몸을 움츠리는 것 같았다. 그러나 팔은 내 목을 아플 만큼 껴안았다.

숙이의 손은 뜨거웠다. 그 뜨거움 속에서 나는 이상하게도 불쾌감을 느끼고 있었다. 마치 발산되지 못한 욕망이 만드는 생리적인 불쾌감 같은 것이었다. 그러나 그것은 나의 배설이 늦어지는 것 때문이 아니었다. 이 어둡고 두꺼운 대기층의 밑바닥에서 촉각을 허망하게 내휘두르며 몸을 꿈틀거리고 있는 두 마리의 못생긴 벌레, 나와 숙이가 그 벌레들인 것 같은 생각만 자꾸 들기 때문이었다.

　"허 선생을 마지막으로 본 사람은 당신밖에 없습니다. 그 점을 잘 생각해 주십시오." 흥신소 소장인 박 선생은 형사 출신다운 매서운 눈초리로 나를 쳐다보며 말했다. "경찰에 수색을 의뢰하기 전에 이분들께 잘 설명해 드리셔야겠습니다."

　나는 무엇을 '이분들께' '잘' 설명해 줘야 할지 알 수 없었다.

　"어저께 박 선생님께 얘기한 그것밖에 더 할 얘기가 없을 것 같군요."

　"무슨 얘기 말씀이시죠?"

　'이분들' 중의 한 사람인 그 허 영감의 동생되는 사람이 박 소장에게 물었다. 허 사장이라는 그 오십 대의 사나이는 요정의 마담들이 사장이라면 이렇게 이렇게 생긴 사람이라고 생각하는 용모와는 아주 반대의 용모를 가지고 있었다. 검다고 밖에 말할 수 없는 살결은 기름기가 빠져서 주름살투성이었다. 손가락에 끼고 있는 금반지며 외국제 천으로 지은 양복이며 여자들이 면도해 주고 안마를 해 주는 이발소를 방금 다녀온 듯한 머리를 그 사람의 몸뚱이에서 모두 벗겨 버린 후에 용모만 가지고 그 사람을 얘기하라면 집안에 우환을 많이 지닌 화물 트럭 운전수 같았다.

　"아까 제가 말씀드린 얘기일 것입니다." 박 소장은 얼른 허 사장을 향하여 말하고 나서 이번엔 나를 향하여 말했다. "김 선생이 자신의 입으로 똑똑히 좀 말씀드려 줘야 되겠습니다."

　"어저께 그 영감님을 마지막으로 보았던 때의 얘기를 말입니까?"

내가 말했다.

"예. 그리고 주고받은 얘기랑……." 박 소장이 말했다.

내가 그 전날 하루에 그 영감님과 만나서 헤어지게 되기까지의 경과를 얘기하는 일은 아주 간단한 것이었다. 그러나 나는 그 얘기를 하기 싫을 만큼 굴욕감 같은 느낌을 받고 있었다. 그 이유는, 우선 흥신소 소장인 박이란 작자의 말투가 마치 내가 그 영감님을 정릉 뒷산쯤에 생매장이라도 한 것처럼 나를 몰아세우고 있기 때문이었다. 어제저녁에 영감이 집에 들어오지 않았다. 그런 일이 왜 절대로 있을 수 없다는 것인가. 그런데 그 영감의 유일한 보호자라는 허 사장이란 이 화물 트럭 운전수 같은 양반은 아예 그 영감이 어디서 아무도 모르게 맞아 죽기라도 한 듯이 걱정을 하고 있고 거기에 덩달아 박 소장도 속으론 어떻게 생각하든 허 사장의 염려가 아주 타당하다는 듯이 그 영감을 집에까지 호위하지 않은 나에게 그 영감이 전날 저녁 집에 들어오지 않은 책임을 둘러씌우고 있는 것이었다.

나는 그러나 그 불쾌한 좌석을 빨리 떠나기 위해서는 내가 할 수 있는 얘기를 빨리 해 버려야 함을 알고 있었다. 나는 고개를 숙이고 잠깐 눈을 감았다. 바로 어저께의 일이지만, 오늘 이런 일이 생기리라고 미리 알아서 열심히 외워 두었던 것은 아니기 때문에, 마치 간밤에 요란스럽게 불어제치던 북풍에 날려 가 버리기라도 한 듯이 그 영감님과 주고받은 얘기들의 세세한 점은 생각나지 않았다.

"그러니까, 바로 이 다방에서 나가서 영화관엘 들렀다가 곰 탕 집에서 영감님을 만났고 거기서 나와서 서로 헤어진 얘기 만 하면 제가 알고 있는 것은 다 얘기하는 셈이군요."

나는 눈을 뜨고 고개를 들고 나서 한 마디 한 마디에 힘을 주며 말했다.

"자세히……." 박 소장이 말했다.

"저쪽 좌석입니다." 나는 그 전날 영감님이 앉아 있던 좌석 을 손가락으로 가리키며 말했다. "저 자리에서 영감님이 일어 났습니다. 시간을 보진 않았습니다만 4시 좀 지나서였습니다. 솔직히 말씀드리면 추운 밖으로 나가기가 싫어서 저는 영감 님이 조금이라도 더 아니 쭈욱 이 다방에만 앉아 있다가 곧장 집으로 돌아갔으면 하고 바라고 있었습니다. 그러나 제 임무 가 영감님을 따라다녀야 하는 일이니 어떡합니까? 여느 때와 다름없이 스무 발자국 뒤떨어져서 영감님을 미행했습니다. 작 정하고 갈 곳이 있는 걸음걸이로 영감님은 한눈도 팔지 않고 걸어갔습니다. 중앙극장까지 갔습니다. 표를 사고 안으로 들 어가셨습니다. 저도 잠시 후에 표를 사 가지고 안으로 들어갔 습니다. 아래층 휴게실에 앉아 계시기에 저도 영감님이 잘 보 이는 곳에 자리를 잡고 앉아서 벽에 붙어 있는 영화 포스터들 을 보고 있었습니다. 그러다가 보니까 영감님이 안 계시더군 요. 저는 온 극장 안을 뒤져 보았습니다만 안 계셨습니다. 무 슨 급한 일이 생겨서 도로 나갔나 싶어서 저도 밖으로 나왔습 니다. 길을 살펴봤지만 보이지 않았습니다. 제가 어쩔 줄 모르 고 있는데 식당 보이가 와서 저를 음식점 안으로 데리고 갔습니다. 영감님이 저를 부르셨을 때는 벌써 제가 영감님의 미행자라는 사실을 영감님이 알고 계신 게 틀림없다고 생각하여 저는 일부러 영감님을 처음 보는 체 할 수가 없었습니다. 영감님도 절 별로 탓하려고 하시지 않고 곰탕을 사 주시며 얘기나 좀 하자구 해서 이것저것 얘기를 하다가……."

"무슨 얘기인지 그걸 자세히 좀 하시오." 박 소장이 말했다.

나는 무슨 얘기를 했었던지 기억을 되살리려고 담뱃갑에서 담배를 꺼내며 고개를 숙였다.

"여기 있습니다."

박 소장이 성냥불을 켜서 내 코앞으로 디밀었다. 나는 담배에 불을 붙이고 나서 다시 고개를 숙였다. 무슨 얘기를 했던가? 처음엔…….

"처음엔 이런 얘기를 했죠. 누구 부탁으로 자기를 미행하는가고 영감님이 물으시더군요. 저는 흥신소 요원이라고 대답했죠. 그러나 너무 의심하실 건 없으신 게 전 다만 영감님의 호위병 같은 역할을 하라는 부탁만 받았으니까요라고 말했죠. 아마 댁에서 흥신소로 부탁한 게 아닌가 생각하고 있노라고 말했더니, 흥신소란 뭐하는 데냐고 묻더군요. 그래서 여사여사한 일을 하는 데라고 말했더니, 왜 하필 흥신소에다가 자기 신변 보호의 일을 부탁했는지 모르겠다고 혼잣말처럼 말씀하시더군요. 제가 미행하는 줄은 언제부터 아셨느냐고 물었더니 며칠 전부터라고 대답하시면서 처음엔 제가 경찰 계통에 있는 사람인 줄 알고, 왜 나를 미행할까 도무지 죄 될 만한 일이라곤 한 적이 없는데 하고 염려하다가 이 다방에서 레지에게 제가 무엇하는 사람인 줄 혹시 아느냐고 물었더니, 신문기자라고 대답하기에 이번엔, 왜 나를 미행할까 도무지 신문에 날만한 인물도 아닌데라고 생각하셨다는 겁니다. 너야 미행하든 말든 난 아랑곳하지 않겠다고 작정하시고 며칠을 그대로 지냈는데 그래도 자꾸 신경이 쓰여서 어저께는 일부러 극장으로 저를 끌고 간 뒤에 살짝 저를 따 버리려고 했다는 것입니다. 계획대로 저를 따 버리긴 했지만 그러고 나니까 정말 당신이 무슨 죄인이기 때문에 그러기라도 해서 미행을 꺼려 하는 듯이, 저에게 보일까 봐 곡절이나 좀 알자고 저를 음식점으로 일부러 불렀다는 것이었습니다. 거기서 이런 얘기 저런 얘기를 하다가…….."

"그, 바로 그 이런 얘기 저런 얘기를 자세히 해 주시오."

박 소장이 말했다.

"주고받은 얘기는 나중에 따로 하시고, 그래서요?"

허 사장이 말했다.

"영감님이 그러시더군요. 정말 다른 목적이 있어서 미행하는 건 아니냐고. 정말 그렇다고 대답했더니 무언지 곰곰이 생각하시는 표정을 하시더군요. 그리고 헤어질 때, 그러니까 곰탕 집에서 한 시간쯤 있었을 겁니다. 그만 나가자고 하여 밖으로 나왔습니다. 헤어질 때 내일부터는 밖에 나오지 않을 테니까 미행할 필요가 없게 됐다고 말씀하시더군요. 돈벌이를 하지 못하게 돼서 섭섭하게 됐는진 모르지만 젊었을 때에 너무 돈만 생각하고 살진 말라고 점잖게 한마디 충고를 하셨습니다. 그리고 오늘은 여기서 헤어지자고 말씀하시기에 그렇지만 제 임무가 영감님께서 댁으로 들어가시는 것을 봐야만 끝나는 것이기 때문에 함께 가시자고 했더니 택시를 타고 곧장 집으로 갈 테니 오늘은 여기서 나를 그냥 집으로 가게 해 줄 수 없겠느냐고 하시더군요. 그렇게 말씀하시는 표정이 정말 혼자 계시고 싶어 하시는 것 같아서 저는 택시를 잡아서 태워 드렸습니다. 택시가 출발하는 걸 보고 나서 저는 곧장 신문사로 들어갔다가 사에서 퇴근하고 흥신소에 들러서 어저께 하루 일을 보고했던 것입니다.

"어디로 가셨을까요?"

'이분들' 중의 한 사람인 허 사장 부인이 처음으로 입을 열었다.

"친구 되시는 분의 댁에라도 놀러 가신 건 아닐까요?"

내가 말했다.

"밤 새워 함께 노실 만한 친구가 없습니다. 그리고 설령 밖에서 주무실 일이 생기시면 반드시 전화를 주시곤 하셨습니다. 지난 봄에 귀국하셨을 때엔 몇 번 밖에서 사업 관계로 주무신 적이 있었지요만 근래엔 밖에서 주무시는 일은 없습니다."

허 사장이 말했다.

"정말 전화라도 반드시 하실 분이시거든요."

허 사장의 부인이 말했다.

"스물네 시간이 지나도록 전화 한 번 안 하시는 건…… 아무래도……."

허 사장이 말했다.

"정말 면목 없게 됐습니다." 박 소장이 죄송해 죽겠다는 표정으로 말했다. "아무래도 말 못할 사정이 있으니까 우리에게 부탁을 하셨을 텐데…… 김 선생도 (그러면서 박 소장은 턱짓으로 나를 가리켰다.) 다만 그분의 신변 보호라고 단순히 생각했으니까 어저께 그런 실수를 했겠지만 사실은 저도 다른 일과 달라서 아주 쉬운 일이라고, 말하자면 정확하게 말씀드려서 여기 있는 김 선생님에게만 맡겨 놓아도 잘 해낼 일이라고 생각했던 게 잘못인 것 같습니다. 그렇지만 허 사장님께도 책임은 조금 있습니다. 그분이 행방불명이 될 염려가 있어서 우리에게 보호를 부탁한다고 하셨더라면 우리로서는 좀 더 신경을 쓸 수 있었을 것입니다. 그런데 그냥 늙은이니까 무슨 교통사고라도 당할지 몰라서 부탁하는 것이라고 했으니까…… 하여튼 좀 복잡한 관계가 있다는 걸 암시해 주셨으면 이런 일이 생기지 않았을 텐데……."

"하, 이 양반이 해괴한 말씀을 하시는군." 허 사장은 박 소장의 음흉한 말뜻을 눈치 챈 것 같았다. "사람 찾아낼 생각은 안 하고 이제 와서 책임 회피만 하실 생각이신가요?"

"무슨 말씀을 그렇게 하십니까? 책임감을 느끼니까 그런 얘길 하는 게 아닙니까? 하여튼 그분을 찾아야 한다는 게 우리가 당면한 문제니까 우리로서도 대강 어디 어디에 갔으리라는 추측을 할 수 있을 만한 근거는 알아 둬야 하지 않겠습니까?"

박 소장이 은근한 목소리로 말했다. 나는 박 소장이란 사람을 잘 알지는 못했지만 4·19 이후에 사찰계에서 물러난, 일경 때부터 눈치 보기와 냄새 맡기로는 원숭이나 개를 손자로 둘

만큼 영리한 형사였다는 사실 하나만으로써 그의 솜씨를 짐작할 수가 있는 터였으므로 그가 이 허 사장이란 어리숙해 보이는 양반에게서 아마 가족적인 걸로만 그칠 것 같지 않은 문제가 있음을 눈치 채고 있지 않나, 그래서 사건을 만일 그것이 있다면 표출해 내고 그것이 복잡하거나 이권에 관계되는 것이라면 박 소장 자신에게 어떤 사건이 맡겨질는지도 모를 일이라고 박 소장이 생각하고 있음을 알 수 있었다. 형사 기질이란 남의 사생활도 그것을 담 밖으로 끌어내고 싶어 하는 것이니까 말이었다.

"혹시 지금이라도 댁으로 연락이 왔을지도 모를 일 아니겠어요?"

내가 말했다. 이 음흉한 박 소장에게서 그들을 보호해 주고 싶은 심정이 들 만큼 허 사장패는 멍청했다. 내 짐작이 틀림없다면 하루 세 끼를 붙잡고 씨름을 하고 있던 차에 토정비결이 좋아서였던지, 그동안 생사도 알 수 없던 형이 미국에서 많은 돈을 모아 가지고 돌아왔고 덕분에 하루아침에 사장 가족이 된 사람들이었다. 따라서 가난했던 시절의 겸손이며 자비가 이젠 모든 사람에게 다 향해지는 것이 아니라 그것을 바쳐도 좋을 사람과 그래서는 안 될 사람으로 나누어져 배급되는 것이었다. 박 소장이나 나 같은 사람은 허 사장의 입장에서 보면 고용을 해 둔 사람들이었다. 허 사장은 머뭇거렸다.

그리고 네 말 때문이 아니라 내가 방금 그럴 생각이 났기 때문에 하는 것이라는 투로 자기 아내에게 말했다.

"집에 전화 좀 해 보구려. 혹시 들어오셨는지……."

"지금 전화하실 분이 여태까지 안 하셨을라구요."

이 역시 얼굴에 고생티가 도장 찍힌 부인은 자리에서 일어나며 말했다.

부인이 전화가 있는 카운터 쪽으로 가고 난 후에 허 사장은 무언가 불안을 감추지 못한 음성으로 나에게 말했다.

"어저께…… 그러니까 제 형님과 주고받으신 얘기…… 형님께서 무슨 얘기를 하시던가요?"

"좀 자세히 해 보시죠." 박 소장이 눈을 빛내며 내게로 몸을 기울여 왔다.

"그분께서 엊저녁에 댁에 들어가시지 않은 이유가 될 만한 이야기는 한 걸로 기억되지 않습니다. 별로 도움이 되시지 않을 겁니다."

"그렇지만……." 허 사장이 말했다.

"그렇지만 이 자리는 그분이 댁에 들어오시지 않는 것에 제가 아무 관계도 없다는 것을 밝혀야 하는 자리니까 기억나는 대로 자세히 말씀드리지요."

"무슨 얘기를 했었던가?"

"……당신을 수행하면, 그분은 저의 임무가 그분에게서 무엇을 캐내는 게 아니라 그분을 보호해야 한다는 것을 제가 얘기한 후부터는 미행이란 말을 쓰지 않았습니다. 보수는 얼마씩 받느냐고 물으시더군요. 일당 500원씩 받는다고 했습니다."

"하 나 참, 들키기는 왜 들키느냔 말예요? 처음부터 어쩐지 마음이 놓이지 않더라니…… 박 선생의 말만 믿고 그랬더니⋯⋯." 허 사장은 난폭하게 담뱃갑을 탁자 위로부터 집어 들어 담배를 한 대 꺼내 물며 말했다. "왜 저런 서투른 사람을 쓰시느냔 말예요. 기분이 나쁘셨군. 기분이 나쁘셨어."

"기분이 나쁘셨다니 누가 말씀이시죠?" 내가 물었다.

"누군 누굽니까? 형님 말씀이지. 에이 참, 형님도 형님이시지. 의심은 왜 그렇게 많은지 차암."

"의심이라니요?" 박 소장이 물었다.

"아직 안 들어오셨대요."

허 사장 부인이 수심 찬 음성으로 말하며 자리에 앉았다.

"아무 연락도 없고?"

"네. 무슨 변고가 났어요. 틀림없이. 무슨 변고가 났어요."

허 사장 부인은 가능한 대로 나를 보지 않으려고 애쓰며 부정하듯이 말했다. 나는 화가 울컥 끓어올랐다.

"죄송하지만 전 바쁜 사람입니다. 이제까지 저한테 물으신 것에 대해서만 대답하고 전 가겠으니 필요하신 일이 있으면 다음에 언제든지 저를 찾아오십시오. 앞으론 결코 저를 불러 내시지는 마십시오. 하루에 500원을 받는다고 했더니 웃으시면서 그것을 받아가지고 생활이 되느냐고 물으시더군요. 직업은 따로 있고 이건 부업이라고 했더니 참 부지런하군 하셨습니다. 그리고⋯⋯ 아, 이런 얘기도 하셨습니다. 제가 아마 외국에서 돈을 많이 벌어 오신 모양인데 지금 무슨 사업을 하고 계십니까 하고 물었더니 그렇게 대답하셨을 겁니다. 모두 잃어 버렸다고 그러시더군요. 웃으시면서 그러시기에 농담인 줄은 알았지만 그래서 저도 농담조로 우리나라엔 소매치기가 너무 많지요 했더니, 아니 다른 사람이 훔쳐 간 게 아니라 바로 당신 자신이 훔쳐 가 버린거라고 그러시더군요. 저 같은 돌대가리는 무슨 말씀인지 알 수가 없다고 했더니, 당신께서 설명해도 아마 저는 잘 모를 거라고 말씀하십디다. 아드님이 계시냐고 했더니 이제 우리나라 노인들은 아무도 자기 아들을 가진 것 같지 않다고 대답하셨습니다."

"형님은 한 번도 결혼한 적이 없습니다. 미국에 계실 때 중국 여자와 얼마 동안 동거 생활을 하신 적은 있습니다만……." 허 사장이 말했다.

"네에 그렇군요. 그러나 그런 뜻으로 하신 말씀은 아닌 것 같습니다. 하여튼 제 얘기를 하겠습니다. 그분은 이런 얘기를 하시더군요. 당신은 당신의 재산을 관리하는 사람에게, 지금 보니 아마 허 사장님을 말씀하셨던 모양이군요, 그런 부탁을 했다더군요. 학문을 연구하는 사람들에게 재정적인 도움을 주도록 하라구요. 특히 과학 분야의 젊은 학자들을 도우라고 했다더군요."

"그렇습니다. 구체적인 실시를 위해서 조사 연구 중에 있습니다."

허 사장이 말했다.

"그런데 그분은 이렇게 말하시더군요. 평생 놀기만 하고 지내겠다고 작정한 젊은 사람이 있으면 그 사람에게도 생활비를 도와주라고 일러야겠다구요. 그런 사람이 있을까요?라고 제가 물었더니, 당신 생각에는 재물의 궁극적 목적은 그래야만 할 것 같다고 말씀하십디다. 그래서 논다는 것은 어떻게 하는 것을 말씀하시느냐고 제가 물었더니, 그런 것은 이젠 없어져 버렸고 생길 가망도 없으니 그 얘긴 그만두자고 하시더군요. 아마 욕망에 대한 얘기가 아닌가고 저는 생각했습니다만…….."

"좀 알아듣기 쉽게 얘기해 주시오. 무슨 얘기를 했는지 좀 자세히……."

박 소장이 말했다. 허 사장도 그리고 그의 부인도 얼떨떨한 표정이었다. 그제야 나는 이상하게도 영감의 실종이 실감되었다. 이 사람들이 찾고 있는 것은 거무스레하고 쭈글쭈글하고 커다란 얼굴을 가졌고 등이 좀 꾸부러졌고 뚱뚱하고 좋은 천의 겨울 양복을 입고 있고 중절모를 썼고 단장을 짚고 있는 노인 한 사람이라는 사실이 실감되었다. 그렇다면 나는 아무 것도 모른다.

"대강 그런 얘기를 하다가 그 음식점을 나왔죠. 그리고 아까 얘기한 것처럼 택시를 타고 그분은 을지로 쪽으로 가셨고 저는 걸어서 신문사로 돌아왔습니다. 제 얘기는 끝났습니다. 어제로 흥신소와는 관계가 끊어졌으니 저는 더 이상 여기 있고 싶지가 않습니다. 물으실 말씀이 있으시면 신문사로 찾아와 주십시오. 그분이 돌아오시지 않은 것과 저와는 아무런 상관도 없다는 건 제발 좀 알아주셨으면 합니다."

나는 자리에서 일어섰다. 허 사장이 재빠르게 일어서며 나의 팔을 잡았다.

"선생을 의심해서 부른 게 아닙니다. 형님을 마지막으로 보신 분이 아무래도 선생밖에 없으니까, 하도 답답해서 부른 게 아닙니까?"

"그분을 마지막으로 본 사람이 어째서 저라고 생각하십니까? 저와 헤어진 뒤에 또 어떤 사람을 만났을지도 모르지 않습니까? 그 사람을 찾아보십시오."

"이건 아무래도 유괴란 말야. 어떤 놈이 재산을 노린 유괴 사건이란 말야. 흠."

박 소장이 천천히 팔짱을 끼며 고개를 숙인 명상하는 자세로 중얼거렸다.

"그럴지도 모르죠. 이제 며칠 안으로 범인에게서 협박장이 오겠죠. 그때까지는 아무 일 없을 테니까 다리 쭉 뻗고 자면서 기다리면 될 게 아닙니까?"

나는 말하고 빨리 걸어서 다방 밖으로 나왔다. 찬 공기가 내 얼굴을 때렸다. 나는 내 눈이 닿는 어느 거리에서도 노인은 한 사람도 볼 수가 없었다. 그리고 나의 세계 속에서는 여태까지 한 사람의 노인도 살고 있지 않고 있었음을 문득 깨달았다. 시골집에 계시는 내 할머니를 생각했다. 할머니는 콩을 까고 계셨지. 할머니는 마당에 흩어진 벼 알 하나를 바가지에 주워 담고 계셨지. 할머니는 웃으시면 눈에서 눈물이 질금질금 흐르지. 할머니는 할아버지와 증조할아버지와 증조할머니에 대한 얘기를 해 주셨지. 그리고……그러고는 생각나는 것이 별로 없다. 문득 나는 그 괴상한 영감이 말한 '우리나라 노인들에겐 아들이 없다'는 얘기가 거꾸로도 얘기될 수가 있지 않을까 하는 생각이 들었다. 그러나 그런 불행한 말도 노인과 자식 사이에 어떤 관계가 있어야 하느냐가 분명해야만 '우리나라 노인에겐 자식이 있다'는 얘기가 있을 수 있을 것이다. 노인은 어떤 자식을 원했을까? 아니 노인은 자기가 어떤 노인이기를 원했을까라는 질문이 생길 수도 있다.

신문사의 내 책상 앞에 앉자마자 박 소장에게서 전화가 걸려 왔다.

"김 선생의 심경은 잘 알겠습니다. 하지만 사건이 사건이니만치……."

"아니 도대체 뭐가 사건이란 말입니까?"

"하아, 그 양반이 돌아올 때까지는 사건이라고 해 둡시다그려. 그분이 찾아갈 만한 데는 도무지 없다는 게 아니오?"

"그 영감님이 그 허 사장한테 자기 친구들을 일일이 다 가르쳐 주었다고 볼 수도 없지 않습니까?"

"하여튼 이 양반들로서는 영감이 갈 데가 없는 거요. 내 말 알아들으시겠오? 그 영감을 찾아내는 일을 우리가 맡기로 했소."

"우리라니요?"

"김 선생과 나 말이지 누군 누구겠소. 보수는 톡톡합니다."

"다른 사람을 데리고 하시죠. 서투른 탐정 놀이는 이젠 질색입니다."

"그러지 맙시다. 우리 중에서는 아무래도 김 선생님이 제일 짐작이 가실 거니까요."

"생사람 잡지 마십시오."

"하아, 또 오해를……."

318

"서울 시내 택시 운전수들을 모두 서울운동장에 모아 놓고 어느 날 몇 시에 중앙극장 앞에서 영감을 태운 사람 손들엇 하는 편이 제일 확실한 방법입니다. 제가 낼 수 있는 꾀는 그것밖에 없습니다. 다시 저를 고용할 생각은 마십시오."

"정말입니까?"

"정말입니다."

"좋습니다. 이쪽에도 생각이 있으니까……."

나는 수화기를 놓았다. 망할 자식, 생각은 무슨 생각. 영감과 헤어진 이후의 나에 대해서는 신문사의 동료들과 내 하숙집 주인 아주머니의 딸이며 동시에 내 애인인 숙이가 잘 알고 있을 터였다. 나는 이해할 수 없는 이 사건에서 자리를 피하고 싶었다. 영감은 돌아올 것이다. 설령 박 소장의 추측이 맞아서 유괴 사건이라고 하더라도 허 사장이 꼭 그 영감을 찾고 싶어 하는 한 돌아올 것이다.

다음 날 오후 3시쯤, 허 사장이 신문사의 현관에서 나를 불러내었다.

"어저께는 실례가 많았습니다."

허 사장은 그 화물 트럭 운전수 같은 얼굴을 기묘하게 구기며 말했다.

"돌아오셨습니까?" 내가 물었다.

"아니요. 김 선생……."

"말씀 낮추십시오. 선생은 무슨 제가 선생……."

"아니요. 김 선생. 좀 도와주셔야겠습니다."

"정말 전 어제 얘기한 것 이상은 알지 못합니다."

"압니다. 김 선생을 의심하는 게 아닙니다. 그렇지만 김 선생은 제 형님이 행방불명이 됐다는 사실에 조금도 관심이 없습니까?"

"경찰에 심인계를 내십시오. 박 소장 같은 엉터리는 믿지 마시고 경찰에 의뢰하십시오. 경찰에 가시기 뭐하면 제가 같이 가 드려도 좋습니다. 제가 마지막 보았던 때의 얘기가 참고될지도 모르니까요."

허 사장은 고개를 숙이고 잠시 동안 생각에 잠긴 표정이었다. 나는 그가 내 충고를 따라 주었으면 하고 바랐다.

"그 수밖에 없겠군요." 허 사장이 말했다.

나는 마음이 가벼워졌음을 느꼈다. 그리고 그제야 이상하게도 이 허 사장을 도와주고 싶다는 기분이 생겼다.

"타실까요?"

허 사장이 신문사 밖에 세워 둔 자기 차의 문을 열며 말했다.

"어떻습니까? 경찰서가 별로 멀지 않으니까 걸어가시는 게요. 허 선생님과는 다른 방법으로 저도 그분을 찾아보려고 합니다. 그래서 몇 가지 물어보고 싶은 게 있는데요……."

"그럽시다."

허 사장은 차를 경찰서 앞에서 기다리라고 이르며 먼저 보냈다. 우리는 호주머니에 손을 찔러 넣고 천천히 걸었다.

"왜 그분에게 흥신소원을 뒤쫓아 다니게 했습니까?" 내가 물었다.

"형님의 몸을 보호하기 위해서였습니다. 단순히……."

"박 소장에게서 제가 받은 임무는 그분이 누구누구와 만나는지도 알아 오라는 것이었는데요."

"내가 그런 부탁을 한 일은 없습니다. 박 소장은 머리가 좀 돈 사람 아닙니까? 아마 형님과 나 사이에 무슨 곡절 있는 관계가 있는 걸로 알고 있는 것 같은데 정말이지 아무 다른 이유는 없거든요."

"그분도 그런 말씀을 하셨지만, 그런 이유 때문에 그랬다면 왜 하필 흥신소에 그런 일을 부탁했겠습니까? 아무라도 시켰으면……."

"돈거래로만 하는 일이 가장 믿을 수 있다는 걸 아직 모르시는 모양이군요. 이왕에 돈이 들 바엔 신용 있게 해 줄 곳을 찾아야만 합니다."

"튼튼한 소년을 하나 사서 그분과 같이 다니도록 했었던 게 좋지 않았을까요?"

"형님은 혼자 다니고 싶어 하셨습니다. 아주 독립 정신이 강한 분이시니까요. 난 형님이 거북스러워하지 않도록……."

"알겠습니다. 그분께선 오랫동안 외국에 계셨습니까?"

"난 아직 세상에 나오기도 전에 평양에 와 있던 목사님을 따라서 미국으로 들어가셨습니다. 나하고는 20년이나 나이 차이가 있습니다. 그리고는 작년에 나오셨으니까…… 물론 서신 왕래가 옛날엔 몇 번 있었지만……."

"미국에선 뭘 하셨답니까?"

"고생 많이 하셨다더군요. 이것저것 고생을 많이 하셨다더군요. 하지만 어떻게 고생하셨다는 자세한 얘기는 아직 듣지 못했습니다. 사업이 바빠서……."

"별로 관심이 없었던 게 아닙니까?"

"고생이야 사실 나도 할 만큼은 했으니까 남의 고생한 얘기엔 사실 흥미가 없지만……."

"가령 박정하게 얘기해서 말입니다. 그분을 꼭 찾아야 할 현실적인 이유 같은 건 없습니까?"

"현실적인 이유라니요?"

"가령 사업체의 명의가 그분 앞으로 돼 있다든가……."

"아닙니다. 재산에 관한 것이라면 모두 내 명의로 돼 있죠. 그런데 왜 그런 이상한 질문을 하시오? 김 선생은 자기 친형님이 행방불명이 돼도 가만히 있겠소?"

"물론 찾으러 다녀야죠. 그런데 그분은 왜 매일 밖에 나와서 아무 특별한 일도 없이 돌아다니셨죠? 의사의 권고 때문인가요?"

"의사가 뭐라고 한 적은 없습니다. 이유는 잘 모르지만, 사실 집에만 앉아 계시기가 따분하시겠죠. 어쩌면 미국에 계실 때의 버릇인 줄도 모르지요."

"집에 계실 때는 어떻게 하고 계십니까?"

"늘 방 안에 눕거나 앉아 계시죠. 우리 집 꼬마들에게 얘기를 들려주기를 좋아하시지만 애들이 공부를 해야지 어디 큰아버지 옛날 얘기 들을 틈이 있습니까? 그리고 사실 형님의 얘기란 것도 그저 이런 고생을 했었다는 정도였으니까요."

"만일 그분을 영영 찾지 못하면 어떻게 하시겠습니까?"

"누가…… 형님을…… 죽였을까요?"

"설마 돌아가시기야 했을라구요. 그런데 가령 그분 스스로 어디로 가 버리셨다면?"

"가긴 어딜 간단 말예요? 형님의 숙소는 바로 우리 집이라니까요."

우리는 경찰서 앞에 도착했다. 나는 우중충한 회색의 경찰서 건물을 올려다보았다. 아무리 보아도 그 속에서 영감을 찾아낼 수는 없을 것 같았다. 나는 고개를 돌려 내 눈 안에 들어오는 모든 거리와 집들을 보았다. 어느 곳에도 노인이 있을 것 같지 않았다. 노인이 없어진 것은 분명한데 왜 없어졌는지 허사장도 모르고 있지만 나도 알 수가 없었다. 어쩌면 영감 자신조차도 모르고 있을 것 같았다. 정말 이 허 사장이나 박 소장의 염려대로 어떤 어마어마한 유괴범이 어느 날엔가 거대한 요구를 가지고 우리 앞에 나타날지도 모르리라는 막연한 불안만 실감되기 시작했다.

참 멋있는 영감이네요. 숙이가 말했다. 돈을 잔뜩 벌어다가 자기 친척들에게 주고 어디론가 사라져 버린 거 얼마나 멋있어요. 뤼팽 같죠? 뤼팽을 좋아해? 내가 물었다. 그럼요. 뤼팽이 되고 싶어? 네. 그럼 안심해. 우리도 뤼팽이 자연히 될 테니까. 그런데 뤼팽은 사라져서 어디로 가지? 그걸 알아서 뭘 해요? 뒤에 남은 사람들이 모두 뤼팽에게 고마워하고 있는 걸요! 그런데 말야, 그 뤼팽이 바람처럼 사라진 것을 알게 되자 뒤에 남은 사람들이 모두 불안해하거든. 그렇지만 곧 고마워하게 되요. 숙이가 말했다. 그럴까? 그렇지만 뤼팽

자신은 어쩔까? 노인이 되면 모두 뤼팽이 되는 것일까? 뤼팽
도 못 된다면?

(1966)

염소는 힘이 세다

염소는 힘이 세다. 그러나 염소는 오늘 아침에 죽었다. 이제 우리 집에 힘센 것은 하나도 없다.

나는 때때로 홍수의 꿈을 꾼다. 오늘 아침에도 나는 홍수의 꿈을 꾸었다. 황토 빛 강물이 부글부글 끓듯이 거품을 일으키고 무서운 소리를 내며 빠르게 흐르고 있었다. 나는 강변에 있는 마을의 폐허 위에 서 있었다. 간밤의 폭우 때문에 집들은 더러운 판자 더미가 되어 있었고, 강물이 흐르며 내는 소리—그 무섭고 한순간도 휴지(休止)가 없는 쭈욱 이어서 들리는, 그래서 그 소리에 귀를 기울이고 있는 사람은 처음엔 그 소리가 끝날 때를 기다리지만 차츰 그 소리가 음악이나 사람의 울음소리와는 달라서, 결코 언젠가 끝날 수 있는 소리가 아니라는 것을 확신하게 되고 그러자 그것이 생명과 의지를 가진 괴물처럼 생각되어 온몸에 식은땀이 흐르는 그러한 강물 소리가 울려서인지, 그 비에 젖어 시꺼멓게 된 판자 더미는 덜덜덜 떨리고 있었다. 나는 그 소리로부터 도망치려고 몸을 돌렸다. 그때 판자 더미 속에서 "매애애……." 하는 염소의 울음소리가 약하게 들려왔다. 나는 판자 더미를 헤쳤다. 하얀 털을 가진 염소 새끼 한 마리가 그 속에 있었다. 나는 그놈을 가슴에 안았다. 새끼 염소에 정신이 팔려 있는 동안은 내 귀에 들리지 않던 무서운 강물 소리가 내가 그놈을 가슴에 안고, 어디서 이놈의 임자가 나타나지 않을까 하고 사방을 두리번거리는 동안에 다시, 나를 휩쓸고 갈 듯이 달려들었다. 나는 새끼 염소를 안은 채 도망쳤다. 그 무서운 강물 소리, 그것은 소리라기보다는 소리의 메아리라고나 하는 편이 좋을 만큼 귀신 같은 데가 있는데, 그 웅웅거림이 끝없이 나를 쫓아오고 있었고 그리고 내 가슴에 안긴 새끼 염소는 나의 달음박질을 독려하듯이 쉬임 없이 그 곱게 떨리는 소리로 울고 있었다. 나는 잠이 깨었고 눈을 떴다. 그것은 내가 우리 집의 염소를 처음 얻던 때의 바로 그 사정인 꿈이었다.

염소는 힘이 세다. 그러나 염소는 오늘 아침에 죽었다. 이제 우리 집에는 힘센 것은 하나도 없다. 나는 때때로 홍수의 꿈을 꾼다. 오늘 아침에도 나는 홍수의 꿈을 꾸었다.
꿈이 깼을 때 나는 자리에서 발딱 일어나 앉았다. 무서운 강물의 웅웅거림과 염소의 슬프고 끊임없는 울음소리는 꿈이 깨었음에도 여전히 내 귀에 들려오고 있었다.

내 할머니는 조금 귀머거리다. 그래서 할머니는 산골에서 살아도 무방하고 자동차들과 전차들이 잇달아 달리는 도시의 한길가에 살아도 별로 괴로움을 느끼지 않는다. 할머니는 이 집에서 살 자격이 충분히 있다. 그러나 내 어머니와 누나는 눈도 맑고 귀도 밝다. 그래서 항상 어머니는 이렇게 말한다. "아아, 깨끗하고 조용한 곳으로 이사 갔으면! 저 차 소리들 때문에 난 죽고 말 거야." 그러면 "나두 그래 엄마." 하고 누나가 말한다. 나는 어머니와 누나를 깨끗하고 조용한 곳으로 보내 드리고 싶다. 그러나 나는 깨끗하고 조용한 곳이 어디 있는지를 모른다. 내가 알고 있는 곳으로서 깨끗하고 조용한 곳은 우리 학급 반장네 집의 변소뿐이다. 그러나 어머니와 누나를 남의 집 변소로 보내 드릴 수는 없다. 나는 깨끗하고 조용한 곳이 어디 있는지도 모르지만 이사를 어떻게 하는지도 모른다. 나는 우리 집 앞 한길가에서 수레나 오토바이 트럭이 살림살이를 잔뜩 싣고 달리는 것을 자주 본다. 내가 알고 있는 이사는 그것이다. 살림살이를 실은 차들이 유난히 많이 지나다니는 날엔 할머니는 "오늘이 손(損)이 없는 날인 모양이군." 하시곤 한다. "저 차들은 멀리 가?" 하고 내가 할머니에게 소리쳐서 묻는다. "아아니."라고 할머니는 거리에서 곧장 집 안으로 날아오는 먼지들 때문에 항상 쉬어 있는 목소리로 대답하신다. "기껏해야 서울 시내겠지."

내 귀에 여전히 들려오고 있는 강물 소리가 집 바로 밖의 거리를 자동차들이 달리며 내는 소리의 혼합체인 것이 점점 뚜렷해졌다. 나는 집 밖의 거리 쪽으로 귀를 기울이며 꼼짝하지 않고 누워 있었다. 여러 소리들이 범벅이 되어 마치 범람하는 강물 소리 같은 그 소리 속에서 버스가 내는 소리와 택시가 내는 소리와 트럭이 내는 소리와 전차가 내는 소리를 나는 차츰 구별해 낼 수가 있었다. 그러나 그러고도 여전히 내 귀에는 한 가지 이상한 소리가 남아 있었다. 그것은 염소의 슬픈 울음소리였다. 우리 집 뒤꼍에서 나야 할 소리가 거리에서 들려오고 있는 것이었다. "우리 집 염소 소리지?" 병들어 쭈욱 누워 계신 어머니가 근심스런 음성으로 말씀하셨다. 나는 자리에서 빠르게 일어나서 이른 아침인 밖으로 뛰어나갔다.

염소는 힘이 세다. 그러나 염소는 오늘 아침에 죽었다. 이제 우리 집에는 힘센 것은 하나도 없다. 나는 염소가 죽는 순간까지도 힘이 세었던 것을 보았다.

우리 집의 오른편으로는 시멘트벽돌로 지은, 좀 길다는 느낌을 주는 단층집이 있다. 그 건물의 한길로 향하고 있는 면은 더러운 유리가 끼어 있는 미닫이문과 커다란 간판으로만 이루어져 있다. 그 긴 건물이 세 칸으로 나뉘어져 있으므로 간판도 각각 다른 내용으로서 세 개이다. 그중 한 개는 초록색의 길고 굵은 구렁이가 숲 속을 헤치며 달리고 있는 그림이다. 그 간판이 달린 집에서는 미닫이문 밖의 인도에, 비오는 날을 제외하고는 항상 화로를 내어 놓고 그 위에 항상 김이 새어 오르는 약단지를 올려놓고 있다. 그 화로는 겉은 쇠로 되어 있고 안은 황토를 두껍게 발라서 만든 크고 높은 것으로서, 그 안에는 수많은 뱀들이 저주하기 위해서 혀를 날름거리는 듯한 연탄불의 작고 파란 불꽃이 수없이 있다. 그 불꽃 위에 올려진 약단지 속에는 진짜 뱀들이 담겨져 있고 끓는 물이 그 뱀들의 형체를 풀어헤치며 뱀 속에 있던 가지가지의 맛과 양분을 빨아들이고 있다. 새파란 불꽃과 끓는 물과 그 속에서 요동치다가 점점 형체가 녹아 버리는 뱀 떼와……. 그래서 내게는 그 화로 전체가 내가 상상할 수 있는 최악의 지옥이었고 그래서 그 화로의 무게는 나로서는 짐작도 안 되는 것이었다. 집 안이 들여다보이지 않도록 하얀 페인트칠을 해 버린 유리창에 붉은 글씨로 '생사탕'이라고 써 놓은 그 집에서, 지옥 바로 그것인 그 화로를 유리창의 안―집 안에 두지 않고 유리창 밖―행인들이 오고 가는 한길에 내어 놓고 있는 이유도 내게는 연탄가스 때문이라고는 조금도 생각되지 않고 오직 그 화로, 지옥의 무게를 감당해 낼 수가 없어서인 것만 같다.

오늘 아침, 그 화로가 차도와 인도의 경계가 되는 곳에 굴러 넘어져 있었고 빨갛게 단 연탄은 산산조각이 되어 길 위에 흩어져 있었고 약단지는 금이 가서 김이 나는 물이 그 금 사이로 새어 나와 길바닥 위에 뱀처럼 기어가고 있었다. 그리고 생사탕 집의 뚱뚱보 영감이 한 손으로는 우리 염소의 목걸이를 쥐고 기다란 나무토막을 쥔 다른 손으로는 염소의 머리를 사정없이 내리치고 있었다. 염소는 약하게 울고 있었다. 그것은 울음이 아니라 이젠 죽어 가는 신음이었다. "우리 염소예요. 왜 때려요?" 하고 나는 길에 굴러 넘어진 지옥의 주인인 그 영감의 팔에 매달리며 소리쳤다. 분노 때문에 나는 울먹거렸다. 나는 다시 집으로 달려가서 할머니를 끌고 나왔다. 염라대왕과 만나서 싸울 수 있는 것이, 우리 할머니라면 가능했다. 할머니는 비로소 사태를 아셨다. 우리 할머니는 비명 같은 고함을 지르며 염라대왕에게 달려들었다. 염라대왕이 염소를 때리던 매질을 멈추고 할머니를 상대하기 위해서 그가 쥐고 있던 목걸이에서 손을 떼자 염소는 맥없이 쓰러졌다. 나는 염소를 부둥켜안았다. 할머니와 염라대왕은 말다툼을 하고 있었다. "요 할미야, 고삐를 단단히 매어 두지 않고 왜 풀어 놨느냔 말야, 약단지 값하고 뱀 값을 물어내란 말야, 저놈의 염소 한 번만 더 밖에 나왔다간 봐라, 아주 죽여 버릴 테니……." 그러나 염소는, 우리 식구들 모르게 고삐를 말뚝에서 슬쩍 떼어 내고, 우리 집 뒤꼍 변소와 헛간이 붙은 판잣집 속에 있는 자기의 우리로부터 거리로 뛰어나올 기회를 영영 갖지 못하고 말았다. 벌써 숨이 넘어가 버렸던 것이었다.

염소는 힘이 세다. 그러나 염소는 오늘 아침에 죽었다. 이제 우리 집에는 힘센 것은 하나도 없다.

머리털이 하얗고 입 속에는 어금니 세 개밖에 남아 있지 않은 귀머거리 할머니는 목소리를 제외하면 힘이 세지 않았다. 목소리는 아무리 커도 힘이 될 수 없으니까 할머니는 완전히 힘이 세지 않았다. 달포 전까지는 종로 거리를 오락가락하며 꽃 장수를 하다가 마지막 가을비가 내리던 날부터 쭈욱 끙끙 앓으며 이불을 둘러쓰고 누워 있는 어머니도 힘이 세지 않았고 그리고 누나—이젠 어머니 대신, 새벽 4시에 일어나서, 교외에서 수레에 꽃을 실어 가지고 온 꽃 도매상에게서 꽃을 받으러 청계로로 갔다가 바구니에 두서너 종류의 꽃을 받아 가지고 집으로 돌아와서 아침을 지어 먹고 다시 꽃바구니를 머리에 이고 종로의 어머니가 나가 앉아 있던 빌딩의 벽 밑, 빌딩과 빌딩 사이의 골목 속으로 가는 누나도 "열일곱 살이면 힘도 좀 쓰게 됐는데⋯⋯." 하시는 할머니의 말씀만 없다면 힘이 세지 않았다. 그렇지만 나로서는 열일곱 살이 힘인지 아닌지를 분명히 모르니까 누나도 완전히 힘이 세지 않았고 그리고 여름철의 폭풍이 부는 밤이면 우리 집으로부터 떨어져 나가 버리고 싶다는 듯이 쿵쾅 소리를 내며 날뛰는 우리 집의 양철지붕도 힘이 세지 않았고 집 앞 한길에 교외의 도로포장 공사장으로 가는 불도저가 지나갈 때면 덜덜덜 떨고 있는 우리 집의 썩어 가는 판자 담과 판자로 된 쪽대문도 힘이 세지 않았고 염소가 그럴 생각만 있었으면 간단히 고삐를 떼고 거리로 도망칠 수 있었던 말뚝도 힘이 세지 않았고 미닫이를 사이에 둔 우리 집의 방 두 개도, 아무리 밝은 날에도 저녁때처럼 어두컴컴하기만 해서 힘이 세지 않았고 좁은 마당도 그것이 좁아서 힘이 세지 않았고 아니 우리 집 전체가, 그것이 날이 갈수록 키가 자라나는 벽돌 건물들 틈에 끼어 있기 때문에 힘이 세지 않았다. 그리고 나, 바로 나도 열두 살짜리의 힘없고 키 작은 "아유, 우리 예쁜 고추야!"일 뿐이다.

염소는 힘이 세다. 그러나 염소는 오늘 아침에 죽었다. 이제 우리 집에 힘센 것은 하나도 없다. 힘센 것은 모두 우리 집의 밖에 있다.

아저씨는 우리 집에 살고 있지 않았다. 따라서 아저씨는 힘이 세었다. 할머니가 나에게 아저씨를 데려오라고 말씀하셨다. 아저씨는 키는 작지만 턱과 볼에 수염이 많고 매부리코를 가지고 있고 사람과 얘기할 때는 조그만 눈으로 상대방을 흘겨보며 얘기한다. 나는 상대방을 흘겨보면서 얘기하는 아저씨의 그 모습이 부러워서 나도 동무들과 얘기할 때는 상대방을 흘겨본다. 언젠가 나보다 힘이 센 아이가 진짜로 나를 흘겨보면서 말했다. "얘, 넌 왜 날 째려보지?" "아아냐." 하고 나는 말했다. "째려보지 않았어." 그리고 나는 정말 그 애를 흘겨보지 않고 시선을 밑으로 떨구어 버렸다. 그때 나는 서투르게도 아저씨 흉내를 낸 나 자신이 부끄러웠다. "염소가 죽었다? 염소를 파묻어 달란 말이지? 알았어." 하고 아저씨는 이부자리 속에 누운 채 여전히 잠들어 있는 듯한 얼굴로 말했다. "이따가 가겠다구 할머니한테 말해, 제기랄, 파묻다니, 미련하게." 아저씨는 여전히 눈을 감고 누운 채 혀를 쯧쯧 찼다. "얘, 국수 한 그릇 먹고 가련?" 하고 아주머니가 말했다. 나는 고개를 저었다. 아저씨 집에서 파는 돼지기름 냄새 나는 국수를 나는 싫어했다. 그것은 정말 비위에 거슬리는 냄새였다. 지게꾼들은 그러나 그 냄새 역겨운 국수를 맛있게 먹곤 했다. 지게꾼들은 힘이 세다. 아마 그 돼지기름 냄새가 나는 국수를 먹기 때문인지 모른다. 그러나 나는 정말 그 냄새가 싫다. 나는 고깃기름 냄새가 나는 거리를 지날 때면 항상 뜀박질을 했다. 나는 많은 거리를 뜀박질로 지나가야 한다. 서울엔 고깃기름 냄새가 나는 거리가 너무나 많다고 나는 생각한다. 그러나 나의 고깃기름에 대한 혐오감 속에는 그것에 대한 부러움도 섞여 있다. 고깃기름을 먹을 수 있으면 힘이 세어질지도 모른다는 생각이 늘 내 머릿속 한구석에 있기 때문이다.

염소는 힘이 세다. 그러나 염소는 며칠 전에 죽었다. 이제 우리 집에 힘센 것은 하나도 없다. 힘센 것은 모두 우리 집의 밖에 있다. 아저씨는 우리 집의 밖에서 살고 있다. 따라서 아저씨는 힘이 세다. 힘이 약한 사람은 힘이 센 사람에게 복종할 수밖에 없다.

아저씨는 말했다. "미련하게 염소를 왜 파묻어요? 그걸 이용해 보도록 하세요. 꽃 파는 것보담야 훨씬 나을걸요." 할머니도 병을 앓고 누워 계신 어머니도 아저씨의 의견에 고개를 끄덕거리셨다. 나는 어쩐지 할머니와 어머니께서 고개를 끄덕거리시는 것이 조마조마했다. 고개를 끄덕거려서는 안 될 것처럼 문득 생각되었지만 아저씨의 의견이 눈에 보이는 일과 물건들로 나타나기 시작했을 때엔 명절날처럼 신나기만 하였다. 마당가 장독대 곁에 큰 가마솥이 놓여졌다. 우리 집의 죽어 버린 힘센 염소가 털이 벗겨지고 여러 조각으로 잘려져서 그 가마솥 속에 들어가 앉았다. 부엌에 뚝배기가 많아졌고 누나는 추운 날씨임에도 불구하고 이마에 땀이 송글송글 돋을 만큼 뚝배기 속에서 뛰어다니지 않으면 안 된다. 어머니는 길 건너편에 있는 내과 병원의 하꼬방 같은 입원실로 옮겨 가서 그 입원실의 우리 집 쪽으로 향한 벽만 바라보며 누워 계신다. 할머니는 이따금 외치지 않으면 안 된다. "뭐요? 뭐라구요? 난

귀가 잘 안 들린다우. 뭐? 외상으로 하겠다구? 안 돼요. 안 돼. 자기 몸 좋아지라구 고깃국 먹구서 외상으로 하자니 말이 되나?" 나는 때때로 힘없이 썩어 가는 우리 집의 판자 담과 판자로 된 쪽대문에 '정력 보강 염소탕'이라는 광고지를 새로 써서 갖다 붙이곤 한다. 염소 고깃국에서는 돼지기름보다 더 고약한 냄새가 났다. 처음 며칠 동안 나는 매일 한 번씩 식구들 몰래 뒤꼍에 있는 변소에 가서 토했다. 그리고 그 고약한 냄새는 점점 더 부풀어서 마당을 채우고 마루를 채워 버리고 두 방을 채워 버리고 심지어 뒤꼍의 이젠 비어 버린 염소 우리도 채워 버렸다. 벽에서도 그 냄새가 났고 이불에서도 그 냄새가 났고 누나의 옷에서도 할머니의 머리털에서고 났고 밤늦게 방문을 안에서 잠그고 난 후 할머니와 누나와 내가 손가락에 침을 발라 가며 차례차례로 셈해 보는 돈에서도 그 냄새가 났다. "아유, 기름 냄새!" 하며 내과 병원의 여드름 많은 간호원은 내가 어머니를 만나기 위하여 병원 안에 들어서면 손바닥으로 코를 막았고 "고깃기름 냄새가 별루 좋지 않구나."라고 어머니도 그 하얗고 가죽만 남은 손으로 내 등을 쓰다듬으며 말씀하셨다. 그러나 그 냄새는 이젠 나조차도 휩싸 버렸다. 이제 나는 그 냄새가 좋지도 않고 싫지도 않다.

　염소는 힘이 세다. 그러나 우리 집 염소는 보름쯤 전에 죽어 버렸다. 이제 우리 집에 힘센 것은 하나도 없다. 힘센 것은 모두 우리 집의 밖에 있다. 염소 고깃국을 사 먹으러 오는 사람들은 모두 우리 집의 밖에서 우리 집으로 들어왔다. 따라서 그 사람들은 기운이 세다.

기운 센 그 사람들은 사흘 만에 염소 한 마리씩 삼켜 버렸다. "겨울철엔 뭐니 뭐니 해도 염소 고깃국이 제일이거든. 한 그릇 먹고 나면 얼굴이 불그스름해지고 사타구니가 뜨뜻해진단 말야." 손님 중의 한 사람이 말한다. "요즘 자네 마누라는 볼이 홀쭉해졌겠군." 하고 다른 사람이 말한다. "예끼, 이 사람. 아닌 게 아니라 마누라도 가끔 데려와서 이걸 먹여야겠어." "동네가 요란해지겠군." 그들은 난 알 듯 말 듯한 얘기를 주고받으며 높은 소리로 웃어 댄다. 나는 그들이 좀 더 기운이 세어서 염소를 하루에 한 마리씩 배 속으로 삼켜 버리기를 원한다. "염소 고기에 소주 한 잔이 없어서 될쏘냐?" 하고 어떤 손님이 외쳤다. "할머니, 술도 좀 가져다 놓고 파시라우요." 하고 그 손님이 외쳤다. 많은 손님들이 술을 찾았다. "손님들이 술을 팔라구 해요."라고 나는, 어머니의 저녁밥을 바구니에 넣고 병원에 갔을 때 어머니께 얘기했다. "애, 그건 안 된다. 술은 팔지 말라구 꼭 할머니한테 말씀드려라." 어머니는 손까지 내저으며 성나신 음성으로 말씀하셨다. 나는 정말 그래야 할 것 같았다. 할머니께 내가 말했다. "엄마가 술은 절대로 팔지 말라구 하셨어." "오냐오냐, 술은 팔지 말아야지. 너 이젠 엄마한테 그런 얘긴 하지 말아야 돼. 엄마 병이 더해진다."라고 할머니는 말씀하셨다. 그러나 할머니는 푸른색의 작은 술병들을 부엌 선반에 줄지어 세워 놓고 손님들에게 술을 판다. 나는 할머니와 어머니가 마치 싸움이라도 할 것 같아서 서럽다. 나는 어머니에게 술을 팔고 있다는 얘기는 하지 않았다. 나만 알고 있기로 하였다.

"이젠 단골손님이 좀 생겼니?" 어머니가 내게 물으셨다. "조금씩 생기는 것 같아요." 내가 대답했다. "장사를 하려면 단골손님을 많이 가져야 한단다." 어머니는 내 손을 만지작거리며 말씀하셨다. "광화문에서 꽃을 팔 때 내게 오는 단골손님이 꽤 많았단다. 그중에서 거의 날마다 내 꽃을 팔아 주는 사람이 있었단다. 내가 그 앞에 꽃바구니를 놓고 앉아 있는 건물은 은행인데 그 은행에서 일하고 있는 젊은 남자였지. 머리를 깨끗이 빗어 넘기고 동그란 안경을 쓴 사람이었지……." "엄마, 나도 한 번 봤어." 하고 내가 말했다.

"언제더라? 내가 엄마한테 학급비 타러 갔을 때 그 사람이 우리 앞을 지나가면서 엄마에게 절했잖어? 저 사람이 내 꽃을 많이 팔아 준다구 그때 엄마가 그랬잖어?" "그랬던가?" 어머니는 말씀하셨다. "아마 그랬는지도 몰라, 내 앞을 지나갈 때 항상 인사를 했으니까. 난 한번 물었지, 꽃을 거의 날마다 사 가지고 가서 어디에 쓰느냐구 말야. 그랬더니 자기 약혼자가 꽃을 아주 좋아한다는 거 아니겠니?" "약혼자는 색시지?" "맞았어. 결혼하기로 약속한 사람이라는 뜻이야. 나도 한번 그분의 약혼자를 보았지. 아주 이쁘고 키가 날씬한 여자였단다. 한번은 그분의 심부름으로 어느 다방으로 그 여자를 만나러 간 적이 있지 않았겠니! 그 두 사람이 시간 약속을 했는데 남자에게 급한 일이 생겼기 때문에 내가 남자의 부탁으로 여자에게 간 거야. 한 시간쯤 기다려 줬으면 좋겠다고 내가 말하니까 그 여자가 방긋 웃으면서 말하더라. 아주머니, 몇 시간이고 기다리겠단다고 좀 전해 주세요라고. 참 좋은 사람들이었어."

염소는 힘이 세다. 염소는 죽어서도 힘이 세다. 가마솥 속에서 끓여지는 염소도 힘이 세다. 수염이 시커멓고 살갗이 시커멓고 가슴이 떡 벌어졌고 키가 크고 손이 큰 남자들도 가마솥 속의 염소에게 끌려서 우리 집으로 들어온다. 염소는 우락부락하게 생긴 사람만 일부러 골라서 우리 집으로 끌어들일 만큼 힘이 세다.

우리 집 쪽대문에서 스무 발짝쯤 떨어진 곳에 합승 정거장이 있다. 한 남자 어른이 항상 거기에 서 있다. 그 사람은 어떠한 합승이 올지라도 타지 않는다. 다만 그 사람은 항상 거기에 서서, 합승의 여차장이 내미는 종잇조각에 무언가 적어 주고 있기만 한다. 그 사람은 합승 회사에서 내보낸 사람으로서 운전수들이 회사에서 정해 준 시간을 잘 지키고 있나 없나 조사하러 나와 있는 사람이라고 한다. 마흔 살쯤 먹은 사람이다. 방한모자를 쓰고 있고 낡은 오버를 입고 있고 두껍고 커다란 가죽 장갑을 끼고 있다. 코가 납작하고 턱이 뾰족하고 두꺼운 입술이 바나나만큼이나 크다. 그 사람도 우리 집 단골손님이다. 이젠 고깃국을 먹지 않더라도 틈틈이 우리 집에 들어와서 불을 쬐며 할머니와 큰 소리로 얘기를 주고받는다. "할머니, 영감님은 언제 돌아가셨소?" 하고 그 남자는 소리쳐서 묻고 낄낄댄다. "늙은이를 놀리면 죽어서 지옥에 가는 거야." 할머니가 외치신다. "술 한잔 주슈." 하고 그 남자가 외친다. "술값을 내야만 주지." 할머니가 외치신다. "아, 월급 나오면 어련히 드리겠우. 소주 한 잔 살짝 덥혀서 줘요." "이 선생은 너무 술을 좋아해서 망할 거야."라고 할머니는 말씀하시면서 술을 준다. 나는 그 남자가 기분 나쁘다. 그러나 그 남자는 내가 귀여운 모양인지 이따금 내 머리를 주먹으로 툭 치며 히이 웃는다. 내 누나의 엉덩이를 손바닥으로 탁 치기도 한다. 그럴 때 누나는 손에 들고 있던 것 이를테면 물이 든 바가지라든가 국자라든가 연탄집게를 그 남자를 향하여 내던지며 소리 지른다. "제발 좀 그러지 마세요." 그러면 사내는 온몸에 물을 뒤집어쓰고도 끄떡없이 히이 웃으며 "선아 중매는 내가 서야지."라고 말한다. 눈이 많이 내려서 집 앞 한길을 달리는 차들이 바퀴에 쇠줄을 감고 찍찍거리며 달리던 날, 나는 뒤꼍에 있는 헛간—우리 집 염소가 살아 있을 때엔 염소의 우리로 쓰던 곳으로 갔다. 그곳으로 연탄을 가지러 간 누나가 오지 않아서 누나와 연탄을 가지러 갔던 것이다. 나는 헛간 문 앞에서 갑자기 덜덜 떨리는 몸을 움직일 수가 없게 되어 버렸다. 가마니로 문을 가린 헛간 속에서 끼익끼익 하는 무서운 소리가 났기 때문이다. "괜찮아, 괜찮아, 이러지 말아, 오오 귀엽지, 자아 자아……"라는 굵고 낮은 사내의 목소리가 들렸고 횃대에서 닭이 쥐를 보고 놀라서 푸다닥거리는 듯한 소리도 들렸다. 나는 누나에게 큰 변이 생긴 것을 직감했다. 그러나 무서워서 몸을 움직일 수가 없었다. 한참 만에야 겨우 몸을 움직여서 가마니와 헛간 문의 기둥 틈으로 안을 들여다보았다. 합승 정거장의 사내가 아랫도리를 반쯤 벗은 채 한 손으로 누나의 입을 틀어막고 누나의 몸 위에 엎드려져 있었다. 누나의 발이 힘없이 허

공을 차고 있었다. 나는 어찌해야 좋을지 몰랐다. 할머니에게
알려야 한다는 생각밖에 들지 않아서, 뛰어서 방으로 들어왔
다. 할머니는 이제 막 나간 손님들이 앉아 있던 식탁을 행주
로 닦고 계셨다. 나는 할머니에게 어서 알려야 한다는 마음과
는 반대로 입이 영 열리지 않았다. 목구멍 속이 뜨겁기만 했
다. 결국 아무 소리도 못하고 마루로 나와 버렸다. 그때 합승
정거장의 사내가 집 모퉁이를 돌아 나오고 있었다. 나는 있는
힘을 모두 내 두 눈 속에 모으고 그놈을 쏘아보았다. 그놈은
핏발이 선 눈을 묘하게 오그리며 히이 웃고 아무 말 없이 대
문 밖으로 나가 버렸다. 나는 헛간으로 달려갔다. 누나는 더러
운 짚 더미에 머리를 처박고 어깨를 들먹이며 울고 있었다. 누
나의 치마가 조금 걷어 올려져서 드러나 보이는 하얀 허벅다
리에 피가 조금 묻어 있었다. "누나아!" 하고 나는 고함질렀다.
누나는 퍼뜩 고개를 들어 나를 올려다보았다. 온 얼굴이 눈물
로써 범벅이 되어 있었다. 누나가 내 다리를 감싸 안으며 다시
소리를 죽여 울었다. 그놈은 그 후로도 뻔뻔스럽게 우리 집에
드나들었다. 매일 서너 차례씩 들렀다. 그놈이 대문으로 들어
서기만 하면 누나는 얼른 부엌 속으로 들어가서 그놈이 다시
대문 밖으로 나갈 때까지 밖에 나오지 않았다. 나는 누나와의
약속대로 할머니에게도 병원에 누워 계시는 어머니에게도 그
얘기는 하지 않는다. 나와 누나는 가끔 둘이서만 있게 되면
그놈을 어떻게 죽여 버릴 수 없을까 하고 작은 소리로 의논하
였다. 그러나 그 방법은 전연 생기지 않는다.

염소는 힘이 세다. 염소는 죽어서도 힘이 세다. 가마솥 속에서 끓여지는 염소도 힘이 세다. 수염이 시커멓고 살갗이 시커멓고 가슴이 떡 벌어졌고 키가 크고 손이 큰 남자들도 가마솥 속의 염소에게 끌려서 우리 집으로 들어온다. 염소는 우락부락하게 생긴 사람만 일부러 골라서 우리 집으로 끌어들인다.

그 사람은 키도 작고 우락부락하게 생기지도 않았지만 힘이 센 듯했다. 그 사람과 함께 온 검은 유니폼을 입은 순경보다 더 힘이 센 듯했다. 염소가 왜 그 사람조차 우리 집으로 끌어들였는지 모르겠다. 염소는 힘자랑이 몹시 하고 싶었던 모양이다. 그 사람이 할머니에게 말했다. "허가도 내지 않고 술을 팔고 음식을 팔면 어떻게 되는지 정말 몰랐단 말요." 할머니는 벌벌 떨며 말씀하셨다. "몰랐습니다. 정말 몰랐습니다. 허가를 어떻게 하면 내는 줄도 몰랐습니다." 누나는 부엌 속에서 벌벌 떨고 있었고 나는 방 속에서 이불을 뒤집어쓰고 벌벌 떨고 있었다. "누가 이 집 주인이오?" 순경이 말했다. "우리 며느리가 주인입니다. 저두 주인이구……." "며느님은 어디 있어요?" 순경이 말했다. "병을 앓아서 요 앞 병원에 입원해 있어요." "남자는 없어요?" 순경이 말했다. "왜, 있지요." "어디 갔어요?" 할머니가 방 안에 숨어 있는 나를 부르셨다. 나는 무서움에 질려서 비틀비틀 마루로 나갔다. "남자 어른 말예요, 어른." 하고 세무서에서 온 사람이 할머니 귀에 대고 소리쳤다. "어른은 없어요. 전쟁 통에 모두 죽었어요." 할머니가 울먹거리며 대답하셨다. "며느님한테 갑시다." 순경이 말했다. "우리 며느리는 아무것도 몰라요. 제발 빕니다. 우리 며느리는 죽어요. 며느리한테는 가지 마세요." 할머니가 손을 비비며 말씀하셨다. 두 남자는 무어라고 수군거렸다. 한참 동안 수군거렸다. 그리고 할머니에게 순경이 말했다. "오늘부터 당장 그만두시오, 할머니. 그렇잖으면 징역 삽니다. 꼭 장사를 하시려면 시청에서 허가를 받구 해야 됩니다. 아시겠어요! 할머니?" 할머니는 고개를 여러 번 끄덕거리며 대답하셨다. "알았습니다, 나으리." 그 사람들은 돌아갔다. 누나와 나는 병원의 어머니한테로 달려갔다. "우리가 잘못한 거야."라고 어머니가 말씀하셨다. "이젠 그만 집어치워요, 엄마. 우리 그 장사는 그만 집어치워요."라고 말하면서 누나는 어머니 무릎에 얼굴을 대고 울었다. "무서워요. 무서워 죽겠어요." 계속해서 누나가 말했다. "살기란 힘든 거란다." 어머니가 힘없이 말씀하셨다. 나는 아무 말도 하지 않았다. 할머니가 나를 아저씨에게 보내셨다. 아저씨는 말했다. "세금을 내면서 그 장사를 하려면 음식 값을 많이 받아야 한다. 음식 값을 많이 받으면 누가 그걸 사 먹으러 오겠니? 순경 말은 못 들은 체하구 그냥 계속하라고 할머니한테 그래라." 그러나 우리는 아저씨의 말을 따를 수가 없었다. 우리는 문을 닫았다. 어머니는 아직 덜 나으신 몸을 집으로 다시 옮겼다. 누나가 새벽 4시에 일어나서 청계로에 나가서 꽃을 받아 왔다. 누나는 아침부터 꽃바구니를 들고 종로로 나갔고 어머니는 오후에 누나의 것보다는 작은 꽃바구니를 들고 소공동 쪽으로 나가셨다.

염소는 힘이 세다. 죽어 버린 염소도 힘이 세다. 앓는 어머니를 소공동 쪽으로 밀어 보낼 만큼 힘이 세다.

나는 학교가 파하면 소공동으로 간다. 어머니 곁에 앉아서 책을 읽는다. 책을 읽다가 심심해지면 종로에 있는 누나에게로 간다. 누나는 자기 곁에 앉아 있는 사탕 장수 아주머니에게서 사탕 한 알을 얻어 나를 준다. 어느 날 누나가 말했다. "그놈이 오늘 점심때 나를 찾아왔어." 누나의 음성은 무서움으로 떨고 있는 듯했다. "뭐라구 그랬어?" 내가 물었다. "난 암말도 않고 있었어. 미안하다구 나한테 그러지 않겠어!" "그래서?" "암말두 안 했어. 그랬더니 나한테 점심 사 줄 테니 따라오래." "그래서?" "난 안 따라갔어." "잘했어." 하고 내가 말했다. "그놈은 그냥 갔어?" "응, 그냥 갔어." "누나 무섭지?" "응." 누나는 내 손을 꼬옥 쥐며 말했다. "내게 권총 한 개만 있으면 그놈을 그저······." "그러면 감옥살이하니깐 그건 안 돼." 누나는 근심스런 눈빛으로 나를 보며 말했다. 그런데 누나는 거짓말쟁이였다. 어느 일요일 오후에 나는 누나를 찾아갔다. 누나가 항상 앉아 있던 자리에 누나가 보이지 않았다. 사탕 장수 아주머니에게 물어보았지만 누나가 어디 갔는지 모른다고 그 아주머니는 대답했다. 나는 종로 2가에서 동대문까지 천천히 걸으며 누나를 찾았다. 길가의 장사꾼들 틈을 살펴보았지만 땅콩 장수가 가장 많다는 사실밖에 발견하지 못했다. 건물과 건물 사이에 있는 지저분하고 좁은 골목들도 모두 살펴보았지만, 그 골목들 속엔 '여관'이라는 간판이 가장 많다는 것밖에 발견하지 못했다. 동대문을 지나서 저쪽으로 갔을 리가 없었다. 그쪽에 꽃을 살 만한 사람들은 없는 것이다. 그래도 혹시나 하고 나는 교통순경의 눈을 피하여 동대문의 쇠창살을 넘어 들어가서 돌계단을 밟고 올라가 숭인동 쪽 거리와 서울운동장 쪽 거리를 내려다보았다. 사람들이 너무 많아서 아무것도 보이지 않는 형편이었다. 동대문 건물 속의 음산한 마루에만, 거기에 귀신이 숨어 있는 것 같은 느낌이 자꾸 들어서, 신경이 쓰였다. "이놈!" 하고 성벽 아래에서 누가 외쳤다. 내려다보니 교통순경이 나에게 내려오라는 손짓을 했다. 나는 겁이 나서 다른 쪽으로 도망갈 수가 없을까 하고 사방을 두리번거렸다. "빨리 내려오지 못해?" 순경이 다시 고함을 질렀다. 도망갈 길은 아무 데도 없었다. 나는 후들거리는 다리를 간신히 가누며 밑으로 내려왔다. 순경이 따귀를 철썩 때렸다. 불이 번쩍하며 눈앞이 캄캄해졌고 바지에 오줌을 질금 싸 버렸다. "이놈, 정신 차려. 다시는 올라가지 마, 알았어?" 순경이 말했다. "네." 하고 나는 울음이 터질 듯해서 입술을 깨물며 겨우 대답했다. "다시 한 번 큰 소리로 대답해. 알았어?" "넷." 동대문까지 오던 길을 다시 거슬러 가며 길가를 살폈지만 누나는 어디에도 없었다. 차라리 광화문 쪽으로 먼저 가 볼걸 잘못했다고 생각하면서도 나는 좌우로 눈을 열심히 돌렸다. 파고다공원 앞에 왔을 때 나는 길 건너 저쪽에 누나 같은 여자를 보았다. 걸음을 멈추고 보았더니 틀림없는 나의 누나였다. 그러나 놀랍게도 누나 곁에는 그놈이 붙어 서서 누나와 나란히 걷고 있었고 누나의 꽃바구니는 어디 있는지 보이지 않았다. 누나는 고개를 조금 숙여 길바닥을 내려다보며 걷고 있었고 그놈은 마

치 자기 딸이라도 데리고 가는 듯이 거만한 걸음걸이로 걸어
가고 있었다. 나는 그들이 혹시라도 나를 발견할까 봐 얼른 파
고다공원 안으로 뛰어 들어갔다. 그리고 쇠창살 틈으로 길 저
편의 그들을 바라보았다. 그놈이 누나에게 무어라고 말을 하
는 모양이었다. 놀랍게도 누나는 웃는 얼굴로 그놈에게 무어
라고 말을 했다. 그들의 모습이 건물에 가려진 내 시야의 밖으
로 나가 버렸다. 나는 쇠창살에 이마를 댄 채 오랫동안 가만
히 서 있었다. 쇠창살은 무척 차가워서 내 이마는 금방 꽁꽁
얼어 버렸다. 이윽고 나는 느릿느릿 공원 밖으로 나섰다. 길의
어느 곳에서도 그들의 모습은 보이지 않았다. 나는 고개를 힘
껏 숙이고 주먹으로 자꾸 샘솟는 눈물을 닦으며 천천히 걸었
다. 내 가슴이 무섭게 뛰고 있는 것을 느꼈다. "정민아!" 하고
누가 내 이름을 부르는 소리가 들렸다. 누나의 목소리라는 것
을 금방 알아채었다. 고개를 돌려 보니 누나는 사탕 장수 아
주머니의 옆 자기 자리에 꽃바구니를 천연스럽게 놓고 앉아서
나를 부르고 있는 것이었다. 나는 언젠가 그놈을 향하여 그랬
었던 것처럼 온 힘을 두 눈에 모으고 입을 꼭 다물고 누나를
쏘아보며 서 있었다. 누나의 얼굴이 하얘지며 후다닥 자리에
서 일어섰다. 그리고 나에게 빠른 걸음으로 걸어와서 말했다.
"너 왜 그러니?" 누나의 입에서 자장면 냄새가 풍겨 나왔다.
"더러워." 하고 나는 말했다. "더러워, 저리 가!" 누나가 내 양
쪽 어깨를 자기의 두 손으로 아플 만큼 눌러 쥐었다. "아무것
도 아냐. 나도 취직할 수 있을 뿐인걸." 누나의 목소리는 떨리
고 있었다. 나는 힘차게 어깨를 흔들어 누나의 손을 뿌리쳤다.

그리고 사람들을 비켜 가며 빨리빨리 걸었다.

누나가 타고 있는 합승이 처음으로 우리 집 앞을 지나는 날, 나는 집 앞의 길에서 누나의 차가 오기를 기다리고 서 있었다. 할머니도 쪽대문을 열고 밖으로 나오셔서 나에게 "아직 안 오니?" 하고 내게 물으셨다. "아직 안 와요."라고 내가 대답하면 할머니는 다시 집 안으로 들어가셨다가 얼마 되지 않아서 또다시 나오셔서 "아직 안 오니?" 하시는 것이었다. 아무것도 모르는 할머니는 합승 정거장에 서 있는 그놈에게 "고마워요, 이 선생!" 하고 말하시지만 나는 그놈의 얼굴도 쳐다보지 않는다. 나는 우리 염소를 생각해 본다. 그놈은 무척 힘이 세었다. 그놈이 죽어 버리니까 우리 집에 힘센 것은 하나도 없게 되어 버렸다. 그러나 염소는 죽어서도 힘이 세다. 어쨌든 누나를 힘세게 만들어 주었다. 누나가 타고 있는 합승의 번호가 거리의 저쪽에 나타났다. 내 가슴은 갑자기 뛰기 시작했다. 얼굴이 아무리 그러지 않으려고 해도 뜨겁게 달아올랐다. 나는 길가에 서 있기가 힘들었다. 나는 집 안으로 뛰어 들어갔다. "할머니이." 하고 나는 집 안을 향하여 고함쳤다. "누나 차가 왔어, 빨리빨리……." 할머니는 어금니가 세 개밖에 남아 있지 않은 합죽한 입에 웃음을 가득 담고 허둥지둥 뛰어나오셨다. 나와 할머니는 썩어 가는 우리 집의 판자 담 틈에 눈을 붙였다. "오라잇!" 하고 누나의 목소리가 들린 듯했다. 분홍색 합승이 우리 집 쪽대문 앞 한길을 부르릉거리며 지나갔다. 차창 그 안에서 누나가 승객들을 향하여 무어라고 말하며 손짓을 하고 있는 게 보였다. "정민아!" 하고 할머니가 내게 말씀하셨다.

나지막하게 말씀하시려고 했던 모양이지만 그러나 우리 귀머거리 할머니의 음성은 항상 힘이 세다. "할머니!" 하고 나도 중얼거렸다. 누나의 차가 남기고 간 푸르스름한 연기가 길 위에서 어지럽게 감돌고 있었다.

(1966)

야행

　현주는 자기 몸에 눌어붙고 있는 사내의 시선을 느꼈다. 확인해 보나마나 알지 못하는 술 취한 어떤 사내이겠지. 그 사내가 자기를 향하여 다가오고 있는 것을 현주는 돌아보지 않고도 느낌으로써 알 수 있었다.

　"댁이 어디십니까?"

　사내가 앞을 가로막으며 말을 걸어왔다.

　사내는 말과 함께 들큼한 술 냄새를 뿜어냈다. 넥타이의 매듭이 헐렁하게 늘어져 있고 와이셔츠의 꼭대기 단추가 채워져 있지 않았다. 그 때문에 현주는, 헤드라이트의 밝은 불빛에 드러나곤 하는 사내의 목줄기를 볼 수 있었다. 그것은 깃털을 몽땅 뽑아 버리고 빨간 물감을 염색해 놓은 수탉의 껍질 같았다. 튀어나온 울대가 그 껍질 속에서 재빠르게 꿈틀대며 한

번 위로 올라갔다가 내려왔다. 침이라도 삼켰나 보다. 아니면 무슨 말을. 어떻든 사내가 긴장하고 있음에는 틀림없었다. 아마 꼼짝도 하지 않고 무표정하게 자기의 목 언저리만 응시하고 있는 현주의 자세가 사내를 불안하게 한 것이리라.

"댁이 어디신지, 같은 방향이면 택시 합승을 할까 해서……." 변명을 시작하는 것으로 봐서 사내는 슬그머니 도망할 차비를 차리기로 한 것 같았다. "보시다시피 이 시간엔 택시도 어차피 합승해야 하니까요……."

현주는 사내가 손짓을 과장하여 가리키고 있는 차도를 보는 대신 사내가 손에 들고 있는 서류용 봉투를 보았다. 술집에서는 아마 궁둥이 밑에라도 깔고 앉아 있었던지 그것은 주름투성이로 구겨져 있었다. 시뻘겋고 닭 껍질처럼 땀구멍이 오돌토돌 들여다뵈는 목줄기, 주름투성이로 구겨진, 흔해 빠진 누런 대형 봉투, 들큼한 술 냄새, 그리고 헐렁하게 늘어져 있는 넥타이 위의 얼굴이 불안에 떠는 가쁜 숨결을 내뿜고 있었다. "댁이 어디십니까?" 하며 당당하게 앞을 가로막던 그 음색은 벌써 아니었다.

풋내기다. 사내는 모처럼 용기를 냈겠지, 술의 힘을 빌려서. 이 시간, 통금 시간이 머지않은 이 시간이면, 종로의 그리고 을지로나 명동 부근의 모든 정류소에서 술 취한 사내들이 자기 근처에 있는 여자의 앞을 가로막는, 우연과 만나 보려는 저돌적인 몸짓을 사내는 수없이 보아 왔겠지. 그리고 한번 흉내 내 보았던 것이리라. 여자가 앙칼진 목소리로 욕설을 퍼붓고 피해 간다고 해도 그렇다고 해서 미리부터 그런 시도를 해 볼 생각도 하지 않는다는 건 그야말로 아무것도 아니다. 어떤 여자가 어떤 남자의 곁을 우연히 지나쳐 갔을 뿐이라면 정류소의 이 시간이 다른 시간과 다른 게 무엇이랴!

더구나 짓궂은 장난인 듯이 가장하고 있는 사내들의 그 행위 속에는, 대낮의 생활로부터, 이 도시로부터, 자기의 예정된 생활로부터, 자기가 싫증이 날 지경으로 잘 알고 있는 자기 자신으로부터 도망해 보고 싶은 욕구가 움직이고 있음을 현주는 알고 있는 것이었다. 또 그 여자는 알고 있었다. 도망할 수 있는 사람과 욕구는 있지만 그러지 못하고 마는 사람이 있다는 것을. 닭 껍질 같은 목줄기, 구겨진 대형 봉투, 그리고 이제는 여자의 꼿꼿한 침묵 때문에 불안하여 떨리기 시작한 목소리. 이 사내는 평생 도망가지 못하고 말리라. 그의 말마따나, 일인당 100원씩 받는 택시 합승으로 집으로, 그의 일상으로 돌아가는 수밖엔 없으리라. 돌아가게 해 주자, 그가 바라고 있는 것은 그것이므로.

"전 집이 바로 요 건너에 있어요."

그 여자는 아직도 사내의 얼굴을 보지 않은 채 거짓말을 나직이 말했다.

"아, 그러세요. 이거, 잘못 알고…… 실례 많았습니다."

사내는 사실 이상으로 취한 체, 몸을 가누기도 힘들다는 듯이 비틀거리며 현주의 앞을 떠나 사람들 틈으로 끼어들어가 버렸다.

사내가 가 버리기 전에 그 여자는 일부러는 아니었지만, 그 사내의 얼굴을 보고 말았다. 얼른 지적할 만한 특징이 있는 건 아니면서 호감이 가는 생김새였다. 무엇보다도 그는, 얼굴을 보기 전까지 그 여자가 본능적으로 펼친 상상 속에서보다는 젊은 것이었다. 스물일고여덟 살쯤 됐을까?

문득 뜻하지 않은 느낌이 그 여자의 몸속에서 번지기 시작했다. 그것은 쓸쓸함이었다. 외면적으로야 자신과는 완전히 관계없는 일 때문에도 느껴지는 순수한 쓸쓸함이었다.

그것은 가령, 그 여자가 언젠가 극장에서 뉴스영화를 볼 때 느껴 본 적이 있던 느낌과 같은 종류의 것이었다. 베트남 전선으로 가는 군인들이 군함의 갑판 위를 새까맣게 덮고 있었다. 그들은 꽃다발을 하나씩 목에 걸고 웃으며 부두에 서 있는 사람들을 향하여 끊임없이 손을 젓고 있었다. 그들의 얼굴이 모두 어리다고 생각될 만큼 너무 젊은 것을 새삼스럽게 발견하고 현주는 충격을 받았다. 그리고, 그렇게 많은 얼굴들을 한꺼번에 놓고 보게 되니 문득 우리 종족의 얼굴의 특징이 잡혀지는 것이었다. 그들의 얼굴이, 제 나름의 색다른 인생에 의하여 싫든 좋든 이미 강한 개성을 가져 버린 늙은이들의 얼굴이 아니라 이제야 자기 나름의 인생을 살게 될 나이에 있는 젊은이들의 얼굴이었기 때문에 그 여자가 우리 종족의 얼굴의 특징이라 하여 그 스크린 속에서 붙잡아 본 것들은 아마 거의 정확한 것이었을 게다. 그 특징들에 의하여 현주가 내린 결론은, 우리나라 남자들은 도무지 군인으로서는 어울리지 않는다는 것이었다. 미군식의 유니폼 때문일까? 뉴스영화를 보고 있으면서 그 여자는 집에 돌아가는 대로 곧, 한국 남자들이 입어서 군인답게 보일 수 있는 유니폼을 디자인해 봐야겠다고 생각하고 있었다. 그러면서도 동시에 어떠한 디자인도 그들을 그렇게 보이게 할 수 없으리라는 단정을 막연하나마 내리고 있었다. 문득, 다른 사람과 마찬가지로 꽃다발을 목에 두르고 웃으며 손을 젓고 있는 한 군인이 클로즈업되었다. 카메라맨은 어떤 의도로써 그 젊은이를 클로즈업시켰는지 알 수 없었으나 그 화면을 보면서 현주는 치밀어 오르는 감동에 아랫입술을 지그시 물었다. 그 화면 속의 인물이야말로 그 여자가 발견한 그 특징들을 가장 잘 구현하고 있는 얼굴이었기 때문이었다. 납작한 이마, 숱이 짙은 눈썹, 크지 않은 눈, 광대뼈가 약간 불거졌으면서도 갸름한 얼굴……. 현주는 그 젊은이를 군함에 태워 보내고 싶지 않다는 충동을 느꼈다. 하마터면 화면을 향하여 두 팔을 내밀 뻔하였다. 그러나 화면은 곧 바뀌어서, 나부끼는 태극기의 물결로부터 군함은 점점 멀어져 갔다. 그때 그 여자는 지친 듯 허탈해지면서 느릿느릿 밀려드는 쓸쓸한 느낌을 경험하게 되었던 것이다.

마지막 버스를 놓치지 않으려고 이리 뛰고 저리 뛰는 사람들 틈을 걸어가면서, 현주는 자기를 붙잡는 사내들의 얼굴은 될 수 있는 대로 보지 않기로 자신에게 약속시켰던 점을 새삼스럽게 다행으로 생각했다.

그 여자가 자기 자신에게 그런 약속을 시킨 맨 처음의 동기는, 그 뒤에 그 약속이 나타낸 효과와는 정반대였다. 즉, 밤거리에서 자기에게 말을 걸어오는 사내의 얼굴을 그 여자가 애써 보지 않으려고 하는 이유는, 사내에게 용기를 주기 위해서였다. 그 여자의 생각으로는, 만일 자기가 남자라면, 밤거리에서 장난 반 진담 반으로 지나가는 여자를 붙들어 세웠더니 그 여자가 차마 자기의 얼굴도 보지 못하고 묵묵히 서 있기만 하는 걸 보면 없던 용기가 부쩍 솟으며 이젠 사태가 진담이기만 할 뿐이라는 즐거운 절박감조차 들지 않을까 하는 것이었다. 만일 자기가 남자라면, 그렇다, 더 이상 군말 없이 그 여자의 손목을 잡아끌고 가리라. 끌고 가리라.

그러나 그 여자의 침묵과 외면이 사내에게 작용한 결과는 번번이 사내로 하여금 불안과 경계심으로 떨게 할 뿐이었다. 그 여자가 만났던 사내들 중에서 가장 뻔뻔스럽다고 생각되는 사내도, "뭐 이런게 있어? 벙어린가?" 하며 슬슬 물러가 버렸던 것이다.

예상과는 전연 반대로 나타난 이 효과에 대하여 그러나 현주는 결코 불만스럽게 생각하지 않았다. 오히려, 그것 때문에 많은 것을 절약할 수 있음을 알고 기뻤다. 시간도, 말도, 그리고 무엇보다도 말을 붙여 오는 그 사내가 자기에게 필요한 사내인가 아닌가 하는 것을 알아보기 위한 노력이 절약된다는 건 참 다행스러운 일이었다.

그리고 이제, 다행스럽다고 생각되는 이유가 하나 더 늘어난 것이다.

그릇 속의 물에 떨어진 한 방울의 잉크가 번지듯이 그 여자의 안에서 번지기 시작하여 이제는 발끝까지 가득히 채우고 있는 저 쓸쓸한 느낌이, 만약 그 사내가 말을 걸어오던 처음부터 그의 얼굴을 보았음으로써 이내 그 여자를 사로잡았더라면 아마 그 여자는 자기 쪽에서 먼저 사내에게 팔을 내밀어 버렸을지도 모를 일이었다. 마치 극장에서 스크린을 향하여 팔을 내밀 뻔했듯이. 사실 그럴 수 있는 가능성은 있었다.

최근에 와서 그 여자의 욕구는 비틀거렸다.

그 여자는, 자기의 욕구가 지나치게 무모하고 비상식적이고 반사회적이라는 걸, 그 욕구의 싹이 자기의 내부를 자극하기 시작하던 처음부터 깨닫고 있기는 했다. 그러나 그 여자로 하여금 그러한 욕구를 갖도록 해 준 어떤 경험이, 그리고 인간이 지니고 있는 욕구는 그것이 어떠한 것이든지 그 속에 한 줄기 강렬한 빛을 발하고 있다는 자각이 그 여자로 하여금 그 무모하고 비상식적이고 반사회적이라고 생각되는 울타리를 감히 넌지시 넘도록 한 것이었다. 어느 시각, 어느 장소, 어느 사람들 사이에서는 그것은 결코 무모하지도 않으며 비상식적인 것도 아니며 반사회적인 것도 아닐 수 있으리라. 가령, 그 여자는, 포로수용소를 탈출하고 싶어 하는 포로를 상상한다. 그는 철조망의 한 곳이 허술한 것을 우연히 발견한다. 그것을 발견하자 그는 자기가 이 수용소로부터 탈출하고 싶어 했다는 걸 비로소 깨달은 것이다. 그는 계획을 세우고 준비한다. 그리고 예정했던, 어느 달 없는 밤에 그는 철조망을 넘어선다. 어느 입장에서 보면 그의 행위는 분명히 무모하고 비상식적이고 반사회적이다. 그렇다고 하여 그의 욕구가 완전히 부정되어야 할 것인가.

현주가 자기 몫의 허술한 울타리를 경험한 것은 8월 초순의 어느 날이었다. 그것은 이젠 어떠한 수단으로써도 정정할 수 없는 과거의 사실임에도 불구하고 그 여자는 그것이 대낮에 일어난 일이었다는 게, 오히려 시일이 갈수록 더욱 믿기어지지 않는 것이었다. 물론 그것은 대낮이었다. 해도 긴 8월의 오후 3시경이었다.

그 여자는 신세계백화점 앞의 육교 계단을 느릿느릿 올라가고 있었다. 그 여자가 입고 있던 옷은, 은행원의 제복이 아니라 분홍빛 나뭇잎 무늬가 있는 원피스였다. 그 여자는 일주일 동안 얻은 휴가를 보내고 있는 중이었다. 그날은 휴가의 마지막 날이었다. 그 여자는 몇 시간 전에 시외버스에서 내렸었다. 휴가를 고향의 어머니 곁에서 보냈던 것이다.

모처럼의 휴가를 두고 그 여자의 계획은 너무나 많았었다. 그러나 그 계획들은 어느 것 하나도 실행되지 못하고 말았다. 처음의 계획에는 들어 있지도 않았던 엉뚱한 곳에서 휴가를 보냈다. 결국 어떤 의무감에서 나온 결정이었는데, 그 여자는 오랫동안 만나 보지 못한 고향의 어머니 곁에서 휴가를 보내기로 결정했었던 것이었다. 그래서 그 여자는 어머니한테 갔었다. 모녀는, 첫날은 오랜만의 상봉에 기쁨으로 들떠서 지냈다. 다음 날엔, 집안의 여러 가지 일에 대하여 도란도란 얘기를 주고받았고, 그 다음 날엔 어머니 특유의 나무랄 수 없는 잔소리가 시작됐고, 그 다음 날엔 딸 특유의 신경질이 되살아났으며, 마지막으로 모녀는 한바탕 크게 싸웠다. 다음 날 새벽, 딸이 버스 정류소로 가기 전에 모녀는 어느새 슬그머니 화해를 하고 있었으며 딸이 버스에 올랐을 때 어머니는 헤어지는 슬픔 때문에 차창에 매달리며 쿨쩍쿨쩍 울었고 딸은, 딸도 눈물을 글썽거렸다. 그뿐이었다. 그 여자의 휴가 동안에 일어난 일이라고는. 번잡한 육교의 계단을 올라가면서 그 여자는 샌들의 가죽끈 밖으로 가지런히 내밀어져 있는 자기의 발가락을 내려다보고 있었다. 그것들은 땀과 흙먼지로써 남 보기에 창피할 만큼 더럽혀져 있었다. 그 부분만은 그 여자의 것이 아닌 것 같았다. 아니 그 부분만이 참으로 자기의 소유인 것 같다고 그 여자는 느끼고 있었다.

계단을 오르기 조금 전에 그 여자는 남편에게 자기가 돌아온 것을 전화로 알렸다. 남편은 그 여자와 같은 은행에 근무하고 있었다. 그러나 그 두 사람이 사실상의 부부라는 것을 알고 있는 사람은 그 직장 안에는 아무도 없었다. 그들은 그 직장 안에서 알게 되어 연애를 했고 부부가 됐다. 그러나 결혼식을 하지 않은 부부였다. 부부 관계라는 것도 애써 숨겼다. 직장에서는 그들은 전연 타인들끼리처럼 행동했고 일 때문에 부득이 말을 주고받아야 할 경우에도 반드시 무표정한 얼굴로 "박 선생님", "미스 리" 했다. 그들의 연극은 지난 2년 동안 한 번도 탄로 난 적이 없었다. 이젠 두 사람 자신들도 자기들이 연극을 하고 있다는 의식에 사로잡혀 있지는 않았다. 다른 사람들이 자기들의 관계를 눈치 채지 못하도록 조심하는 것도 이젠 이미 습관이었다. 물론 불안한 습관이긴 했지만. 그들이 그러할 것을 처음 제안한 사람은 남편이 아니라 현주였다. 그 여자의 직장에서는 기혼 여성은 쓰지 않았다. 결혼을 하게 되면 여자 직원은 그 직장을 그만두거나 기혼 여성이어도 무방한 다른 직장으로 옮겨야 했다. 그러나 현주의 경우, 두 가지 중 어느 것 하나도 할 자신이 없었다. 그 여자는 남편의 수

입만으로써는 생활이 주는 평범한 행복을 얻어 낼 수 없을 것 같은 불안에 사로잡혀 있었고 좀 더 저축이 불어날 수 있다는 가능성을 차 버리고 싶지가 않았다. 남편은 처음엔 남자로서의 자존심을 내세웠으나 현주의 거의 호소에 가까운 주장으로써 자기의 자존심이 달래지고 나서는 그러기로 동의했다. 물론 언젠가는, 그들은 남들과 마찬가지로 정식으로 청첩장을 돌리고 은행장을 주례로 모신 결혼식을 올릴 터였다. 현주는 퇴직금을 받고 즐거이 직장을 그만둘 것이며, 남편에게 피임 기구를 사용하게 하지도 않을 것이며, 그때쯤은 계장이 되어 있을 남편에게 "당신 밑에 있는 사람들, 오늘 저녁 식사는 우리 집에 와서 하시라고 하세요."라고 말할 터였다. 그것은 불안한 습관이 되어 버린 그들 부부의 연극을 확실히 보상해 주고도 남음이 있을 즐거운 꿈이었다.

그런데 왜 이렇게 더러워 보일까? 그 여자는 계단을 오르고 있었다. 이젠 직장을 그만둬야 할 때가 온 것일까?

"저예요.. 아침에 도착했어요. 퇴근하고 오실 때까지 잠자코 있으려고 했지만, 보고 싶어서, 히잉…… 곁에 누가 있어요?"

"응." 남편의 대답은 짧고 무표정했다.

"그래요? 그럼 이따가 만나요. 저 시장 좀 봐 가지고 들어가겠어요. 물론 일찍 들어오시겠죠……."

"그러엄."

"끊어요."

"끊어."

그 여자의 귓속에서는 아직도 수화기 특유의 윙 하는 금속음이 울리고 있었다. 계단을 내려오고 있던 파라솔 하나가 살대의 뾰족한 끝으로 현주의 관자놀이를 아프게 스치고, 그러고도 시치미 뚝 떼고 지나갔다. 한국은행 본점의 돔 그늘에서 비둘기 몇 마리가 뜨거운 햇볕을 피하고 있는 게 보였다. 현주는 계단의 마지막 층계를 오르고 있는 중이었다. 그때였다. 낯선 사내의 억센 손이 그 여자의 팔꿈치 근처를 움켜쥔 것은.

한 번도 본 기억이 없는 사내였다. 아니 본 적이 있는지도 모른다. 만원 버스 속에서 또는 은행의 창구를 통하여 또는 극장의 휴게실에서 또는 시장의 좁은 통로에서 또는……. 그런 곳에서라면 얼마든지 보았던, 전연 기억되지 않는 얼굴이었다. 사내는 약간 비대하였고 햇볕에 그을려 갈색인 얼굴은 땀을 뻘뻘 흘리고 있었다. 삼십사오 세? 못생기지는 않았다.

"왜 그러세요?"

현주는 사내의 손아귀에서 팔을 빼내려고 하였다. 땀에 젖어 있던 사내의 손바닥이 미끄러운 마찰을 일으켰다. 그러나 사내는 손을 떼지 않았다.

"조용히 드릴 얘기가 있습니다. 아무 말씀 마시고 절 따라와 주세요."

말하고 나서 사내는, 처음엔 현주의 팔꿈치를 잡고 있던 손을 아래로 미끄러 내려 손목을 힘주어 잡았다. 그리고 그 여자가 방금 올라왔던 계단 아래로 내려가기 시작했다. 그 여자는 휘청거리며 끌려 내려갈 수밖에 없었다. 사내의 절박한 표정에 속았던 것이 아니었다. 공포가 그 여자의 목구멍을 틀어막고 있었기 때문이었다. 뭔가 오해하고 있는 것이겠지. 이 사내가 품고 있는 오해가 내가 해명해 줄 수 있는 오해였으면…….

"왜 이러시는 거예요? 정말…… ."

"잠깐이면 됩니다."

"어디로 가는 거죠?"

"바로 요 됩니다."

"손은 좀 노세요. 따라갈 테니까. 절 아세요?"

"압니다."

사내는 손목을 놓지 않고 그리고 현주의 얼굴을 돌아보지도 않고 말했다. 육교에서 팔꿈치를 잡고 말을 걸어오던 때를 제외하고는 그는 내내 여자를 돌아보지 않고 걸었다.

그 여자는 공포와 혼란의 늪 속에서 허우적거리기 시작했다. 숨이 막히는 것 같았다. 발버둥쳐 보았지만 혼란의 늪 속에는 디딤돌이 없었다. 그 여자의 머릿속은 뜨겁고 부푼 진흙으로 가득 차 버렸다. 마침내 그 여자는 생각하였다. 아아, 마침내 내 연극이, 속임수가 탄로 나고 만 거야. 탄로 나고 말았어. 속임수를 썼던 죄로 나는 지금 잡혀가고 있는 거야. 그들은 나를 고문할까? 아냐, 고문하기 전에 내가 먼저 자백해 버리겠어. 아냐, 그럴 필요는 없지. 물론 우리는 결혼식을 하지 않았어, 하지만 앞으로도 하지 않을거야. 그래 그러면 나에게 자백할 게 아무것도 없어지는 셈이지.

그들은 백화점을 끼고 돌았다. 그들은 차도를 건너질러 갔다. 도중에, 차도의 복판에서 차가 몇 대 지나가기를 기다리느라고 잠깐 걸음을 멈춘 동안, 사내는 문득 "날씨가 몹시 덥죠?" 하고 중얼거렸다. 그것은 여자에게라기보다 자기 자신에게 들려주기 위한 중얼거림 같았다. 차라리, 사내가 여자에게 말하고 있는 것은 여자의 손목을 잡고 있는 그의 손을 통해서였다. 여자는 빼내려 하고 사내는 놓치지 않으려 하는 두 손은 몹시 미끄럽게 마찰되고 있었고 그 움직임이 문득 눈에 뜨이자 현주는 마치 사내가 자기를 애무하고 있는 게 아닌가 하는 착각에 휘말려 드는 것이었다. 사내는 손을 묘한 형상으로써 그 여자의 손목을 잡고 있었다. 즉 사내는 엄지손가락의 끝을 나머지 네 개의 손가락 끝에 맞대어 일종의 고리를 만든 것이었다. 그 고리 속에 현주의 가느다란 손목이 갇혀 있는 꼴이었다. 그 고리는 여자의 손목이 마음대로 움직일 수 있을 만큼 헐렁하였다. 그러나 빠져나올 수는 없었다. 사내 손의 그 섬세한 조작이 그 여자의 마음에 들었다. 공포 속의 안심이라고나 할까, 그 여자는 그런 걸 느꼈다. 그 여자는 손목을 빼내기를 단념하였다. 그러자, 그 고리가 점점 오므라들어, 움직이기를 멈춘 여자의 손목을 아프지 않은 한계 안에서 조이는 것이었다. 그 여자는 문득, 자기의 손과 사내의 손이 그 땀에 젖어 미끄러운 틈으로부터 생명의 거친 숨소리가 들려오는 것을 의식하였다. 그것은 북소리처럼 둔중했고 생선의 아가미처럼 가빴다. 사내의 생명도 자기의 생명도 아닌 전연 낯선 생명이 지금 마악 땀에 젖은 손과 손의 틈바구니에서 태어난 것 같았다. 그러자 그 여자의 공포와 혼란은 더욱 말할 수 없는 힘으로 그 여자를 흔들어 놓기 시작했다.

"뭘, 저한테 뭘 요구하시는 거예요?"

"요구하다니, 오해하지 마시오. 당신한테 할 말이 있다니까."

사내는 침착하게 나직나직 말했다.

사내의 목적지가 가까운 다방이나, 최악의 경우, 파출소쯤이려니 생각하고 있던 현주는, 사내가 회현동 골목 속에 새로 단장한 지 오래지 않은 듯한 2층 건물 속으로, 한마디의 해명도 없이 그리고 고개 한 번 돌려 보는 법 없이 자기를 끌고 들어섰을 때는 너무나 놀라서 아래턱만 덜덜 떨 뿐 말 한마디 꺼내지 못하고 있었다. 그것은 여관이었다.

"자, 그만 울어. 이젠, 경찰에 가서 강간했다고 고발해도 돼. 난 감옥에 가는 걸 무서워하지 않거든. 당신의 팔뚝이 몹시 매끄러워 보이더군. 내 손 속에 넣고 만지고 싶었어. 당신을 그냥 지나쳐 버렸더라면 어떻게 됐을까? 어떻게 되긴, 뭐 아무것도 아니지. 당신도 역시 아무 일도 일어나지 않는 게 좋다고 생각하는 그런 여자인가? 어어, 굉장히 더운 날이지? 그만 울어요, 여름에 울면 감기 걸린대."

사내가 말할 게 있다던 것은 대강 그것이었다.

그 일이 있고 난 직후엔, 그 여자는 그 일을 단순한 봉변으로 돌려 버리고 싶어 했다. 자기의 죄의식과 어떤 불량배의 무도한 욕구가 우연히 부딪쳐서 튀긴 불똥이었다고 생각하려 했다. 그 사건 자체에 대해서는, 그 여자는 자기에게 책임이 있을 수 없다고 생각하려 했다. 남편 아닌 다른 사내의 몸이 자기의 몸에 닿았던 점에 대해서는 남편에게 미안하게 생각하지만 그렇다고 그 사건을 고백하고 용서를 구하고 하는 따위의 일은 조금도 하고 싶지 않았다. 그 여자는 가능하다면 하루빨리 그 사건이 망각되어지기만을 바랐다.

그러나 시일이 갈수록 그 일이 그 여자에게 남기고 간 흔적은 뚜렷해졌다. 마치 피와 고름과 살덩이가 범벅이 되어 뭐가 뭔지 형체를 알 수 없던 상처가 오래 후엔 한 가닥의 허연 흉터로 모습을 분명히 나타내듯이 그 사건은 그렇게 그 여자의 내부에 자리 잡혀 간 것이었다.

그 사건이 생긴 데 대하여 책임져야 할 사람이 있다면 그것은 그 불량배가 아니라 자기와 자기의 남편이어야 한다고 그 여자는 생각하였다. 뿐만 아니라 이제는 그날 그 육교 위에서 손목을 잡힌 사람은 그 불량배였는지 자기였는지조차 판단할 수 없다고 생각하였다. 자기는 자기의 더러움을 보았다. 그리고 그곳에 있는 모든 것으로부터 도망하고 싶었다. 마침 한 사람이 자기 곁을 지나가고 있었다. 자기는 그 사람의 손목을 붙잡고 이곳이 아닌 다른 곳으로 데려다 달라고 애원하였다. 그 사람은 자기를 데려다 주었다. '이곳'이 아닌 다른 곳으로. 더 나은 곳인지 아닌지는 몰라도 적어도 '이곳'이 아닌 것만은 틀림없었다. 그 점에 대해서는 의심의 여지가 없다. 얘기가 이렇게 되는 것이 그 사건의 정확한 줄거리라고 그 여자의 의식은 말했다.

그 여자는 자기가 확실히 그 사내에게 매달리고 있었음에 틀림없다고 생각하게 되었다. 그리고 그 사내는 믿음직스럽게 행동했던 것 같았다. 타성이 그 여자에게 불어넣어 준, 그 사내에 대한 저항을 사내는 얼마나 멋있게, 꼼짝할 수 없도록 때려뉘었던가! 땀, 그렇다. 쉴 줄 모르고 솟아나 온몸을 목욕

시키던 땀은 그 여자의 '이곳'이 패배의 쓰라림에 흘린 눈물은
아니었던지!

그러나 그 여자의 외면적인 생활은 여전히 계속되었다. 남
편과는 20분 간격으로 은행에 출근하였고, 은행에선 두 사람
은 될 수 있는 대로 접촉을 피했고, 부득이 말을 주고받아야
할 경우엔 "박 선생님", "미스 리" 했다. 하루 일이 끝나면 남편
은 으레 다른 남녀 행원들과 함께 문을 나섰고 그 여자 역시
다른 남녀 행원들 틈에 끼어 문을 나섰다. 그 후에 그들이 집
에서 만나게 되는 시간은 대중없었다.

어느 날 밤늦게 그 여자는 중앙극장에서 영화의 마지막 회
를 보고 명동 입구까지 걸어 나와서 버스를 탔다. 바의 여급
들이 술에 취해 비틀거리며 집으로 돌아가는 시간이었다. 버
스에 올라 자리를 잡고 앉은 현주는 차가 출발할 때까지 차
창을 통하여 내려다보이는 거리의 풍경을 눈여겨보고 있었다.
이 시간의 이 거리가 그 여자에게는 어쩐지 심상치 않게 보이
는 것이었다. 이 거리는 그 여자가 일하고 있는 은행의 이웃이
었다. 그러므로 대낮이나 초저녁의 이 거리에 대해서는 그 여
자도 익숙해 있었다. 그런데 이 시간의 이 거리는 왜 이렇게도
낯설어 보이는 것일까? 막차를 놓치지 않기 위해서 사람들이
초조한 걸음으로 이리 뛰고 저리 뛰기 때문만은 아니었다. 명
동 안쪽의 상점들이 모두 불을 끄고 셔터를 내려 버렸기 때문
만도 아니었다 버스 안 가득히 술 냄새가 풍기고 있기 때문만
도 아니었다. 유치하게 화려한 차림의 여급들이 거리낌 없이
쌍소리를 높은 음성으로 재잘대며 버스에 오르기 때문만도

아니었다. 이 거리의 어디로부터 지금 자기의 귀가 듣고 있는, 헐떡이는 숨소리가 들려오고 있는 것일까? 누가 자기를 부르고 있는 것일까? 왜 이 거리에서 지금 공포와 혼란의 거센 바람 소리가 들려오는 것일까?

마침내 그 여자는 그 모든 소리들이 어디서 오는 것인가를 찾아냈다. 거리의 여기저기서 사내들이 지나가는 여자의 앞을 가로막는 모습이 눈에 뜨인 것이었다. 아까부터 자기가 보고 있었던 것은 바로 그들임을 현주는 깨달은 것이었다.

어떤 여자들은 자기에게 말을 붙인 사내들을 따라갔고 어떤 여자들은 가지 않았다. 그 여자들의 대부분이 여급이라는 건 차림새로 봐서 짐작할 수 있었다. 물론 사내를 따라간 여자들은 그들의 직업으로 봐서 낯선 사내와 동행한다는 일에서 별다른 의미를 느끼지 않는지는 알 수 없었다. 그러나, 버스 속에 앉아서 창을 통하여 그들을 발견했을 때 현주는 자기 자신을 더럽게 여기고 있는 여자들이 그렇게도 공공연하게 많다는 사실을 하나의 충격으로서 받아들이지 않을 수 없었다.

따지고 보면, 그 여자는 그 풍경을 오늘에야 처음으로 본 것은 결코 아니었을 게다. 본 적이 있다고 얘기할 자신이 없을 만큼, 눈여겨보지 않았을 따름이었을 게다. 전에는, 그 여자가 그들을 보았다고 해도, 거기서 아무런 의미를 볼 수 없었기 때문에 무심히 지나쳐 버릴 수 있었을 뿐일 게다.

달리는 버스 속에서 그 여자는 그들에 대하여 생각하고 있었다. 그들은 울타리를 넘어 어디로 갔을까? 그들이 도착한 곳은 어떤 곳일까? 울타리를 넘다가 그들은 감시병의 총격을 받지는 않았을까? 군견의 헐떡이는 숨소리가 뒤를 쫓고 서치라이트의 동그란 불빛이 그들의 등을 끝없이 쫓아가고 있지는 않을까? 그 여자는 그들이 무사히 도망했기를 빌고 싶었다.

그 이후로 그 여자는 가끔, 자기가 뜨거운 8월 어느 날, 우연히 한번 넘어서 본 적이 있던 그 울타리를 넘고 싶다는 욕구를 발작적으로 강렬하게 느끼곤 하였다. 드디어, 어느 날 밤, 밤거리로 나섰다. 일부러 바가 문을 닫는 무렵의 시간을 택했다.

그 여자는 이따금 다른 사람들과 어깨를 부딪쳐 가며 느릿느릿 걸었다.

한 시간쯤 후엔 이 도시에 셔터가 내려진다. 자동차들은 무서운 속도로 질주하고 있었고 행인들의 발걸음은 바빴다. 그 속에서 그 여자의 느린 걸음걸이는 눈에 뜨이는 것이었다. 그 여자는 그것을 계산하고 있었다.

아직도 가을이라 생각하고 있는데 기온이 갑자기 영하로 내려간 밤이었다. 종로백화점 옆 골목의 그늘 속에 어떤 사내가 쭈그리고 앉아 욱욱 소리를 내며 토하고 있었다. 그날 아침에 세탁소에서 찾아다 입은 듯한 깨끗한 외투의 밑자락이 사내가 괴로워서 몸을 뒤틀 때마다 땅바닥에서 이리저리 끌리고 있었다. 기름칠하여 단정하게 빗어 넘긴 머리가 가로등의 형광빛을 받아 철사처럼 번쩍이고 있었다. 거의 비슷한 차림인 다른 사내가 낄낄대며 그 사내의 등을 주먹으로 쿵쿵 내려치고 있었다. 토하고 있는 사내가 한 손을 어깨 너머로 돌리고 흔들며 말했다.

"이 새끼야, 아파, 아프다니까, 이 씹새끼야."

그 여자는 그들을 더 이상 보지 않고 지나쳤다. 그들에 대한 말할 수 없이 강한 증오심이 끓어올랐다. 그렇다. 그 여자는 자기가 증오하고 있는 게 누군가를 알고 있었다. 그 여자는 그들과 자기 남편을 구별할 수 없었던 것이다. 그들의 아마 옷차림 때문이었을까? 서울 중심지에서는 얼마든지 볼 수 있는 월급쟁이들의 그 어슷비슷한 복장 때문에 그 여자는 잠깐 그들과 자기 남편을 혼동하였던 것일까? 그리고 그들 중의 하나는, 친구의 구토를 진정시켜 보겠다는 진심에서가 아니라 오직 그러는 것이 재미있기 때문에 주먹으로 친구의 등을 내리치며 낄낄대고 있고 그리고 다른 하나는 그 깨끗한 옷차림에도 불구하고 마치 자의식 없는 깡패들처럼 욕설을 지껄이고 있음이 그 여자는 미웠고 그 미움은 곧 자기 남편에게로 돌려진 것이 아닐까? 저렇게 유치하게 굴 수 있는 자들이야말로, 같은 직장에 자기 아내를 숨겨 두고도 무표정한 얼굴을 잘도 꾸밀 수 있는 게 아닐까?

그날 밤, 그 여자는 길거리에 쭈그리고 앉아서 토하고 있는 사내를 여러 명 보았다. 그리고 그 여자가 기다리던 것을 만났다.

"어디까지 가세요?" 현주 옆으로 다가와 어깨를 나란히 하고 걸으며 사내가 말했다. 그 여자는 걸음을 멈추었다. 사내의 얼굴을 돌아보고 싶은 욕망을 누르고 그 여자는 땅바닥만 내려다보고 서 있었다.

"어디 가서 커피라도 한 잔 마실까 하는데 같이 가시지 않겠어요?"

사내가 현주의 어깨에 손을 얹으며 말했다.

현주는 잠자코 있었다. 자기의 내부에서 저 안면 있는 공포와 혼란이 일어나기를 기다리고 있었다.

"아직까지 문을 열고 있는 다방이 있을 겁니다. 갑시다."

사내가 결심을 굳힌 듯 현주의 어깨를 가볍게 떠밀며 말했다. 그러나 그 여자는 한 발자국도 움직이지 않았다. 사내의 손힘이 너무 약했던 것이다.

"허어, 돌부처로군. 그럼 나 혼자 갑니다. 아아, 커피, 얼마나 맛있을까 커피……."

사내는 슬슬 물러가 버렸다.

사내가 자기의 침묵을 겁냈던 것을 그 여자는 비로소 알아차렸다. 사내가 자신의 행위를 농담으로 돌려 버리려 했다는 것이 그 여자에게는 몹시 불쾌했다. 사내가 가 버리고 난 후에야 그 여자는 자기가 기다리고 있던 것은, 공포와 혼란이기도 했지만 그보다 먼저 사내의 억센 끌어당김이었다는 걸 알았다. 그 여자의 내부에서 공포와 혼란의 뜨거운 늪이 들끓지 않고 만 것은 당연했다. 그것은 사내의 손이 그 여자의 손목을 억세게 잡아끈 이후에야 생길 터였기 때문이다. 그 여자는 지난여름에 자기를 습격했던 그 사내가 몹시 그리워질 지경이었다. 결국 그날 밤엔 택시를 타고 집으로 돌아갔다.

그 여자의 서성거림은 번번이 그런 식으로 끝나곤 하였다. 차츰 그 여자는 깨달았다. 사내들이 탈출하고 싶어 하는 욕구는 거의 모두가 조건부라는 것을. 다시 말해서 사내들은 영원히 '이곳'을 떠날 의도는 없어 보였다. 그들은 잠깐 울타리를 뚫고 밖으로 나가 본다. 그러나 아침이 되면 얼른 제자리로 돌아온다. 아니 미처 그것도 아니다. 울타리 안에서 울타리를 만지작거리며 생각만 한없이 되풀이하고 있는 것이다.

그리고 그 여자는 새삼스럽게 깨달았다. 자기의 욕구는 반드시 사내들이 자기네의 욕구를 과감히 실천할 때 함께 성취될 수 있음을. 그렇다, 사내가 그 여자의 내부에 공포와 혼란을 일으켜 놓지 않는다면 그 여자는 어떻게 자기의 더러움을 자백할 수 있을 것인가!

그 여자는 걸었다. 걸었다, 걸었다. 그러나 아무도 "감옥에 가는 것을 겁내지 않거든." 하고 말해 주는 사람은 없었다. 그 여자는 택시를 타고 통금 시간이 임박해서 집으로 돌아가야 하는 것이었다.

어느 날 직장에서 그 여자는 무의식중에 자기 남편을 향하여, 집에서 하듯 "여보!" 하고 불렀다. 남편의 얼굴이 새빨갛게 굳어지는 것을 보고 그리고 남편 곁에 있던 행원들이 요란하게 웃음을 터뜨리는 걸 보고서야 그 여자는 자기의 실수를 깨달았다. 이제껏 그런 실수는 한 번도 하지 않았던 그 여자였다. 남편이 얼른 "왜! 내가 미스 리 남편 같소?" 하고 농담으로 얼버무렸기 때문에 그 여자의 실수는 하나의 농담인 듯 끝날 수 있었지만 그 여자 자신에겐 무척 충격적인 것이었다. 연극이 탄로 날 때가 온 것이다. 연극은 탄로 나야 한다고 그 여자는 집요하게 생각하고 있었다.

어느 날 밤, 그 여자는 좀 색다른 사내를 만났다. 어쨌든 그 사내는 그 여자의 손목을 힘차게 잡아끌고 간 것이었다. 그 사내가 목적지로 정한 것이 분명해 보이는 어느 골목 속의 호텔이 저만큼 보였을 때 그 여자는 기다리던 공포와 혼란이 증기처럼 피어오르는 걸 느꼈다. 그 여자 자신이 그것을 객관할 수 있을 만큼 그것의 양은 적었지만 어떻든 그것은 그 여자의 내부에 생겨난 것이었다. 그들은 호텔의 현관 앞에 이르렀다. 그때 문득 여자는 사내가 자기의 얼굴을 돌아보고 있는 걸 보았다. 사내는 마치 "정말 괜찮겠느냐?"고 그 여자에게 묻고 있는 것 같았다. 그러자 갑자기 그 여자의 그 공포와 혼란은 깨끗이 스러져 버리고 그 대신 사내에 대한 혐오감만 잔뜩 부풀어 오르기 시작하는 것이었다. 그 여자는 사내의 손을 뿌리치고 골목 밖으로 달려 나왔다. 그리고 택시를 타고 집으로 돌아왔다. 차 속에서 그 여자는, 8월의 그 사내가 여관 안에 들어갈 때까지 한 번도 자기의 얼굴을 돌아보지 않았던 것의 의미를 깨달았다. 그것은 확실히 중요한 의미를 갖고 있었다.

그제야 그 여자는 자기의 욕구가 쉽사리 이루어질 수 없다는 걸 깨닫게 되었다. 8월의 그 사내와 똑같은 사내가 얼마든지 있다고는 그 여자도 생각하지 않았다.

그리하며 최근에 와서 그 여자의 욕구는 비틀거렸다. 이따금 그 여자는 그 공포와 혼란이 없이도 사내의 손에 이끌려 갈 수 있는 게 아닌가 하고 생각해 보곤 하였다. 창녀들처럼 아니 절실하게 기도해야 할 것이 별로 없음에도 불구하고 미사에 참석하는 신자들처럼.

그러나 그 여자가 가장 두려워하는 것은 자기의 욕구를 그러한 의식으로써 포장하게 될까 봐 하는 것이었다. 막연하나마 그 여자는, 만약 자기에게 공포와 혼란이 없이 그것을 한다면 마침내 의식만이 남게 될 뿐이며 자기는 파멸할 것이라는 걸 알고 있었다.

그 여자가 바라는 것은, 그렇다, 파멸이 아니라 구원이었다. 속임수로부터의 해방이었다.

그럼에도 불구하고 욕구의 자리에 의식을 대신 들어앉히려는 유혹은 그 여자의 서성거림이 잦아질수록 증가하는 것이었다. 그 유혹을 그 여자가 겁내는 까닭은 그것이 그 여자의 내부에서 오기 때문이었다. 가령, 조금 전, 그 사내의 얼굴이 그것이었다. 아니 그 사내가 젊고 호감 가게 생겼다는 그것이 아니라 그 얼굴을 본 이후에 그 여자의 내부에 번진 그 쓸쓸한 느낌이 그것이었다. 스크린을 향하여 하마터면 팔을 내밀 뻔했던 그 유혹이었다. 꽃다발을 목에 걸고 손을 저으며 웃으며 죽어 가는 종족에 대한 안타까움이 그것이었다.

"집이 어디세요?"

어떤 사내가 그 여자의 앞을 가로막으며 말을 걸어왔다.

(1969)

서울의 달빛 0장(章)

형님한테서 전화가 왔다.

"너, 차를 샀다면서?"

이 기사한테서 들었을 게 틀림없다. 고용인으로서 몇 시간이나마 자리를 비우려면 외출 이유를 주인에게 말하지 않을 수도 없었을 것이다. 주문했던 차가 오늘 공장에서 나오기로 되어 있었고 나는 형님의 운전사인 이 기사에게 인수해다 주기를 부탁해 놓고 있었던 것이다. 나는 운전에는 자신이 있었지만 아직 차가 내는 미세한 이상음을 판별할 만큼 차에 익숙해 있지는 않았다. 나에게 운전을 가르쳐 준 이 기사는 차를 느낄 줄 알았다. 운전석에 엉덩이를 대는 순간 타이어의 탄력을 잴 수 있었고 내게는 정상적으로 들리는 엔진 소리에서 실린더의 이상을 발견하곤 했다. "그런 것쯤은 한 차만 쭈욱 몰면 금방 알게 되니까요." 이 기사는 그렇게 말하지만 솔직히 말해서 나는 차에 대하여 그렇게 자질구레한 신경을 쓰게 되는 것은 싫었다. 항상 완전하여 그냥 몰아 대기만 하면 되는 차가 내가 바라는 차였다. "그런 차가 어디 있겠어요? 쇠로 되고 바퀴가 달렸다 뿐이지 살아 있는 말이라고 생각해야 돼요. 좋은 사료를 먹여 주고 과로시키지 말고 병이 났나 살펴봐 주고 외양도 항상 깨끗하게 해 줘야 되고……."

이 기사는 말에다 비유하며 말하고 있었지만 나는 여자에다 비유하며 들었다. 문득, 결국 나는 여자를 필요로 하고 있었던가 하는 생각이 들었다. 뚜렷이 내세울 만한 용도도 없이 어쩐지 자꾸만 차가 갖고 싶더라니 생각하며 나는 픽 웃었다. 8개월 동안 내 아내였던 여자는 우리가 살던 아파트만이라도 위자료로서 자기한테 줬으면 하고 기대하는 눈치였고, 나 역시 재산 따위 모두 처먹어라 하고 아내에게 던져 줘 버리고 싶었지만, 물론 아내는 위자료 같은 걸 입 밖에 내어 요구할 처지가 아니었고, 한편 결혼 선물로 그 아파트를 사 준 어머니는 내가 이혼하는 여자한테 1원 한 푼 줄까 봐 독이 오른 눈으로 감시하고 있었다. 결혼 때 해 준 패물들도 모두 돌려받으라는 게 어머니의 고집이었지만 그것만은 나는 못 들은 체해 버렸다. 돌려받을 수도 없었다. 아내는 벌써 그 패물들을 팔아서 이혼 후에 자기가 살 조그만 아파트를 사 놓고 있었던 것이다. 친정집으로 들어가 살 줄로만 생각하고 있었던 나는 아파트에서 혼자 살 계획을 하고 있는 아내에 대하여, 이혼에 임박하자 나를 사로잡기 시작한 그 여자에 대한 연민이 사라져 버리며, 이전 어느 때보다도 강한 증오, 여러 경우의 여러 증오를 모두 묶어 놓은 것보다 더 강한 증오를 느꼈다. 그동안 나를 조롱한, 나로서는 얼굴도 모르는 수많은 사내들이 이제부터 그 여자 혼자 살 아파트를 맘 놓고 드나들 거라는 상상 때문에 나는 차라리 아내를 죽여 버리고 싶다는 충동에 시달렸다. 그러나 아내가 나에게 위자료 청구를 할 수 없듯 아내의 미래에 참견할 권리는 없는 것이었다. 가장 침착한 얼굴로, 가지고 나갈 짐을 차근차근 정리하고 있는 아내를 나는 다만 핏발 선 눈으로 바라보기만 할 뿐이었다. 그 여자가 떠나 버린 아파트에서 나 혼자 살 수도 있었다. 어머니와 형수가 재빨리 옷장이니 찬장이니 침대, 화장대 따위를 사들여 빈자리를 메워 마치 여자와 함께 살고 있는 집인 듯 꾸며 주었다. 그 가구와 집기 따위가 주로 형수의 취향과 안목에 따라 골라진 것들이었기 때문에 나는 마치 새로운 여자와 함께 살게 된 듯한 느낌을 받았다. 새로운 도배질, 새로운 가구들은 실내에서 아내에 대한 어떤 기억들을 몰아내는 데 확실히 효과가 있었다. 그러나 결과는 더 나빴다. 그 여자가 가장 주부다웠던 집 안에서의 세세한 기억들만 몰아내 버린 것이었다. 그 기억들은 그 여자를 위해서가 아니라 나 자신을 위해서 간직해 두고 싶었던 것들이었다. 그것들이 아내에 대한 증오를 중화시켜 주는 건 결코 아니지만 가령 길에서 스쳐 지나가는 어린이의 얼굴에서 밝은 웃음을 볼 때 얻어질 수 있는 무용(無用)한 윤기의 노릇을 나한테 할 수 있었을 것이다. 그런데 그 여자는 그야말로 그 집 밖으로 나가 버린 것이었다. 바깥에서의 그 여자란 나를 의혹과 질투와 증오, 썩은 감정의 늪 속으로 밀어 넣는 요물에 지나지 않았던 것이다. 그러나 그 때문에 그 아파트를 팔아 버린 것은 아니었다. 팔아서 내 마음대로 할 테다 하는 충동으로 팔아 버렸던 것이다. 나는 모든 타인들에게 그들이 나의 타인임을 분명히 해 두고 싶었다. 아니 그들이 내가 자기네의 타인임을 분명히 밝히고 있었다. 아내는 말할 것도 없고, 어머니와 형님까지도 나로서는 타인이 아닐 수 없었다. 한 여자와 결혼을 하면서부터 내가 그들로부터 분리되는 것을 나는 온몸으로 느꼈다. 그들은 얼마간의 재산과 함께 나를 자기들로부터 떼어 버린 것이었다. 결혼 이후 그들이 나에게 묻는 것은 돈과 관계된 것만이었다. 내 얼굴에 버짐이 피더라도 그건 이제 나 자신과 아내가 책임질 일이지 어머니나 형님이 걱정해선 안 될 일이었다. 내가 아내와 이혼할 결심과 그 이유를 얘기했을 때야 나는 옛날처럼 나의 마음 세세한 움직임까지 알아 두지 못해 안달하는 어머니와 형님을 다시 만날 수 있었다. 그러나 찢어진 종이처럼 그들과 나를 다시 연결시킨 것은 이혼이라는 풀칠이라는 걸 나는 알고 있었다. 나는 그들과 한마디 의논도 없이 아파트를 팔았고 그 판 돈의 일부로 작은 아파트를 샀고 자동차를 주문했고 나머지를 아내였던 여자한테 주기 위해 예금통장으로 만들어 가지고 있었다. 내 맘대로 할 테다라고 한 것은 결국 어머니와 형님이 싫어하는 짓을 하겠다는 것이라고 해야 할 것이다. 자동차는 나한테 가장 불필요한 물건들 중의 하나일 것이고 불필요한 물건을 사는 데 적지 않은 돈을 쓰는 일은 어머니와 형님이 가장 싫어하는 것이었다. 나는 아무 일도 안 하기로 작정한 사람이었다. 이혼하자마자 대학의 교양학부 국어 강사 자리도 집어치웠다. 어머니가 내 소유로 해 준, 영등포에 있는 중국음식점에서 들어오는 수입으로 생계는 충분할 것이고 그동안 지키려고 애쓰고 있던 학문의 사명감 같은 것은 깨끗이 사라져 버렸다. 운전을 열심히 배웠던 이유는 아내를 방송국까지 태워다 주고 데리러 가고 싶다는 꿈 때문이었지 나 자신을 위해서는 아니었다. 나한테 왜 자동차가 필요할 것인가! 그런데 이 기사의 이야기를 들으며 자동차를 여자에 비유해 보고 있으려니, 그 구매 동기를 무작정이라고 스스로 여기고 있던 차가 실은 아내의 대체물이라고 문득 깨달아지며 내 속에 굴을 파고 둥우리를 틀어앉아 버린 여자라는 독충에 대하여 짓이겨 주고 싶은 혐오감이 드는 것이었다. 기껏해야 어머니와 형님이 펄펄 뛰며 싫어할 것이기 때문이라고 이유를 만들 수 있다고 생각한 통장 건은 그렇다면 무슨 벌레가 마음의 어느 굴 속에서 나왔기 때문인가? 나는 알 수 없었다.

"너한테 차가 왜 필요하니?"

"그냥…… 자동차로 지방 여행이나 다녀 볼까 하구요."

대답하며 나는, 이 기사에게 차를 인수해다 줄 것을 부탁했을 때 무의식중에 내가 차를 산 사실을 이 기사를 통하여 형님에게 알리고 싶어 했었던 것인지 모른다고 생각했다.

"시골 좀 가는 데 레코드 신품이 왜 필요해, 인마. 값싸고 쓸 만 한 중고차가 얼마나 많은데 하필이면 제일 비싼 차를…… 너, 레코드 한 대 굴리는 데 얼마 드는지나 알아? 세금도 그렇고 기름 값만 해도 다른 차 갑절은 먹혀. 네가 무슨 재벌이냐? 지방 다니려면 고속도로 통행료만 해도 얼마나 드는지 알구 있어? 지방 갈 때는 나두 고속버스 타고 다녀 인마. 그리고 차를 사고 싶으면 어머니한테라두 미리 상의를 해야지. 너, 어머니가 얼마나 화나신 줄 알아? 너한테 맡겨 뒀다간 엉뚱한 짓 하느라고 다 까먹겠다구 식당도 명의를 내 앞으로 바꿔 놓자고 야단이셔."

"차는 형님 차하고 바꿔도 좋아요. 뭐 꼭 레코드라야겠다는 건 아니니까……"

"인마, 나도 레코드 좋은 줄 몰라서 안 굴리는 줄 아니? 유지비가 많이 들어서 그러는 거야. 어차피, 물릴 수는 없는 거구, 내가 임자 찾아볼 테니까 그건 팔아 치우고 꼭 차가 있었야겠으면 중고차 중에서 쓸 만한 걸 골라 줄 테니까…… 그리구 어머니한테서 전화가 갈 거야. 돈도 돈이지만, 너 차 사고로 무슨 일 낼까 봐 펄펄 뛰시니까, 마음이 울적해서 샀는데 며칠만 타 보구 팔아 치우겠다구 말해, 알았어?"

아닌게 아니라 형님의 전화가 끝나기 무섭게 어머니한테서 전화가 걸려 왔다. 아직 점심시간도 아닌 땐데 "갈비탕 합이 셋!" 따위의 소리가 어머니의 말 마디마디 사이로 배어 나오고 있었다. 카운터에 앉아서 한 손으로는 종업원에게 전표를 떼 주면서 전화를 걸고 있는 모습이 선히 보이는 것 같았다.

"엄마 태우고 관광 여행이나 다니려구요."

"넋 빠진 소리 말구 오늘 당장 형한테 맡겨서 팔아 치워. 네가 운전을 언제 해 봤다구…… 사람이나 덜컥 치어 놔 봐라.

천천히 망하려면 아편을 하구 빨리 망하려면 차를 사라구 했어. 그리구 너 은행에 넣었다는 돈 얼마 남았니? 차 사고도 많이 남았을 텐데……"

"없어요. 한 푼도."

"없다니?"

"다 써 버렸어요. 친구들하구 술 마시느라고……"

계획했던 것도 아닌데 불쑥 거짓말을 하고 말았다. 술보다는 지난 3개월 동안 수많은 여자를 사는 데 돈을 쓴 건 사실이지만 그 액수란 100만 원 이내였고 그것도 주로 중국음식점에서 나온 수입으로였다. 400만 원은 아내였던 여자에게 주기 위해 그 여자 이름으로 예금통장을 만들어 내가 가지고 있던 것이다. 어머니가 물어 올 경우에 대비한 대답은, 물론 내가 그렇게 말할 수 있을지 스스로 의심했지만, 그것은 "영숙이 줘 버렸어요."라는 것이었다. 왜 줬느냐고 물으면 대답할 말을 준비하지 못한 채, 아마 "그냥요."라는 말이 내 입에서 튀어나오리라고만 막연히 생각해 왔다. 그런데 전연 거짓말이 튀어나왔던 것이다.

"안 되겠다. 너 당장 이리 좀 오너라. 내가 자리를 비울 수는 없구. 엄마한테 지금 좀 와."

"오후에 들를게요. 어젯밤 꼬박 새우고 지금 자고 있었던 거예요. 잠 좀 자구 나갈게요."

그건 거짓말이 아니었다.

"뭘 하느라고 밤을 새? 또 고등학교 동창생이냐?"

"예, 두수라구 나도 새까맣게 잊어버리고 있던 친군데 소식을 들었다구 전화가 와서……."

"어떤 녀석이 나발을 불고 다닌대니? 이혼이 무슨 잔치 났다구 동창들한테 방을 돌리구 지랄들이라니? 결혼식 때는 코빼기도 안 내밀던 녀석들이…… 철딱서니 없는 것들…… 그럼 밤새도록 술을 마셨단 말이냐?"

"네, 그 친구 집에 가서 옛날 이야기하며……."

이건 거짓말이었다. 비어홀이 끝나자 두수라는 녀석과 함께 술자리에서 짝이었던 호스티스들을 데리고 여관으로 갔던 것이다.

이혼 이후, 생활은 전연 상상도 하지 않았던 방향에서 이상한 틀을 들고 나한테 덮쳐 나를 그 틀 속에 집어넣고 틀 모양대로 일그러뜨렸다. 상투적인 매일이었다. 이젠 이름조차 잊어 가고 있는 고등학교 동창생으로부터의 갑작스런 전화. 비어홀. 여자 얘기 또는 돈벌이 얘기. 그리고 여자를 사서 호텔로 간다, 또는 호텔에 가서 여자를 산다. 마치 내가 이혼하기를 사방에서 기다리고 있었다는 듯 전화가 지긋지긋하게 많이 걸려 왔다. 나 두수야, 생각 안 나니? 하긴 졸업하고 첨이니까. 아냐, 우리 훈련소에서 한 번 만났잖아! 벌써 8년이 됐구나. 자아식, 이제 생각나니? 영진이한테서 네 소식은 자주 듣고 있지. 너 뭐 이혼했다며? 나와라, 술 한잔 살게. 그리고 호기롭게 문지기가 알아주기를 기대하며, 그쪽에서 알아 모시지 않으면 자기 쪽에서 문지기의 어깨를 두드리며, 잘 있었어? 앞장서 들어가는 술집들도, 자기네 딴에는 마음을 써 일류로 데려가 준 때문인지 그게 그거다. 엠파이어, 월드컵, 코스모스, 오비타운, 그리고 관광호텔들의 나이트클럽들…… 어제저녁엔 딴 녀석과 밴드석 바로 앞자리에서 마셨는데 오늘은 이 녀석과 구석 자리에서 마신다. 무대에서는 텔레비전에서 본 가수들이 무식의 악취를 풍기며 슬픈 노래도 백치처럼 싱글싱글 웃으며 부르고 있고, 개그맨들은 어젯밤과 똑같은 대사를 똑같은 표정으로 씨부렁거리고 있다. 운동 부족과 영양 과다로 비만증에 걸려 있는 사내들은 넥타이 매듭과 허리띠를 헐겁게 풀어 놓고 헐떡이며 맥주를 들이켜고 나서 한 손으로는 옆에 붙어 앉아 있는 호스티스의 허리를, 한 손으로는 자기의 튀어나온 배를 슬슬 어루만지고 있다. 간신이 엉덩이까지만 내려오는 원피스 유니폼을 입은 호스티스들은 자기 사내가 술잔에서 입을 뗄 때마다 땅콩이나 북어포 조각을 사내 입에 넣어 주고, 가수의 노래가 끝날 때마다 눈은 딴 곳을 향한 채 무대 쪽으로 손만 내밀어 맥 빠진 박수를 친다. 사내의 손은 탁자 밑에서 아가씨의 사타구니를 더듬고, 아이, 남들이 보잖아요, 빼내는 손끝에 묻어오는 것은 냉증 특유의 썩은 냄새일 게 틀림없다. 썩은 냄새. 썩은 음부. 아내의 사타구니에서 풍겨 오던 부패, 그 자체. 허연 거품을 떠올리는 노랗게 썩은 술. 가슴 복판에서 시작하여 독사처럼 외줄기로 목구멍까지 치달려 오는 통증마저도 상투적이다. 썩은 술이 빠르게 침투하며 상투적으로 모든 신경세포를 들쑤시고 머리, 가슴, 불알, 무릎 관절의 모든 조직을 썩인다. 썩은 술에 의해 썩어 가는 사고, 썩은 사고에 의한 썩은 감정. 상투적으로 끓어오르는 상투적인 증오. 혈관 속의 피는 검은색으로 변하고 있으리라. 인간은 행복할 자격이 있는가? 먹을 것이 부족하던 시절에는 생선 시장의 개들처럼 꼬리를 뒷다리 사이에 감아 넣고 눈을 슬프게 치켜뜨고 다니다가 형편이 좀 나아지면 발정한 개들처럼 닥치는 대로 붙을 자리만 찾아다닌다. 사람들이 결국 바라는 건 필요 이상의 음식, 필요 이상의 교미, 섹스의 가수요(假需要), 부잣집 며느리 여름철에 연탄 사 모으듯, 남의 아내건 남의 아내가 될 여자건 닥치는 대로 붙는다. 남의 사랑을 위한 빈자리를 남겨 두지 않는다. 물처럼, 공기처럼, 여력만 있으면 빈자리를 메우려 든다. 인간은 자연인가? 메우고 썩힌다. 썩은 사타구니에서 쏟아지는 썩은 감정. 자리를 찾지 못한 자들의 증오. 평화가 만든 여유. 여유가 만든 가수요. 가수요가 만든 부패. 부패가 만드는 증오. 부패는 이미 시작되었으며 남은 일은 증오의 누적, 그리하여 전쟁. 전쟁은 필연적이다. 전쟁으로 모두 빼앗기고 다시 시작. 인간은 행복할 자격이 있는가? 그게 아녜요. 형편이 나아져서가 아녜요. 아내가 말한다. 그럼 뭐야. 그렇군, 형편이 더 나빠져서군. 돈 때문이니까. 우리를 지배하고 있는 건 돈이니까. 아녜요. 슬픔 때문예요. 종말에 대한 슬픔이 섹스를 만든 거예요. 마찬가지로 우리 모두를 지배하고 있는 슬픔이 우리들의 섹스를 만들어요. 사람들은 슬퍼하고 있어요. 당신이 바라고 있는 그 전쟁 때문예요. 정부에서도 신문에서도 전쟁에 대비하라고 야단들이잖아요? 내가 얘기하는 건 그런 전쟁이 아냐. 전쟁은 다 마찬가지예요. 전쟁이 나면 이번엔 아무 데도 도망갈 데가 없다는 걸 어린애까지도 알

고 있어요. 지난번 전쟁보다 더 끔찍하리라는 것도 모두 알고
있어요. 우리를 지배하고 있는 것은 자본주의도 정치권력도
아녜요. 종말에 대한 불안이에요. 적개심을 돋운다고 하지만
그건 전쟁 이후에도 살아남을 수 있는 사람들을 위해서죠. 집
은 불타고 자기는 죽고 아이들은 고아원으로 간다는 것쯤 누
구나 알고 있어요. 슬픔이 적개심을 휩싸서 녹여 버려요. 우리
가 기대할 수 있는 건 적개심에 대해서가 아니라 우리의 적들
에게도 불탈 집이 있고 고아원으로 갈 아이들이 있어서 우리
처럼 슬퍼하고 있는지 하는 사실에 대해서뿐예요. 희망을 거
는 건 인간이 독하지 못하다는 사실에 대해서뿐이죠. 그렇지
만 그런 희망이 얼마나 허망한 결과로 나타나는지는 정부에
서 설명 안 해 줘도 누구나 알고 있어요. 그래요, 모두를 지배
하고 있는 것은 슬픔예요. 그 슬픔은 특히 남자들을 사로잡고
있어요. 그 슬픔이 남자들의 윤리를 허물어뜨려요. 윤리란 미
래적인 거죠. 우리에겐 미래가 없는 거예요. 그리고 허물어진
남자들이 여자를 지배하고 있구요. 그래서 모두 슬픈 거예요.
악귀 붙은 년, 악귀붙어 미친년. 네 주둥아리를 빌려서 아는
체 떠들고 있는 도깨비는 어떤 놈이냐? 방송국의 유치한 대
사로만 꽉 들어찬 네 대가리에서 나올 수 있는 말이 아니다.
왜 화제를 나한테로 돌리세요? 옳아, 이제 보니 그동안 쭈욱
날 우습게 보고 있었군요? 가장 위해 주는 체하면서, 사랑하
는 체하면서. 그래 우습게 보고 있었다. 그런 줄 알고, 네 몸이
미친놈 도깨비가 붙은 줄 알아보고 우습게 보고 있었다. 누구
냐? 네 입을 빌려서 떠들고 있는 놈. 그따위 말로 널 유혹했단

말이지? 그따위 말로 내 자리를 빼앗았단 말이지? 여자의 자물쇠는 그따위 말로 열린단 말이지? 열리자마자 문 안으로 정액을 쏟아 넣어 그 말을 네 자궁 속에 단단히 풀칠해 놓았단 말이지? 우린 이제 모두 죽게 될 테니까 하며 슬픈 얼굴을 짓고 사내들이 다가오면 네 문은 스스로 열린단 말이지? 누구냐? 이름을 대란 말야. 네 주둥아리를 통해서 말하고 있는 그놈. 아직도 네 자궁 속에 살아서 까불어 대고 있는 놈. 개 같은 욕망에 시대의 구실을 붙여 널 유혹한 놈. 이름을 대. 모두 이름을 대. 몇 놈이야? 모두 이름을 대. 개새끼야, 미친 건 네놈이야. 이제 싫증 났으면 그냥 싫다고 해. 내가 언제 처녀랬어? 내가 언제 결혼해 달라구 했어? 결혼하자구 찾아다닌 건 네놈이잖아! 그냥 나가 달래도 얼마든지 나갈 수 있어. 그래, 미쳤는지도 모른다. 네 자궁 속에 붙어서 아무한테나 문을 열어 주는 도깨비한테 물려서 나도 미친 모양이다. 어서 이름만 대. 악귀는 제 이름을 부르면 도망치는 거다. 널 쫓아내고 싶어서가 아니다. 네 몸속의 도깨비를 쫓아내고 싶어서다. 왜 감추느냐, 왜 도깨비를 감싸고 내놓지 않느냐. 부끄러워서냐. 작은 부끄러움을 지키려고 큰 사랑을 거절하는 거냐. 널 마음대로 휘두르고 있는 건 네 몸에 붙은 도깨비야. 도깨비가 지배하고 있는 널 내가 어떻게 믿고 사랑할 수 있느냐. 토해 버려라, 도깨비를 토해 버려, 네 자궁 속의 도깨비를 입으로 토해 버려. 널 사랑하고 싶어서 그러는 거야. 개새끼야. 진짜로 미친놈은 네놈이야. 없는 도깨비를 억지로 만들어서 날 쫓아내려구. 좋아, 나갈게. 네놈 아니면 남자 없을 줄 알구. 개 같은 년. 허연 거품을 떠올리는 누렇게 썩은 술.

아내를 처음 알게 된 것은 결혼하기 반 년쯤 전, 4월 어느 일요일 오후, 부산에서 서울로 오는 비행기 안에서였다. 그 전날 오후, 부산에서 고등학교 교편을 잡고 있는 대학 동창의 결혼식이 있었다. 오전에 태종대를 구경하고 그 바닷가 바위 위에서 마신 소주 때문에 아직도 새빨간 얼굴을 해 가지고 비행기에 올라 자리에 앉아 있는데 어쩐지 내 옆 자리에 예쁜 여자가 앉아 줄 것 같은 예감이 들었다. 예감은 기대로 바뀌어 만일 예쁜 여자가 아닌 사람이 앉는다면 나는 몹시 불쾌해질 것 같았다. 그래서 승강구 쪽에서 내 쪽을 향해 다가오는 사업가 차림의 사내들에게 나는 갑자기 날카로운 적의를 느끼며 조마조마한 마음으로 기다리고 있었다. 오르고 있는 여자라고는 대부분 남편 동반의 기름진 중년 여인들이었고 그나마도 몇 명 되지 않았다. 잠시 후에 여자대학 배지를 옷깃에 단 아가씨 두 명이 올랐으나 너무 어려 보였고 예쁘지도 않았다. 다행히 그 두 아가씨는 다른 자리에 나란히 앉았다. 그리고 잠시 후에 기다리던 여자가 나타났다. 몸매가 가늘고 얼굴 생김이 뚜렷한 스무서너 살로 보이는 여자였다. 옷차림이 다소 지나치게 화려해 보였으나 그건 휴일 날 유원지에서라면 얼마든지 볼 수 있는 정도였다. 저 여자라면 하고 기대하고 있는데 다른 사람들 눈에도 예뻐 보이는지 그 여자가 통로를 걸어와 좌석 번호를 확인하고 내 옆에 앉을 때까지 그 여자를 보기 위해 고개를 돌리고 있는 사람들이 여기저기 보였다. 특히 중년 여인들이 그랬다. 다른 사람들도 나처럼 자기 옆 자리에 예뻔 여자가 앉기를 바라고 있었구나 생각하며 일정한 조건 속에선 사람들의 심리가 어슷비슷하다는 바로 그 점이 사람들을 결속시키는 것이라고 잠깐 엉뚱한 생각을 하고 있었다. 그 여자 뒤로도 몇 명의 젊은 여자가 올랐으나 그 여자만큼 예쁜 여자는 없었다. 모두가 나를 부러워하고 있는 것 같아서 나는 무표정하려고 애써도 참을 수 없이 웃는 얼굴이 되었다. 문득 많은 사람들 앞에서 발가벗고 선 것처럼 부끄러워서 웃음을 삼키려고 어금니를 깨물며 창밖 풍경을 구경하는 체했다. 비행기가 이륙하여 저녁 햇살을 받아 명암이 뚜렷한 산들이 아득히 내려다보이자, 나는 그 명암이 뚜렷한 산들과 허공에 떠 있는 몇 십 명의 사람이 그려진 초현실주의 화풍의 그림을 상상으로 보고 있었다. 그리고 비행기의 실종을 상상했다. 어딘가 무인도에 내려 이 비행기를 타고 있는 사람들끼리만 한 사회를 이루고 살아야 한다면, 가만있자 남자가 몇 명이고 여자가 몇 명이지? 고개를 쭉 뽑고 그래도 안 되어 엉덩이까지 들어 올려 기내의 남자와 여자 숫자를 눈으로 세어 보고 있는 나를 내 옆의 여자는 이상하다는 눈으로 보고 있었다. 남자 일곱 명에 여자 하나의 비율이라는 계산이 나왔다. 결국 나는 이 여자를 다른 남자 여섯 명과 함께 가질 수밖에 없다. 아냐, 젊고 가장 예쁜 여자니까 모든 남자가 다 가지고 싶어 할 것이다. 물론 나는, 비행기에서 앉았던 대로, 운명대로 짝을 지읍시다고 주장하겠지만 보아하니 비행기 안에 앉아 있는 대부분 남자들은, 넥타이를 끄르고 양복만 벗어 버리면 씨름꾼이라고 해도 정확할 만큼 정력적으로들 생겼다. 그런 주장을 하다간 우르르 달려들어 우선 나부터 처치해 놓고 볼 인상들이다. 나는 아내와의 운명을 그때 벌써 예감하고 있었던가 보았다. 아니 만일 하나의 이미지가 그 이후의 운명을 유도한다면 그 비행기 속에서의 망령된 공상이 그 이후 아내를 대하는 나의 자세로 굳어졌던 것일 수도 있다.

스튜어디스가 통로를 지나가며 나의 여자에게 "안녕하세요?" 상냥하게 인사를 했을 때에 나는 말 붙일 구실을 잡을 수 있었다. "비행기를 자주 타시는 모양이죠?" 나의 여자는 긍정도 부정도 아닌 미소만 지어 보였다. "전 비행기 타 보는 거, 이번이 두 번째입니다. 작년 여름방학 때 제주도 가면서 한 번 타 보구선……" "학생이시군요?" 학생이라면 동생처럼 여기고 말 상대를 해 주겠다는 듯 얼굴을 풀며 말하는 그 여자의 입에서 담배 냄새가 풍겨 왔다. "학생은 아니지만 대학에 나가고 있습니다." "어머, 그럼…… 교수님이신가요?" "아녜요. 아직 시간 강사예요. 헤헤……." 교수는 그만두고 전임강사도 아닌 자신이, 그리고 백치처럼 말꼬리에 싱거운 웃음을 흘리고 만 자신이 혐오스러웠다. "학생이세요?" 이번엔 내가 물었다. 화장이 짙은 걸로 봐서 학생은 아니다고 확신하면서. 그러나 '졸업했어요.' 정도의 대답은 기대하면서. 그 여자는 눈이 부신 듯 깜박이며 나를 잠깐 응시했다. 이해할 수 없는 사태나 사람과 갑자기 부딪쳤을 때 그 여자의 눈은 그렇게 떨리고 그렇게 맑아지는가 보았다. 어쨌든 속눈썹을 떨며 내 눈을 응시하던 그 여자의 눈길은 내 운명을 결정했다. 그 순간에 나는 그 여자를 사랑해 버린 것이었다. 마음과 마음의 가장 빠른 지름길은 마주치는 눈길이었구나고 생각하며 나의 술 마셔 붉은 얼굴은 더욱 붉어지며 이마로 진땀이 배어 나오기 시작했다. 그 여자의 얼굴에 갑자기 장난꾸러기 같은 미소가 번지면서 "제가 대학생 같아 보이세요?" 물어 왔다. 마치 대학생 같아 보이기를 기대하는 듯. "글쎄요, 4학년쯤…… 아니, 졸업하셨죠?" 가만히 손을 올려 웃는 입을 감추며 그 여자는 재빠른 시선으로 그동안 그 여자를 곁눈질로 훔쳐보고 있던 통로 저쪽의 중년 남자를 보고 나서, 표정을 다시 의젓하게 정리했다. 그다음부터는 마지못해하는 듯 내 질문에 반응했다. "댁이 부산이세요?" "아니, 서울예요." "책 많이 읽으세요?" "…… 네." "주로 어떤 책을…… 소설 같은 거요?" "소설도 보구요……." "또?" "닥치는 대로 보죠 뭐. 그렇지만 워낙 시간이 없어서 많이는 못 봐요." "뭘 하시는데 시간이 없으세요? 공부하시느라고요? 역시 학생이군. 어느 학교 다니세요?" 그 여자는 이번엔 냉담한 얼굴로 잠깐 나를 돌아보았을 뿐이었다. 나는 머쓱해지지 않을 수 없었다. "미안합니다. 실은 미인이셔서 자꾸 말이 하고 싶네요." 그제야 미소를 띠고 얼굴은 앞을 향한 채 상반신만 내 쪽으로 약간 기울여 "저 방송국에 나가고 있어요." 남이 들을까 꺼리는 듯 속삭이는 음성이었다.

그 은근한 속삭임 때문에 나는 그 여자한테서 모든 것을 허락 받은 듯한 기쁨을 느꼈다. 그러나 나는 여전히 그 여자에 대해서는 모른 채였다. 방송국에 나간다는 말을 다만 직장이 방송국이라는 뜻으로만 들었다.

"방송국에서 뭘 하세요? 아, 아나운서군요?"

"……그 비슷한 거예요."

그때 내 옆 자리의 중년 여자가 의자 등받이 너머로 얼굴을 내밀고 나에게 웃음 머금은 사투리로 말했다. "보소, 듣자 듣자 하니 너무한데이. 유명한 텔레비 탤런트 한영숙 씨도 모르나, 이 답답한 양반아." 중년 여자의 말이 끝나기도 전에 주위에 왁 웃음이 터지는 걸로 보아 그동안 내가 나의 여자와 주고받은 말을 그들은 흥미 있게 듣고 있었던 모양이었다. 내가 목덜미까지 새빨개진 것은, 남들이 다 알고 있는 유명한 여자를 몰라봤다는 부끄러움 때문이 아니라 우리의 은밀한 대화를 남들에게 들켰다는 창피함 때문이었다. 텔레비전이라야 휴일 날 방영해 주는 외국영화나 가끔 보는 데 지나지 않아서 나는 그 여자가 텔레비전 드라마에 출연하는 여배우란 건 전연 상상도 안 했었다. "공부만 열심히 하시는 모양이네요. 텔레비 같은 건 안 보시구……." "예, 앞으론 열심히 보겠습니다."

사실 그 후 며칠 동안 나는 그 여자의 얼굴을 보기 위해서 그 여자가 출연하는 드라마 시간이 되면 텔레비전 수상기 앞에 앉곤 하였다. 역할을 위한 분장 탓인지 화면 속의 그 여자는 내가 본 그 여자와는 다른 것 같아서 안타까움을 느꼈다. 국민학교 때 아동극에 출연한 같은 반 계집애가 야단스런 화장을 했을 때 느낀 그 서먹서먹함과 앙증스럽게 귀엽던 기억이 났다. 비행기 안에서 그 여자를 돌아보던 사람들의 표정이 이제 보니 아동극의 소녀를 바라보던 국민학교 때의 나의 표정이었다는 걸 깨달았다. 관심을 갖고 보니 여배우들의 사생활에 대한 소문도 내 귀에 많이 들어왔고, 사람들의 화제를 대부분 차지하고 있는 것이 뜻밖에도 바로 여배우들의 사생활에 관한 것이라는 것을 알았고, 그리고 그것은 스캔들을 취급하는 신문이니 잡지들이 사회적 존경을 유지시킬 필요가 있는 직업이나 계층의 사람들의 스캔들을 취급할 힘을 바로 그 사람들에 의해서 빼앗기고 있고 또 그 사람들이 오직 단하나의 문, 여배우나 가수 등 대중의 휴식에 봉사하는 계층의 스캔들을 취급할 수 있는 문만 그 여론 도구에게 열어 주고 있기 때문이라는 것을 알게 되었고, 그리고 사람들이 여배우의 스캔들에 관심을 갖는 것은 그 여배우 자신에 대한 호기심 때문이 아니라 그 여배우를 통해서나 엿볼 수 있을 것 같은 자기 시대의 감춰져 있는 부분에 대해서라는 것도 알게 되었다. 그러나 아무것도, 화면 속의 그 여자도 여배우들에 대한 해괴한 소문도 내 속에 들어와 박혀 있는 그 여자의 눈을 빼내지는 못했다. 숨결이 내 뺨에 와 닿을 만큼 가까운 거리에서 어리둥절해서 깜박이며 내 눈을 빤히 들여다보던 그 눈. 그 눈이 어딜 가나 나를 따라다녔다. 어느 날 나는 문득 내가 그 여자에게 결혼 신청을 해 볼 수도 있다는 아주 간단한 사실을 깨달았다. 그러자 그 여자가 승낙하리라는 확신이 들었다. 왜냐하면 그것은 운명이니까. 지금 그 여자에게 결혼하기로 약속한 남자가 있다고 하더라도 그 여자가 그 약속을 취소하고 나와 결혼할 것이 틀림없다. 왜냐하면 운명이니까. 그런 생각이 든 다음 날 나는 방송국 근처의 다방에서 그 여자에게 전화를 했다. "녹화 중이어서요."라고 말하는 그 여자의 얼굴은 분장 때문에 진짜 아동극의 소녀 같아서 나는 웃음이 나왔다. 그 자리에서 나는 우리 집에서 한번 저녁 대접을 하고 싶다고 말하고 사흘 후에 오겠다는 약속을 받았다. 우리 집이란 어머니와 나와 가정부가 쓰고 있는 살림집을 말함이었다. 음식은 어머니가 경영하는 식당에서 준비를 해 가지고 종업원이 차로 날라 왔다. 형님 집에서 형수와 조카들이 여배우 구경을 하러 왔다. 저녁 식사 후 내 서재에서 나는 내가 느끼고 있는 그 여자와 나와의 운명에 대해서 얘기했다. 결혼은 아직 생각해 본 적이 없다는 대답이었다. 지금 자기 머릿속을 차지하고 있는 것은 여배우로서의 성공뿐이라는 것이었다. 누군가 그 여자로 하여금 한 남자만의 소유가 되는 것을 가로막고 있다는 것을 그 여자의 말 속에서 나는 느낄 수 있었다. 그 누군가는 자기의 꿈이라고 그 여자는 말했지만 수녀가 되는 여자들에게도 천주(天主)에 봉사하기를 부추기는 사람이 있는 것이다. 마침내 그 여자는 그것이 자기 집의 가난이라고 실토했다. 아버지, 어머니, 네 명의 동생들이 그 여자 수입에 의존하고 있는 것이었다. 결혼은 해 줄 수 없지만 좋은 친구는 돼 주겠다고 그 여자는 말했다. 내가 그 여자에게 결혼 신청을 했다는 사실을 나중에 알고 어머니와 형님은 어처구니없다는 표정이었다. 형수만이 그럴 수도 있는 거죠 뭐 하고 말했다. 결국 나는 그 여자의 친구로 지낼 수밖에 없다고 각오하게 되었고 그러나 남자와 여자 사이의 친구란 아무것도 아니란 걸 깨닫고, 이젠 방송국 근처 다방에도 그만 나가야겠다고 생각할 무렵 갑자기 그 여자가 결혼을 승낙했다. "욕심쟁이!" 나에 대한 그 여자의 그 말이 나와 결혼할 것을 결심한 이유라는 것이었다. 나는 무슨 뜻인 줄 몰랐다. 나는 나의 그 여자에 대한 전 인격적 사랑을, 완전한 소유욕을 그 여자가 그렇게 표현한 것이라고만 생각하고 자랑스럽게 웃었다. 다른 남자들이 그 여자의 음부만으로 만족하고 그 여자의 나머지는 그 여자 자신의 소유로 인정해 버리는 데 비교된 표현이라고는 생각하지 못했다. 그 여자가 말하는 '친구'라는 것이, 가방을 든 채 어슬렁어슬렁 방송국 근처 다방으로 가서 차를 시켜 놓고 그 여자를 기다리는 동안 남의 웃음거리나 되는 것이 아니라는 걸 몰랐다. 결혼식 때까지도 나는 그 여자에게 처녀막이 있는지 없는지에 대해서는 한 번도 생각해 보지 않았다. 결혼을 안 한 여자니까 처녀일 것은 당연했다. 갑자기 닥친 결혼식을 앞두고 허둥지둥 병원으로 달려가 정충 검사를 해 본 것은 나였다. 군대 시절, 부대 근처 마을의 한 술집 아가씨와 다섯 번 성교를 했는데 그때 성병에 걸렸던 것이었다. 부대의 의무실에 입원까지 해 가며 치료를 받아 완치된 줄은 알고 있지만 막상 결혼을 앞두고 보니 그 악독한 병균이 혹시 미세한 하나라도 내 몸속에 남아 있을까 봐 불안해서 견딜 수 없었다. 아내 이전에 여자 경험이라고는 병을 옮겨 준 그 아가씨가 유일한 것이었지만 그마저도 나는 아내 될 여자에게 죄스러웠다. 결혼식만 치르고 나면 기회를 보아 그 일을 고백하고 용서를 구하리라고 작정하고 있었다. 서귀포의 호텔에서의 첫날밤 신부가 처녀가 아니기 때문에 당황한 것은 아내가 아니라 나였다. 처녀가 아닌 점에 대해서는 아내는 한마디 설명도 없었다. 거짓으로라도 아픈 체해 줬더라면 좋았을 것이다. 아니 아픈 체해 보려고 시도는 하는 것 같았다. 그러나 스스로 멋쩍었던지 금방 그런 거짓 표정을 지워 버렸다. 아내와의 최초의 행위가 끝났을 때 나는 내가 신부의 비처녀(非處女)를 전연 알아채지 못한 듯 구느라고 소란을 피웠다. "아팠지? 처음엔 되게 아프다던데?" 이마, 뺨, 닥치는 대로 키스를 해 대고 손으로 아내의 배를 쓸어 주고 하며 고통을 위로해 주는 듯 호들갑을 떨었다. 실제로 나는 그토록 소원했던 여자와 알몸으로 껴안고 있게 된 기쁨에만 휩싸여 있었다. 처녀가 아니기 때문에 당황했을 뿐이지 아직 실망하거나 화가 나지는 않았다. 호들갑을 떨고 있는 나를 그 여자가 내가 잊을 수 없는 그 눈으로 꽤 오랫동안 보고 있었다. 어리둥절하여 깜박이며 내 눈을 빤히 들여다보는 그 눈. 나중에야 나는 그 여자에게 고백시켜 그 여자를 정화시킬 수 있었던 기회는 바로 그때였다고 깨닫게 되었지만 어떻든 그 눈 표정이 바뀌었을 때 그 여자의 자궁 속에서 나갈까 말까 망설이던 도깨비는 도로 자궁 속 깊이 들어가 버린 것이었다. 그 눈 앞에서 고백을 시작한 건 오히려 나였다. 부대 근처 마을의 술집, 염소처럼 눈동자가 노랗던 아가씨, 성병, 결혼식을 앞두고 대학 병원에서 완전무결하다는 진단을 받았다는 얘기까지 했다. 성병이라는 얘기를 할 때 그 여자는 치가 떨리는 듯 몸을 웅크리며 돌아누우려 했다. 황급히 어깨를 끌어안아 내 쪽으로 돌려놓고 아내를 안심시키기 위해서 부대 의무실에서의 치료 과정을 기억나는 한 상세하게 설명했다.

"용서해 줘. 용서해 줄 수 없어?" 용서한다는 듯 아내는 내

목을 끌어안았다. 그리고 욕실에 가서 아랫도리를 다시 씻고 오라고 했다. 욕실에서 돌아오자 나를 침대 위에 반듯이 눕게 하고 아내는 엎드려서 나의 벌레처럼 줄어든 남성을 입에 넣고 애무하기 시작했다. 내 남성은 그 어느 때보다도 크게 발기되고 있었지만 그러나 내 몸을 적시기 시작하는 것은 관능의 쾌감이 아니라 슬픔이었다. 아내는 아직 용서 받은 것이 아니었다. 그런데도 그 여자는 모두 용서 받은 듯이 굴고 있는 것이었다. 성기에 입을 대는 것이 성병에 걸렸던 나를 용서한다는 의식이라고 그 여자는 생각했는지 모르지만 나는 외국에 다녀온 친구가 언젠가 슬그머니 보여 주던 포르노 사진의 그 비속의 극치를 기억하고 그런 대담한 행위를 첫날밤에 보여 줌으로써 아내가 자신의 추잡한 과거를 인정하도록 나에게 강요하고 있는 것이라고 생각했다. 나는 인정할 수가 없었다. 아내가 잠든 후 나는 이불을 걷고 아내의 음부를 들여다보았다. 난생 처음 보는 음부의 추악한 모습에 나는 구토증을 느꼈다. 그것은 악마에게 강요당하여 아내가 할 수 없이 몸에 차고 다니는 주머니인 것만 같았다. 4박 5일의 신혼여행을 끝내고 서울로 돌아왔을 때 나는 성기에서 이따금 찌르는 듯 스치고 가는 통증을 느꼈다. 병원에 가보니 잡균의 침입으로 생긴 요도염이었다. 이것만은 모른 체해도 좋은 일이 아니었다. 아내는 자신은 아무렇지 않다고 했다. 냉증은 어느 여자에게나 있는 것이라고 했다. 나의 성병이 재발했을 것이라고 우기며 새삼스럽게 구토증을 느끼는 듯 목덜미에 손을 대고 침을 뱉어 내었다. 어쨌든 아내와 나는 사이좋은 유치원 아이들처럼 나란히 병원엘 다녔다. 그렇다. 부부란 함께 병을 고치기 위해 만난 남자와 여자다. 나는 그렇게 생각했다. 그러나 변기에 앉아 핏덩어리를 쏟고 있는 아내를 병원으로 데려가, 태아의 자연유산임과 의사의 입에서 아내의 인공유산의 경험이 많음을 알고 났을 때 이제부터 아내는 나에게 도깨비들이 실컷 뜯어먹다 싫증이 나서 던져 준 썩은 고깃덩이에 지나지 않았다. 그렇다고는 하지만 늦지는 않았었다. 그 여자가 입으로 그 도깨비들을 토해 줬더라면. 그러나 아내는 드라큘라에게 목덜미를 물린 여자였다. 지방에서 양조업을 하고 있는 고등학교 동창생이 오랜만에 서울에 온 김에 친했던 몇 명의 친구를 불러 근사하게 한잔 사겠다고 간 후암동의 어느 은밀한 방에서, 캘린더 촬영 때문에 늦겠다고 전화했던 아내가 다른 호스티스들과 함께 들어왔을 때 나는 이제껏 그 여자가 빠져나오지 못하고 있는 세계의 두꺼움을 감히 짐작조차 할 수 없었다.

거품처럼 끓어오르는 증오. 너 이런 데 왜 나왔어? 돈 때문이죠. 돈은 누가 주지? 돈 가진 남자가 주지 누가 줘요. 남자는 왜 너한테 돈을 주지? 즐겁게 해 줬으니까 주지 왜 줘요. 즐겁다의 반대말은 슬프다. 역시 그런가? 갖가지 친구들의 갖가지 충고. 그러니까 일찍일찍 하나라도 많이 주워 먹는 거야. 여편네는 어차피 처녀가 아닐 테니까. 나라고 가만히 있을 수 있니? 자기가 터뜨린 처녀가 하나만 있어도 좋아. 여편네 생각하고 화가 날 때 나도 처녀 하나 먹었으니까 하면 되니까. 많이 먹을수록 좋아. 그 기억만으로 충분히 위로 받을 수 있어. 여편네의 용도는 어차피 다른 거니까. 인간은 도대체 행복을 바라고 있기나 한가? 개새끼들. 너희들이다, 아내의 자궁 속에 달라붙어 있는 슬픈 얼굴의 도깨비는. 다시 만나 살라구. 이혼한 여자는 불쌍한 거야. 여자란 처녀인 체 속일 수 있는 동안 꼿꼿할 수 있는 거야. 속일 수도 없게 됐다는 점 때문에 이혼한 여자는 절망하는 거지. 여자가 한번 절망하면 얼마나 자기를 더럽게 내돌리는지 넌 모르지? 불쌍하지도 않니? 개새끼들. 불쌍하다는 말 속에서 축축한 욕망이 엿보인다. 그래, 이혼한 여자란 처녀가 아니다. 처녀가 아니니까 외설스럽다. 길에서 내 아내였던 여자를 만나게 되면 너희들은 그 여자의 아랫배부터 볼 게 틀림없다. 난 처음부터 그럴 줄 알았어. 네가 여배우하고 결혼했다는 소문을 들었을 때부터 앞날이 훤히 보이더군. 우선 여배우란 직업은 일종의 사업이야. 가정이란 것도 하나의 사업이구. 한꺼번에 두 가지 사업을 둘 다 잘 경영한다는 건 힘든 거야. 결혼할 때 그 직업은 그만두게 해야 했어. 네 와이프는 화가지? 달라, 여배우란 특수한 직업이야. 그 육체 자체가 대중의 소유야. 여배우 자신이 그걸 잘 알고 있어. 대중의 소유물을 너 혼자 독점하려면 대중들이 그 여자에게 줄 수 있는 것 이상을 네가 줄 수 있어야 해. 대중들이 부러워할 명예라든가 어마어마한 돈이라든가 그 여자가 무슨 짓을 하든지 얼마든지 용서할 수 있는 사랑이라든가. 비싼 창녀란 말이군. 남편은 기생의 기둥서방이 되란 거구. 여자 중의 여자란 말이지. 모든 여자란 규모가 크고 작을 뿐 다 그런 거야. 만족의 한계가 좁달 뿐 아무리 평범한 여자도 다른 남자가 주는 것 이상을 줄 때 독점할 수 있는 거야. 남녀 관계란 근본적으로 경제적 관계야. 남자끼리의 관계만 사상적 관계지. 부자와 가난뱅이도 같은 취미로써 친구로 지내거든. 말 잘했다. 내가 증오하는 것은 너희 남자들 그 경제구조를 엉망으로 만드는 사상구조. 아이를 빨리 만들지 그랬니? 아이란 우리들의 신이야. 인간적인 사랑이란 삼각형의 관계 형식 속에서만 가능하다구 생각해. 한 꼭지점에는 남자, 또 한 꼭지점엔 여자 그리고 또 한 꼭지점엔 신이 있어야 하는 거야. 남자와 여자가 함께 바라보는 신이 있을 때 추잡한 거래 관계를 벗어날 수 있는 거야. 신이 없는 두 꼭지점만의 남자와 여자의 사랑이란 이기적으로 무한히 탐욕적인 동물적인 사랑에 지나지 않아. 어느 한 편이 상대를 잡아먹고서야 끝나는 투쟁에 지나지 않아. 끝나고 괴로운 투쟁이지. 왜냐하면 상대를 잡아먹어 버렸으니 남은 건 고독한 자기란 말야. 신이 있으면 달라. 신에게는 남자도 여자도 다 있어 줘야 한다는 걸 알고 남자와 여자는 진실로 평등하게 상대를 존중하게 되지. 서양 사람들에게는 그 신이 있지만 신이 없는 우리들에겐 자식이 그 신 노릇을 하는 거야. 물론 그 신이 불변하고 영원한 하나의 신이 아니라 변하고 일시적이고 수많은 신이기 때문에 우리가 만드는 삼각형은 불완전한 삼각형이고 너무나 많아서 충동하기 쉬운 다신교라고 해야 하겠지만 어쨌든 남자와 여자 사이에 추잡한 동물적 사랑이 아닌 숭고한 인간적 사랑을 최소한이나마 가능하게 해 주는 거야. 신이 인간을 구제한다면 아이들이 우리를 구제해 주고 있는 거야. 아이를 빨리 낳았더라면 네 부부가 파경을 당하진 않았을 거야. 네 부인도 달라졌을 거구. 그랬을지도 모르지. 그러나 도깨비가 붙어 있는 썩은 자궁. 유산 경험이 많으시군요. 습관성 유산입니다. 전쟁이 나면 고아원에나 가게 될 아이, 안 낳으면 어때요? 나의 자리를 오염시킨 놈들은 누구냐. 철저히 불완전하고 위선적인 삼각형. 바로 너의 논리에 의하여 부정당해야 할 너의 주장. 아이는 신이 될 수 없다. 아이는 언제까지나 아이로 있는 게 아니다. 아이를 갖지 않은 어른들, 아이를 잃어버린 어른들이 된다. 내 것이어야 할 아내의 처녀를 도둑질한 놈은 이십 대 미혼 청년이었고 아내를 돈으로 유혹한 놈들은 장성해 버려 이젠 자식이라고 하기 어려운 자식을 가진 오십 대 사내들이었다. 부모에겐 신이 되고 스스로는 악마인 두 가지 얼굴의 신은 신이 아니다. 탐욕적인 청춘, 이기적인 중년, 발기되는 노년들이 물처럼 공기처럼 빈자리를 메우려 드는 세계. 우리의 삼각형은 그들 틈에 우글쭈글 뒤틀려 잠시 끼어 있을 뿐. 상투적인 저녁이었다. 이름조차 잊어 가고 있던 동창생으로부터 갑작스런 전화. 소문 들었다. 술 살게 나와라. 여자 얘기 또는 돈벌이 얘기. 인마, 마셔, 마시고 잊어버려. 버스하구 여자는 5분만 기다리면 오는 거야. 야, 오늘 저녁 너 이 손님 잘 모셔. 내가 왜 돈 벌려고 악착 떠는 줄 아니? 이런 친구 위로해 주려구 그러는 거야. 너 팁, 평생 잊지 못하도록 줄 테니까 잘 모셔야 해. 이친구, 너무 순진해서 여편네한테 구박 받은 몸이니까 네가 인생 공부 좀 잘 시켜 드려. 어머, 탤런드 한영숙이 남편이에요? 야, 너 여편네 덕 단단히 보는구나. 나중엔 이혼할망정 나두 탤런트하고 결혼할걸. 맙소사.

이혼 이후, 이혼의 충격으로 멍해 있을 때 생활은 엉뚱한 방향에서 이상한 틀을 가지고 나를 덮쳐 나를 그 틀 속으로 밀어 넣었다. 곡마단의 객석에서 무대 위로, 술의 늪으로, 음모(陰毛)의 숲으로, 나는 그것들의 부력(浮力)에 나의 존재를 떠받치도록 맡기고 있었고 그래서 나라고 내가 생각하고 있던 이전의 나로부터 점점 멀어져 갔다. 물론 이건 내가 아니라고 생각했지만 그전에도 항상 이건 내가 아니라고 생각하며 살았었다. 이건 내가 아니고 이전의 내가 나라고 한다면 이전의 나는 그 이전의 나를, 그 이전의 나는 그 그 이전의 나를⋯⋯. 그리하여 나는 무(無)이어야 할 것이다. 그러므로 이건 내가 아니라고 하는 바로 내가 나임을 나는 안다. 어느 때가 돼야만 이건 나라고 할 수 있을 것인가! 그건 꿈속의 꿈임을 나는 안다. 나는 이전의 나로부터 멀어져 감으로써 아내 쪽으로 가까워지리라 기대하고 있었다. 그러나 아무리 떠내려가도 가까워지는 것은 아무것도 없었다. 아내나 친구나 그리고 내가 알고 있던 모든 사람들과 이전의 나는 그때의 그 관계대로 어느 시점에서 영화의 정지된 화면처럼 멈춰서 지나가 버린 시간의 땅 위에 남겨진 채로 나 자신에게조차 전연 낯선 나만이 낯선 여자들과 함께 가까워질 아무것도 발견하지 못한 채 캄캄한 바다로 떠내려가고 있었다. 그 어두운 바다는 전연 다른 법칙으로서 역시 상투적이었다. 타인끼리만 지키는 캄캄한 법칙의 바다였다. 그런 바다에서 어떤 변화를 기대하거나 시도하는 것은 위험했다. 육지에서 변화를 기대하는 자는 잠시 얕은 바다에 뛰어들면 되지만, 되돌아가고 싶은 육지도 없이 바다의 부력에만 존재를 맡기고 떠내려가는 자가 변화를 시도하려면 물속 깊이 빠져 버리는 수밖에 없다. 바다 밑에서 딴 세계가 기다리고 있을지도 모른다. 그러나 거의 그것은 죽음일 것이다. 캄캄한 부력은 그런 위험한 시도로부터도 나를 떠받치고 있었다.

그리하여 나는 지난 3개월 동안 60명 이상의 여자와 관계했다. 세면(洗面)이 일과의 하나이듯 성교 역시 일과의 하나였다. 매번 다른 여자라는 사실은 매일 낯선 지방으로 여행하는 것과 흡사했다. 빨리 통과해 버리고 싶은 여자가 있었고 며칠이고 머물고 싶은 여자가 있었다. 그렇다. 그것은 여행이었다. 가는 곳마다 고향과 비교해 보듯 여자마다 아내와 비교해 보곤 했다. 그러나 모두가 고향과 닮았으나 아무 데도 고향은 아니듯 모두가 아내를 닮았으나 아내는 아니었다. 실제로 며칠이고 머물고 싶어 붙잡은 여자도 마침내는 비용만 축낼 뿐 어느 순간에선가 역시 타향이라는 깨달음만 안겨 주는 것이었다. 나의 타향을 자기의 고향으로 가진 사람들이 있듯 나에겐 타인인 그 여자들을 고향으로 갖고 있는 남자들이 있다는 사실도 알 수 있었다. 몇 개의 마을을 지나치는 동안 배치가 다르고 가꿈이 다르고 규모가 다를 뿐 결국 모든 곳이 집과 길과 숲과 냇물 등으로 이루어져 있음을 알게 되듯 그 마을의 생활 속으로 들어갈 수 없고 또 뻔해서 들어가기도 싫은 여행자에게는 여행의 시작에 느꼈던 기대와 흥분도 이내 잃어버리고 지저분하나마 익숙한 고향 거리에 대한 향수만 짙어 갈 뿐이었다. 마침내 향수의 고통으로써 허전한 여행자는 아무리 잘

꾸민 도시에서도 지저분한 고향의 모습과 닮은 구석을 발견했을 때만 우두커니 발길을 멈춘다. 마을마다 역사가 다르듯 살아온 얘기가 다르고 마을마다 주민이 다르듯 사소하나 친밀한 생활을 함께하는 사람들을 따로 갖고 있는 그 모든 여자들과 나의 아내가 공통되는 것은 오직 음부뿐이었다. 첫날밤 아내가 잠든 후에 살그머니 들여다보고 그 부분만은 악마의 솜씨로 만들어졌다고 생각하며 구토증을 느꼈던 그 음부만이 이제는 가장 사랑스럽고 가장 소중한 고향의 모습이었다. 눈만 뜨면 내 사고의 초점은, 강력한 모터로 움직이는 기계처럼 아무리 멎게 하려 해도 억센 힘으로 내 의지를 밀쳐 내 버리며 자동적으로 한 점으로만 집중하며 나를 목마르게 하는 나날이 시작되었다. 여자의 음부로만, 오직 여자의 음부로만. 눈만 뜨면 내 앞에 마주 서는 이미지는 여자의 육체에서 떨어져 나와 혼자서 꿈틀거리고 느끼고 생각하고 울고 잠드는, 알맞은 볼륨을 가진 생명체, 음부였다. 그 이미지와 함께 있는 동안만 나는 살아 있었다. 그밖의 모든 일과 시간, 책을 보는 것도 친구와 만나는 것도 물건을 사는 것도 나에게는 무의미한 것이었다. 그 이미지의 실체를 만나려 하는 여자를 불렀다. 그러나 그때마다 만나는 것은 자기의 소중한 음부를 더러운 노예처럼 학대하며 사타구니에 차고 다니는 잔인할 만큼 이기적인 타인들뿐이었다. 음부를 제거하고 나면 여자란 정말 경멸할 만큼 하잘것없는 것이다. 아아! 저 훌륭한 생명체가 왜 여자들의 노예로서 끌려 다녀야 하는 것인가! 여자가 떠나간 다음에야 그 생명체는 서서히 여자로부터 분리되어 확대되면서,

내 앞에 마주 서는 것이었고 다시 나를 안타깝도록 목마르게 하는 것이었고 그래서 나로 하여금 또 여자를 부르게 하는 것이었다. 하루에 여섯 명의 여자를 차례차례 데려오게 한 날도 있었다. 이제 나는 알고 있었다. 아내가 나의 아내인 동안에 다른 사내들이 내 아내한테서 얻을 수 있었던 것은 음부를 더러운 노예처럼 학대하는 노예 상인의 잔인한 얼굴뿐이었다는 것을. 또한 나는 이제 알고 있었다. 음부란 물론 그 자체로서 소중한 것이긴 하지만 아내와는 아무런 관련이 있을 수 없는 독립된 생명체라는 것을. 음부는 아내가 아니었다. 다만 아내가 내 곁에 있을 때 항상 데리고 있으면 충분한 그 무엇이었다. 그런데 아내는 항상 내 곁에 있었던가? 그렇다. 아내는 나를 속이면서까지 항상 내 곁에 있으려고 했었다. 이제 나는 물체의 세계를 들여다본다. 중요한 것은 '있다'는 것이다. 의혹과 질투의 고통은 '있지 않다'는 것에 비하면 하잘것없는 것이다. 그러므로 그 여자가 나의 아내로 있는 동안 '친정집을 도와주기 위하여' 나 모르게 저질렀던 매음 행위는 무시해도 좋으리라. 그것이 법률이나 사회윤리에 저촉되는 짓이라고 비난하지는 말자. 법률이나 사회윤리 같은 건 개나 처먹어라. 그것은 만화 속의 경찰처럼 도둑이 아니라 쫓고 있는 피해자를 소란 피운다고 쫓고 있을 뿐이다. 그렇다고는 하지만 지금도 여전히 그 여자가 내 곁에 있지 않았었다는 믿음이 씻어지지 않는 것은 무엇 때문인가? 왜 나는 첫날밤부터 그 여자가 내 곁에 있지 않다고 믿어 버렸던가? 내가 그 여자에게 바랐던 것은 무엇이었는가? 그것은 아무래도 가장 단순하고 가장 불가능한 것, 내가 그 여자의 최초의 남자가 아니라는 것뿐이다. 그 여자의 나와 알기 이전의 과거까지 소유하고 싶은, 불가능한 욕망 때문에, 음부와 그 여자를 분리시켜 봐도 여전히 그 여자는 부재(不在)인 것이다. 그러나 과거를 소유한다는 것이 과연 불가능한 것일까. 결혼하는 남자와 여자가 서로 가져가는 것은 결코 가구나 패물만이 아니다. 자기들의 모든 과거를 짊어지고 만나는 것이다. 친정 식구들마저도 그 여자의 과거로서 남편에게 가져가는 것이다. 이미 돌아가신 할아버지 할머니마저도 얘기라는 수단으로써 짊어지고 가는 것이다. 마땅히 아내는 과거의 연장인 처녀막을 가지고 오든지 아니면 죽은 할아버지처럼 과거의 남자를 구화(口話)를 통해서 데려다 놔야 할 것이다. 그런데 하고 나는 고개를 갸웃거린다. 밤의 파도 위에서 만난 수많은 여자들에게 나는 그 여자들이 최초의 처녀를 상실했을 때의 사정을, 상대 남자를, 때와 장소를, 그 일이 그 여자에 끼친 영향 등을 묻곤 했다. 그리고 망설이면서 또는 거리낌 없이 그 여자들이 묻는 대로 자세히 얘기를 할 때 나는 과연 그 여자들이 과거를 짊어지고 나한테 왔다는 느낌이 들었던가? 오히려 반대로, 얘기를 하고 있는 동안 그 여자들이 당당한 걸음걸이로 과거를 향해 떠나 버리는 것을 보지 않았던가! 그 여자의 과거는 내 손에 잡았지만 그 여자 자신은 내 손에서 빠져나가 버리곤 하지 않았던가. '있다'는 것이 중요한 물체의 세계와 과거마저 소유하고 싶은 욕망은 동시에 성취될 수 있는 것인가? 아무래도 그것은 내 소유욕을 유발시키는 과거가 아내에게 없었어야 했고, 그것은 불가능한 것이었다.

차가 도착한 것은 오후 3시쯤이었다. 차임벨 소리에 현관문을 열어보니 이 기사가,

"백마가 아주 늘씬합니다. 고분고분 말귀도 잘 알아듣구요."

나는 흰색으로 주문해 놓고 있었던 것이다. 이빨을 닦던 중이라 칫솔을 입에 문 채 베란다로 나가서 차를 굽어봤다. 하얀 차체가 눈에 들어오는 순간 나는 현기증을 느끼며 비틀거렸다. 고등학생일 때 공중목욕탕에서 칸막이 사이로 우연히 눈에 뜨인 여자의 알몸을 보았을 때도 머릿속의 모든 것이 기화(氣化)하여 순식간에 새어 나가 버리는 듯한 현기증을 느꼈었다.

"자, 어서 한번 밟아 보세요."

이 기사의 재촉에도 불구하고 나는 우두커니 차를 내려다보고 있었다. 아니 차를 보고 있는 게 아니라 내 앞에서 자꾸만 확대되고 있는 공간과 시간을 넋 놓고 바라보고 있었다. 그것은 허공처럼 무색(無色)으로 확장되며 나에게 묻고 있었다. 넌 도대체 이 차를 가지고 어쩌겠다는 거냐? 무얼로써 이 공간과 시간을 채우겠다는 거냐?

어쩌겠다는 계획이라고는 하나밖에 없었다. 차를 가지게 된 날 준비해 뒀던 예금통장을 아내였던 여자에게 갖다 주겠다는 것이었다. 우리의 재산을 공평하게 분배함으로써 비로소 나는 아내였던 여자에게 마음의 빚을 갖지 않을 수 있다고 생각했다. 나는 차를 샀는데 너도 사고 싶은 거 사렴. 아파트를 위자료로서 자기한테 줬으면 하던 아내의 눈치가 항상

마음에 걸려 있었던 것이다. 아니다, 나는 제의하고 싶었던 것이다. 우리 시험 삼아서 이제부터 새로 시작해 보지 않겠어? 되면 되고 안 되면 제자리지. 자, 나도 이만하면 준비가 된 것 같은데.

이 기사를 옆에 태우고 신호가 열리는 길이면 아무 데로나 닥치는 대로 차를 몰며 시운전을 했다.

"불안할 때는 곧 길 옆으로 비켜서 차를 세우세요. 억지로 참으면 사고가 나요."

말하는 이 기사를 형님 집 근처에 내려 주고 나는 방송국으로 향했다.

내가 맨 처음 찾아갔을 때처럼 아내였던 여자는 분장한 모습으로 다방에 나왔다. 싸우고 헤어진 남편 대접을 해 주기 위해 침통한 표정을 짓느라고 안간힘을 쓰고 있는 게 분명했다.

"나 차 샀어."

말하자마자 그 여자는 언제 침통했더냐는 듯이 표정을 활짝 걷어 버리고 깜짝 반가운 음성으로,

"정말? 어디?"

보고 싶다는 듯 고개를 다방 입구 쪽으로 돌렸다. 아내만 아니라면 얼마나 사랑스러운 여자일까 하고 나는 생각했다.

"태워 줄게, 시간 있으면……."

"지금은 안 되구, 구경이나 해요."

우리는 주차장으로 향했다. 가는 동안 나는 팔짱을 껴 주지 않는 여자를 바싹 곁에서 느껴야 하는 고통에 시달렸다. 이따금 그 여자의 팔과 부딪치곤 하는 내 왼팔이 어깨에서 손

끝까지 마비된 듯 무거웠다. 안방에서 식탁 앞까지 가는 동안에도 팔짱을 끼곤 하던 여자였다. 애정의 몸짓이라기보다 그 여자의 버릇이었다. 여자 친구와 걸을 때도 으레 팔짱을 끼곤 했다. 역시 의식하고 있구나. 그렇게 생각하니, 내가 운전하는 차로 그 여자를 방송국에 데려다 주고 데려오겠다고 얘기하던 시절이 안타깝도록 그리워지고 그 여자에게 차 구경을 시킨다는 것이 잔인한 일 같았다.

"어머, 레코드네!"

내 차 앞에서 탄성을 내지르는 그 여자를 보고서야 나는 내가 가장 비싼 차를 구입한 이유를 처음으로 알았다.

"왜 흰색으로 했어요? 안방마님이 타는 차 같잖아요."

"나도 모르겠어. 괜히 하얀색이 좋아 보여서…… 잠깐 차에 타지."

"안 돼요. 7시까진 계속 녹화예요. 차 태워 주고 싶으면 7시 반쯤 오세요."

"아니, 차 타구 어디 가자는 게 아니구 잠깐 할 얘기가 있어."

"그럼 다시 다방으로 가요. 이혼한 줄 다 아는데 차 속에 다정하게 앉아 있으면 남들이 웃어요."

"그럼 여기서 말하지."

나는 예금통장과 그 여자의 이름을 새긴 도장을 건네줬다.

"이게 뭐예요?"

"아파트를 팔았어. 우리 둘이 나눠 갖는 거야. 난 이 차를 샀어. 내가 좀 많이 가졌지만 받아 줘."

통장을 받아 들고 있는 그 여자의 손이 가늘게 떨고 있었다. 진실로 침통한 표정이 그 여자의 분장을 헤집고 새어 나왔다. 고통을 참고 있는 관자놀이를 보자 나는 울부짖으며 그 뺨을 후려치고 싶은 충동을 느꼈다.

잠시 후에 그 여자는 사색이 끝났다는 듯 미소를 띠고.

"위자료군요?"

이제야 이혼을 실감하겠다는 듯 말했다.

아냐, 위자료가 아냐. 너한테 위자료 같은 걸 받을 권리는 없어. 이건 유혹하기 위한 선물이야. 이제부터 다시 시작해 보자고 유혹하는 뇌물이야. 나는 그렇게 말하고 싶었으나 그 말들은 지렁이 떼처럼 덩어리로 엉켜서 가슴속을 굴러다닐 뿐이었다.

"지나 놓고 보니 위자료 같은 거 안 받아서 얼마나 다행이었는지 모른다고 생각했는데…… 결국 나는 나쁜 여자가 되는군요…… 잘 쓰겠어요."

"저어…… 나…… 영숙이 아파트로 가끔 놀러 가도 되겠어?"

어리둥절한 표정으로 그 여자의 눈이 깜박거리며 내 눈을 빤히 응시했다. 비행기 안에서처럼, 비처녀(非處女)를 감춰 주느라고 호들갑을 떨고 있는 나를 바라보던 첫날밤처럼. 그렇다, 이 여자가 저런 눈이 될 때마다 우리의 관계는 새로운 국면을 맞이하곤 했던 것이다. 자, 무슨 일이 생길 것인가?

갑자기 그 여자의 한쪽 콧구멍에서 검붉은 피가 한 줄기 흘러내렸다. 호주머니를 뒤졌으나 내 호주머니 속에 손수건 따위가 있을 리 없다.

"고개를 젖혀."

손을 가져가려 하자 그 여자의 음성이 쇳소리를 냈다.

"손대지 말아요."

방송극의 대사처럼 그것은 평범한 일상의 음색이 아니었다.

"잠깐 고개를 젖히고 있어."

나는 약솜을 사기 위해 주차장 건너편에 있는 약방으로 달려갔다. 그 여자를 위해서 어디론가 마냥 달리고 있다면 좋겠다고 생각했다. 달리고 있는 몸에 썩은 감정들이 달라붙을 자리는 없을 것이다. 그러나 약솜을 사 가지고 왔을 때 그 여자는 없었다. 찢어진 통장의 종잇조각들만 마음의 쓰라린 파편으로서 땅바닥에 널려져 있었다. 나 역시 그 여자와의 완전무결한 메별(袂別)을 처음으로 실감했다. 증오의 고통도 함께 찢겨져 버린 것이다.

(1977)

작품 해설

서울의 우울
—김승옥론

김미현(문학평론가, 이화여대 교수)

1 60년대식 '나'

1960년대에도 사람은 살고 있었고, 도시는 건재했다. 그래서 도시에 사는 사람들의 생활과 내면을 문제 삼는 소설 또한 여전히 존재했다. 흔히 6·25 전쟁으로 인한 상흔, 4·19와 5·16이라는 극단적 혁명의 경험, 경제개발 5개년 계획의 시작, 본격적인 한글세대의 출현 등을 1960년대 소설의 특징으로 거론하는 이유도 이와 상관있을 것이다. 물론 여기에는 '1930년대' '경성'을 중심으로 한 식민지 근대와는 다른 의미에서 '1960년대' '서울'을 문제 삼으려는 문학사적 의식이 작동하고 있다. 1930년대에서 1960년대로, 경성에서 서울로 이동된 좌표축을 통해서 한국 문학의 근대성을 새롭게 성찰할 수 있기 때문이다.

이런 맥락에서 김승옥이라는 작가의 이름은 고유명사이기도 하고, 보통명사이기도 하다. '김승옥적'이라는 단어 자체가

수식어가 되기도 하고, 서술어가 되기도 한다는 의미이다. '김
승옥은 김승옥적이어서 김승옥이다'라는 명제로 요약될 수
있는 김승옥의 소설은 1960년대 서울의 근대성을 자신만의
독특한 시각으로 첨예하게 문제 삼는다. 그래서 '감수성의 혁
명'을 보여 주면서 '슬픈 도회의 어법'을 그 누구보다도 '지적
인 절제'를 통해 소설화함으로써 '1960년대 문학의 기둥'이라
는 찬사를 받고 있는 김승옥의 소설은 한국 문학의 근대성 논
의에서 뚜렷한 이정표의 역할을 하고 있다.

　무엇보다도 김승옥 소설의 본령은 '자기 세계'의 추구에서
찾아질 수 있다. 이광수에서 이상으로 연결되었던 개인의 발
견이 김승옥에게 와서 형질 변화를 일으키고 있기 때문이다.
거칠게 말해 보자. 이광수의 개인은 '우리'를 위한 '나'에 가까
웠기 때문에 진정한 '나'를 발견하기 위한 추구에 머무른 단계
였다면, 이상의 개인은 '우리'와 대립되는 진정한 '나'의 성취
에 도달했지만, 분열된 '나'나 타락한 '나'에 대한 유희나 놀이
에 빠짐으로써 다시 주관화된다. 김승옥은 이상처럼 '나'를 바
라보는 '나', 타자화된 '나'를 설정하지만, '나'에 대한 객관화를
끝까지 관철시킴으로써 1930년대 이상 소설의 주관성을 극
복한다. '개새끼'가 될 수밖에 없는 '나'에 대한 극도의 자학을
통해 극기를 이루려는 역설적 노력으로 근대를 성찰하려는
차별화된 시도가 김승옥 소설의 60년대식 '나'에 존재하기 때
문이다.

2 세계는 힘이 세다

김승옥이 '자기 세계'의 특징으로 명명한 것은 무엇일까. 등단작인 「생명연습」에서 서술된 바에 의하면, 그래서 김승옥 소설의 근대적 개인을 논할 때 늘 언급되는 대목은 다음과 같다.

'자기 세계'라면 그것을 가지고 있는 사람을 몇 명 나는 알고 있는 셈이다. '자기 세계'라면 분명히 남의 세계와는 다른 것으로서 마치 함락시킬 수 없는 성곽과도 같은 것이 아닌가 생각한다. 그 성곽에서, 대기는 연초록빛에 함뿍 물들어 아른대고 그 사이로 장미꽃이 만발한 정원이 있으리라고 나는 상상을 불러일으켜 보는 것이지만 웬일인지 내가 알고 있는 사람들 중에서 '자기 세계'를 가졌다고 하는 이들은 모두가 그 성곽에서도 특히 지하실을 차지하고 사는 모양이었다. 그 지하실에는 곰팡이와 거미줄이 쉴 새 없이 자라나고 있었는데 그것이 내게는 모두 그들이 가진 귀한 재산처럼 생각된다.

—「생명연습」

흔히 우리가 '자기 세계'라고 이야기할 때 연초록빛 대기나 탐스러운 장미꽃이 어울리는 정원을 가진 성곽이 연상된다. 그러나 김승옥식 자기 세계는 곰팡이와 거미줄이 존재하는 지하실에 더 가깝다. 자아는 더 이상 동경과 찬사의 대상이 아니다, 차라리 냉소와 조롱의 대상이다. 이런 자아에 대한 경험은 바로 미성년이 성장을 통해 성인의 세계로 진입하는 과정에서 세계의 본질과 이면을 직시하게 되는 것과 동궤를 이룬다. 세계가 더 이상 아름답지 않다는 것을 알게 됨으로써 오히려 자아의 발견이 아닌 자아의 거부에 이르게 되고, 세계와의 통합이 아닌 불화를 통해 세계로의 귀환에 실패하는 반성장소설적 성장소설을 이루기 때문이다. 이런 맥락에서 성장소설은 근대성 논의에 적합한 소설의 하부 장르라고 볼 수 있다. 김승옥 소설의 경우 「생명연습」과 「건」, 「염소는 힘이 세다」가 소년에서 청년으로 넘어가는 주인공의 변화를 통해 자기 세계의 의미를 규명하는 성장소설에 해당한다.

「생명연습」에서 주인공 '나'는 대학 졸업반이다. 그러나 '나'의 과거와 현재의 경험이 교차 서술됨으로써 '나'가 성장을 이룬 계기들을 대비적으로 고찰하게 해 주고 있다. 이 소설에서 성인적인 자기 세계와 대조되는 공간이 바로 미성년 시절에 누나와 '나'가 함께 추구했던 '비밀 왕국'이다. 비밀 왕국은 누나와 함께 산속 석조 저택에 사는 애란인 선교사의 자위행위를 목격하고 나서의 경험으로 구성되는 공간이다. 그곳에서 누나와 '나'는 선교사의 억압된 성적 욕망이 해결되는 장면을 목격함으로써 땀이 흐르고 기진맥진할 정도로 평안과 생명을 추구하게 된다. 이럴 때 제도나 윤리, 도덕, 전쟁 등과 관련된 성인의 규칙으로부터 자유로울 수 있다.

그러나 이런 비밀 왕국에서의 행복은 오래 지속되지 않는다. 자기 세계로서의 지하실이 형성되기 때문이다. 비밀왕국에서는 한 인간으로서 자위행위를 용인하는 선교사가 있었다면, 자기 세계에서는 성령을 받고 자신의 생식기를 손수 자른 전도사가 있다. 전도사의 거세는 본능의 억압이나 종교의 비인간적 측면을 상징한다. 이런 전도사의 축에 아버지가 죽은 후 아버지를 닮은 여러 남자들을 전전하는 어머니에 대한 살의 때문에 오히려 자살을 한 형, 최음제까지 먹여 가며 여자를 '정복'하는 재주에 골몰하는 위악적인 친구 영수, 사랑하는 여자의 육체를 범해 버림으로써 오히려 그 여자를 떠날 명분을 마련했던 은사 한 교수, 직선을 손으로 직접 그리지 않고 자를 대고 그렸다고 죄책감에 괴로워하는 만화가 오 선생 등이 있다. 이들은 모두 비밀 왕국으로부터 '나'를 추방시킨 성장의 매개자들이다. 자학이나 죄의식을 통해 극기를 이루려는 성인이자 근대인들이기 때문이다.

「건」에서는 보다 직접적으로 미성년에서 성년으로 성장하는 소년의 체험이 드러난다. 이 소설에서 '나'의 성장에 결정적인 역할을 하는 두 가지 체험이 바로 빨치산의 시체 묻기와 윤희 누나의 강간 사건이다. '나'는 아버지를 도와 도시를 습격했다가 사살당한 빨치산의 시체를 묻게 된다. 그러나 그 빨치산의 시체에서 '나'는 이데올로기의 숭고함은 말할 것도 없고 괴물을 닮은 강력한 폭력성마저 발견하지 못하자 크게 실망한다. 그저 "영락없이 만취되어 길가에 쓰러진 한 거지의 꼬락서니"만을 발견한 '나'에게 빨치산은 세계 돌팔매질을 해도 되는 하찮은 일상인에 불과했기 때문이다. 이런 '나'의 자포자기적인 실망감은 빨치산의 습격으로 무전여행이 취소된 형과 그 친구들의 삐뚤어진 욕망 발현에 도움을 주는 것으로까지

비화된다. '나'를 아껴 주었던 윤희 누나를 겁탈하려는 형들의 음모를 저지하기는커녕 오히려 윤희 누나를 유인하는 심부름을 해 줌으로써 '나'의 타락과 자학은 완성된다. 그리고 자조적으로 다음처럼 읊조린다. "아아, 모든 것이 항상 그렇지 않았더냐. 하나를 따르기 위해서 다른 여러 개 위에 먹칠을 해 버리려 할 때, 그것이 옳고 그르고를 따지기보다 훨씬 앞서 맛보는 섭섭함. 하기야 그것이 '자라난다'는 것인지도 모른다."

성장에서 환멸의 체험은 필수이다. 「염소는 힘이 세다」에서 12살짜리 힘없는 소년 가장인 '나'에게 강한 남성성에 대한 욕망과 그 좌절은 '나'를 성인의 세계로 진입하게 한다. 자신의 집에서 유일하게 힘이 셌던 염소가 생사탕 집을 하는 옆집 남자에 의해 죽임을 당하자 '나'의 집은 더없이 왜소하고 무력해진다. 이 소설에서는 이런 염소의 죽음을 통해 힘의 논리에 지배되는 서울의 약육강식과 적자생존의 논리를 비판하고 있다. 그러나 염소는 '죽어서도' 힘이 세다. 아이러니하게도 두 가지 일을 이루어 주었기 때문이다. 죽은 염소를 잡아 시작한 '정력보강 염소탕'이 일시적이나마 '나'의 집안을 먹여 살려 주었고, 그 염소탕을 먹으러 온 버스 회사 직원에게 누나의 처녀성을 바침으로써 누나가 그 버스 회사에 취직을 하게 된다. 아픈 엄마는 "살기란 힘든 거란다."라고 말한다. "더러워."라는 '나'의 말에 누나는 "아무것도 아냐. 나도 취직할 수 있을 뿐인걸."이라고 말한다.

사실 20세기 후반의 모든 성장소설에서는 귄터 그라스의 『양철북』처럼 성장 없는 성장이나 성장할 수 없는 성장을 문제 삼는 반성장소설이 주류를 이룬다. 세계의 악무한적 폭력성은 증대된 반면 개인의 저항은 그만큼 더 힘들어졌기 때문이다. 그렇다면 그런 대세 속에서 김승옥 소설만이 지닌 반성장소설적 특성은 무엇인가. 왜 김승옥은 김승옥인가. 김승옥은 세계의 폭력성에 대한 고발이나, 개인의 왜소함에 대한 비탄에서 한걸음 더 나아간다. 「염소는 힘이 세다」에서 김승옥은 소설의 끝에 '나'도 결국은 누나의 취직이 은근히 반가웠기에 누나가 차장으로 일하는 합승 버스가 집 근처에 오자 흥분해서 집안 식구들을 부르는 광경을 보여 주고 있다. 이제 더 이상 세계의 폭력성으로부터 자유로운 사람은 없고, 그런 폭력성을 강화시킨 죄로부터 자유로운 사람도 없다. 이토록 힘이 없는 소년조차도 예외일 수는 없다. 김승옥은 그만큼 신랄하다.

3 역사(力士)의 겨울

어른 아닌 어른이 되어도 삶은 지속된다. 더 이상 순진한 소년일 수 없는 이십 대 청년들은 무엇을 할 수 있을까. 더 이상 발전적 미래나 진보를 희망할 수 없는 성인들은 어떻게 세상을 살아가는가. 김승옥은 「역사」에서 더 이상 명예나 재산이 될 수 없는 원시적 힘의 소유자인 역사(力士)로 하여금 기껏해야 동대문의 성벽을 이루는 돌을 옮겨 놓는 무위와 허무의 행동을 하게 한다. 더 이상 근대 이전의 원시성은 용납되지 않는다. 그것이 건강함이나 활력의 상징이기에는 서울이 너무 도시화되었고 근대화되었다. 근대화된 도시는 가공되지 않은 자연을 혐오한다. 그리고 인공 낙원을 추구한다.

물론 「역사」에서 주인공인 '나'는 소위 창신동으로 대변되고 있는 빈민가와 고급 주택가의 대비를 통해 문명 비판적 시각을 보여 주고 있다. 무질서하고 퇴폐적이며 게으른 "개새끼"들이 사는 창신동 하숙집에서 "규칙적인 생활 제일주의"와 "정식(正式)의 생활"을 영위하는 깨끗한 양옥으로 하숙을 옮겼을 때 '나'는 문화적 충격을 받으면서 그곳에 안주하고 싶은 동경을 느낀다. 그러나 시간이 지날수록 그런 도시 상류층의 생활이 빈껍데기뿐임을 알게 되면서 권태와 혐오를 느낀다. 그래서 '나'는 비겁하고 천박한 줄 알면서도 "부자유하게 평온한 마을을 해방시켜 주러 온 악마" 혹은 "빈민가가 파견한 척후"가 되어 양옥집 식구들에게 복수를 하려 한다. 양옥집 식구들에게 흥분제를 몰래 먹여 그들이 중시하는 질서와 규칙, 훈련, 가풍을 어기는 장면을 목격하려 한 것이다.

하지만 서울도 염소처럼 힘이 세다. 양옥집 식구들은 '나'가 원하는 반응은 전혀 보이지 않는다. 서울의 벽은 단단하다. '나'는 그럼에도 불구하고 창신동으로 돌아가지 않을 것임을 너무도 잘 안다. 서울 아닌 곳은 없다. 창신동도 서울이다. 이것은 '종류(kind)'가 아니라 '정도(degree)'의 문제이다. 그래서 '나'는 창신동에 대해서도 양옥집에 대해서도 성숙한 균형 감각을 유지하려 한다. "어느 쪽이 반드시 틀렸다고 말할 수도 없고, 오히려 두 쪽 다 잔혹할 뿐이라는 점에서 똑같고, 어느 쪽이 틀렸다고 해도 그것은 그 젊은이가 이질적인 사실을 한 눈에 동시에 보아 버리려는 데서 생긴 무리"일 뿐이라는 사실을 김승옥은 한 인물의 입을 빌어 와 확인시켜 준다. 이미 어른이 되었고, 여전히 서울은 서울이다.

김승옥의 대표작인 「서울 1964년 겨울」에서 25살 동갑인 '나'와 '안(安)'은 서로 다른 계층을 대변하는 인물이지만, 1964년 겨울 서울의 하늘 밑에 있다는 사실에서 공동의 운명을 감당해야 한다. 고졸의 시골 출신으로서 구청 병사계 직원인 '나'와 대학원생으로서 부잣집 장남인 '안'은 "서로 다른 길을 걸어서 같은 지점"에 도달한 젊은이들이다. 그들은 살아 있는 것의 확인으로서 "꿈틀거림"에 대한 집착을 보이지만, 그것을 느끼는 대상에서부터 차이를 보인다. '나'는 만원 버스 안에서 밀착하게 되는 여자의 아랫배에서 꿈틀거림을 느끼지만, '안'은 데모에서 그런 꿈틀거림을 느낀다. 그들은 무주공산인 듯한 서울의 거리를 자기화하는 방법으로 서울에서 자신만이 관찰하거나 발견한 것을 소유하려 한다. 가령 이런 식이다. '나'가 "평화시장 앞에 줄지어 선 가로등들 중에서 동쪽으로부터 여덟 번째 등은 불이 켜 있지 않습니다."라고 말하면, '안'은 "단성사 옆 골목의 첫 번째 쓰레기통에는 초콜릿 포장지가 두 장 있습니다."라고 말한다. 이들의 이런 독특한 소유법의 목적이 '나'에게는 서울이라는 무의미를 확인하기 위해서이지만, '안'에게는 서울이라는 풍부한 의미를 추구하기 위해서이다. 이토록 달라 보이는 두 젊은이들도 제3의 인물인 사내와의 만남을 피할 수 없다. 서울이 "모든 욕망의 집결지"이기 때문이다.

'나'와 '안'이 만난 사내는 서울의 또 다른 자화상에 해당한다. 경제적 가난이 인간에 대한 최소한의 예의나 사랑하는 여인에 대한 최후의 의무마저 거역하게 만드는 도시의 비정함과 자본의 폭력성을 대변하게 하는 인물이 바로 사내이다. 급성 뇌막염으로 죽은 아내의 시체를 해부용으로 병원에 팔고 나서 그 죄의식으로 인해 괴로워하는 사내에 대해 두 젊은이는 각기 다른 처방전을 내놓는다. 여관에 투숙했을 때 '나'는 사내와 한방에서 같이 보내자고 한다. 그러나 '안'은 각기 다른 방을 쓰자고 한다. 보다 강하게 주장한 '안'의 의견에 따라 각방에 투숙했으나 아침에 사내는 자살한 채 발견된다. 두 사람의 목적은 같다. 둘 다 사내의 자살을 막으려고 했기 때문이다. 그렇다면 서울은 두 젊은이의 차이, 즉 서울에서 사는 두 가지 방법이나 근대를 대하는 두 가지 태도의 차이를 무화시킨다. '나'의 의견대로 한방에서 잤어도 사내의 자살을 막을 수는 없었을 것이다. 두 젊은이가 서로 다른 길을 걸어와 같은 지점에 도달했는데, "만일 이 지점이 잘못된 지점이라고 해도 우리 탓은 아닐 거예요."라고 '안'이 말할 수 있었던 이유가 여기에 있다. 겨울이고, 1964년이고, 서울이니까.

　　"김 형, 우리는 분명히 스물다섯 살짜리죠?"
　　"난 분명히 그렇습니다."
　　"나두 그건 분명합니다." 그는 고개를 한 번 갸웃했다.
　　"두려워집니다."

"뭐가요?" 내가 물었다.

"그 뭔가가, 그러니까……." 그가 한숨 같은 음성으로 말했다. "우리가 너무 늙어 버린 것 같지 않습니까?"

"우린 겨우 스물다섯입니다." 나는 말했다.

"하여튼……." 하고 그가 내게 손을 내밀며 말했다.

—「서울 1964년 겨울」

그렇다면 인간은 무죄이고 서울이 유죄인가? 이런 시각은 김승옥의 소설답지 않다. 김승옥 특유의 '자기 세계'를 잊어서는 안 된다. 「다산성」이 이를 다시 확인시켜 준다. '돼지는 뛴다', '토끼도 뛴다', '노인이 없다'라는 제목을 가진 세 개의 장으로 구성된 이 중편소설에서 돼지와 토끼, 노인은 '찐빵' 혹은 '장난감'으로 대변되는 근대의 축과 대립되는 반근대의 상징물들이다. 자연이나 원시성을 상징하는 돼지, 인간 중심적인 사고의 반성물이자 희생물인 토끼, 프로테스탄트적 윤리의 생산자이자 비판자인 노인의 중첩 구조를 통해 과학과 이성, 문명, 발전, 진보 등의 허점을 폭로하고 있는 이 소설에서 작가는 근대의 억압 자체가 아니라 그에 대한 인간의 책임을 문제 삼는다.

이 소설은 주인공 '나'의 친구인 정태가 한 말, "사람은 그렇지 않은데 사람이 만들어 놓은 것은 모두 장난감 같지 않아?"라는 문제의식에서 출발한다. 철도, 기차, 학교 등이 대표적인 장난감이다. 그리고 그런 장난감을 통해 인간을 조종하고 있는 절대 권력자가 바로 '찐빵'이다. 우리는 장난감이나 찐빵을 거부할 수 없다. 그러나 여기까지 말하면 반만 이야기한 것이다. 아무리 그렇더라도 작가는 인물들의 말을 빌어 다음처럼 덧붙인다. "찐빵이 있다는 것이 문제가 아니라 찐빵의 눈에 들려고 애쓰는 너의 태도가 문제란 말이야", "여러분은 마침 좋은 때에 여러분 자신의 추악한 면을 발견할 수 있는 기회를 잡았습니다", "다른 사람이 훔쳐 간 게 아니라 바로 당신 자신이 훔쳐가 버린 거라고 그러시더군요.", 또 다시 '나'가 문제이다.

4 서울 야행(夜行)

이제 방황하던 이십 대 젊은이들도 결혼을 하고 삼십 대 전후의 장년층이 되었다. 그래서 서울을 벗어나기가 더욱 힘들어졌다. 그래서인지 「무진기행」은 '서울을 떠나고 있습니다'에서 시작해 '무진에 도착했습니다'로 끝나는 '귀향' 소설이 아니다. 오히려 "무진 Mujin 10Km"로 시작해서 "당신은 무진읍을 떠나고 있습니다. 안녕히 가십시오"로 끝나는 '귀경' 소설이다. 온갖 고난과 역경을 헤치고 고향의 품으로 돌아가는 유토피아 소설이 아니라, 부정할 수 없는 현실 세계를 인정하는 역유토피아 소설인 것이다. 무진이 어머니의 자궁처럼 긍정적인 의미만을 지닌 것 아니라 앞에서 다룬 「역사」의 창신동처럼 '작은' 서울, '또 다른' 서울, 서울의 '주변'으로서의 의미를 가지고 있기 때문이다. 따라서 흔히 오해되듯이 서울과 무진은 도시와 시골로서 서로 대립하는 공간이 아니라 오히려 유사한 의미를 제공하는 공간에 더 가깝다. 두 공간 모두 나에게 이중적이고 양가적인 의미를 지니기 때문이다. 어느 곳에서도 '나'는 '나'를 상실할 위기에 처해 있다.

이런 공간의 의미는 무진에서 만난 하인숙이 순진한 후배 '박'과 속물적인 친구 '조'를 결합한 중간 항으로 기능하면서 유동적이고 현재적인 의미를 지니는 것과 통한다. 무진과 하인숙은 '나'의 그림자이자 무의식이다. 그리고 자아와 세계의 대립이 아니라 자아와 또 다른 자아의 대립으로 그 중심축을 바꿔 주는 역할을 한다. 이런 이유로 이 소설에서 뚜렷한 대립을 보여 주는 것은 '편지'와 '전보'의 대립이다. 편지는 하인숙에 대한 '나'의 순정과 책임이 조화롭게 결합하는 비도시적인 세계를 의미한다. 반면 전보는 아내에 대한 '나'의 의무와 하인숙에 대한 배신이 수치스럽게 결합하는 도시적인 세계를 의미한다. 문제는 여전히, 그리고 김승옥답게 편지가 아닌 전보의 세계가 승리한다는 것이다. 무진에 있느냐 서울에 있느냐는 더 이상 선택할 수 없다. 언제나 서울로 돌아올 것이기 때문이다. 그럴 때 중요한 것은 '어떻게' 서울로 돌아오느냐이다. 편지를 쓰거나 그것을 전달하느냐의 여부를 결정하는 것은 언제나 '나' 자신이다. 그래서 전보의 세계를 선택한 후 서울로 돌아오는 '나'는 '나'에 대해 모멸감을 느낄 수밖에 없다.

한 번만, 마지막으로 한 번만 이 무진을, 안개를, 외롭게 미쳐 가는 것을, 유행가를, 술집 여자의 자살을, 배반을, 무책임을 긍정하기로 하자. 마지막으로 한 번만이다. 꼭 한 번만. 그리고 나는 내게 주어진 한정된 책임 속에서만 살기로 약속한다. 전보여, 새끼손가락을 내밀어라. 나는 거기에 내 새끼손가락을 걸어서 약속한다. 우리는 약속했다.

— 「무진기행」

「무진기행」에서 무진으로 내려갈 수밖에 없었던 이전의, 혹은 무진에서 올라온 이후의 '나'의 생활을 보여 주는 여성 버전 소설이 「야행」이라고 할 수 있다. 아니면 서울로 올라온 하인숙의 후일담 소설이라고도 할 수 있는 것이 바로 「야행」이다. 이 소설 속 주인공 현주는 낯선 남자들을 찾아 서울의 밤거리를 헤맨다. 지난 8월 어느 날 대낮에 낯선 사내로부터 강간을 당한 이후의 변화이다. 현주는 과거의 그 일에서 일탈과 증오, 저항을 향한 자신의 무의식적 욕망을 확인하게 된다. 자신이 직장을 그만두거나 바꾸어야 한다는 현실적인 이유로 같은 직장에 다니는 남편과 남남처럼 지내야 하는 자신의 처지와 남편의 능란한 연기에 대한 염증이 현주의 지속적이고 자학적인 탈선 행위로 발전한 것이다. "당신도 역시 아무 일도 일어나지 않은 게 좋다고 생각하는 그런 여자인가?"라는 사내의 말에서 잠재되어 있던 현주의 욕망이 분출된 것이기도 하다.

낯선 외간 남자를 만나 성적인 해방을 추구하려는 현주의 행동이 비상식적이고 반사회적일 수 있다. 그러나 서울이라는 감옥에서 포로 생활을 하는 죄수와 같은 인간들에게 감옥으로부터의 탈출을 상징하는 현주의 야행에 대해 도덕적 단죄나 비난만을 일삼는 것은 오히려 위험할 수 있다. 더구나 현주가 자신의 야행에서 "대낮의 생활로부터, 이 도시로부터, 자기의 예정된 생활로부터, 자기가 싫증이 날 지경으로 잘 알고 있는 자기 자신으로부터 도망해 보고 싶은" 남성들의 탈일상적 욕망 또한 동일하게 발견하고 있다는 점에서, 그리고 월남 파병 문제와 연관시키면서 국가 이데올로기에 의해 "죽어 가는 종족"이 되어 가는 남성들에 대한 구원 의식으로까지의 발전을 도모한다는 점에서, 이 소설을 단지 여성의 성적 방종을 비판하는 반페미니즘적 소설로 치부할 수 없다. 오히려 근대의 산책자를 남성이 아닌 여성으로까지 확대시키면서 1960년대 서울의 밤거리로 진출시킨 후 도시의 환부에 현미경을 들이대는 진정한 고현학(考現學)의 소설이라고 볼 수 있다.

비정한 도시의 단면을 도시인들이 나누는 화법(話法)을 통해 재치 있게 형상화한 소설이 바로 「차나 한 잔」이다. 이 소설에서 두 번 나오는 "차나 한 잔 하러 가실까요."와 "차나 한 잔 하실까요."에서 따온 소설 제목은 슬픈 "도회의 어법"을 대변하는 것이다. 첫 번째의 경우는 일간지에 만화를 연재하던 그가 문화부장으로부터 연재 중단 통고를 받기 위해 들은 말이다. 두 번째 경우는 삼류 저질 신문사에 만화 연재를 부탁하러 가서 속물적인 문화부장에게 주인공이 직접 한 말이다. 자신의 일자리를 놓고 오가는 말들을 통해 작가는 "서울식의 인사"에 도사리고 있는 소외와 고독의 양상을 날카롭게 지적하고 있다.

"요즘 재미가 좋으시다더군요."나 "다음에 좀 봅시다."처럼 사람들이 흔히 심각한 경우를 모면하기 위해서나 정반대로 별다른 의미 없이 무심하게 내뱉는 '차나 한 잔'이라는 말은 사실 엄청나게 폭력적인 말이다. 관계의 끝에서 새로운 관계가 생길 수 있다는 낙관적인 추파를 던지는 말이 될 수도 있고, 하기 어려운 말을 할 때에 상대방을 배려하는 한국적인 따뜻함이나 미덕을 표현하는 말로 오해될 수도 있다. 그러나 바로 그렇기 때문에 전달 사항이나 요구 사항을 확실하게 말하는 사무적인 대화보다 더 비겁하고 잔인한 말이라는 것이다. 배려를 표명한다는 점에서 위선적인 말이고, 비굴함을 조장한다는 점에서 비인간적인 '차나 한 잔'이라는 말은 도시의 냉정함과 세련됨을 위장한 상투어이자 허사(虛辭)에 다름 아니라고 할 수 있다.

5 '나'를 향해 쏜 화살

앞의 논의에서 살펴본 소설들이 작가가 1960년대에 쓴 소설들이라면, 그 후 10여 년의 시차를 두고 씌여진 「서울의 달빛 0장」에서 김승옥은 더욱 공고화된 근대 자본주의의 메커니즘을 섹스 문제를 통해 소설화한다. 성적으로 문란한 여배우와 유한계급 남자의 만남과 결혼, 이혼 과정을 통해 자본주의 사회의 부패상을 여성 음부(陰部)의 더러움과 연결시키면서 적나라하게 제시하고 있다. 이 소설이 "도깨비가 붙어 있는 썩은 자궁" 문제에 천착하는 것도 이 때문이다. 더 풍족해졌지만 더 불행해졌고, 더 사랑할 수 있지만 서로를 학대하는 이유는 바로 '관계'가 아닌 '거래'만이 가능한 자본주의 현실 때문이라는 것이다. 모든 것이 더 강력해졌고, 그만큼 더 부패했으며, 그래서 더 문제적이다.

「서울의 달빛 0장」에서 더 첨예화되고 있지만, 김승옥 소설 대부분에서 여자는 더럽고 남자는 부끄럽다. 여자를 더럽게 만들어서 남자들이 더 부끄러움을 느끼는 듯도 하다. 여기서 중요한 것은 그것이 아무리 더러움이나 부끄러움을 유발한다고 해도 근대를 부정하지는 않는다는 사실이다. 김승옥 소설에서는 낭만화되고 이상화된 자연이나 원시 상태에 대한 동경, 즉 전근대적 사회로의 회귀 욕망이나 향수가 전무하다. 근대의 '밖'이 아닌 그 '안'에서 근대를 문제 삼음으로써 근대를 내부자의 시선에서 근대적으로 규명하는 진정한 근대의 시선이 가능해진 것이 바로 김승옥 소설이기 때문이다. 그래서 김승옥에게 근대는 피를 빨리우면서도 행복한 미소를 건넬 수밖에 없는 드라큘라적인 괴물에 가깝게 된다.

문제는 그런 근대화의 과정이 바로 '남'이 아닌 '나', '우리'가 아닌 '나'의 탓이라는 자각으로 인해 더 이상 그 어떤 합리화도 불가능하고, 희생양의 논리 또한 통하지 않는다는 사실이다. 근대를 만든 것도 인간이고, 그렇다면 그것을 책임져야 하는 것도 인간이라는 의식이 김승옥 소설의 '자기 세계'를 형성한다. 그래서 김승옥만큼 자아의 비극에 천착하는 작가도 드물다. 김승옥은 자아의 파괴를 통해 자아의 발전을 도모하는 지적인 작가이고, 이분법적 시각이 아닌 이중적 시각에서 자아의 양면성에 주목하는 입체적 작가이다. 근대에 대한 유혹과 공포를 동시에 느끼는 진정한 근대인으로서 혹독한 대가를 제대로 치르려 하기 때문이다.

이런 김승옥 소설의 인물들이 '부끄러움'을 자아의 양생술로 삼은 것은 당연하다. 부끄러움은 객관적인 자기 성찰에서 나온다. 근대 자체가 아니라 근대를 체험하는 주체의 선택과 책임을 중시할 때 가능한 감정이기도 하다. 그래서 김승옥 소설에서는 부끄러움을 느끼는 인간만이 성숙할 수 있다는 근대의 아이러니가 발생하고 있다. "실은 의사가 되고 싶었는데 병자가 되어 버"(「누이를 이해하기 위하여」)렸거나, "수치심을 가져야 우리는 명예롭게 살려고 애쓸 것이며 명예롭게 살아야만 우리는 정말 잘살 수 있"(「내가 훔친 여름」)기 때문에 부끄러움은 더욱 소중하다. 스스로가 주체이자 객체이고, 가해자이자 피해자인 모순과 역설 속에서 김승옥 소설의 인물들은 근대와 대결하려는 것이 아니라 근대를 극복하기 위해 스스로를 향해 화살을 쏜다. 독하고도 숭고하다.

작가 연보

1941년   12월 23일 일본 오사카에서 아버지 김기선과 어머니 윤계자의 장남으로 태어났다. 아명은 학길(鶴吉).

1945년   귀국하여 전남 진도와 본적지인 전남 광양에 일시 거주했다.

1946년   순천으로 이사하여 정착했다.

1948년   순천 남국민학교에 입학했다. 여순반란사건 발발. 아버지 사망.

1949년   여수 종산국민학교(현재 중앙초등학교)로 전학했다.

1950년   6·25 발발. 경남 남해로 피난. 수복 후 순천 북국민학교로 전학했다.

1952년   월간《소년세계》에 동시를 투고하여 게재된 것이 계기가 되어 이후 동시, 콩트 등 창작에 몰두했다.

1954년   순천중학교 입학. 교지에 수필, 콩트 등을 발표했다.

1957년   순천고등학교 입학. 고등학교 시절 내내 학생회장을 하
         고 '문학의 밤' 행사에 주도적으로 참여했다.

1959년   《신문예》에 시를 발표하여 상을 받았다.

1960년   서울대학교 문리대 불어불문학과 입학. 문리대 교내 신
         문《새세대》에서 학생 논문 및 문예 작품란 담당 기자
         로 활동. 아르바이트로 한국일보사 발행《서울경제신
         문》에 '김이구'라는 필명으로 연재만화「파고다 영감」
         을 그려 학비를 조달했다.

1962년   한국일보 신춘문예에「생명연습」이 당선되어 문단에
         데뷔했다. 강호무·김성일·김창웅·김치수·김현·염무웅
         ·서정인·최하림과 동인지《산문시대》를 발간했다. 여
         기에「건」,「환상수첩」등을 발표했다.

1963년   《산문시대》에「누이를 이해하기 위하여」,「확인해 본
         열다섯 개의 고정관념」을 발표했다.

1964년   《문학춘추》에「역사」,「싸게 사들이기」,《사상계》에「무
         진기행」,《세대》에「차나 한 잔」등을 발표했다.

1965년   서울대학교 졸업.「서울 1964년 겨울」로 사상계사 제정
         제10회 동인문학상을 수상했다.《창작과비평》에「다산
         성1」,《청맥》에「들놀이」,《신동아》에「시골처녀」를 발표
         했다.

1966년   《창작과비평》에「수술」,「다산성2」,《자유공론》에「염
         소는 힘이 세다」등 발표.《문학》에 장편『빛의 무덤
         속』을 연재하다가 중단함.「무진기행」의 시나리오 집

필을 계기로 영화계와 관계 시작. 창문사에서 단편집 『서울 1964년 겨울』 출간.

1967년   중앙일보에 중편 「내가 훔친 여름」을 연재했다. 「무진기행」이 「안개」로 영화화되었다. 김동인의 「감자」를 각색, 감독하여 영화로 만들어 스위스 르카르노 영화제에 출품, 호평을 받았다. 백혜욱과 결혼.

1968년   《선데이서울》에 「60년대식」을 창간호부터 6개월간 연재했다. 《신동아》에 「동두천」을 연재하다가 2회에 중단, 나중에 이 작품을 「재룡이」로 개작했다. 이어령의 「장군의 수염」을 각색하여 대종상 각본상을 수상했다.

1969년   《월간중앙》에 「야행」, 《주간여성》에 「보통여자」를 연재했다. 이때부터 시나리오 각색에 주력했다.

1970년   담시 「오적」 사건으로 김지하가 투옥되자 이호철·박태순·이문구 등과 김지하 구명운동을 전개했다.

1971년   월간지 《샘터》 편집 주간.

1975년   조선작 원작 「영자의 전성시대」, 김지연 원작 「내일은 진실」 등을 각색했다.

1976년   서음출판사에서 『서울 1964년 겨울』, 『60년대식』을 출간했다. 「여자들만 사는 거리」 시나리오를 썼다.

1977년   「서울의 달빛 0장」으로 문학사상사 제정 제1회 이상문학상을 수상했다. 《일요신문》에 「강변부인」 연재 후 한진출판사에서 출간했다. 지식산업사에서 콩트집 『위험한 얼굴』, 수필집 『뜬 세상에 살기에』를 출간했다.

1979년   양인자 원작의 「태양을 훔친 여자」, 오태석 원작의 「갑

자기 불꽃처럼」을 각색했다.《문예중앙》에 옴니버스 스
타일의 소설 「우리들의 낮은 울타리」를 발표했다.

1980년   동아일보에 장편 『먼지의 방』 연재를 시작했으나 광주
민주화 항쟁으로 인한 집필 의욕 상실로 연재 15회 만
에 자진 중단했다. 한진출판사에서 『내가 훔친 여름』
을 출간했다.

1981년   종교적 계시를 받는 극적 체험을 한 후 성경 공부와 수
도 생활을 시작했다.

1983년   영화 시나리오 창작을 위해 거주하던 호텔에서 부활하
신 예수 그리스도를 만났다.

1986년   문학사상사에서 『이상문학상 수상작가 대표작품선』,
산하에서 『햇빛과 먼지의 놀이터』, 자유문학사에서 에
세이집 『싫을 때는 싫다고 하라』를 출간했다. 「무진 흐
린 뒤 안개」를 각색했다.

1987년   성지출판사에서 『서울 1964년 겨울』, 고려원에서 『환
상수첩』, 한겨레에서 『다산성』을 출간했다.

1988년   월간지 《샘터》 편집위원.

1991년   한국공연윤리위원회 위원.

1995년   문학동네에서 『김승옥 소설 전집』 출간. 프랑스 악트쉬
르 출판사에서 『60년대식』이 번역, 출간되었다.

1998년   《세계의 문학》 겨울호에 「시내산에서」, 「뤼순감옥에서」
등 '성지순례기' 2편을 특별 기고 형식으로 발표했다.

1999년   세종대학교 국문과 교수로 부임했다.

2001년   성결대학교 신학대학원에서 신학을 공부했다.

2003년   뇌졸중으로 쓰러졌다.

2004년   세종대학교 퇴직. 도서출판 작가에서 산문집『내가 만
난 하나님』출간. 문학동네에서『김승옥 소설 전집』재
출간. EBS에서 김승옥·김중태·김치하 등 4·19 세대의
문학과 사상을 다룬 드라마「지금도 마로니에는」을 제
작, 방영했다.

2005년   한국이 주빈국으로 참가한 '2005 프랑크푸르트 국제도
서전'의 행사 '한국의 책 100'에『무진기행』이 프랑스어
로 번역, 소개되었다.

2010년   10월 순천 대대포구에 '순천 문학관' 개관, 김승옥관·
정채봉관 설립

2012년   2월 제25회 기독교문화대상을 수상했다.

2012년   9월 제57회 대한민국예술원상을 수상했다.

2013년   김승옥 문학상이 제정되었다.

세계문학전집 **149**

무진기행

1판 1쇄 펴냄 1980년 11월 30일
2판 1쇄 펴냄 2007년 8월 3일
2판 55쇄 펴냄 2024년 11월 8일

지은이 김승옥
발행인 박근섭, 박상준
펴낸곳 (주)민음사

출판등록 1966. 5. 19. (제 16-490호)
서울특별시 강남구 도산대로1길 62(신사동) 강남출판문화센터 5층 (우편번호 06027)
대표전화 02-515-2000 팩시밀리 02-515-2007
www.minumsa.com

ISBN 978-89-374-6149-1 04800
ISBN 978-89-374-6000-5 (세트)

* 잘못 만들어진 책은 구입처에서 교환해 드립니다.

세계문학전집 목록

세계문학전집은 계속 간행됩니다.